哈瓦那超級市場

李宏偉

人間出版社
中國作家協會

目錄

哈瓦那超級市場

A1 滴答滴

這一帶彷彿是北京的一塊飛地，空闊、窵遠，儘管也有一些零星的高樓，卻都淹沒在成堆成團的楊樹叢裡，像是一直撒向遠方的楊樹團中的幾株衰草。剛才，我遠遠從公交車上看到這邊有成片的白色低層樓房，綿延不已，彷彿沒有盡頭。隨著公交車越駛越近，我失去了平行的視線，因而看不到這片白色樓房的遠方是什麼。

等下了車，進了市場裡面，我才發現裡面都是四層高的白色小樓，各棟樓錯落分布，沒有任何可以分析出來的幾何規則，無論我站在哪裡，向四方望去，都只能看見房子，而且各棟樓的建造和朝向也不盡相同，我甚至看見有一棟標準圓形的房子與缺了一小角的等邊三角形的房子。每一棟樓都標有樓號，但號碼標注依循的規律卻如同出自酒鬼或是瘋子或是上帝之手，沒有人能夠弄得清楚，比如我進去時大門兩邊的樓號分別是九〇三號和七號，等我轉過幾棟樓後，兩邊的樓號已分別是十八號與三五六號。一開始，我試圖依據房子的形狀與號碼相結合的形式在腦子裡理出一條清楚的線索，以免無法離開。經過幾棟樓之後，我放棄了這一想法。樓房的形狀和號碼一定是按照對人類記憶進行最大干擾的方式安排的，記清楚它們的難度和記清楚天上的每一顆星星差不多。

如果不是熙攘的人群，我一定會懷疑自己走進了一部恐怖小說或是一座迷宮。但是身邊滿懷熱情行走的人們提醒我，這裡不過是某一個生活場景而已。市場裡面沒有車，人們都有條不紊地走著，在太陽的照耀下，他們步履穩重，笑容柔和，和身邊的人聊著天，推著紅色的裝滿各種物品的購物車興致滿滿地走著。他們用各種帶著口音的話語相互交流，點頭致意，只不過，由於樓群的分布，很多人轉過一棟樓就完全消失，另外還有不同的人群突然從樓邊繞進來，他們使得我總以為眼前的場景並不連貫，就像你一眨眼就已滄海桑田。此外，還有不少人直接從各棟樓裡走出來，基本上都是滿載而來，肩扛手提背背種種正符合他們需要的物品。這些潮水一樣的人們被推到樓群之間的沙灘上，剛剛浸出一個小小的坑，準備享受一下陽光的照耀，又突然被其他房子裡面的引力吞沒，迅速捲了進去。

各棟樓之間走了很久，看了類型不一的面孔倏忽而來，倏忽而去，我打消了向這些消費者打探消息的念頭。我想，與其旁敲側擊向他們了解一些模糊的圖景，還不如直接找到市場的工作人員來得快捷。於是，我走進了離我最近的一棟樓。

這棟樓出售的是飲料。一樓是各種各樣的果汁，顏色各異形狀有別的塑料瓶或玻璃瓶成排成行地擺放在直達天花板的貨架上，就像是一幅幅立體的拼圖遊戲。還有幾條流水線，一個個新鮮的水果在上面行進，經過一道道工序，順利地在幾座巨大的鼎形榨果汁機裡粉身碎骨，成為鮮榨果汁，只遺留少量的果渣。幾個工人手持棕葉製的小苕帚和松木製的小簸箕，有條不紊地清理著果渣，他們統一身著白衣，頭戴一頂紅色的有點貝雷款式的帽子，這使他們看起來非常像戰場上忙碌的清道夫。

「請問，市場管理中心在哪裡？」我問身邊一位專心致志地清理蘋果渣的工人。

「從這邊出去，往西走，繞過三棟樓就到了市場內部的第七火車站，乘火車就能直接到達。」他說。

剛剛繞過兩棟樓，我就聽到了轟隆隆的聲音，比通常印象中火車開過的聲音小了很多。待繞過第三棟樓，就看到前方不到兩層樓高的地方架著兩根在陽光下閃耀著白光的粗大鋼軌，鋼軌上正停著一輛火車，下面的車站有一座寬寬的樓梯通往上面打開的火車車門。

說是火車，實際上比我們習見的火車小了很多，整個藍白條相間而成的車廂也就二三十米長。車站沒有幾個人，我找到站牌，看到綠漆底的站牌上面用紅漆標明的車站名有「管理處」，便沿著樓梯走上去。車廂裡的人比車站更少，只有一對老年夫婦互相依偎著坐在車廂最後面一排座位上，見我進來，老先生稍稍正了正身子，向我點了點頭。我也衝他笑了笑。

火車隨即開動。它的軌道都是架在不到兩層樓高的半空中，和樓房保持著幾米的距離，因而座位的高度剛好和樓房二層的窗戶一般高，我坐著看著一側的樓房窗戶，隨著火車快速在樓群間穿行，一扇扇窗戶像是一幀幀圖片一樣連接起來活動起來，或敞開或關閉，或拉上窗簾或一覽無遺，或有人在內或空空如也，連起來活動起來的窗戶居然有了無比豐富的劇情。而火車越往前開，我也就越發覺得了市場的巨大，不但通常的吃穿用品非常仔細地分出了一棟棟房子專門出售，還有門類繁多的餐館、咖啡館、茶館、運動館、休閒館，以及汽車專賣店、美容店、博物館、電影院、動物園，甚至還有天然溫泉中心和人造沙灘。我上車時依偎在車廂最後的那對老夫婦就是到溫泉中心去的。

我已不知道火車走了多少時間，突然聽見車廂內報站名：管理中心到了。

管理中心也是一棟四層大樓，但它是完全的玻璃結構，當我走進去的時候，已經斜至西天的太陽正將它溫和的光芒穿過整整一面玻璃牆灑在地板上。一樓是一個完全敞開的接待大廳，大廳正中是一座人造的瀑布，不過氣勢浩大的瀑布卻如同奔騰的泡沫，悄無聲息。我走到跟前伸出手摸過去摸到冰涼而堅硬的一塊，再仔細一看，是一堵玻璃牆，水就是貼著玻璃牆滑下去的。

這時，我注意到在偌大的透明空間深處有幾排桌子，桌子後面幾個身著職業套裝的女子正忙碌地處理著手邊的工作。

「對不起，請問……」我走向前，問道。

「你好。」其中一個年輕的女孩應聲抬頭招呼我，她仔細打量了我一番。「跟我來吧。」

我跟在「嗒嗒嗒」的高跟鞋聲後面，走到大廳一側的電梯旁。我幾次想和她說話，可看她的神情似乎早已知道一切，便算了。

「二樓，總經理助理辦公室，找曹先生就可以了。」等電梯到了一樓，她把我讓進去，說了一句。

曹先生正坐在一張寬闊的全玻璃辦公桌後打著電話，雙腳腳尖輪流點著地面，使壓在身下的辦公椅能夠在較小幅度內靈活地旋轉。看到我站在門口，招了招手並指了指他辦公桌對面的一把椅子。我走進去坐下，他也不再旋轉，而是仔細打量起我來。沒多久，他打開抽屜取出一沓紙遞給我，看我沒有筆，又遞給我一枝藍色的簽字筆。這是一份調查表，上面列出了很多道選擇題，內容涉及一個人的家庭背景求學經歷工作經驗興趣愛好希望渴求等等。我粗粗地翻了翻，疑惑地遞還給他。曹先生對著電話說了一聲「對不起」便捂住話筒移開了電話。

「麻煩你填一下，方便具體安排。」他說。

「我是……」我剛張嘴說了兩個字，便聽見他電話聽筒裡傳來了很嚴厲的一個聲音「好了沒有？」曹先生衝我苦笑了一下，指了指聽筒又指了指調查表，輕輕說了聲「拜託了」，便又聽電話去了。

我逐項填好後，日已西落，一堆堆熟透了的雲彩擠攘在西邊，濃稠欲流的紫紅色使整間辦公室以及我能看到的市場部分都浸上了一層輝光。曹先生已經打完電話，此刻正對著電腦屏幕，看他眉頭舒展的樣子，一定有什麼事情得到了解決。

「好，好。你就是我要找的人。」他接過我填寫的調查表，認真看起來，一邊看一邊點頭。

「你對我們市場了解多少？」看完後，他問我。

「不多。實際上，我今天是第一次來。」我有點猶豫。

「沒關係。這個不是問題，你會很快熟悉起來的。有必要向你做個簡單的介紹，市場開張兩年多了，隨著業務的擴張，我們總在招人。我們招人的方式相對特別一些，我們不通過任何渠道發布相關信息，而是在登門而來的人群中間進行選擇。有的人是抱著新商場總需要人的求職心態敲開我辦公室的門，有的人是因為各種原因偶然進來。」他擺了擺手，阻止我說出自己來這兒的原因。「這麼多人，我們總需要有個選擇標準。說起來，很簡單，甚至你會覺得可笑。我們依據人的相貌選擇，再根據這份問卷安排具體工作。我們差不多過半年就會調換一次總經理，在此期間，我們招聘新員工唯一的標準就是和這位總經理的相貌相似。就拿你來說，略顯稀疏的眉毛，尤其是兩條眉毛在中間隱隱約約連接起來，還有你踏實可靠的面相，是這半年來我見過的和總經理最相像的人。」

「我總算完成總經理指定的任務了。」他長吁了一口氣，往後一仰，舒適地靠在了椅背上，目光親切地看著我。「剛才你進來的時候，我正被總經理電話訓斥呢。」

聽了他的話，我很是驚訝。我四處看了看，沒有找到鏡子。這時候，天色已經暗淡下來，我走到窗前，室內明亮的燈光和屋外晦暗的夜色使得窗戶玻璃同樣具備了鏡子的功能，我仔細打量起自己的臉。的確如他所言，我的眉弓平直，上面荒原衰草一般分布著的眉毛儘管均勻，卻稀疏得很，兩道眉毛間的界限也沒有那麼明顯。而眉毛下面方正，顴骨偏低，唇線短窄的那張臉更是陌生得讓我恐懼。我用最快的速度與玻璃中的對方交接了一下目光，他流露出的誠摯讓我感到慌張。

「你一定對市場的名字感到好奇吧？」曹先生的聲音再次響起。此刻，他吐字清楚的聲音像是在我的心臟裡迴響。「這裡面有段傳奇，市場的老闆因為在國內深受刺激，留學到美國，又因為種種原因到了哈瓦那。在那裡經過一段時間的打拼，創下了一番事業。其中的具體內容就不多說了，再說，我們能了解到的，能說出來的，和我們從媒體上知道的成功故事沒有太大區別。總之，老闆積累了大量的財富後，決定回國發展。但回國之後，看到國內的種種現象，他的觀念發生了很大的變化。他以前一直認為，現代商業的精髓是刺激人們的欲望，甚至生產欲望、塑造欲望，商家在對消費欲望的滿足中獲利。現在他認為，長此以往，每個人最終都只會被商業生產的欲望填充和取代，最後成為空空如也的皮囊。哦，不好意思。我又犯了老毛病，總是喜歡玩弄一些所謂的思想。這些都是我總結出來的，老闆從來不做這種概括。簡而言之，老闆認為，未來的商業趨勢不是無限地生產欲望，而是保持每個人的欲望平衡。」

「你一定會覺得，我和你講這些太奇怪也太沒意思。現在切入正題。老闆建立這個市場，就是想進行一下試驗，試一試他的想法是否可行，以及由此能否獲利。所以，在這個市場裡面，來購物者並非真正的顧客，顧客是你，是我，是我們所有這些工作人員。經過這麼長一段時間的建設，市場已經有了完整的體系，各種各樣我們所熟悉的、所必需的需求和滿足在這裡都能找到和得到。生老病死，市場無一不關注。所以，一旦你成了市場的員工，你就和市場融為了一體。你的一切都在市場解決。根據你的工作經驗和相關描述，」我從窗戶玻璃上看到，他揚了揚我填寫的調查表。「你做的第一份工作讓你焦灼和空虛，第二份工作讓你對與他人交流產生隔閡。這兩種情況你在市場工作都能得以免除。你將會拋開這一切虛妄的東西，踏踏實實，毫無焦慮地工作生活。市場並不支付你任何報酬，你在市場內的消費也不需要支付任何費用。你的各項欲望由市場進行培育和飼餵，同時，市場也會對你的欲望進行調解和控制。市場將保持其中的平衡，既能促使你勉力工作、人盡其力，又能消除你可能因為欲望失控而產生的不安全感和焦慮感。工作之外，你所有的興趣與情緒都能找到合適的地方安置，使它們像被熨斗熨過，平平整整、服服帖帖。」

「你所說的和烏托邦沒什麼區別。」我轉過身，走回桌子邊坐下。

「是的。這有點像傳說中的各取所需。只不過，它的推動力還是市場和利益，這保證了它的持續性。換句話說，它和通常意義上的烏托邦最大的不同在於，它不對人們進行無差別的按需分配，它只與自己甄別出來的部分人員相關。這些人員組成的團體與外界的關係，和普通商場與消費者的關係毫無二致。你看一看市場蓬勃的現狀就知道，這一切都落在實處，並非簡單的構想。」他說，「因為市場剛剛擴大了殯葬業務，需要一個墓園主管。而你，正合適這個工作。你考慮一下，如果有興趣，明天就可以過來上班。」

B1 貓的故事

大學畢業後，長期找不到合適的工作，我和小孟決定開個私家偵探所。當然，它是地下性質，我們沒有錢去註冊和申請營業執照，況且，就算申請與註冊，也未必能夠批下來。我們找到一本《新華字典》。我說，303頁左下2；小孟說，507頁右下3。按照隨便說出的頁碼，我們找到兩個字：蓼罔。小孟握著毛筆，龍飛鳳舞一番，「蓼罔私家偵探所」幾個字出現在一張白紙上。我們找出一卷透明膠布，把這張紙貼在屋子門上。偵探所正式開張。

我和我的搭檔小孟住在潘家園一個小區的一間半地下室裡，擺下雙層床後，屋子裡只還有能放一張小桌子的地方，桌上擱著我們託同學在中關村攢的一台電腦以及一台老式傳真機。房子是小孟一個遠房表哥的，小孟的表哥細細小小的個子，繫著一條耀眼的領帶，站在地下室入口的樓梯上，不斷拿面巾紙擦去臉上淌下的汗。「你們先在這兒住著吧。」小孟的表哥說。「反正是單位的房子，除非有急用，或者是你們大發了，你們可以一直住著。」

我和小孟是在電影資料館認識的。當時，我在一家報社做實習記者，跟著一個記者跑電影。有一次，電影資料館舉行當代丹麥電影展。這等事情，除了開幕時可以報個小新聞外，根本就沒有什麼新聞價值。那個記者把所有的票都給了我，說，反正你也閒著，去看看吧。他還特意說，放心，這幾天的稿子我會同樣署上你的名字。我知道，他覺得我跟在身邊礙事。

接下來的七天，我都泡在了電影資料館。那麼多天，看了什麼電影我已經全部忘記，卻記住了小孟。因為從第二天開始，資料館裡就只有我們兩個人。小孟看電影的時候一點都不老實，他站在那兒，像個瘋子一樣盯著那塊小小的幕布，不時跑來跑去。過了兩天，我明白了他是在尋找機位。最後一部電影，一個女人因為丈夫的背叛而設計除掉丈夫的新婚妻子，吊死孩子，然後決然離去。那個可憐的丈夫騎著馬在草原上發狂地奔馳，尋找前妻。那時候，風在草原上颳過，就像是一群群翅膀碩大的鳥在漩渦裡面飛過。我這樣想的時候，小孟也停止了尋找，他揮動著手臂在僅有兩個人的電影廳裡飛翔起來。就這樣，我們認識了。小孟告訴我，他在等待拍電影的機會。小孟說：「我不需要先做其他的準備工作，也不需要先給誰當助手。我要一上來就做導演。而且絕不拍紀錄片。」

我和小孟都沒有多少錢。我們只買了一台傻瓜式數碼相機，一架倍數不算太高的望遠鏡。其他的東西，我們想等到顧客上門，再根據需要添置。

我和小孟初步分了工，他負責盯梢、拍照等行動性強的工作，我負責收集、分析背景資料等耐心細緻的工作。但首要的是，我們必須招徠顧客。小孟用那台攢的電腦，在各種各樣的論壇上註冊新用戶，發布一條小小的消息。「蓼罔私家偵探所——跟蹤、尋找、窺探……需要者請發郵件至……」與此同時，我拎著一大袋裁成小紙條的廣告，穿行在各色各樣的地方，給各種各樣的人遞上二指寬的小條。

我們的辛勤付出沒有多少可見的回報，整整忙活了一週之後，郵箱只收到了大量的垃圾郵件。人們向我們推銷各種各樣的東西，內容基本上涵蓋了一個人生老病死所需要的一切，最多的是成人保健藥品與槍枝彈藥。沒有誰想過，不提供工作，我們怎麼會有錢消費，怎麼能支撐他們的生活。

第三週，我們接到第一筆生意。一個聲音嫵媚的女人讓我們幫她送幾隻貓去機場附近的一座別墅。女人交給我們一個繡有大朵大朵紅玫瑰的織錦袋子和兩個信封。其中一個信封裝著五百元錢。

「到了別墅，會有人出來開門，你們把袋子還有這封信交給他就可以了。」女人翹著腿，坐在玫瑰紅的真皮沙發裡，看了站著的我和小孟很久，又起來走進臥室，拿出一台新的DV，說：「把這個也帶上。」

「這麼簡單的事情，你為什麼花這麼多錢讓我們做呢？」我問。

「你就不怕我們把錢和DV都拿走，把貓扔了。反正你也不知道我們在哪兒。」小孟比我更直接。

「我是你們的第一個客戶吧？」女人反問。我們點頭。「看你們的樣子就是想做好事情的。再說，為了這點小利，損失我這樣的客戶。太不明智了。」

「從嚴格意義上來說，她不算我們的客戶吧？」我問小孟。

「當然不算。她委託的工作不在我們的業務範圍內。」小孟說。

這時候，我們已經站在了別墅的門口。這片空曠的地帶，各棟別墅相距甚遠，只能遙遙相望。別墅門口有兩個很有古風的路燈。奇怪的是，還有一個公用電話。

「沒有人出來開門。我們該怎麼辦？喂，喂，喂，你能把電視關了或者聲音調低了再和我說話嗎？我聽不清楚你的回答。我是說，我們摁了半天門鈴，等等，我計算一下，足足一小時二十三分鐘，也沒有人出來。我們該怎麼辦？」我剛說完，就被一片快速移動的陰雲籠罩了，一架正要降落的飛機從我頭頂飛過，讓我根本聽不清楚女人低低的媚音。「你再說一遍，好嗎？」

「拆開第二封信吧，上面寫的有。」女人說。還是有一股雜音，但我總算聽清楚了。

「到了別墅後，等待一個半小時。你們會拆開這封信，信裡所夾五百元錢是你們的另一半報酬。我要你們拎出袋子裡的五隻貓，一隻一隻地，把牠們踩死。那隻肥大的波斯貓，你們可以最後直接在袋子裡踩死牠。我還要你們用DV把整個過程錄下，給我送回來。這才是一次完整工作的所有環節。」

信上說。

交回DV時，女人當著我們的面把小孟像拍電影那樣精心拍好的內容在一塊差不多有一面牆那麼大的液晶屏上放了一遍。放的時候，小孟緊張地一會兒看著女人，一會兒看著我，一會兒看著屏幕。我在屋裡走來走去。女人一聲不吭地坐著，渾身顫抖，淚流滿面。因為對這筆生意非常滿意，她又給了我們五百元，作為獎勵。

過了一段時間，我們在一個寵物論壇看到了DV裡面的主要內容。女人把小孟僅有一次照到我面部的部分剪掉了，她在DV的說明性文字裡說，一切都是她做的。她還在論壇裡留下了自己的照片，所有的聯繫方式。

B2老人的故事

寵物貓業務掙的錢勉強維持了我們一個多月的生活。

在此期間，我和小孟堅持不懈地向各個可能的潛在的客戶提供信息。但這一切只是迅速擴大了垃圾郵件的數量，讓我們更加強烈地感受到周遭世界，不被我們了解的隱祕世界內部是多麼的精彩紛呈，妖嬈蓬勃。垃圾郵件販賣的鮮活信息既讓我們為可能的收穫興奮難抑，又給我們提供了飲鴆止渴的酸楚和心痛——後來，所有不知從何而來的垃圾郵件我們都一一回覆，附上我們的廣告，可是依然毫無音訊。

我們甚至抑制住內心的厭惡，給那個聲音嫵媚的女人打過幾次電話，問她是否有什麼事情可以交給我們辦理的。每一次，接電話的人都不一樣，每一次，對方都會在詳細地詢問我們的身分及業務範圍之後，冷靜地告訴我們，你們打錯電話了。

一天早上，我和小孟安靜地躺在床上，等待和積蓄開始新一天的力量。我躺在上鋪，望著頭上不遠的天花板，拼接上面若隱若現的幾塊水漬，想像著剩下的這點錢用完了之後的生活著落。

響起了敲門聲。

我從上鋪探出頭去，小孟也正探頭看著我。我們相互望了許久，最終同時面露喜色，各自從床上跳下來，穿上最正經的衣服，並以最快的速度收拾好屋子。這期間，敲門聲持續地響著，它彬彬有禮，不疾不徐，顯示出足夠的耐心，並給了我們足夠的信心。

敲門的是一位老先生，他薄薄的襯衣外面套著淺灰色的牛仔馬甲，合身而沉穩。老先生輕輕點著頭，和我們打了招呼，謙遜但直接地走到屋裡唯一的椅子前，坐下來。他先從馬甲兜裡拿出一塊雪白的大大的手帕，將咳出的痰吐在裡面，再幾番折疊後把它放回兜裡。

「坐吧，坐吧。」老先生對我和小孟說，我們只好在小孟的床邊坐下來，並趁機用手細細地梳理了一下短短的頭髮。

「蓼罔私家偵探所。名字好。你們倆看著也精神、誠懇。好。好。好。」老先生說完幾個「好」字後，滯了一滯，接著說，「你們年輕人，就是應該這樣。現在這樣很好，能夠自己承當責任，出來做些事情。北京這些年發展得這麼快，到處都是機會，就看你能不能抓住了。蓼罔私家偵探所。這名字，不挖空心思，誰取得出來。從這兩個字來說，就表明了你們對未來看得遠比很多人透徹。」

「老先生，請問你是有什麼業務要交給我們嗎？你放心，只要是你需要的，我們就一定能夠解決，至於報酬嘛，你別擔心。」我和小孟面面相覷，遲疑許久，最終還是由小孟打斷了老人興致滿滿的講話。

「啊！蓼罔私家偵探所。名字好。你們倆看著也精神、誠懇。好。好。好。」對小孟的話，老先生點了點頭，又把剛才的話說了一遍。

兩個小時後，老人終於累了，躺在小孟的床上呼呼睡起來。

我和小孟翻遍了老人所有的衣兜褲兜，一共找到五十八塊錢。沒有證明老人身分與住處的任何東西，最後，我們不得不把老人叫醒。

「餓了。餓了。該吃飯了。」老人睜開眼，慈祥地對著我和小孟呵呵一笑，然後撫著肚子說。

我拿著從老人身上搜出來的五十八塊錢，從小區超市裡買回兩袋速凍餃子，煮好後三個人分著吃。

「你家在哪兒？怎麼走到這兒來的？」我們問老人。

「餃子。好吃。」老人放下碗，拍拍肚子，站起來。重新回到小孟的床上，準備再次躺下。

「別躺了。我們可供不起你。」小孟有些生氣，走過去把老人拉起來。「你是老糊塗了，還是迷路了？」不想，老人一下子精神了。他站起來，在幾乎無法轉身的屋子裡踱著步子，一面沉思一面看著我和小孟。

「迷路。迷路。迷路。迷路。迷路。迷路。迷路。」他不斷地喃喃著，然後就大喊一聲，像是終於記了起來。「鞋子。對。鞋子。我的鞋子。」

我們不得不哄著老人回到床上坐下，才把鞋子從他腳上拽下來。裡面有一個小小的塑料袋，打開之後，是一張白紙。白紙上面簡單寫著一個地址。地址之外，還有簡單的兩個字。

「謝謝。」

找到白紙上複雜的地址，已經是下午四點多了。

給我們開門的，是一個老婦人。雖然皺紋爬滿了她的臉，可她皮膚的光澤很好。開門看見我們身後老人的一瞬間，她臉上的皺紋似乎一下子舒展開，露出了欣慰的笑容。顯然，她等待老人許久了。不過，老婦人沒有說話，也沒有打開門把我們讓進去。她只是含笑注視老人，同時露出等待著什麼的神情。站在我們身後的老人依然精神抖擻，卻沒有表現出與老婦人相識的神態。他好奇地打量著狹窄的樓梯，防盜門，門邊的老婦人。

「誰呀？」屋裡傳來一個不耐煩的聲音。我們看到老婦人的笑容一下子消失不見。接著一陣踢踢踏踏的拖鞋聲，一張中年人的面孔出現在門邊。

「誰呀，他們是？」他好奇地看看我們，問老婦人。老婦人沒有吱聲，她指了指我們身後的老人。

「啊?!」中年人吃驚地瞪大了眼睛，「你還真有本事啊。」

「這是你們家的人吧?」小孟不耐煩了，「下次看好一點。不要讓他到處亂跑了。幸好遇到我們這樣的專業人士，不然出了事情就麻煩了。把錢付給我們，把人領回去。我們得走了。」

「是。是。這是我父親。」中年人點了點頭，「屋裡坐一會兒吧。馬上付錢給你們。」他的態度令我和小孟很滿意，我們讓老人先，隨後也跟著進去了。進屋的瞬間，我注意到中年人衝老人狠狠地瞪了一眼。

「這是兩百元，算是對二位這次義舉的菲薄酬謝。」坐下之後，中年人爽快地掏出錢包。「剛才這位先生說，你們是專業人士，請問二位從事的行業是?」

「私家偵探，我們主要做跟蹤、尋找、窺探之類的工作。不過，話說回來，你所有的問題我們基本上都可以幫忙解決。」我說。

「那太好了。我正有件事情要二位幫忙，很簡單，我可以付五百元錢給二位作為酬勞。」

「什麼事?請講。」沒想到又來了一筆生意，我和小孟喜出望外。

「咳，是這樣。」中年人瞥了瞥客廳斜對過的一間半開著門的臥室，老婦人已經把老人領了進去。「剛才二位送回來的是我父親。這麼多年了，我一直和他住在一起，煩得我都受不了。從我記事起，他就不認識人，也不記事，可也不像白痴。我一直忍耐著。今年以來，我不想再忍了，便說服我媽，多次將他領出去丟在各個街道胡同角落。想讓他自生自滅算了。可是每次不管間隔多少時間，他都能慢慢回到這兒。我想，只能一勞永逸地解決問題。」

「殺人的事情不在我們的業務範圍。」我和小孟搶著說道。

「沒那麼嚴重。我也不想犯法啊。我只想拜託二位，乘火車把他帶到天津、秦皇島、北戴河、石家莊之類的地方，具體二位不用告訴我。把他放在那兒，讓他再也回不來就行了。」

「如果這樣，五百元還不夠我們來去的路費和食宿呢。」小孟說。

「當然，這個費用我出。我算了算，你們三個人去，兩個人回，最多住一宿，吃三頓飯。八百元錢怎麼著也夠了。」他說完，又從錢包裡拿出八百元，遞給我。我數了數，驗了驗真偽，然後連同剛才的七百元，一起放進兜裡。並衝小孟點點頭。

「沒問題。你的要求我們一定辦到。」我說，「可我有兩個疑問，你要不方便，也可以不回答。其一，你為什麼不自己去呢？這樣還能省不少錢。其二，既然想一勞永逸解決問題，為什麼不多給些錢，我們可以把他送到地球上你指定的任何地方。不管怎麼說，送得越遠越偏僻，回來的可能性越低。」

「我也有為難之處。」他一臉苦笑，「我媽媽身體不好，需要我每天給她煎藥，所以我沒法離開太久。至於第二個問題……」他把錢包打開給我和小孟看，幾張十元面額的鈔票外，已經空空如也了。

「所以，我希望二位一定幫我這個忙，他要是再回來，其他的不說，三個人怎麼著都會餓死一兩個。我想，他每次都能回來，一定是我媽媽想了什麼辦法。這次我一定要杜絕這種情況再發生。」

當著我們和老婦人的面，中年人勒令父親脫下了身上的衣褲鞋襪，換上他拿出來的一套。我們看著老人略帶靦腆地脫下一切，伸開大大的手掌遮擋著羞處，老婦人正想上前為老人換上中年人拿出來的衣服，卻被中年人阻住了。他一件一件地讓老人換上了另一套衣褲鞋襪。這還沒完，他又拿出一個推子，把父親頭上本就不多的頭髮推了個精光。做這些事情的時候，中年人的注意力更多地放在母親身上，防止她做出什麼小動作。

等一切都收拾妥當了，中年人讓我和小孟帶著他父親離去。我們離去的時候，老婦人靠在臥室的門上，平靜地看著，也許老人無數次的去而復返讓她習慣了這一場面。在我們出門的那一刻，她還是乘著兒子不備，把一個小紙條塞進了我的手裡。

離開很遠之後，我打開手裡的紙條，和我們上午在老人鞋裡找到的那張紙條一樣，上面寫著地址，還有簡單的「謝謝」兩個字。

這時，我們經過一個垃圾桶，我順手把紙條扔了進去。

A2 滴答滴

和她說的一樣。我在世界公園對面找到了那棟藍色的，飄著極薄白雲的天空一樣藍色的小樓房，沿著樓梯，我下到地下一層。迎面是一堵灰色的，癩癩疤疤的水泥牆，牆的一隅用霓虹燈鑲出幾個花體字：哈瓦那超級市場。

「不用管字，迎著牆走，就能進去。」

我走進去。裡面是一間普通的接待室，一張辦公桌，對面一把不鏽鋼椅子。辦公桌後面的女人低頭在一張紙上寫著什麼，神情專注細膩，我走過去在椅子上坐下，等著她寫完。她是在設計一份調查問卷，一個個問題和一項項備選答案從她腦子裡平穩地嫁接到一張張A4白紙上，逐漸枝繁葉茂起來。設置問題與答案選項的同時，她嘴裡不停歇地念叨，似乎必須經過聲音的最後核查才能保證它們的有效抵達。偶爾，她還會拋開正在津津有味進行的言詞模擬，在白紙的空隙畫上一隻造型誇張到極致的狗臉，或是在某些文字前面繪上小小的穩固的三角鐵形狀的箭頭。一直到手裡厚厚一沓紙都進入了問題的森林，她才放下手中的筆，站起來動作幅度較大地活動了一下身體。這時，她才初次發現我似的看我幾眼，不過目光平靜得就像我是她辦公桌對面牆上一抹最為普通的牆漆。看了之後，她接著做了幾個大幅度的動作，讓渾身的筋骨都得到了舒展。隨後，她坐下來，看著我。她的問話讓我知道，像我這樣的人是他們這兒最常見的顧客。

「先生，有什麼需要我們效勞的？」她說。

「嗯。」我點點頭，極力斟酌措辭。「唔，一個朋友介紹我來的。她說，說你們這兒能解決我的問題。」

「是的。這方面的所有問題。」她毋庸置疑地回答。或許為了化解我的尷尬，她以我明顯能看出來的不關心問道：「你的朋友怎麼說的？」

「說像我這樣的單身男人，就應該到你們這兒來。你們能讓我不那麼躁動。呃，她的原話是說，能讓我不整天都像一個飢渴者，把性欲都憋成了痘痘碼在臉上，還看誰都不順眼。所以，我想，也許……」

「你喜歡什麼類型的？」她再次抬頭看看我，似乎我是在一抹濕漉漉牆漆中艱難爬動的小蟲子。

「嗯。豐滿一些，就算是肥胖型的也很好。另外，最好能主動地把事情做了。如果聲音特別響亮就更好了，能發自內心地即將昏厥即將死去地喊叫，叫得整個世界都聽得到最好。」

「沒問題。你說的這三個條件都能滿足。」她爽快的回答徹底消除了我的疑慮，我開始感到自在起來，就像是拖泥帶水但終於爬出了那抹牆漆。

「不過，你對我們這兒的理解有些偏差，很多第一次來這裡的人都這樣。我們並不提供性服務，至少不提供簡單交易的性服務。我們是為每個人量身訂做愛情，為每個需要的人提供一份足以慰藉心靈的情感依託。這麼說吧，我們可以簡單地被稱之為愛情置換中心，我們根據你的需要為你尋找符合條件，同樣也需要和你條件一樣的愛人的人，然後通過我們特殊的安排，讓你們最終能夠走在一起。所有的這些過程，你們都不會感到刻意，你們感情的發生都是自然而然的。這也是我們能被稱為超級市場的原因。」

「照你的說法，你們提供的並不是市場機制下的自願選擇。你們只是根據我所謂的需要而給我一個安排，這就像是計畫經濟，了不起也就是按需分配。而不是，我想要什麼類型的愛情，或者我純粹只是出於消費的目的而想要什麼類型的愛情，你們都能提供。」

「我們都能提供。只不過，我們提供的是增值服務。到最後，我們會比你更了解你，我們為你提供的愛情，一定是最適合你的，無論從哪個角度而言。而第一次，我們只是進行一個模擬，以便對顧客進行分析。所以，請你填一份調查表。」說完，她將剛剛設計出來的調查表遞了過來。我接過來，上面列出了很多道選擇題，內容涉及一個人的家庭背景求學經歷工作經驗興趣愛好希望渴求等等。

「這不是你剛剛才設計出來的嗎？」

「是啊。」

「那以前來的人，你們給他們填什麼？」

「哦。這個啊，每個來的人我們都會讓他們填，然後我們會定期地根據反饋信息，對現有調查表的內容設置進行調整。你手裡的這份就是我們最新版的調查表。」

「我能先看看你們的增值服務項目嗎？」我把調查表放在桌子上，「朋友事先沒有向我說得很詳細，我還以為你們的服務是很簡單而直接的，所以，就算是讓我看看可能美好的未來，以便讓我說服自己，好不好？」

「沒問題。雖然是愛情，但我們提供的畢竟是一種服務，讓顧客擁有完全的知情權本來就是我們的義務嘛。」說完，她拿起桌子上的電話，撥了幾個數字，等接通後簡單地吩咐道：「來帶客人去參觀參觀。」

幾乎在電話掛上的同時，接待室的一面牆悄無聲息地向兩邊分開，一位面目憂鬱的姑娘走了進來。她向我職業性的微微一笑，示意我跟著她。

我跟著她進入分開的牆壁後面的空間，那是一個我始終沒有搞清楚有多大的淺藍色的空間，如同分割並不均勻的圍棋棋盤一樣，縱橫交錯的通道旁邊是一個個大小不一的房間，每個房間的四面都是通道，而且這些房間看不到任何可能的門與窗，是完全封閉的。

「這能看到什麼呢？」我問身旁的姑娘。

「各種各樣的愛情啊。」她憂鬱地看了我一眼，隨即停了下來。

「比如這兒。」她隨隨便便在離我們最近的房間的牆上某個地方摸了一下，房間突然寂然地通體明亮起來，就像是陽光突然落在它裡面。透過淺藍的牆壁，我能看到這是一個簡單的一小居，繞著牆壁走動，裡面的細節基本上都在眼前。圍著圍裙的男人正在廚房忙活著，飯廳桌子上已經擺上了兩個粉色的蠟燭台，女人盤腿坐在客廳的地板上，雙手在筆記本鍵盤上不斷敲動，顯然在寫著什麼。男人和女人都對在一牆之外貪婪地注視著他們的我毫無反應，連抬起頭瞟一眼都沒有，這使我確信，對他們來說，牆壁依然是通常意義上的牆壁。

「這是二人世界，堅實淡雅浪漫的愛情。」帶我參觀的姑娘一直隨著我沿著牆壁走動，這時插話進來。她伸手指著正在將菜起鍋的男人，「他在平常生活中，是一個失敗者。工作，愛情，乃至和家人的關係，統統以失敗告終。他希望我們給他提供讓他覺得還值得活下去並且活得有尊嚴的愛情，根據對他的消費紀錄和對他的分析，我們給他制定了這款內容簡單，但是結構穩固的愛情。我們相信，在這種愛情的支撐下，他會慢慢擺脫失敗者這一人生陰影。」

「嗯，挺好的。」我點頭，然後轉過身去，同樣憂鬱地看著她。「假如，將來被看的人是我，介紹的人是你，一定不要說那麼多我的個人信息啊。」

「這你放心。客戶的信息以及他們訂製的增值服務我們都不會向外洩露的，除非……」

「除非什麼？」

「除非他們覺得自己訂製的增值服務很有創造性需要炫耀，或者是給他們帶來的幸福感太過強烈，他們要求和其他人分享。我們會和客戶簽訂詳細的協議，絕對不會侵犯客戶的隱私。而且，客戶同意將自己訂製的愛情展示給別人，也是對公司極為有力的宣傳推廣，公司將給予他視情況而定的優惠呢。」

「對了，我還不知道你們的收費情況呢。」

「我們有一個很複雜的計算公式，依據客戶所需要的服務時間、具體內容、發生情景、達到效果等等大的方面，以及實際服務時的交通費、飲食費、服裝費、化妝費等等小的方面，計算之後才能確定每一單的具體費用。而在每一次服務完畢之前，我們也不知道具體的費用。但是你放心，公司會對你的整體收支做出評估，這筆費用一定在你的承受範圍之內。更重要的是，我們都是事後收費，到目前為止，還沒有客戶認為服務費用過高而拒絕支付的。」

「沒想到你業務這麼熟悉啊。」我由衷地誇道。

「愛情無小事嘛。何況我們提供愛情服務的呢。」她依然很憂鬱地回答。

說話間，我們來到了一間很大的房子前，它足足有七八個普通房間那麼大，無論從哪個角度看過去，它的牆壁都是很長很長的一個平面。

「這裡面是什麼？」我很好奇地問。

「現代帝王的愛情。」姑娘似乎早就知道我要問，拿著答案一直等著我。看起來，臉上都不再那麼憂鬱了。

「現代帝王？」

「是。每個來參觀的客戶都會對它充滿好奇。」她說。

「噢。」我也學著她，在牆壁上隨便摸了摸，但是沒有什麼作用。

「你們摸沒有用的。這種感應牆只記錄了我們幾個『愛情引導員』和入住客戶的掌紋，其他人根本打不開。」說著她再次在牆上摸了摸。

「你們的職位叫『愛情引導員』啊。」我搭訕著，專注地看著透徹明亮起來的屋子。這時我已經明白，這些淺藍色的牆壁就像是一堵堵只能由外往裡看的巨大玻璃，摸牆或者說讓牆產生感應，只是為了使它的這一功能得以展現。所以，裡面的人並不知道自己正被人看著，裡面的一切當然也不會產生什麼改變了。

房間的主體是一個由客廳布置成的碩大書房，一位面貌和精神狀態與威廉·布萊克筆下的魔鬼沒有區別的中年男人正手握毛筆，在一張箋紙上寫著什麼。在書房的周圍，足有十多間臥室，每間房子裡都有一個美麗至極，風姿獨到的女人，這些女人們無聊或有聊地在房間裡做著自己的事情，消磨著自己的時間。也有少數幾個湊在一起，閒聊天或者玩牌喝酒。沒有誰敢走到書房，去打擾正在寫東西的男人。

「國內現在最負盛名的作家。」我旁邊的姑娘說，她一定是看出了我的疑惑。

因為對這方面缺乏基本的興趣和了解，我並不知道這個作家究竟是誰，但我還是繞到他的身後，我想看看他正在寫的是什麼。我看到了一筆娟秀的小楷，它們落在紙上，清爽脆利，看起來非常舒服。但我的確看不懂他寫的是什麼，每個我都認識的字擱在一起我反而不知道其中的意思。我只勉強能讀出來，其中有寫到一個人和一座城市的關係，還有一隻自我反思的鴿子。他寫得很快，一張紙很快就能寫滿，寫完之後，他會隨便地將這張紙揭下來往身旁地下一拋，任憑它落在任何角落，眼也不瞬地接著寫下一張。

「他訂製的愛情呢？不會就是這樣吧？」我問。

「快了。」姑娘的聲音低低的，我奇怪地掉頭看她。她專注地看著書桌前的作家，一副痴痴的樣子，但一點都不憂鬱。

我正要問，卻見作家停止了寫作，將毛筆放在筆架上，站了起來。也就在這一刻，一直待在其他房間裡的女人看見了這一切似的也紛紛站了起來，她們以最快的速度梳妝打扮完畢來到書房，她們以看見了上帝的傑作的目光注視著作家扔了一地的稿紙，再小心翼翼地將它們一張一張撿起來歸置在一起，用文件夾裝好放入書桌旁邊的一個保險櫃裡。做完這一切，女人們才開始真正進入狀態，她們紛紛以最讓男人心醉的姿態站在作家的面前，等待著他的選擇和收割。作家也有幾分慵懶地走過來，他仔細而溫柔看過每個女人，偶爾還會附在對方的耳畔說上兩句話。最後，他指了指一個高挑，像是模特兒的女人。其他女人知趣地回到了自己的房間。

沒有想到，這個女人有著如此出色的身體，甚至可以說，她身體各部分比例的和諧已經超出了人所能夠想像的地步。而作家對此也極為震撼，他目光虔敬地注視著這一切，嘴裡喃喃地說著什麼。雖然聽不到，但我完全能想像得出，那是發自肺腑的，無比真誠的對心中所愛之人的讚美和傾訴。女人對作家顯然充滿著同樣的感情，她看著作家的目光使我相信，她是為了和作家相愛才來到這個世界的。對視良久，傾訴良久，兩個人終於擁抱在了一起。他們火熱的，長滿玫瑰花瓣的嘴唇將要觸碰的一刹那，屋子突然暗了下來，變回了一堵堵冷冰冰的淺藍色的牆。那個憂鬱的姑娘無聲地坐在地上，背靠著牆壁，兩行淚水從她的臉龐上急急地流過。

「你喜歡這個作家？」我走過去蹲下來，問她。她無聲地點點頭，又搖搖頭。過了許久，等淚水停下來，她站了起來。

「沒有用。他訂製的是只在身體結合的那一刻才短暫發生的愛情，現代帝王的愛情，你沒有看見有多少女人願意為他獻身。」她極為哀傷地說。

接下來，她又帶我參觀了「三個人的愛情」，一男兩女融洽地生活在一套房子裡，有著比薩特在《禁閉》中所描寫的還要複雜的相互關係，但他們每兩個人之間的感情交流按照某種極為妥帖的方式安排著，就像是一個個並行發展互不相擾的音樂主題。還有「永恆的愛情」，一位老先生陪著他的夫人看著電視，兩個人都已經近乎失聰，所以儘管電視的聲音開得極大，他們還是要蠕動著沒有牙齒的嘴詢問對方，電視裡那個穿著唐裝的男人在說什麼。但他們說出來的，又都是幾十年前的事情，兩個人都在說，你一句我一句，完全不相關的一些事情被揉在了一起，而他們的表情像是在說著同一個故事，那麼從容，那麼安詳。

「這也是你們的顧客？」我指著兩位老人，難以相信地問。

「不是。這是我們老闆的父母，兩位老人一直這麼生活著，他們已經完全和這個世界融為一體了，所以不介意被這麼看著。」說到這兒，她的臉色好了些，她深情地觸摸牆壁，使它不再透明。「每個參觀的顧客看到他們都極為感動，甚至有不相信愛情的也相信了。人要是這樣，該多好。」

我看了看她，突然迷茫起來，本來想說的兩句俏皮話也一下子忘記了。我告訴她，回去吧，我不想再參觀了。

負責接待的姑娘還在那裡，她伏在桌子上看一個東西，似乎又在修改那份調查表。

「怎麼樣？滿意嗎？」看到我，她直起身來。果然。

「說不上。本來我以為自己明白什麼是愛情的，但現在又不知道了。所以我也不知道能讓你們提供什麼服務。」

「這是我們工作範圍內的了，」說著，她把那份經過修改的調查表遞過來，「填一下吧，我們將首先給你安排一場讓你明白什麼是愛情的愛情。」

說話時，她的雙眼閃爍著灼灼光芒。

B3黃亞兵的故事

「實在不好意思，這麼冒昧地給你打電話。」女人低著頭，低低的聲音，帶著明顯的河南口音，如果不集中精力，我幾乎聽不清楚她在說什麼。而她那五歲的女兒倒是活躍異常，不是在沙發上滾來滾去，就是在屋子裡本就不高的桌子下鑽進鑽出，或者脆脆地笑著、衝進臥室爬上床蹦上蹦下。

小孟因為簡達那件事深受刺激，決定不再等待，而離開北京去南方尋找拍電影的機會後，我留了下來。我依然待在潘家園的那個半地下室裡，除了每天早上十點去小區門口的郵政亭裡買一份《新京報》、每週六下午三點再去買一本《南方人物週刊》之外，我大部分的時間都躺在床上發呆。原來掙的錢小孟給我留了一部分，足夠我這樣待很長一段時間了。我想，除非小孟的表哥讓我搬出去，或者留下來的錢花得一乾二淨，沒有什麼理由要馬上找一份工作。然後我就接到了她的電話。

「我們一家三口本來過得挺好，她爸在啤酒廠上班，每個月的收入不算太多，卻也夠我們三個人生活。我平常在街道辦事處做些事，掙得更少，但貼補家用，買點米啊麵啊肉啊什麼的也夠。我們計畫著，慢慢地能夠攢一點錢，等孩子歲數到了，就送她上學。好好地供她，讓她能考上大學，過上和現在完全不一樣的生活。上個月的十六號，他回家後就顯得懶洋洋的，躺在床上飯也不吃，連著睡了三天。沒病，可就是不去上班。我知道他們單位管得嚴，催他趕緊去。他還衝我發火，我們結婚這麼些年，他還沒衝我發過火呢。我當時嚇壞了，心想，可能出什麼事了。我便去他們單位問，結果誰也不知道他出過什麼事。他們主任還讓我催著他，讓他趕緊去呢。我回來和他說了，他也答應了。第二天一大早就高高興興出門了。誰知道，這一去就再也沒有回來。

開始，我還以為是和同事朋友去玩、散心了。可等了兩天，還是一點音訊都沒有。我這才著急起來。他的朋友中我認識的挨個問遍，也沒有一個人知道。再去他們廠問，他十六號之後就壓根沒有去過。人要倒起楣來，喝水都塞牙，我正為他去了哪裡發愁，又趕上街道裁撤所有臨時工，丟了工作。街道主任看我可憐，雖然不可能讓我再做原來的事，還是安排了清理小廣告的活給我。這活比原來的工作累一些，可掙得要稍微多一點，這樣一來，我們母女的生活有了基本的保障。我抓緊時間，去所有我能想起的地方和人那兒，結果都不知道他在哪兒。你說，翻過坎女兒就該上學了，到時候我從哪兒找錢啊。」女人說著說著，停了下來，我看著眼淚在她眼眶裡打轉，最終還是生生地回去了，沒有流出來。

「我差不多要垮了。今天清理小廣告時，在天橋腳下發現了你們偵探所的廣告。本來我沒注意，現在誰還敢信這些。可是，我看到了那張臉。我覺得，能在發布小廣告的同時畫上這麼張圖，可見你們不是在騙人。我就抱著試一試的態度給你打了電話，希望你們能幫我把他找回來。」女人說完，抬起頭看著我，儘管她的目光還有些怯怯的，卻依然能很清楚地看出其中的信任。「至於錢，恐怕只有等到他回來才付得起。這是我最不好意思開口的地方。」

「你為什麼不報警呢？一點錢都不用花。」

「我一個老鄉說，現在搶劫殺人的事情警察都管不過來，哪兒顧得上管一個大男人去了哪裡。」女人說著，又望過來，眼淚終於流了出來。

「我是檢驗車間的老劉，你找我？」

「是。我是黃亞兵他老婆的表弟，想和你聊聊黃亞兵的一些情況。」

「亞兵還沒找到？我知道的都和他老婆說了呀。走走走，那邊有個冷飲店。咱們過去坐著聊。」

「亞兵人挺好的。十多年前才分到廠裡時，就是我帶他。他那個勤快勁我後來就沒在其他人身上見到過，二十郎當歲的小夥子，又是新分來的大學生，不是迷迷糊糊就是心高氣傲，哪兒能和我們這樣的老人混在一起啊。再說，廠裡當年有規定，新來的員工，不管你是中專生還是博士生，都得到各個車間鍛煉一年。光是出貨搬運，亞兵就幹了半年。可誰都沒聽他抱怨過，相反，他眼裡還特別有活，一見誰忙不過來，只要能伸出一隻手幫襯一下，絕不含糊也絕不猶豫。說我帶他，實際上我也沒能交給他什麼本事，不外乎是廠裡工作的流程，還有和同事領導打交道的時候注意點什麼。就這些，他愣是『師傅師傅』叫下來，到現在也沒改口。」

「亞兵有多少天沒來上班了？」

「上個月十六號之後就再也沒來過。二十五天了。再有六天，也就是到下個週三，他要再不來，也就不用來了。」

「為什麼？」

「廠裡的規定，無故曠工十五天就開除。他沒來的這一段時間，他的工作我們幾個都分著做了，考勤什麼的能遮掩也就幫著遮掩了。但我們最多也就能遮掩一個月，這個月月底是部門季節總結和考核，他要不來就沒有辦法了。」

「只要這兩天能找到他，讓他來就沒事吧？」

「嗯。不會出什麼大紕漏。你們都在哪些地方找過了？」

「喔——我表姐昨天才把我從河南家裡找來幫忙找，她說她知道的地方、她能問的人，都試過了。」

「我還有個問題。都快過去一個月了，他這活不見人，死不見屍的，你們為什麼不報警呢？萬一真出了什麼問題，誰擔待得起。」

「你表姐怎麼說的？」

「她說，殺人搶劫的事情警察都忙不過來，哪兒會來操心一個完全正常的大男人去哪裡了。」

「她不是你表姐吧？」

「不是。說實話，我只是她花錢請來幫著找人的。不好意思，剛才騙了你。」

「噢，沒事。不報警也是我的主意。你想，警察接到報案就必然驚動廠裡，如果亞兵沒找到其他工作，就回不來了，他家裡那個情況估計你也知道，他要丟了工作，維持生計都成問題。這樣越拖到後面，越不好報警了。」

「行，我明白了。」我拿出一張紙，寫上電話遞給老劉。「你要是還有什麼線索，一定記得告訴我。謝謝了。」

「我知道的都告訴你了。你和亞兵他老婆商量下，如果過幾天再找不到，也只好報警了。的確是，真出了問題大家都麻煩。忘了一件事。你可以去亞兵他爸媽家看看，老兩口一直反對亞兵和他老婆結婚，我估計亞兵他老婆不會告訴你這個信息。」

「誰呀？」

「你找誰？」

「阿姨你好，我是亞兵的同事。」

「哦。進來坐下說吧。」

「喝點水吧。亞兵和他那個女人過得好嗎？」

「我才到廠裡沒多久，不太了解。」

「哦。」

「你來有什麼事情嗎？算起來，亞兵都快三個月沒回來過了。也不知道孫女兒怎麼樣。不過，我是不會去看他們的，那個女人，能把日子過好？反正我是不相信的。你說是吧，老頭子。」

「阿姨。是這樣，亞兵已經快一個月沒來上班了，我們到處都找不到他，廠裡讓我來看看，他是不是在家裡。要是再不來上班，廠裡只能把他開除了。他最近有回來嗎？」

「你該去他那個家裡看，人不見了就到這裡來找。他死活要和那個不要臉的結婚，死活要住在一起，我們怎麼說都不聽。他現在和那個女人是兩口子，哪兒還會賴在父母家啊。你去他那個家裡看看吧，你還沒去過吧？」

「我去過了。那邊他也有快一個月沒回去了，所以我才到這兒來。」

「那邊沒有，你就過來了。不是那個女人讓你來的吧？你回去告訴她，我兒子是跟她結婚去了。現在人不見了卻跑回來找，哪兒有這樣的道理。你和她說，趕緊讓亞兵回家來一趟。要是這幾天都不回來，我就只能報案，說她把我兒子殺了。你趕緊去和她說。」

「朋友，等一等。」

「你走得太快了。」

「你是？」

「我是亞兵的髮小，我們一起在那個院子長大，我今天剛好回來辦一些事，聽到你和他媽媽談起他，他好像出了什麼事情，所以趕緊追上來問一下，看有什麼我能幫上忙的。」

「哦。也沒什麼，他從上個月二十一號離開家之後就不見了。他老婆找了很多地方也沒有找到他，連他去了哪裡都不知道。請我來幫著找一下。你也知道，她和亞兵的父母關係不好，我就過來問問。」

「豈止是不好，簡直是糟糕透了。這樣站著說話也不是個事，瞅你也還沒吃晚飯的樣子，要不咱們去那邊的小火鍋店邊吃邊聊吧。」

「不啦，我還著急回家。要是你不介意，咱們可以邊走邊聊，反正我也從這邊去車站。」

「也行。亞兵真倒楣啊。從小到大，我們一起上學一起玩，他比我聽話，比我認真，比我努力，可到現在，要錢他沒我有錢，要一家人和和睦睦他更不如我，就連說到老婆的賢慧貼心，你別看他是不惜與家裡人翻臉才和他老婆在一起，我只是經過別人認識我老婆的，我敢說，我老婆遠比他老婆對丈夫好。」

「你最後一次見到他是什麼時候？」

「上個月的一天，我想想，應該是十六號。對，沒錯，就是十六號，我當時剛剛從一個客戶手裡結了一筆款。二十多萬呢，操他媽的，要是再不結，我就該考慮是不是砍死他了。拖了那麼長時間，光是利息也是不小一筆錢了。也因為結了這筆錢，我那天特別高興，早早從公司回來看老頭老太，和他們商量時間帶他們去看新樓盤，都要拆了，不早點看到時候住哪裡？我和老頭老太說好，從院子裡走出來，迎頭就碰見亞兵，他一臉的沮喪。對了，他也沒進去，我們就直接到了這家涮肉店涮羊肉了。」

「他和你說什麼了？」

「還是單位的那些事，被領導穿小鞋什麼的。其實這些都不算什麼，他現在最要緊的是，得找一大筆錢。你想，孩子要上學了，這邊的房子拆了要買房，這些花費都不是個小數。尤其是房子，不買兩位老人就沒地方住啊。他們肯定是寧願死也不願意和他老婆住一間屋的，更何況，他那個屋子也就兩間房，也根本住不下。」

「這邊拆房沒有補貼嗎？」

「你看到的那個院子，總共才補七十多萬，分到他爸媽身上的也就五六萬，你說夠在哪兒買房子？」

「他讓你幫他想辦法換工作了嗎？」

「沒有。前幾年我倒是和他說過，他捨不得離開啤酒廠，過了這麼多年，也快四十歲的人，哪裡還能要他？可能他也明白。那天晚上只是讓我陪他喝了兩杯酒，其他的沒有說得太多。」

「你覺得他最可能去哪裡？」

「不在廠裡，不在家裡，又不在院子這邊，不見這麼長時間。說不定已經死了，自殺了吧。像他這樣活著的確是沒多大樂趣。」

「他和誰有仇嗎？」

「他活著或者死了，受影響的也不過是三四個人，可能注意到他死了的也就那麼三四個人。你想，這麼悄無聲息的一個人，怎麼可能和誰結仇呢？」

「亞兵的父母怎麼會對他老婆的意見那麼大？」

「其實也沒什麼大不了的，老一代人嘛，不喜歡晚輩的做事方法是一定的。當時，亞兵的父母託人給他介紹了一個郵局的姑娘，那女孩長得水靈嘴甜手勤，哄得兩位老人歡喜得把她當成寶貝一塊。亞兵呢，談不上多喜歡她，好歹看在父母的面子上，也默認了。可在此期間，亞兵遇見了他現在的老婆，別看那個女人遇事見人都一副畏畏縮縮，怕事至極的樣子，對自己喜歡上的男人可一點都不含糊。她當時只是在一個街道做臨時工，偶然和亞兵認識了，不知道怎麼的，她和亞兵互相喜歡上了。亞兵還猶猶豫豫，不知道怎麼跟父母和郵局的姑娘說，她卻堅持和亞兵租了一間房子住在了一起。十多年前啊，雖然未婚同居不算犯法了，卻也夠讓人吃驚。就這樣，亞兵的父母視她為眼中釘，根本不容她進屋。本來，父母的心都是肉長的，誰都不會真正和孩子一家人為難。可是這個女人也奇怪也硬氣，結了婚甚至後來生了孩子，都從沒有回來看過兩位老人。你說，雙方的感情能好起來嗎？」

「那郵局的姑娘後來怎麼樣了？」

「就像很多老套的電視電影一樣，被老兩口認作乾女兒了。這麼些年，她真是盡到了一個親生女兒的責任，來看老兩口來得比亞兵都勤。這也算是老兩口多少年來的一點欣慰吧，現在，他們見人都說，幸虧那姑娘沒嫁給亞兵，因為亞兵根本就配不上她。」

「她現在生活得怎麼樣？」

「普普通通，聽說去年丈夫死了，和兒子一起生活。」

「她後來還和亞兵有聯繫嗎？」

「沒聽亞兵説過。不過在老人家裡碰見估計是免不了的，雙方的性格都很溫和，而且過了這麼多年，彼此也都有了家庭，應該也沒什麼尷尬難堪的了。」

「麻煩你幫我問問原來那個郵局女孩的現在的電話，如果問到了，請通知我。謝謝。」

「請問靳鴻在嗎？」

「你是哪位？」

「我是楊讓，黃亞兵的一個朋友。你是靳鴻吧？」

「我是。你有什麼事嗎？」

「我能和你見面談談嗎？」

「就在電話裡説吧。」

「黃亞兵已經失蹤一個月了，你上一次見到他是什麼時候？他和你説什麼了嗎？」

「你是警察？」

「不是。我能和你見面聊聊嗎？」

「不能。沒什麼可聊的。」

「你找哪位？」

「靳鴻在家嗎？」

「我就是。你是誰？」

「我叫楊讓。早上給你打過電話，和亞兵有關的事情，想和你聊聊。」

「你沒毛病吧？」

「不好意思。你也知道，要是再找不到他，他老婆和女兒的生活很難維持，何況他女兒就快上學了。再說，找不到他，等院子拆了，他父母該住哪兒啊？總不能餓死凍死算了吧。」

「你到底是什麼人？」

「我是他老婆請來幫忙找他的。」

「給你多少錢？」

「我也不知道。所以我也想早點找到他，這樣才有人給我付錢嘛。」

「你想問什麼？」

「你最後一次見到他是什麼時候？」

「快半年前吧。在他父母家裡。」

「你們說什麼了嗎？他有沒有向你抱怨工作或其他的？」

「閒聊了一些近況什麼的。他從來不向我抱怨。」

「你知道他現在過得不太如意嗎？」
「聽說過一些。」
「他和他老婆關係怎麼樣？」
「家裡窮，沒錢，關係怎麼能好。」
「有沒有聽說他老婆的閒話之類的，比如說……」
「你懷疑那個女人殺了他？」
「有這種可能性。」
「你不懷疑我殺了他，他父母殺了他，或者他廠裡什麼人殺了他？」
「沒這個理由。」
「所以。」
「你這麼信任她？如果不是她，就是你和亞兵結婚。」
「不是信任。我相信她幹不出來這樣的事，女人對女人的感覺很準的，尤其都是喜歡同樣類型的男人。」
「你還喜歡亞兵？」
「一直。」
「他不知道？」

「知道。」

「你們沒想過再在一起？」

「我想過，但我們都折騰不起。」

「換個城市呢？好歹有點積蓄，一起在小城市找個工作，生活沒在北京累，還能和喜歡的人在一起。」

「如果這樣，我還在這裡等你來問我？」

「好吧。謝謝。」

「等一下。這是我一個朋友的電話，半年前，他託我幫他找個人做銷售經理。收入待遇比亞兵在啤酒廠好很多。我給了他亞兵電話，也和亞兵說了。後來忘了問他們聯繫過沒有。」

給幾個文件重新命名，標上「老劉-06-09-10-啤酒廠外雪花冷飲店」、「黃亞兵父母-06-09-12-慶豐胡同黃亞兵父母家」、「黃亞兵髮小-06-09-12-慶豐胡同」、「靳鴻-06-09-15-電話」、「靳鴻-06-09-15-安貞里靳鴻家」之類的備註，我將它們統統放在一個取名為「黃亞兵」的文件夾裡，然後刻成一張盤。是時候結束這件沒有盡頭的追尋工作了。

雖然靳鴻提供了新的線索，並給了我那個招銷售經理的朋友的電話，但是我已經隱隱約約感覺到，就算我找到他，他也一定不知道黃亞兵究竟去了哪裡。而且，他還會再給出某條似乎明確的線索，讓我再去找另一個人。

長久以來的尋找結果說明了什麼？是黃亞兵的生活遠沒有事先想像的那麼簡單，在他直白如燈光一樣透明的生活裡，隱藏了不為我們所知的陰影，裡面暗藏玄機和豐富？不盡然。現在獲得的所有內容，都不超過單調生活的插曲。或許是在最初的判斷，以及後面所有事情的判斷上，我都產生了根本性的錯誤。我得到的資料不過是與他實際生活愈行愈遠？還是不盡然。我找到的這些內容足以描繪出這個人的生活肖像。我知道，繼續追尋下去，我將永遠疲於奔命，陷入人物鏈條的清理中。而如果我停下來，可能答案將馬上出現。關鍵看我是否還有興趣和耐心。

現在，我想結束它。不管是死是活，不管被動主動，都與我沒有關係。將這份刻錄好的光盤拿給那個最初找到我的女人，就算有始有終。

這時，我的手機響了。還是那個電話，還是那個怯生生的聲音。

「喂，你好。今天整理亞兵的衣服的時候，我從他褲兜裡找到一張購物小票，八月十六號在哈瓦那超級市場購買的一瓶礦泉水。」

「什麼超市？」

「哈瓦那。我問了一個同事，說是古巴的首都。可能是超市，小票上寫明了的，哈瓦那超級市場。」

A3 滴答滴

哈瓦那超級市場並不好找。因為不能從空中俯視，我不知道它究竟掩藏在這一片空闊地帶的具體什麼位置。我在幾條能進去、前方通暢的胡同裡走了許久，每一次走到寬敞的路口，我抬頭都能看見遠方隔著一條大路的世界公園大門，它兩邊尖尖的藍色和金黃色的童話城堡塔尖挺立在沒有雜質的藍色天空前方。而我經過的胡同兩邊，一律是矮矮的、青灰色的幾層小樓房或者平房，它們彼此相同到使我以為走在裡面是走在時間外面。

「我找不到你說的哈瓦那超級市場，能不能告訴我更確切的位置？」我給同事發短信。

「南四環外，世界公園對面。」

「我正在這邊的胡同裡瞎竄呢，找不到。路過的人也都不知道。你不是要我的吧？」

「當然不是。從你所在的位置直接往前走，第一個路口左拐，直走，第二個路口右拐，直走，第三個路口右拐，直走，第四個路口左拐，直走，第五個路口左拐，直走，第六個路口左拐，直走……以此類推。你遲早都能找到。」

按照這個指示，我在再也沒有路口可拐的時候，來到一幢被青灰色的院牆包圍著的建築前，大院入口是一個大大的影壁，上面用隸書寫著「哈瓦那超級市場」。繞過影壁，我發現這是由和潘家園舊貨市場布局差不多的一個個攤位組成的大型市場，不同的是，每個攤位相對封閉一些，只有面向通道的這一面敞開著，進深更大一些，每一個攤位除了擺放物品外，都足夠攤主隔出地方，放上一張床或床墊，以便晚上休息。

市場裡面的顧客並不多，而且只有極少數人像我這樣逐個攤位細看，我注意到幾個比我後來的人都目的明確地直奔某個方位而去，他們顯然對自己的目的以及能實現目的的攤位瞭如指掌。有了顧客的攤位，也是只有一位顧客，他們坐在一把藤條編製的凳子上，目光憂傷地或欣慰地注視著攤主從架子上取下來某件物品，接過來，渴極飲水那樣貪婪地注視著。我在一個攤位上還看到一位白髮蒼蒼，身穿唐裝式棉襖的老先生手裡拿著一個木頭削製的陀螺，對著只有七八歲的攤主流淚不止，而那個好動的攤主抓耳撓腮地不知如何是好。

攤位的設置毫無規律可言，陳列各種各樣中學課本的攤位旁邊可能是各種女式馬靴的攤位，順著一排排馬靴靴跟處閃爍著黃銅光亮的馬刺看過去，可能是一家棗糕製售店。也因為這樣，雖然市場裡面是橫豎規則的劃分，各個攤位也都很規整，我反而很快就失去了方向感。幸好，我還記得自己的目的，我想，既然找到了這裡，就一定能找到自己想找的東西。

很快，我發現一家滿是各種念珠的攤位上散亂地放著一些菸盒，它們都折疊成了我印象中的三角形，一個個尖尖的小角露了出來。我強忍住心中的激動，從左至右數了一下，一共是二十五個。等我拿出來快速看過，卻都是現在到處都有的「雲煙」、「紅塔山」、「中南海」等牌子，它們被我整齊地放在一處後，顯得如此陌生，以至於我開始懷疑，小時候的菸盒是否是折疊成這樣。

我正要失望地走開，突然身後傳來一陣急切跑動的腳步聲。

一個男人滿頭大汗地跑過來，跑的同時，雙眼飛快在兩邊攤位上瞄過，顯然在尋找著什麼。他的懷裡抱著白白的一團東西，那東西似乎還不輕，所以他的步子已經有些踉蹌。附近有一兩個尚未找到想找的攤位因而還在溜達的顧客看了他兩眼，但沒有誰給予幫助，而攤主們更是沒有一個出來。對他們來說，這好像是司空見慣的事情，根本勾不起任何的興趣。快跑到我的面前時，男人體力難支，竟然雙腿一軟，就要摔下去，摔倒的同時，他幾乎是無意識地把手中的東西往我這邊一伸。我下意識地接過來，手裡一沉，那東西幾乎要掉在地上。

隨即，我聽到懷裡的東西「嗯」了一聲。原來是一個人，這個人的頭髮都已掉光，和所有禿頂的人一樣，頭皮光亮。不過從其雖然枯黃但是秀麗依然的眉目和臉頰，還是很容易辨認出這是一個女人。女人的嘴唇蒼白如紙，身上枯瘦如柴，緊緊閉著雙眼，像一股風颸過一張牛皮紙那樣呼吸著，一件白中嵌著淺藍色條紋的住院服過於寬大地罩著她小貓般蜷著的身子。

「兄弟，謝謝你了。」那個男人已經站了起來。說著話，他拿袖子擦了擦額頭上的汗，然後伸過手來，準備接過女人。

「如果不介意，我幫你抱一會兒吧。」聽他顫抖的聲音，我知道他累到了極點，就算把女人交到他手裡，他也抱不了幾分鐘。

「謝謝了。」他順了順氣，「不過，能不能請你跟上我。太著急了。」

「沒問題。你在前面走，我盡力跟上。」

男人再次跑起來，因為沒有了懷中的負擔，也為了照顧我的節奏，他的步子沉穩了不少，節奏也放慢了一些。他看得更加仔細，每一家我們路過的攤位，他那漁網一樣撒開的眼睛不漏過任何有用的線索。我緊緊地跟著，眼睛也盡可能地在路過的攤位上瞟過去，我想，如果能碰巧發現我要找的攤位，也算是意外得來了。

「等一等。」男人突然發現了什麼，聲音都因激動而有些變調。我抬眼望去，原來是一個圍巾攤位，攤位兩邊牆上一排排白色掛鉤上，掛著一條條顏色張揚或收斂的圍巾，下面的木架子上更是堆著各種各樣款式的圍巾。男人仔細而焦急地在圍巾堆裡翻找著，坐在攤位深處藤椅上那個佝僂著背的老太太顯然是這兒的攤主，她目光柔和地望望我和我懷裡的女人，又望望男人。

「娟，我找到了。我找到了二十年前送給你的絲巾了。」男人從圍巾堆裡抓起一條紅色的絲巾，像舉著一面旗幟那樣挺直腰板，大聲地衝著我們喊。這句話像是分娩的福音注入到我懷中的女人身上，她慢慢有了反應，並如出蛹的蝴蝶發芽的桑樹，伸展開雙手雙腳，渾身恢復著生機。她推開我的手我的懷抱，雙腿顫巍巍地立在地上。她的眼睛開始還微閉著，現在拉開了一道縫隙，隨著縫隙的擴大，明麗的目光流淌出來，這目光徑直流淌在男人身上，反射回陣陣羞澀，綻紅了她的臉她的唇。男人則雙手伸開，將那張絲巾儘量展開，這是一張紅色的，然而在四個角分別繡有白藍黃紫四色花朵的絲巾，差不多有舉著它的男人那麼高，現在輕輕飄動著。

女人羞紅著臉，走上去，站在男人面前，仰臉注視著男人。男人對角捏著絲巾，將它對摺起來，對摺的絲巾圍在女人的脖子上，繞過一圈之後，繫成了一個大大的蝴蝶結，再把兩個角展開，就像一對蝴蝶翅膀，一隻翅膀上繡著藍色的蘭花另一隻翅膀上繡著紫色的丁香花的蝴蝶。這隻蝴蝶歇在女人的胸前，兩隻翅膀隨著女人劇烈起伏的胸膛而撲搧著，搧起了馥郁的生意浸潤著女人，女人凹陷的雙頰豐潤起來，枯黃的臉色紅潤起來，緊繃的皮膚柔潤起來，她完全謝頂的腦袋長出了黑而亮澤的頭髮，直垂到腰身，她枯瘦乾涸的身體變得豐盈多姿，羞怯中風情萬千。女人雙手在蝴蝶的兩隻翅膀上撫過，隨即張開著，撲進了男人的懷裡，兩個人久久地擁抱著依偎著。而那個佝僂著背的攤主老太太就一直坐在藤椅上，微微抬起頭，注視著這一切，彷彿注視著年輕時候的自己。

不忍心打擾他們，我轉身離開。想著兩個人重新回到當年的時光，女人一定死而無憾，我不禁有了很多感慨。神思迷離中，有什麼東西迎面而來，想要躲閃已經來不及，我只能閉上雙眼側過臉，雙手望上一擋。「嘩啦」，就聽見一聲響，觸手處是紙殼箱一樣輕飄飄的東西，還有一些碎片一樣的東西濺在我身上，隨即也輕輕地彈落在地上。睜開眼，一個十歲左右的小男孩，直愣愣地看著我，與其說想哭不如說是發呆，這突然出現的狀況大大出乎了他的意料。他的腳下，是一個大大的紙箱子，箱子傾斜著，倒出來的菸盒散了一地，少數菸盒落得更遠，它們應該是剛剛從我身上彈出去的。他一定是得到了想望已久的一大堆菸盒，勉勉強強地碼放在紙箱子裡面，興沖沖地端著箱子跑過來，不想被我撞了個正著。

「讓我看看你都發現了什麼寶貝。」我蹲下來，扶好箱子，將落在外面的一個個撿進去，碼好。「咱們把這些鐵的木的塑料的等等重的放在下面，這些紙殼的放在上面，下面沉就會穩一些。」

「可是上面太輕，容易飄。再被撞一下，被風吹一下，說不定就會掉。」小男孩跑過去，把落在遠處的撿過來。他認真地看著我說。

旁邊是一家老報紙攤位，我走過去，好說歹說，攤主找出了一張多餘的上世紀50年代的《人民日報》和一截繩子給我。我將報紙蓋在碼好的菸盒上面，又用繩子繞了兩圈，箱子看起來像是一摞整整齊齊的書。小男孩高興地彎腰抱起它，準備離開。

「你在哪兒找到它們的？」我問。他的寶貝裡面沒有我想找的東西。

「那邊。」他回過身，衝剛才來的方向伸著下巴，「過去第三個攤位的旁邊就是。」

我走過去。這個攤位極為整潔，沿著三面牆，從上到下鑲嵌著一層層櫥窗，明亮的櫥窗裡面是一排排正身而立的菸盒，它們的商標正對著看的人，猶如一個個女人將自己最美麗的部位大方展示在外。這些材質、長短、色彩各異的菸盒被非常協調地安置在一起，極少數被撕開或撕掉一塊的菸盒夾在其中毫不礙眼，彷彿天生就應該在那裡。地上堆放著很多個用藤條編製的，差不多到人大腿那麼高的筐子，裡面也放滿了各種各樣的菸盒。所有這些菸盒，無論是站在櫥窗裡，還是擠在藤條筐裡，都精神飽滿，似乎在沒有回憶沒有想像地晒著太陽。在一旁，躺在藤製搖椅上的攤主手裡夾著一支燃到一半的香菸，悠然地閉著眼睛，隨著搖椅的擺動起伏著身體，同樣像是在沒有回憶沒有想像地晒著太陽。

「老闆。」我喊。

他聽到了我的聲音，但沒有睜開眼睛，只是將手裡的菸湊到嘴邊吸了一口，徐徐地吐出一串鳳仙花狀的煙圈，然後再伸直雙腿，減小搖椅的搖擺弧度。直到搖椅平靜下來，才睜開眼睛看著我。

「有沒有『春燕』、『三峽』、『大重九』、『大前門』？」我問。

「找它們做什麼？」

「小的時候，我玩過搧菸盒。一群孩子湊在一起，每個人掏出自己折疊成三角形的菸盒，誰的菸盒售價高誰最先搧，所有菸盒甩在地上，你能搧翻多少就拿走多少。那時候的『春燕』、『三峽』等牌子的菸現在早就沒有了，最貴的『大前門』現在也不值錢了。我想再看看這些菸盒，不知道它們和記憶中的有多大的差別。」

「你等等。」攤主從搖椅上站起來，他端起一個藤條筐，拿出藏在下面的一個鞋盒子，遞給我。我打開。鞋盒裡從上到下碼了三層兩排，全是折成三角形的菸盒，大多數都是「春燕」、「三峽」、「天下秀」、「黃果樹」，還有少量的「紅梅」、「阿詩瑪」、「紅塔山」、「大前門」等，每個菸盒的折痕都重，其中的一些甚至沿著折痕有了一條小小的鏽跡形成的線。我把它們拿出來數了數，整整兩百三十六個，這可都是我從幼兒園開始一直到小學四年級攢來的和贏來的。而裝著它們的鞋盒子，它上面那把在泛黃的鞋盒殼子依然寒光閃閃的軍刀，還有軍刀上面用圓珠筆寫上的，筆跡稚氣的我的名字，無一例外地證明了它正是我從父親那裡軟磨硬泡得來的藏寶盒。因為上中學住校，我將它們藏在了一個無論誰都找不到的地方，後來我也再沒找到過。

「它怎麼會在你這裡？」我問。

「你怎麼到這兒來了？」

「我一個同事讓我來的。我告訴他，想找找原來玩的菸盒看看，但始終未能如願。他就讓我來了，說我能在這兒發現很多東西，或者說任何我想找的東西。」

「是啊。這個市場就是存放記憶的地方。任何構成你人生經歷的東西，都能在這兒找到。找到了它們，你就能豐富你的記憶。通過細節俱全的記憶，你就能回到某個特定的時間段，將你經歷過的生活嶄新地再次經歷。市場提供的所有東西，都只是給不同的人或同一個人提供不同的記憶支點，小瑪德萊娜點心之類的東西。」

「照你這麼說，市場上的所有攤主豈不都是過著一種寄生生活，而且是寄生在影子上。」

「是雙重的寄生生活。不過不是寄生在影子上。我們在這裡純粹是因為對記憶的不斷擴充，導致我們需要一個合適的地方將它的載體安放起來。你一路走來想必也看到了，市場攤位的分布沒有規律，攤位上的貨物也沒有規律，它僅僅與攤主個人的記憶興奮點相關。比如這裡，全部是菸盒，只因為我的回憶中只有菸盒。可以說，我們和我們攤位上的物品相互開放，合在一起就成了一個圓滿的世界。這個世界本身，同樣能容納外人的尋找，給外人提供支點，因為它和外來者的記憶相黏連。」攤主說。

「你也可以到這兒來開設一個適合你的攤位。不過你需要等。」攤主說著，拿出一疊紙來，這是一份調查表，上面列出了很多道選擇題，內容涉及一個人的家庭背景求學經歷工作經驗興趣愛好希望渴求等等。看我沒有筆，他又遞給我一枝藍色的簽字筆。「把這些填好，你進來時看見的大影壁背後，有一個郵筒，你只需要放進去，市場管理處就會給你登記備案。一旦這裡有攤主去世，空出了位置，他們將根據你填的表格和你的序號，進行挑選。」

「好。我考慮考慮。」我接過表格，放在一邊。「但我現在最想的，是搧菸盒。」

我和攤主把鞋盒子裡的菸盒分成兩部分，一人一半。我們每人每次出一個菸盒，價高的占先，占先的人把兩個菸盒稍微折一下，再摔在地上，伸出一隻手去搧，只要搧翻了就算贏，就能拿走菸盒。我們脫去外衣，擼起袖子，蹲在地上，每次都掏出最貴的菸盒以搶占先機。我們就這樣搧著，每次摔下菸盒的時候，我周圍的環境就像拉洋片一樣轉回到一所四四方方的小學校，在高高的旗杆下面有一塊水泥地，我摔下的菸盒都落在了上面，我手掌搧起的風都在上面颳過。每當我贏了的時候，我就伸手拉過胸前的紅領巾擦去搖搖欲墜的鼻涕，然後咧著嘴衝身邊的同學哈哈大笑，得意忘形。

C 哈瓦那超級市場

網上沒有任何關於哈瓦那超級市場的信息，除了一個名為「滴答滴」的博客。那個博客上只有三篇文章，每篇文章都與哈瓦那超級市場有關，但三篇文章所寫的哈瓦那超級市場看不出有什麼相同點。不過，文中提到的市場位於南四環外，世界公園附近，這點倒是確定的。我想，還是去看看吧，算是把這件事情了結一下。

但世界公園附近只有一片新興的寫字樓和一個正在建設中的名為「北京國際花園」的別墅區，看不到任何大型超市或者市場的痕跡。我站在世界公園的門口，看著手裡的購物小票，再看看頭上白白的秋日，感到自己的行為萬分可笑。笑完之後，我想，既然來了，還是問問吧，說不定它就在某個我沒有看見的地方藏著呢。剛好，一個青年男子匆匆地從我對面走過來，他手裡拿著一個文件夾，步履匆忙卻不忘盯著文件夾裡的一份文件看個不休。

「你好。請問附近是否有一個哈瓦那超級市場？」我迎上去問道。他停下來，疑惑地看了看我。看得我有些莫名其妙了又開始笑起來，笑了一會兒，才問我。

「你怎麼知道哈瓦那超級市場的？」

「聽一個朋友說的。據說很大，想得到的東西裡面都能買到。」我含糊其辭地說。

「噢。是有，離這兒還有些距離呢。你看，」他指著馬路對面正在進站的一輛744公交車，「坐到紀家廟下，哈瓦那超級市場就在附近一個叫作育菲園的小區裡。如果找不到，再問問就行了。」

「好。謝謝你。」意外收穫讓我喜出望外，趕緊道謝。

「沒關係。不過等找到了，你可能會失望的。」他說。

我站在哈瓦那超級市場對面，看著它，沒有失望，卻再次笑起來。我站在它對面的一面圍牆下，背靠著圍牆，笑得彎下了腰。陽光斜斜地從天空照射過來，照在我的身上，彷彿還照在我的影子上。笑夠了，我直起身子，看著它。

它和任何一個社區都能見到的小超市毫無區別，擠在一排平房中間，左邊一家兼做光盤租售的乾洗店，右邊一家蔬菜水果店。屋簷的上方，正對著我這一面是一塊長長狹狹的藍色噴繪廣告牌，上面用宋體打印字寫著：哈瓦那超級市場，旁邊用小了幾號的字寫著「日用百貨，菸酒；副食調料，茶糖」，算是對超市經營範圍進行說明。廣告牌的左右兩端各有一個百事可樂的紅白藍三色太陽商標，可能因為此，整塊廣告牌上還布滿了藍色的汽水泡泡，使得「哈瓦那超級市場」幾個白色的字非常醒目。

超市中間擺著兩排一人高的貨架，兩邊靠牆同樣擺著貨架，加上兩端的冰櫃與拖布、塑料盆、塑料桶之類的東西，與一間中小學教室大小差不多的整個超市顯得擁擠不堪。進門處一張簡單的桌子布置成的收銀台後面坐著一位大約三十多歲的女人，超市裡別無他人。女人百無聊賴地嗑著瓜子兒，看見我進來，也沒有什麼表情。

我沿著一排貨架走過去，膨化食品、調料、瓜子花生、燈泡插座，各類東西分門別類，倒也擺放得有條有致。不知道是因為周遭環境的原因還是少有顧客盈門的關係，很多東西上面都隱約有了些肉眼能識的一層灰。我拿出一瓶礦泉水向女人走去。

「一塊錢。」女人將瓜子放在桌子上，用掃碼器掃了掃，說。

我遞給她錢，打開水喝了一口，再接過購物小票，和黃亞兵老婆給我的那張果然沒有什麼區別。

「生意好嗎？」

「就那樣。挨著小區嘛，靠著給小區裡面的人提供一些必需品，馬馬虎虎過日子吧。沒有原來好了，前幾年這附近就我們一家，去年，小區門口那兒開了一家超市發分店，很多人都跑那兒去了。沒多久，超市發又關門了。可能是這邊消費水平低，達不到他們的銷售預期吧。不過，那邊，」她伸手指了指對面牆壁方向，「現在開了一家更大的超市，叫新時特吧，人們買的東西多時都去那兒。話說回來，我這兒的房子是自己的，不交房租，算下來也還行，夠花了。」

「也是。小區內的超市，消費群體都是一定的，變化不會太大。差不多來的每個人都認識吧？」見女人很願意說話，我問得直接一些了。

「差不多。這兒的老住戶我都認識，說起來也是大叔大嬸大哥大姐的叫。不過這些年這邊發展也挺快的，不少人搬來搬走，還有不少人到這兒租房子，來得多了能有個面熟，願意說話的說上兩句話。要說知根知底，就談不上了。」

「這個人你有印象嗎？」我拿出黃亞兵的照片遞過去，「他曾在你們這兒買過東西。」

女人接過照片打量了許久，看樣子不像是一點印象都沒有。但沒說話，只是抬頭看看我，又低頭看看照片。這時，超市門口的塑料簾子被掀開，一個男人端著一件啤酒走進來，他將啤酒放在冰櫃旁邊，轉身又要出去。

「喂，你看看這個人。」女人喊。

「等等，還有幾箱酒呢。」男人答道。

男人搬完酒，拿過冰櫃上面的毛巾，擦著手走了過來。一個壯實和老實都表露在外的男人。

他從女人手裡接過照片，只看了一眼，就把照片遞給我。

「出什麼事了嗎？」

「你們認識他？」

「你是幹什麼的？」

「他的一個朋友。他失蹤了有一段時間，家裡人讓我幫著找找。」

「你怎麼找到這兒來的？」

「噢，他老婆從他失蹤前穿的衣服的衣兜裡發現了這個。」我拿出黃亞兵的那張購物小票遞給男人，「我能找的線索都打聽了，都沒找到。所以來問問你們。」

「這樣啊。」男人看過小票，又交給女人。兩個人互相看了一眼，似乎在猶豫是不是應該說，或者該怎麼說。

「你們放心，我只是打探打探，看有沒有他的消息。對你們絕對沒有什麼惡意或者不利。」

「惡意或不利談不上，再說也和我們無關。」男人說。「這個男人的確在我們這兒買過一瓶礦泉水，而我們之所以記得他，也是因為他的言行舉止奇奇怪怪的。他還在我們這兒哭了一場呢。」

「就是啊，那麼大的一個男人了，怎麼說也三十多歲了吧。哭起來真厲害，眼淚流了一臉，也不擦，就那麼哭著。一邊哭還一邊看著你，就像是一個大人不答應給他買玩具的小孩子一樣，我當時都快不忍心了。都恨不得答應他了，還是我老公忍住了，沒有答應他。」

「答應他？他想做什麼？」

「他想留在這兒做售貨員、搬運工，或者任何可以做的活兒吧。反正只要讓他留下來，不管幹什麼他都無所謂。而且他的條件也不高，給他一個住的地方，一天三頓管飯，此外一分錢的工錢都可以不要。說起來這個條件的確不高，本來店裡就可以住一個人，他要是住還可以幫著看著店裡的貨。吃飯嘛，也不外乎是多一張嘴。說實話，我當時還真是心動了。覺得要是留他下來，我和老公也能夠省些力氣。」

「那為什麼不留下他呢？」

「你想，三十多歲的一個男人，看樣子還讀過不少書，說不定還是大學畢業的一個男人。他為什麼就願意幹這麼一個不起眼的工作，條件又開得那麼低？我當時主要是怕，他是不是犯過什麼事，比如說殺了人了，搶劫了什麼的，想找個地方躲起來。如果是這樣，那我們留下他豈不就是引狼入室了嘛。就算不因此遭到什麼禍害，說不定將來也要沾上窩藏罪犯的嫌疑。再說，這個小店我們兩口子經營著也就足夠了，多了一個人反而多了不少事情。我覺得沒有這個必要，就拒絕他了。」

「然後他就哭了，我覺得他一定是在單位或者其他什麼地方受氣了，眼淚本來就包在心裡，我們這一拒絕，只是在他的眼淚包上扎了一針，一下子引得他哭起來。他可能也想到我們對他會有懷疑，一邊哭一邊解釋，說他根本沒有犯法犯罪，也不是想在我們這兒躲起來，他只是想找一份簡單的只需要出點體力，不操心費神的工作，不讓自己餓死就行。他還把身分證掏出來給我們看。還是一個北京人呢，一個本地人讓我信任倒是多了幾分信任，可更不敢要了。你說，咱們這個小廟，哪兒容得下這麼大的菩薩啊。」

「後來呢？」

「後來我們一個過來買東西的顧客聽了他的話，說請他吃飯，兩個人就出去了。再見到那個顧客的時候，就說他已經走了。顧客沒多說，我們也就沒有多問。」

「哦。」我應了一聲。心想，怎麼他媽的又陷入了人物鏈條之中了。

「你們超市為什麼取了這麼一個有氣魄又有點奇怪的名字？」這是我此刻唯一還有點興趣問的問題了。

「嗨，這個——」男人突然扭捏起來，似乎很不好意思。女人則笑了起來。

「他呀，特崇拜卡斯特羅，總說人卡斯特羅一輩子做的才是男人的事業，一說起來就津津樂道，沒完沒了。當時我們決定開一個小超市的時候，他就非要叫卡斯特羅超市，可是工商局說，這是外國領導人而且是國際友人的名字，不讓註冊。便改成了古巴首都的名字。後來，我們一位顧客覺得都叫這超市那超市，沒有特色也沒有氣勢，就建議我們乾脆叫超級市場。他還說，超市這兩個字也是根據英文翻譯過來的簡稱，而英文的原文直接翻譯就叫超級市場。我們覺得也不錯，就改成了現在的名字。」這時又有人掀開塑料簾子走進來，是一個青年男子。「就是他幫我們改的名字。對了，也是他說請你要找的那個人吃飯，兩個人一起出去的。」

說話間，男子走了過來。

「下班啦。」女人說。

「沒什麼事就先走了。」男子答，目光在我身上經過了幾次。我恍惚覺得他有點面熟，卻又想不起來具體在哪兒見過，便在他目光掃過來的時候胡亂地點點頭，算是打個招呼。

「你還記得差不多一個月前在我們店裡哭的那個男人嗎？」店裡的男人問，他伸手從我手裡要過照片，遞給剛來的男子。「你後來說請他吃飯，便和他一起出去了。」

「記得。」男子沒有接照片，他把目光正式投射在我身上。「你們是不是找不到他了？」

我不知道說什麼，只能看著他。他笑起來。就是這一笑，讓我記起不久前在世界公園門口，我是向他問的路。笑完，他說：「咱們找個地方，喝兩杯再聊。如何？老把這兒當成我的會客廳，就算老闆娘不說我，自己也不好意思。」

「我什麼時候說過你，自己饞酒，不許往我身上推啊。」女人說完，伸手攬起桌上的瓜子，接著嗑起來。男人也轉身去將剛才搬進來的啤酒往牆角挪，似乎他倆的工作可以告一段落，該把我交給他處理了。

「我叫舒越。」出了超市，他用力地呼吸了幾下初秋餘熱尚猛的空氣，很是享受的樣子。然後偏過頭來，又仔仔細細地看了一會兒，等到確定我臉上沒有什麼含義特殊的表情，才說話。

「楊讓。」我說。我看著一輛從門前開過去的奇瑞QQ，仍然在琢磨舒越和黃亞兵的關係。

「來，這邊來。你現在上班嗎？」

「我沒有穩定的工作，目前就這樣閒待著。」

「你和黃亞兵的關係是？」

「沒什麼關係。他老婆說他失蹤很久了，讓我幫著找找。」

說話間，我們已經到了小區裡面一家只有四五張松木桌子，但是顯得極為乾淨的小飯館。舒越熟練地報了幾個菜名，並要了兩瓶啤酒。他不顧我的阻攔，執意地先給我杯子裡滿上。

「不用找了。你們肯定找不到他了。」他說，舉起手裡的杯子要和我碰碰。

「他已經死了嗎？」我和他碰了碰。

「沒有。如果死了，咱倆就不會坐在這兒吃飯了，怎麼著也該有人接受警察的詢問了。你不上班，靠什麼為生呢？」

「你們都談了些什麼？」我問。

「和誰？哦，你是說黃亞兵吧。」

「對。」

「如果你上班，而且是上了一段時間班，就能理解。他可是上了快十年班了，十年來，只要不是週末，每天晚上都有人給他擰緊發條，第二天早上準時醒來，在每個確定的時間做確定的事情，就像一管熟悉的鼻涕流在熟悉的鼻腔裡，甚至有時候週末都難以倖免。所以，在某個時候，因為某些似乎微不足道的原因，他突然讓發條斷了，或者乾脆將之拆除掉，也是容易理解的。」

「他和你談了這個？」

「是。不過，也是在他酒喝多了才說的。」舒越微微一笑，乾掉杯子裡的酒，再滿上。

「那他在超市哭什麼？又想留在超市工作，還不是一樣。」

「他想找一份純粹的體力活，不用操心的事。後來我對他說，他還不如出去流浪，隨便幹一點自己想做的事，反正掙點錢糊口總是很容易的嘛。其實只要放棄對別人，尤其是家裡人的責任，就沒有這麼複雜了。再說，誰知道他們是不是需要你這份責任呢。因此，我覺得你們找不到他了，除非他某天想回來。」

我不知道再說什麼。舒越的話讓我想起簡達，並讓我極為想念小孟。直到從小飯館出來，我才問他：「你也天天上班，為什麼發條沒斷呢？」

「你是不是在我的博客上看到過哈瓦那超級市場？」他答非所問地說。

回到潘家園後，我給黃亞兵的老婆打了個電話。我沒有向她說市場的具體情況，我只是告訴她，不要再找了，再找也找不到。她在電話那頭哭起來，她問我，她該怎麼辦，她和孩子該怎麼辦。

「你可以到警察那裡登記尋人，報告失蹤。等過了他們認可的期限，另外再找個人嫁了吧。更好的建議我也提不出來。」我說。

B4 簡達的故事

我們把老人放在錦州回到北京後，對偵探所的未來樂觀起來，我們用一路上極力節省出來的費用買了一個手機。我們覺得，這樣一來，我們的生活將發生決定性的變化。

不過，為了節省電話費，也為了保護自己，我們從來不在散發和張貼的廣告單子與帖子上公布我們的電話號碼。

事實上，我們的確很快就接到了一筆大的單子。經過幾封郵件的來回，一個拒絕透露自己任何信息的客戶希望我們能跟蹤一個男人，拍下他日常生活的一切。「每個月的一號，我會派人來支付報酬，取走資料。」客戶在郵件裡說。

對這筆長期業務的到來，我和小孟欣喜若狂。客戶在郵件裡表現出的財大氣粗讓我們明白，美好的未來降臨到我們身上了。更重要的是，這筆生意正是我們偵探所的核心業務所在，它讓我們揚眉吐氣，讓我們在長時間的沮喪之後，覺得自己的工作終於能與「偵探」兩個字相匹配。

客戶的富裕和慷慨我們很快就見識了。客戶開出的條件包括：1、每個月為我和小孟支付總計一萬元的報酬；2、他提供最新款的SONY數碼相機和DV，以及所需帶子和存儲卡，足夠我們跟蹤拍攝需用；3、他還一次性支付給我們一筆數額不菲的現金，供我和小孟添置一些衣物，以便我們能夠跟隨我們的「對象」（客戶這樣稱呼我們要跟蹤的男人）出入層次相異的場所；4、根據需要，我們可以選擇合適的交通工具，這項支出可以實報實銷。

與此相應，客戶對我們也提了幾點要求：1、不能搬離我們現在的住處，這是讓我和小孟最莫名其妙的一點，不過，我們很佩服對方對我們現狀的了解與判斷，因為我和小孟已經開始尋找新的住所了；2、一旦對象回到自己家裡，我們即停止跟蹤，不窺探他屋裡的一切；3、不能讓對象發現我們；4、最重要的一點。我們不能試圖了解客戶的身分，一旦發現這方面的動向，對方將會立即停止和我們的業務往來。

也許是考慮到這些要求對兩個出道不久的偵探的難度，客戶還附加了一條對我們非常有利的條件：我們可以根據實際情況控制與對象的距離，甚至我們也不用一次不落地時時刻刻跟著他。「以二位的敬業精神，肯定不會出現任何的懈怠。」談妥之後，客戶通過郵件給我們發來了「對象」的資料。並在郵件裡表達了對我們的信任。

客戶為我們提供的資料簡單列出了「對象」的姓名、住處和工作地點，以及基本的作息習慣。此後近一年的時間，我和小孟便成了這個名叫「簡達」的人看不見的影子。

正如客戶所說，我們都是非常敬業的人，時刻把客戶的利益放在第一位。所以，在這三百多天裡，除了加起來有近一個月的休息時間，簡達待在家裡，我們按照協議無從跟蹤他的生活外，他每天在外的十多個小時都在我們的視線內。我們錄下他的一舉一動，拍下每一個和他接觸的人。隨著時間的推移，因為每個月都給客戶提供詳細書面報告，我們對這個人的了解超過了對我們自己的了解。

簡達是一個生活非常有規律的人，而且這種規律性正變得越來越強。工作日的每一個小時，他會做些什麼，從週一到週五，他每個晚上會和誰一起進餐，他和同時保持約會的三個女人按照什麼樣的計算方式見面，依照什麼樣的週期留宿每個女人。甚至連他多久買一次牙膏、牙刷、香皂、沐浴液，它們是什麼牌子，簡達最喜歡買多少容量的，所有這些細節都被我們掌握得一清二楚。

整體而言，簡達是一個自律的人。他在一家大房地產公司上班，雖只是一個普通的中層職員，但手頭還算寬裕——我們曾詢問客戶，是否需要我們弄清楚簡達的經濟來源，遭到了堅決的拒絕。工作之外，他的大部分時間都在書店、電影院、展覽館等等場所消遣。

唯一有些神祕的是，每個月的月中，簡達都會在公司附近的一家咖啡館裡與一個滿臉絡腮鬍子的男人見面，男人拎著一個大的黑色塑料袋，換取簡達手裡的一個厚厚的，明顯裝著錢的信封。我們對這個男人身分以及他與簡達關係的查詢要求，同樣遭到了客戶的婉拒。對方明確地告訴我們，他只對簡達本人感興趣，我們的DV以及相機，焦點只需要對準簡達就可以了。

「有的時候，我會誤以為自己是在拍一部冗長的紀錄片。」小孟有一次這樣對我說。

的確，雖然解決了我們的工作，還有一份相對不錯的收入，但這樣緊密地跟蹤另一個人的生活，以至於把自己的生活完全像不乾膠一樣貼在對方生活的背面，其影響逐漸超出了工作的性質，開始實實在在地改變了我和小孟的生活。

我們和外部世界的關係已經成了獵物和獵人的關係，只不過，有的時候我們會迷惑，不知道自己究竟是獵人還是獵物。我們在樓宇林立的水泥森林裡追蹤著一個人的生活，為了保證不被發現，不被任何人發覺其中的詭異，更為了保證自己心理上的不逆反，我們學會了各種各樣的掩飾手段。到了後期，我和小孟完全能夠借助公共衛生間，在很短的時間內把自己裝扮成另一個人，外貌神態和語言風格都迅速轉變。偽裝外表的同時，我們還學會了瞬間轉變自己的心理角色，準確地把心理狀態調節到那個角色所需要的波段。有一次，正和某一個女人在國家話劇院欣賞一齣以色列話劇的簡達發現了我的相機正對著他們拍攝，簡達低下身子走到我面前時，我已經讓自己成了一位韓國遊客，我先說了兩句韓語，然後用蹩腳的英語指著相機裡的那張照片，告訴他，我只是看到他們對一齣說著無人能懂的古希伯拉語話劇的入迷才記錄下來的。隨後，我問他要了郵箱地址，表示回國後會把照片發到他的信箱。當然，我後來的確通過一位在韓國留學的同學輾轉把照片發給了他。做事情有始有終才能稱得上敬業。

客戶每個月準時向我們支付報酬、材料費、交通費以及必需的雜費，一切都按照事先的約定而來，在這一點上，對方嚴守信義。

不過，這些對我和小孟差不多已失去意義。由於每天都跟著簡達的節奏生活，我們所有的時間都在外面度過，我們每天起早摸黑，因而完全沒有時間去安排自己的生活，連最基本的購物我們都簡化至最低程度。而一旦確定簡達要在家裡待上一兩天——沒跟蹤他多久，我們就能從簡單的跡象，比如買回一大堆速凍食品，判斷出這一點——我和小孟也回到地下室，以發呆這種方式度過。這時候，我和小孟會強烈地想念簡達，希望他儘快出來活動。

小孟和我不一樣，對於目前的生活，我談不上特別滿意，卻也覺得就這樣下去也還行。我想，最好是一直幹下去，做上八年十年，攢上一筆錢，就可以向客戶辭掉這份工作。幹一幹其他的，至於其他的具體是什麼，現在沒必要去考慮，想也沒用。

小孟不。這樣的生活過了一段時間之後，小孟不滿足起來。

「我們就像是被蒙上眼睛的驢子，按照客戶的意思始終在一條道上兜圈子。」他曾向我發過牢騷。更令他不滿意的，是由於客戶的諸多限制，我們雖然對簡達的生活作息和生活方式瞭如指掌，對這個人卻始終隔了一層，就像有什麼特別東西一直在你眼前晃動，你就是沒辦法弄清楚它是什麼。根據現在的跟蹤所觀察到的資料，我們理解不了簡達一天一天這樣生活下去的動力所在。

「如果是我，早就一頭磕死了。」小孟說。

但小孟和我一樣知道一份工作來之不易，況且，僅僅是照顧到我的處境和感受，他也不能魯莽行事。所以，為了消解心中的鬱悶，小孟開始從我們拍攝的帶子中截取部分內容，再按照自己的想法剪輯。令我大吃一驚的是，經過他的操作，簡達完全不是我們所熟悉的那個人。就連日常生活，也似乎和我們跟蹤所得的大相徑庭。更讓我印象深刻的是，小孟前後做出了八個這樣的小帶，而八個帶子上的人幾乎沒有什麼共同點。

「總有一天，我會搞清楚究竟發生了什麼。」每個帶子，小孟都以這句話開頭。

「楊讓，你想一直這樣下去嗎？」有一天早上，我和小孟整理好裝備，正要出門的時候，他突然問我。

「你有什麼打算？」

「快一年了，這個客戶似乎對我們保持了充分的耐性，可我越來越覺得這件事情由裡向外透著邪氣。而且，我已經沒法再忍受這影子一樣的生活了。我覺得不安生。」

「如果我們輕舉妄動，就會失去這份工作。」

「那有什麼，大不了我們重新招攬客戶嘛。退回到最初的境地，也沒什麼。況且，這一年來我們還攢下了不少錢。夠我們對付一段時間。」

「行啊，只要你下定決心了，我沒問題。大不了回到從前的狀態。」

「其實很簡單，客戶對我們最大的限制是什麼？」

「不能進入簡達的房間。」

「我想，答案就在他的房間裡。只要我們能夠進去，就水落石出了。」

「你想什麼時候進去？趁簡達不在家，還是？」

「你的想法呢？」

「既然想弄清楚，不如趁他在家，爽快地前去拜訪，把這一年我們跟蹤他的事情告訴他。回來後，再發郵件給客戶，向他說明一下。同時告訴他，之所以沒有行動之前告訴他，只是怕他阻攔。說不定，簡達能告訴我們，這位客戶究竟是誰呢。」

「咱們真是好搭檔，你把我的想法都說出來了。我也喜歡這樣磊落行事。」

第二天正是星期六，簡達在家裡休息。我和小孟拎著花了一夜的時間整理出來的這一年來所有關於簡達的備份資料，包括小孟製作的八個帶子，前去拜訪簡達。

我們手裡只剩下近一個月來做的新資料了，猶豫很久，我們還是決定，把它們留給我們的客戶，畢竟，我們要做到有始有終。如果對方不要，我們再自行處理就是。

簡達家所在的這棟白色住宅樓我和小孟都無比熟悉，但我們從來沒有進去過。因此，當我們跟著打開大門的一個中學生走進去，進了電梯摁下二十一樓時，心裡都慌亂起來。這慌亂之中，夾雜著終於進入一件事情的核心將要了解其背後掩藏內容的興奮，以及即將面對當事人，無從猜測他聽了我們的話將對我們採取什麼態度的緊張。各種因素混雜，導致電梯到了二十一樓，我和小孟推讓半天，誰都不肯先邁步。

2103，簡達的房間門半掩著，我們剛剛走到門口，就聽見有人說。「進來吧。」

「進來吧。等你們很久了。」

進門正對著的，是一間寬敞得差不多有一個羽毛球場那麼大的客廳，三面都是從上到下的落地窗。簡達躺在東面窗戶邊的一張躺椅上，正對著我們。

「坐吧。」他指著躺椅旁邊的兩把椅子。我和小孟走過坐下，但是我們剛一坐下，就如同被針刺了一樣，跳了起來。還拎在手裡的袋子掉在地上，「嘩啦」一聲，帶來的資料散了一地。

屋子的西面，也就是緊挨著我們進來的門的一面牆，此刻與我們正對著的那面牆上，掛著一張巨大的照片。昏暗的國家話劇院內，一男一女相擁而坐，目光凝定地看向舞台，離他們不遠，一身遊客打扮的一個男人正拿著相機拍攝。

那個拿相機的男人就是我。

「我就不繞圈子了。你們一直想找到的那個客戶就是我。」簡達似乎在等待我們出現這樣的反應，而我們的反應也如他所願。他高興地站起來，給我和小孟各倒了一杯茶，才徐徐道來。

「說實話，我完全不缺錢。我繼承了幾支股票，它們每年給我帶來的紅利就足夠。前幾年，我還像一個正常的富人，滿世界跑，潛水、打獵、登山，除了毒品，一切大家認為能帶來滿足感和刺激的東西我都玩遍了。但沒過多久，我就覺得一點意思都沒有。縱情聲色，狂飲濫賭的生活更提不起我的興趣。於是，我又回到北京，把擁有的一切暫時封存起來，然後像普通的上班族那樣，找了一份踏踏實實的工作，過了兩年，由於工作出色，我被擢升至中層。馬克思說，勞動是人的第一需要，我想，就是這個意思。因為這兩年之內，我斷絕了原來的朋友和社交圈子，把生活打理得和小白領毫無差別。生活中的小麻煩、小喜悅讓我很是充實。我不再動用紅利，它們僅僅作為銀行裡的一個概念，會偶然被我想起。」

「這樣過了兩年，有一天，我考慮自己是否該買一輛車。當我把現在這份工作的收入衡量再三，以便能買上一輛相當的車時，突然明白，並不是我假裝去過一個小白領的生活，我就是。那種為了維持體面，又要量力而為的辛酸，我是怎麼都體會不到的。說白了，我只不過是以參與遊戲的心態進入了目前的生活，有時候會因為過分投入而計較遊戲中的得失。但它終究只是遊戲。這種念頭越來越強烈，以至於無論做什麼事情，我都無法投入，無論採取哪種角色生活，都覺得是在表演，都不是本真的生活狀態，都只是按照自己的理解戴上了一層外殼。我特別想知道，在其他人看來，我的生活究竟是什麼樣。我每天的生活究竟有沒有邏輯性和必然性。」

「這時候，我收到你們的郵件。我至今還弄不清楚，你們如何知道我郵箱的。起初，我沒在意，可沒過多久，我又收到了一封。我開始琢磨，也許你們能幫我看看我的生活。於是我與你們聯繫上了。」

「後來的事情，你們差不多都知道了。」

簡達說完，又躺了回去，只不過，他一直盯著我和小孟。我朝小孟看去，小孟有一點愣，顯然事情的發展完全超出了我們的預料，與其說我們吃驚，不如用茫然和失於應對來得準確。小孟注意到我在看他，苦笑了一下，伸手拿過茶杯，喝了一口。

「經過這一年的觀察，你滿意嗎？」小孟問。

「談不上滿意，不過你們消除了我的焦灼。你們的紀錄和報告讓我看到，我的生活和其他人沒有什麼區別。有時候，你們在我身上注意到、找到被我忽略了的東西，我觀看時通過回味，又再次在身上找到它們。我要說，你們讓我認識到，我的生活就是一些細節堆砌而成，好好享受它就行。焦灼和惶惑根本沒有必要。而且所有人的生活都是這樣。我要感謝你們讓我明白這一點，我的目的達到。也正因此，我願意和你們見面，把來龍去脈講清楚，解除你們的疑惑。」簡達說。

這時候，陽光完全籠罩了這個房間。我感到越來越燥熱。

「你知道有我們始終跟著你，拍下你的一舉一動。你又怎麼能避免刻意而為呢？說到底，原來生活的表演性只是你的自我感覺，而這一年來，你切切實實在表演。你還故意裝作不知道我們的存在，把兩個你熟悉得不能再熟悉的人當成陌生人來看待。故意無視他們在你生活中晃動的身影，更假裝不明白他們的意圖，而這種意圖還是你安排出來的。比如，」小孟指著牆上的那張照片，「你把它掛在那裡，可能是想嘲笑我和楊讓的工作，以便找到你剛才說的安定感。實際上，你不但沒有擺脫虛假的感覺，反而成了寄生物，寄生在你對安定感的想像上。」

小孟說得很冷靜，我知道，他是故意表現得冷靜。我們都不想這麼快被簡達打敗，關鍵是，他所有的行為對我和小孟這一年來的勞動還有我們對「對象」產生的親切，無疑進行了令人難以忍受的嘲弄。唯一能挽回尊嚴的做法，就是找到對方的漏洞，不遺餘力地加以打擊。我認為小孟幹得很漂亮。

但簡達只是聽著，毫不激動。他不斷地微笑和點頭，對我們表示贊同，就像是老師對學生的表現很滿意。他讓我覺得，我和小孟的表現都在他的預料中，他甚至還有更大的東西沒有出示給我們。我提醒自己，一定要冷靜。不要被他詐了。

「你說得很對，」簡達探詢地看著小孟，直到確定他說完才開口。「你剛才說的那種感覺我很快就產生和發現了，也就在第一個月收到你們提供的資料時。我要想辦法平衡這感覺，不然，一切都難以為繼。去那裡看看，你們就能明白我的意思了。」簡達指著照片旁邊，我這才注意到，有一面和牆面顏色一樣的門。

「推就可以。」等我和小孟走到門前，簡達大聲說。

這是一間完全沒有自然光的屋子，我們摸索著打開燈之後，所看到的一切已經遠遠不能用震驚來形容。屋子一面牆的架子上都是光盤，另一面牆上掛著一個大大的液晶屏，另兩面牆上掛著大大小小的照片，都是關於我和小孟的。其中最大的一幅，是不久前我和小孟為了舒緩長期工作的疲累，趁簡達在家休息，到北戴河海灘休息的照片。金色的沙灘，藍色的海水，白色的雲彩，小孟戴著墨鏡躺著一動不動，我正側身與躺在身邊不遠處，據說是北二外學生的一個女孩搭訕。隨即，我和小孟注意到，牆上的照片有很多拍攝的是我們跟蹤簡達的過程，還有不少拍攝的是我們私人時間裡的活動，還有幾張是我和小孟在地下室裡休息與生活的照片。

我和小孟逐個看著照片，心中的茫然與憤怒爆炸一般膨脹的時候，突然聽見「啪」的一聲，牆上的液晶屏亮了。出現的畫面是對我和小孟一天生活的紀錄，我們如何掙扎著從床上爬起來，爭著出門使用地下室唯一的洗手間，以最快的速度收拾停當，根據對簡達的了解，確定他今天大致的生活流程，定好路線圖和行動方式，並以最快的速度趕到他樓下，等待著他出現。接下來的工作時間我和小孟都非常熟悉，因為幾乎就是簡達工作時間的複印版，有幾次，簡達特別開心地轉過頭來對著攝像機微笑致意，就像是一個導演或者主持人。這時候，我才理解偶然觀察到的簡達對著陌生人微笑的意思。

接下來，我和小孟結束一天的工作，在深夜裡回到我們的地下室。我們疲憊地躺在床上，一動不想動。這段錄像刻意選取了我和小孟討論簡達這樣一天一天活下去的動力所在的那一天，我和小孟呆呆地看著兩個人在屏幕裡煞有介事的討論以及對簡達所表達出來的一絲憐憫和優越感，那就像是兩個陌生的白痴。

「嗨，兄弟們。對不住啦。」畫面快結束的時候，那個神祕的絡腮鬍子出現了，他興高采烈地和我們打著招呼，「這是我的團隊製作的，怎麼樣，還滿意嗎？我知道這對你們很殘酷，這種行為可以說很卑鄙。但沒辦法，我受雇於人，為了這份收入，也得表現出敬業精神來，對不對？何況，我的團隊有那麼多人要靠這份工作養活自己。我只能說，不要太嚴肅地看待這件事情。此外，你們不雅的語言，過於隱私的行為，我都一概刪除了。沒有任何人會知道。好了，該和二位道別了。說實話，我現在也很擔心，是否還有人正在拍我。所謂『螳螂捕蟬，黃雀在後』嘛。」說完這句話，絡腮鬍子迅速地回頭向身後看了看。

錄像完全結束了，只有藍熒熒的光在屏幕上。

我和小孟從屋裡出來的時候，簡達正站在窗邊，他向窗外望著，因為強烈的陽光，因為剛剛從屋裡出來，我的眼前一團白花閃耀。隨後，我從白花中分辨出轉過身來的簡達，辨認出他微笑著等待地看著我和小孟。

我和小孟走到簡達面前，我剛剛給了他一個耳光，他就被小孟狠狠的一腳給踹倒在地板上了。簡達躺在地板上，依然微笑地看著我們。我和小孟更加怒火中燒，我們的拳腳疾風暴雨地落在他身上。簡達只是簡單地護住要害部位，以非常開放的姿態歡迎著我們的攻擊，毫不躲避。沒過多久，他不再防護要害，而是蜷曲著滿是傷痕的身體哈哈大笑起來，這笑聲在屋裡迴蕩，震動得陽光都一顫一顫的。

我和小孟終於累了，我們躺倒在地板上，喘著粗氣。喘著喘著，我們也狂笑起來。三個人的笑聲就像是三重唱，在屋裡此起彼伏，互相唱和。笑到最後，我們爬到一起，擠做一團，依然笑個不休。

那個晚上，我們三個人坐在簡達客廳的地板上，拼命地喝著酒，一邊喝還一邊忍不住地笑。簡達渾身脱得只剩下一條短褲，滿身的傷口由我和小孟給塗上了紫藥水，就像長滿了一身的紫色嘴唇，因而笑聲顯得尤其誇張和猛烈。

等我和小孟離開的時候，簡達已經爛醉如泥。他在地上蠕動著想要起來送我們，卻幾次都只能勉勉強強支撐起半個身子就又倒回地板上。於是，他只好揮動著手臂，反反覆覆地說：「有時間來玩啊。你們的資料想拿走的都可以拿走。」

我和小孟攙扶著從簡達的屋裡走出來，發現電梯已經停了。我們跌跌撞撞從二十一樓走下來再走到外面，一起在北京夜晚的大街上走著，我想著這一天，這一年來的生活，覺得就像做了一個連環套的夢。百般滋味。我身邊的小孟想必也有同感，他也沉默地走著。偶然急駛而過的車輛之外，大街上看不到一個人，走到廣安門橋附近，過一座過街天橋的時候，小孟突然高聲唱起了一首歌，一首我從來沒有聽過的，不知道是哪裡語言的歌。

我在下橋的台階上坐下來，等著小孟唱完。小孟唱完後，急切地走到橋下的一個角落，我以為他在小便。過了一會兒，卻聽他急切地招呼我。我走過去，看到小孟在橋腳一個不太起眼的地方寫下了一行字「蓼罔私家偵探所。業務範圍：跟蹤、尋人、查找線索。聯繫電話……」

小孟留下了我的手機號。那行字的旁邊，他畫了我一個大大的臉部速寫。那張微笑的、極度誇張的臉，像是很久沒有喝酒了。

假時間聚會

一

電梯只剩一條縫。一個女人匆匆往這邊跑來，左手夾著大衣，右手拎著坤包。她奔走的影子掠過大理石地面，擠過電梯縫，貼進來。王深按住「開」按鈕，電梯門拉開。「謝謝。」女人說，沒有抬頭看王深，也沒有伸手去按電梯按鈕。她緊挨電梯口站著，似乎確定中途不會有人進來。

王深往後退兩步，後背靠著電梯壁，後面與兩側的鏡子讓他搞不清楚電梯真實空間的大小，不過也正是借助這三面鏡子，他將女人兩個側面看得很清楚，並借助想像將它們完整地二維地黏起來。細長睫毛護著的一雙秀目，豐腴卻不累贅的臉頰——現在因為剛才的腳步匆忙而微綴紅暈——這些都從兩側的鏡子向中間併攏，這張臉王深恍若相識，但又難以確定。想到今天晚上聚會的主題，他也停止了搜索記憶以搞清楚女人是誰的意圖。不過他的眼睛還是無意識地在女人身上來回，畢竟，電梯裡面就兩個人。女人感覺到王深的打量，但她的沉默將被人注視產生的不快與不自在消解於無形。她像一棵樹那樣站著，等待著。

電梯經過六樓，女人打開包，取出一張紫色的仙子面具戴上。戴上的瞬間，她偏了偏頭，目光從兩扇電梯門中間的那道縫隙挪到右側的一面鏡子。王深也從衣兜裡掏出一個面具，將要戴上的一霎，他感覺到她的目光，便向著右側的鏡子裡那藏身於紫色面具後面的眼睛親切一笑，隨後，一張介於紗和布之間的質料上的臉覆蓋了這笑容。二十多年前入校時班主任的臉，剛剛博士畢業，意氣風發得有些刻意不加修飾的臉，臉上還有一副那時候非常少見的無邊樹脂眼鏡，此刻它們正中間都被留出了剛剛容下王深那雙不大的眼睛的小孔。這是王深花了很長時間照著入學照片描摹出來的，今晚足以讓每個人都大吃一驚。女人顯然認出了這張臉，她沉默了一會兒，然後從紫色面具後面傳來一聲細微卻讓人印象深刻的紫色嘆息。

電梯在八樓停下，早已在電梯邊躬身等候的兩個服務員恭恭敬敬地走上來，從王深和女人手裡接過特製的請柬後，分別給他們戴上一個鮮花花環。兩個服務員都戴著活潑的驢頭面具，所以在戴花環的時候有意無意地發出「啊咻啊咻」的驢叫聲。另一個戴著兔子頭在一旁等待的服務員看他們都戴好面具，蹦蹦跳跳地上前來，哆聲哆氣地說：「二位跟我來。」

這是一間過於寬敞和明亮的酒吧，但毫不收斂地散發出來的奢侈氣息，使它更像一個宴會廳。成排的枝形水晶吊燈和頂燈規規矩矩地散發出炫亮的白光，整個酒吧亮堂到令人窒息的地步，連金黃的牆壁和紫色的地毯上些微的褶皺也被來自不同方向的光給捋平了。大廳中央用一塊金紅黃三色繡成，恍眼一看以為是一張唐卡的地毯鋪出一塊地方，像是主席台或準備講話的所在，現在則被一支樂隊占領。幾個身著禮服的人坐在那兒，拉著一首協奏曲。人們三三兩兩地散在大廳的各個地方，小聲說笑著。白色燈光下，他們臉上的面具更加鮮活，並且都及時地展現出笑容。大廳另一端的吧台後，幾個簡單蒙著白布，只露出雙眼的服務員忙碌著給不同的人們配上、遞上不同口味的酒水飲料，專有一個服務員為人們遞上吸管。還有幾個人藉著音樂在大廳一隅款擺身體翩躚起舞，不同面具的搭配使他們舞動的身影就像是一份節奏柔和趣味十足的文化拼盤。

門打開時，酒吧完全安靜下來，所有人都望過來。顯然，他們對新來者會配戴什麼樣的面具滿懷好奇。兩束追光打過來，籠罩著王深和女人，人群先發出一陣王深剛剛在電梯裡聽過的感嘆聲，隨即，響起熱烈的掌聲。大家走上來，親切地與王深和女人擁抱。與王深擁抱時，不少人對著他的耳朵說：「牛逼。」眾人與王深和女人分別擁抱過，王深和女人在大家的起鬨聲中，也緊緊地抱在一起。女人的身上並沒有臉部預示的那麼豐滿，王深摟著她的肩膀，她的手圍攏在王深的腰上，王深突然覺得，這兩個身體的擁抱那麼輕車熟路，似乎彼此早已熟悉，這讓他有點恍惚。追光像落在地上的玻璃杯，一下子破碎散去，大廳又恢復了不久前的樣子。王深也和另外三個人（皮諾曹、豬八戒、周潤發）圍在一起，聽周潤發的感嘆。

「真他媽人到中年了，就算是仙女，多了也接不住，何況生猛的八〇末、九〇後。看來真得找個女人停車靠站，踏踏實實過日子了。」說完，他略略轉過頭，把每個人看了一遍。

「叮叮叮。」一串清脆的聲音像投進池塘的石子一樣在大廳響起，不多久，平息了所有的聲音。大家調轉頭，尋找著。大廳中央地毯上，一個高大挺拔西裝革履的男人正用右手手指上的戒指輕輕敲擊著手裡的酒杯。他的臉白得只能讓人看見兩道粗重濃長的黑眉，似乎是京劇中的曹操。看到大家都安靜下來並且注視著自己，曹操微微欠了欠身子，算是表示謝意。

「謝謝各位同學的支持，前來參加今天的聚會。二十年了，真是彈指一揮。想起一句話，樹猶如此，人何以堪。到了我們這個年齡，已經開始回憶。所以，兄弟組織今天這樣一場特別的聚會。沒有什麼原因，想念各位。」可能因為戴著面具，也可能由於時間流逝，猛然間，王深聽不出曹操的本音，也就搞不清楚他的真實身分。不過，這也沒什麼。「畢業後，在座的絕大多數我都沒有見過，也沒有聯繫。但是總能從不同的渠道了解到大家的情況和變化，種種變遷，得意失意，講出來都只是徒添傷感，有什麼必要呢？所以，我想到這個方式。大家願意以什麼面目來，就戴著什麼面目來，今晚，我們不交流過去的瑣碎生活，不陷入難堪庸俗的感傷，我們也不要談論自己的現狀，相互詢問。一句話，我們不再是原本那些一切社會關係的總和，而是任何想是的人。今晚只要狂歡。狂歡不一定是企圖回到二十年前，但如果真在恍惚間回去了，體驗到那時候的狀態，也是好事妙事難忘之事一樁。所以，盡情享受這個夜晚吧。享受我們在一起的夜晚。既然這樣來了，我們就拋棄那可惡的不安全感和沒完沒了的好奇心，不打探面具後面的人是誰。這也是為了我們自己好。如果有更為緊密的身體接觸，各位，我們允許問問對方的性別。當然，有種種特殊嗜好的，平常礙於人太熟，不好下手的，今天可是一生難得的機會。」最後這句話激起了全場的哄堂大笑。

「好了，時間有限。我就不再囉嗦。大家先樂著，我換個身分再來。不然，該沒有人願意帶我玩了。」又是一陣哄堂大笑，還有響亮的口哨。突然，燈光全部熄滅，緊接著，一團團柔和的紫羅蘭光芒旋轉著投在大廳裡，原本明亮的酒吧就像是加了顏色後攪渾的浴缸，朦朧曖昧，令人放鬆。音樂再次響起，更加舒緩，悠長。

也許是太過突然，人們如同深秋落葉那樣，撲簌簌落在地上安靜下來。大家都有些啞然失措，不知道怎麼邁出第一步。過了許久，幾個挨得近的人不鹹不淡互致問候，聊起來。但因為曹操剛才話的約束，少了話頭，又都不習慣從天氣之類不著調的內容談起，加之被大多數一時不知道怎麼辦的其他人注目，這可有可無的閒聊反而讓人訕訕的，便也住了嘴。互相望著，或者裝著漫不經心地拿眼在別人的面具上掃來掃去。隱隱約約之間，有了從其中尋找熟悉痕跡的意思，更有幾個心急的人不耐煩起來，嘟囔著抱怨著，就要扯掉臉上的面具甚至奪門離去。

恰在這時，廳內的燈光出現變化，潮汐似的由紫色向乳黃色過渡，人和人之間的界限變得更加模糊，大廳內像是簇擁著一團團影子。與此相隨，音樂也為之一變。舒緩悠長的提琴聲被節奏鮮明引人入內的舞曲代替，大廳不同地方也升起或降下陣陣滾滾的煙霧。這些煙霧在音樂裡翻滾，就如同一雙雙連拉帶推、不慫恿得人舞動起來絕不罷休的手。最先被這雙手拉到場中的，是一襲白衣貼身裹著、身材曼妙的女人，她扭動的身子令人只需往她臉上一瞟，便能恍然，忙不迭聲地說：「簡直就是白素貞本人。」但她讓人目光發直的身體向場中溫柔而去的過程只是在擰緊發條，一到場中，她就勁力十足地蹦起來，她的動作似乎毫無章法，舉手投足之間，還有著生鏽的機器突然猛力運轉的那種硬澀，但她渾然不顧，整個人就像是在空氣裡書寫狂草，早已經陶醉迷離。她形成的這個漩渦逐漸產生強大的向心力，人們興奮不已或身不由己地捲進去，會不會蹦都沒有關係，動起來就足夠。他們不選擇周圍的夥伴，不顧忌他人的反應，只想把身體的各個部分，那些近幾年近十年近二十年沒有自如恣肆伸展的軀體伸入空中，彷彿要張開每一個毛孔才能搶到滿足需要的空氣。有一個帶著金庸面具的，蹦的同時施展開手腳，做著前滾翻後空翻等等高難度的動作，另一個戴著周恩來面具的人則撕扯開上衣，露出一身白花花的肥肉，扭來扭去蹦上蹲下晃左搖右，還不斷拿手使勁拍著胸膛，發出「啪啪啪」搧耳光那樣的聲音。隨後，白素貞高喊一聲轉起圈來，幾個反應快的一個接一個扶著前面人的肩膀，連成的鏈條很快接到白素貞的身上，圈子越轉越大，沒多久所有人都鏈入其中，白素貞就是這鏈條的頭，她在前面蹦叫跺跳，甩動著身後的人鏈，大家和著音樂適時出現的一段西班牙語或葡萄牙語的Ｒ＆Ｂ，呼喊聲此起彼伏前後相應。

　　王深就在這樣的鏈條中，他不記得是主動加入還是被周圍的人裹挾進去的。開始，他覺得尷尬，這種集體行為的無意識還讓他產生滑稽感，彷彿另外有一個叫王深的人，從鏈條游離開，站在一邊冷冷地看著場上的一切，並且為大家近乎瘋狂的舉止而羞恥。因此，王深滿臉通紅，渾身僵硬，搭在前面那人肩上的雙手像被迫挨著滾燙的烙鐵或極涼的冰塊上，有著痙攣一樣的不舒服，而搭在他肩上的手更是像一團黏糊糊的柔軟的鼻涕。不適感從肩膀一直蔓延下來，捋得渾身的寒毛豎立。但旁觀的王深只看到面具，一張永恆的意氣風發的臉，無法穿透以抵達後面的真實，所以，他只能回轉身，和在鏈條上擺動的王深合為一體。他還說服、慫恿鏈條上的王深更加投入，更加肆無忌憚，更加忘乎所以。於是，王深的手足像樹林那樣揮舞，汗滴像雨露那樣飄落下來，忘情地灑在大廳上和他人的身上。他的喉嚨也前所未有地興奮起來，很快就毫不掩飾地加入到眾人的吶喊中，這吶喊很快就脫離對音樂的回應而獨立出來，成了單節奏的高亢。

在這激情的呼喊中，人們筋疲力盡，動作緩慢下來，但他們的皮膚和毛孔都如飽飲醇美的酒漿，酣暢淋漓。隨後，也是音樂，一陣輕柔到極點，低到沒有的鋼琴音符響起，如空氣般拂拭每個人，讓他們安靜下來。安靜下來的人們毫無遽然而止的茫然，他們很快在各個角落坐下來。經過剛才的舞動，彼此已經不再陌生，也可以由著想像生成的語言進行交談，各種各樣的話題，各式各樣的聲音融洽地膠合一處，在大廳裡回旋。

二

他走進大廳那一刻，你就決定了。他是你的主角，你唯一的主角。只需要他今晚幾個小時的演出，你便可以用上從上百張碟裡挑選剪裁出來的素材。一部新的片子，你一直在尋找在等待的片子，將產生。只在這時，你才意識到自己做出了多麼合適的選擇。

「聽說你一直想用現成的電影創造一部新的電影？這個想法太棒了，如果不幫你做點什麼，我將來一定會後悔。正好，我要搞一個同學聚會，中學同學聚會，我們有二十年沒見了。二十年，你一定理解不了。你今年多大？果然，說你理解不了吧。我邀請你來。你可以帶著你的機器隨意拍攝，選擇你用得上的素材。不，不，不。你和我當年一樣。告訴你，不要低估中年人的創造力。來吧，來了你就知道。你不會後悔的，相信我。」

猶豫很久，你決定還是來一下。邀請者的誠懇打動了你。可是幾乎從一開始，你就在想，自己還是太輕信。這的確是別出心裁的聚會，每一張面具在鏡頭裡閃過都讓你好奇，但僅此而已。沒有誰能打動你，人們的遊戲，形如陌生人的熟悉，形如熟悉者的陌生，這些你都習見。王府井、西單、中關村、天安門廣場，甚至任何一條大街上，架上機器，你就能從鏡頭裡看到相似的內容。你想走，卻心有不甘。等待吧，奇蹟總是要熬到你煩躁不堪的時候才出現。你自嘲。這時候，他走了進來。

聚光燈打在他身上的那一刻，你注意到他向後面退了兩步，很小的兩步，除了你沒有誰注意到的兩步。你拉近鏡頭，拉到他的眼眶，只看到他的一雙眼睛。面具的遮隔讓眼睛周圍有著淡淡的陰影，顯得有些疲憊，但那雙眼睛清澈無比，就像正躺在草地上，望著湛藍的天空。你激動起來，因為你突然找到能將你已經挑選出來的素材統帥起來的人了。那一刻，你明白了，原來你當初選擇素材的時候，已經有了安排它們的思路。

此刻，他坐在吧台邊，剛才一番激烈的蹦跳，讓他出了一身的汗，你稍稍拉近鏡頭，就能看到他的面具幾乎濕透，已經貼在他臉上，好在，這張面具的五官大小與模樣和他本人的非常貼近，貼上去和一張面膜差不了多少。另外，由於面具貼在臉上，他的嘴巴露了出來，可以不用再彆扭地借助吸管來喝酒了。此刻，他就拿著一瓶啤酒暢快地仰頭喝著。他的右邊，坐著剛才和他一起進來的戴著紫色仙女面具的女人。女人手裡拿著一杯威士忌，目光溫暖地落在杯子的邊緣，然後，她叼起吸管，一口氣將杯子裡的酒喝個乾淨。你看到他挪了挪身子，似乎要和女人說什麼，趕緊將鏡頭拉到最遠，隨著他向女人身邊移動的節奏往近處拉，剛好特寫了他俯身過去，在女人的耳朵邊說了一句什麼。可能只有寥寥幾個字，因為他的動作很快，你剛留下一個特寫鏡頭，他就坐了回去。女人沒有說什麼，她拿過侍者遞過來的第二杯威士忌，和他的啤酒瓶碰了碰，兩個人都乾了手裡的酒。

你將鏡頭慢慢向遠處推，酒吧的燈光此刻變成了非常薄非常乾淨的嫩黃色，淺淺的光打下來，使你能夠清晰的把各個人群間的層次與距離分開。你的視線隨著鏡頭從他與紫色仙子的身邊滑向遠方，滑過一張張此刻如同生長般自然的面具，滑過人們裸露在外面的皮膚，他們的手、脖子還有耳朵，淺黃色的光芒將它們鍍上一層聖潔。你對準一張桌子，有著葡萄藤條紋的黑色鑄鐵桌子，桌面是粗糙的磨砂玻璃，一個藤製的盛著淺焦色腰果的小碟、幾瓶啤酒和一杯咖啡毫無規律地擺放在桌牌周圍，這幅讓你體會到強烈詩意的靜物畫在鏡頭裡定格了至少有兩分鐘。隨後，你把鏡頭搖到桌子周圍的四個人，李白、段祺瑞、潘金蓮以及小布什，他們輕聲談論的話題一定充滿了難以確定的內容，因為四個人的動作都很沉靜，許久都沒有誰去動桌子上的酒或者咖啡。在他們右後邊的角落，一張三角形的桌子幾乎不被光線所青睞，一個穿著白襯衣的人半佝僂身子坐在一張凳子上，雙手蒙著臉，身體還有著劇烈的起伏。你從三腳架上取下攝像機，低低伏在地上，試圖由下及上拍到那被手蒙住的臉，但是這還不夠，於是，你索性將機子放在地上，整個人匍匐在地毯上，盯著鏡頭，右手支著鏡頭慢慢將它向上抬，尋找最佳角度。然後，那張俯著的臉傾斜著進入了你的鏡頭，雖然雙手蒙住的情況下只有不到一半的上半部分臉進入了你的鏡頭。你肯定，這是一張油彩直接描繪在皮膚上的臉，描繪的內容你非常熟悉，卻沒辦法一下說出來。你正在想時，有什麼東西從攝像機的屏幕上滑過，你猶豫著不知道是否是錯覺，又有東西落下。這一次，你看清楚了，那是一滴圓錐形的眼淚，它毫不遲疑地落下，摩擦著空氣發出細微的嗡嗡聲，落在一隻黑色的球鞋上，摔成幾瓣碎片，向不同的方向彈射，只可惜，攝像機的精度使你無法捕捉住它們彈射的軌跡，只有幾縷細絲在空氣中游動的痕跡若隱若現。

你注意到，雙手蒙臉的人要直起身子，便也慢慢地扶著攝像機，由匍匐而半跪而蹲著，最後站起來。對方直起身子，似乎深呼吸了幾口，平靜下來，架起腿，一隻手擱在桌子上另一隻手放在腿上，對方的臉快速地向場內掃了一圈以確定沒有人注意到自己剛才的悲傷。你想了起來，這張臉是你無比熟悉的沈從文，你畢業後才開始喜歡其小說，對其一生的行事更是無比佩服的沈從文先生。

順著沈從文往左搖動鏡頭，毫不停留地經過幾張桌子，你的目光落在窗戶邊。那是一扇畫在牆上的窗戶，幾株燕子海棠肥厚的橢圓葉子從窗戶的邊緣長出來，窗戶兩邊是實實在在的、金黃的絲絨窗簾。不知被哪裡來的風拂動的窗簾下此刻站著兩個人，他們都倚靠在牆上，身子慵懶地斜斜地，有無比撩動人心的放縱。兩個人說著什麼，嬌小身段的瑪麗蓮·夢露誇張地笑起來，胸腔鼓脹起伏著，高大的手裡拿著一杯酒始終微笑著的加繆伸出手在夢露的胸口作勢要撫摸，但隨後手就搭在夢露的肩膀，他幾乎擁抱著在她耳邊說著什麼。夢露笑得更加誇張，並用手去推加繆，但推了幾次也沒能推開，便也作罷。於是兩個人溫柔地摟抱著，在窗戶邊跳起舞來。一個服務員走過來，從加繆手裡拿走酒杯。等等。你再次把鏡頭對準了那隻遞出酒杯的手，有一片銀色的東西，但因為反射著燈光，反而令你無從判斷。就像意識到你的困境，那隻手側了側，正面對著鏡頭。原來是中指上一個壁虎銀戒指，它的尾巴是一塊藍寶石。你感覺到加繆在看你，他似乎還在和你說著什麼。你拉近鏡頭，對著他的嘴巴，雖然不會唇語，你還是馬上弄懂了他的意思。他正在不出聲地問你，怎麼樣，我說得沒錯吧？你衝他豎起了大拇指，隨後，就算隔著面具，你還是明顯看到加繆笑了起來。笑完後，他將你放在一邊，忘情地摟著懷裡的夢露，跳得更加溫柔。

掃視完畢，鏡頭拉回吧台，只有紫色仙子還在那裡悠然地喝著威士忌，她左邊的高腳凳上空空落落，一瓶喝到一半的啤酒放在緊挨著凳子的吧台上。他不知去了哪裡。你索性爬上坐著的凳子，四處張望，酒吧裡沒有他那你一眼就能認出的身影，你有些沮喪也有些茫然，不知道是否該去問問紫色仙子。然後，你看到酒吧門口有一點小小的騷動，還有人罵了一句，原來是一進一出的兩個人撞在了一起，門簾再次撩起，一個人貼著兩個撞了之後纏在一起的人身邊走了出去。那個人就是你正四處尋找的人。你從凳子上跳了下來，扛著攝像機跑起來，跑的同時還不忘用鏡頭收入一路上看到的東西。你跑過的時候，兩個爭吵的人已經像兄弟那樣友好地握著手親切地說起話來，他們同時衝你伸出了一隻腳，試圖絆倒你。幸好你反應敏捷，扛著機器從他們抬起的腳上一躍而過。躍過的時候，你不忘用機器掃下右邊那張狡猾的馬雲的臉。

他在酒吧外面的走廊上疾步如飛。上窄下寬橫斷面為矩形的走廊地面上鑲嵌著國際象棋棋盤一樣條紋的大理石磚，兩邊和天花板還有走廊的盡頭都是鏡子，因而他快速行走的樣子像是不斷在往自己的身體裡面邁步。你顧不上這令人魅惑的走廊，只管用鏡頭跟著他快行的身體，同時，你也不忘記把鏡頭偶爾向兩邊或者是天花板偏移，以記錄下他另一面的身影。你跟著他往前走，跟著他向右拐，拐過來的走廊不再有鏡子，而是十足的紅色，亮得刺目的紅色。他在紅色中一推，一扇門應聲而開。你的鏡頭直直地對準門，記錄下上面一個玉米稈菸斗。隨後，你也推開門，走進去。

是鏡子，並且由於傾斜關係，這些鏡子相互折射，使你的鏡頭像是失去了焦點，總是不斷錯失他本人的身影，同時，你還需要照顧到腳下國際象棋棋盤一樣的地磚，防止被鏡子裡的假象迷惑，以免產生到牆壁甚至天花板上行走的企圖。所以，這段並不漫長的路途你走得趔趔趄趄，彷彿不堪肩上機器的重負，時刻都想停下腳步。好在，他終於走到盡頭，他伸手推開面前的鏡子，走了出去。鏡子推開後，一股涼意十足的空氣捲進來，穿過你的身體，你立即從鏡子的迷宮中清醒過來。

這是一個寬闊的露天平台，他徑直走到平台的邊緣，背靠欄杆看著你，一陣風吹來，他的臉上發出刷刷的聲音，你這才意識到，他的面具早已經乾了，早已經恢復到最初的形狀，不再與臉合為一體。沒有了聚光燈，他的眼睛完全不可捕捉，所以此刻正看著你的這個人，如此陌生。你跨出走廊，來到平台上，你暫時放棄對他的拍攝，將注意力放在夜空下的北京一隅。這燈火輝煌的城市此刻像是一個最具風韻的女人，在你的鏡頭下展露出最撩人的一面。你先往南街拍過去，那一條透明的街道，無數的人群在上面走走停停。再從八樓平拍出去，只有不多的幾棟寫字樓從一簇簇樹冠頂部探出身子，其目的似乎只是為了見證一下城市的縱深。東北西三面則幾乎都是高高的寫字樓，南面的國貿在夜色中完全顯露出成熟與大氣，而不是白天那兩棟笨拙的咖啡色建築。

「來一支嗎？」他掏出一包菸，向你遞過來，其中一支菸試探性地露出半截身子。你搖了搖頭，隨即把鏡頭從遠方的背景調回來再次落在他身上。但他轉過身去，如同一位船長那樣靠在平台的欄杆上，張望遠方。你對準他的後背，藏青色的休閒冬衣使他略微顯得有些臃腫，當然，可能中年人都有這種臃腫，他靠在那裡，手指上的火星在嘴唇和欄杆左右緩慢地來回移動，不過他吐出的煙霧立即被夜晚吸納，沒有顏色也沒有形狀。你揣測他在想什麼，最直接的，應該是這場聚會帶來的對時間的感慨，這麼多年沒見，雖然礙於聚會的形式所限，但一定有難以忘記的人，也許他在揣想那個人今天是否來了。無論如何，這些都是回憶的標誌，如果不駕輕就熟地從它們出發，該如何著手清理？或者，這種聚會的形式帶來了衝擊，就像你最初拍攝時想到的，這種形式和日常生活並沒有分明的界限，而他此刻也想到了。不，不是每個人都會從這個角度來看待事情，更何況，連你自己也隱約覺得，這是一個過分乾癟的角度，幾聲可有可無的感慨以外，沒有什麼能讓人印象深刻。那好，不進行這種揣摩，再說，這種揣摩及其結果並非你想要的，你只需要影像，能夠自我呈現、能夠與現有的素材拼接上的影像。所以，你不妨退到最遠處，退到天台另一端的邊緣，將鏡頭搖到最遠處，安靜地拍下他靠著欄杆沉默地抽菸的鏡頭。他在鑲著燈光的夜色裡，在天台的一角，安靜地，毫不等待毫不期望地靠著。

拍到第二支菸抽沒了，你還是讓鏡頭一動不動，你想知道，他是不是要再續上一支菸，接著抽。然後，天空傳來一陣從容的長聲。他抬起頭來，你讓鏡頭順著他的臉爬上天空。一隻黑色的、雙翼寬闊的大鳥正在夜色裡飛行，牠不急不躁，舒展開身子，偶爾拍動一下翅膀，讓自己碩大的身軀像魚那樣在空中游向遠方。

三

王深回到酒吧。與他差不多一小時前離開時相比，酒吧沒有什麼大的變化。人們還是散坐在不同的桌子邊，低聲說笑。還是有不多的幾對人在酒吧中間的舞池裡跟著一把小提琴的聲音怡然地跳著慢舞。不同的是，燈光換成了燭光，依據不同人群的偏好，各張桌子上的燭台多少不一，因而將酒吧染成了一塊塊濃度幅度都不一樣的色塊，但是蠟燭造成的陰影還是將這些色塊拼成了一整塊。有幾個人端著酒杯或拿著酒瓶在各張桌子間轉戰，他們和在座的人互相敬酒，但是氣氛並不囂擾，他們隔著面具卻是真正的老友，不用說出對方的名字，不用辨認對方的身分，只需要端起酒杯，碰一下酒瓶。喝酒的勁頭也不好勇鬥狠，要拼出高低深淺，而是純粹將它當成無障礙交流的方式。

王深站在吧台邊，讓服務生用伏特加威士忌和二鍋頭還有少量檸檬茶調了一杯酒。他一邊喝著一邊逐桌看過去，雖然中學畢業後和幾個同學上了同一所大學，到現在還有幾個人偶有聯絡，但他的確辨認不出哪些人是他較為熟悉的。他正看著，有一個人招了招手，因為動作幅度並不大，王深以為是燭光跳動產生的錯覺，再細看，那個人已經站了起來，而且毫無疑問地正是對著他招手。他將杯裡的酒一口喝了，繞過前面的幾桌，走到那人面前，原來是來時和他在電梯裡碰到的紫色仙子。紫色仙子指了指身邊的一張凳子，示意王深坐下。

「你剛才去哪裡了？」等王深和同桌的另外幾個人，莫扎特、惠施（他的額頭上用大紅寫有「惠施」兩個字，如同兩團饒舌的火焰）、安吉麗娜．朱莉、周潤發（他對著另外三個人再次談起人到中年、停車靠站的話題，對王深這個老聽眾的到來和不得不中斷講述很不高興，但還是欠了欠身），點頭致意後坐下來，紫色仙子問道。

「出去透了口氣。」王深坐下，雖然不久前他才在紫色仙子的耳朵邊說「你的面具很性感」，但那只是完全客觀的一句話，沒有任何挑逗的意思。所以，女人剛才的問話表現出來的惹旁人遐想的親密讓他很不太舒服。幸好，女人對他的回答只是「哦」了一聲，純粹禮貌地點點頭，一下又把距離拉到了王深能接受的地步。

「朋友們，請安靜。」音樂停下來，起初的曹操的聲音再次響起。從四五個方向射來的朦朧燈光在酒吧中心小舞台上製造出非常迷離的效果，一個高大挺拔、身姿優雅的男人出現在那裡。他戴著加繆的面具。

「朋友們，今晚的聚會非常成功。多年未見雖然讓我們彼此都有些生疏，但我們每個人都放下了心裡的戒備，氣氛和我們在學校相處一樣融洽。聚會開始時，我就說過，希望我們不要彼此打探，這麼做是為了避免讓我們的聚會變成一場老套的敘舊，不讓瑣碎占據這個美好夜晚的大部分時間。事實上，還有另一個打算，為了保持足夠的驚喜，我一直沒說。現在是時候了，我想，我們應該通過共同的努力來把這次聚會推向高潮，並在最高潮的地方結束它。」說到這兒，加繆停下來，環視四周，伸出手去揭面具，不過他的手只是觸碰了一下面具，便收回了。「揭去面具，讓大家看到我圓滾滾的、愚蠢的中年男人麵包臉。——這怎麼可能。（眾人一片笑聲）所以，我的提議並不是讓我們暴露本來面目。那只會破壞這場聚會在大家心目中的美好。接下來，我們要做的是，說話。說你的經歷、你的生活。所有你願意說的，讓我們聽到。當然，一切自願。另外，還是有幾點要求。你可以說出你的名字，也可以不說。你可以講出這麼多年的真實經歷，也可以說出，你想像中這些年的生活。以不洩漏在座其他人的真實生活為前提。我們之中，一定有部分人後來有聯繫，所以會有人有所忌憚。大可不必，面具會保護你。想像自己誤入了一場陌生人的聚會吧。」

「可以談談你和我的愛情了。」王深轉過頭去，發現是周潤發在說，同時，他指了指自己的臉，又指了指安吉麗娜．朱莉的臉。安吉麗娜隨即大笑著點了點，說：「一定是轟動全球的八卦新聞。」

「作為這次聚會的召集人，我當然要先說說自己。希望大家諒解我的這點私心。」加繆先向大家鞠了一躬，「我就是咱們班的班長，王深。（突然聽到加繆說出自己的名字，王深有點吃驚，他下意識地看看身邊幾個人，卻發現紫色仙子正看著自己，忙別過頭。隨即，他猜出了加繆是誰。不過，很多人聽到自己名字後發出驚訝與高興的聲音，他很詫異。因為，中學的同學裡，他能記得的只有幾個人，就算對著畢業照，也想不起絕大多數人的名字。而大家似乎都還記得自己。）中學畢業後，我順利考上大學。讀到研究生畢業，被分配到某個部委。作為部裡的第一個研究生，晉升很順利。三十出頭就提拔正處，但提拔正處後，我突然覺得這樣的工作太浪費生命，辭職下海。做了幾年工作，利用原來積累下來的人脈關係，賺了些錢。後來便開了這家酒吧，現在生活還算穩定。不過，總守著一個地方也沒有多大的意思。再過一段時間我可能會把酒吧交給別人打理，再去做其他事情。」

「不過，我並不是想和大家絮叨我這二十來年的流水帳，我要和大家講講我的愛情故事。不知道你們注意到沒有，有一個人今天沒來。這麼說，並不意味著在座的都是我們原來的同學，不排除有人故意或者無意進入了聚會。就如，剛才我剛才說的，誤入了一場陌生人的聚會。我說有一個人沒來，是指數學原因，咱們班共有五十六個人，今天在座的只有五十五個人。此外，也因為沒來的這個人是我妻子，所以我能肯定。她昨天生病了，急性咽喉炎。凌晨兩點多，我送她去醫院掛號、輸液、拿藥，今天總算病情穩定。但這一番折騰讓她身體很虛弱，所以無法來參加今天的活動。我代她向各位表示歉意。這樣一來，我就必須說出她是誰。」

「各位一定還記得，我們那一屆的校花，也是我們班的英語課代表。孫亦。（不少人發出恍然大悟的贊同）她就是我現在的妻子。我今天要講的，就是我們倆的戀愛史，說穿了，也就是我怎麼把她追到手的。我知道在座有不少人在讀書的時候暗戀孫亦，我也一樣。高一時，我僅僅知道，看著她在走廊裡走過，看著她坐在窗戶下讀書，心裡高興舒服，願意一直這樣看著。但到了高二，我有了更多要求。我希望她的笑容、笑聲只屬於我一個人。我想要抱住她，鼻子緊緊地貼在垂下來的頭髮上，嗅著那隱隱約約又實實在在的馨香。到後來，我更想要自己的嘴唇貼著她的嘴唇上，呼吸著她呼吸的空氣。但是整個高中三年，我只和她說過一次話，為了引起她的注意，我極力學好英語，上課積極回答問題，課餘最先交上英語作業。但這些都只偶爾能得到她的一個笑臉，她那麼不願意說話。因此，有一段時間，我採取相反的策略。專門挑在英語課睡覺，實際上也就是閉著眼打呼嚕，不交作業，在英語試卷上也亂答一氣，終於有一天，我在英語課上繼續裝睡，沒想到課後睡著了。放學後，她走過來，坐在我旁邊，這些都是從另一個同學那裡聽來的，她一直坐著，看著我的哈喇子從嘴角流到桌子上，只是在它要流到英語書上才挪開了書。我終於睡醒，迷迷糊糊睜開眼睛，看到她的臉，嚇了一大跳，連拿袖子抹去哈喇子都忘了。『你不能再在英語課上睡覺，期末考試，你的英語必須考到九十分以上。』她的話毫無商量餘地。說完，她一個多餘的表情都沒有，便站起來走了。她的這句話我保存至今，沒事就會拿出來摸一下，現在摸在手裡還溫暖馨香。我按她的要求做了，期末英語考試還超過她，得了個第一。其實，在假裝不上進的那段日子，我天天在家裡學，上課也只大多是閉著眼睛聽。根本沒有落下什麼。不過，期末成績下來後，她根本沒和我說話。究竟是我那天剛睡醒出現了幻覺，還是因為被我超過很惱怒，這個問題我想了很久都沒有答案。」

「後來，我們上了同一所大學。但我只是看到她換了無數個男朋友而已，自己根本就沒有機會和她多說幾句話。畢業後，我接著讀，她出了國。也就是她出國後，託我幫她辦一些事情，我們才真正熟絡起來。而我接到她第一封信之後，激動得要命，心想，原來她還密切地關注著我的動向。所以，很快就把她託付的事情辦好了。這種聯繫時斷時續，我鼓起勇氣給她寫信表白。但因為她搬家，搬去和新認識的法國男友同居而沒有收到。後來，她因為這次失戀，決定回國。我在機場接她的時候，向她再次表白。我們在機場相擁而哭。哭夠了，她接受了我的感情。我們便很快結了婚。」

「這就是我要和大家說的，這麼多年，沒有取得什麼成績。唯一讓我覺得沒有虛度光陰的事情，就是終於和自己喜歡的人生活在一起。這樣的人生，也不算完全的失敗吧。」

加繆說完，酒吧一片沉默。每個人都在剛才聽到的話裡辨別出依稀的往事，從而陷入了回憶與回憶引起的感傷。王深不清楚加繆為什麼要這麼說，但他也不願意細想，正如加繆剛才說的，琢磨這些毫無意義。他轉過頭去看紫色仙子，她就像泥塑的一樣，完全呆在那裡，眼神直直地望著加繆剛才站立的地方。王深的心像一下失去重量，讓他無比慌亂，因為他有點明白她是誰了。但他還是伸手過去輕輕敲了敲她面前的桌子，女人抬起頭來，一雙眼睛看進了王深的眼睛裡，很快移開目光。「你要說說嗎？」她問道。「不。我沒有什麼可說的。」王深回答。驀地覺得自己剛才的舉動很是唐突，歉意地笑了笑，又想起對方不可能看到，縮回手來。他又問：「你呢？」女人沒有說話。

「這麼多年，我是真累了。」又是白素貞，不知道什麼時候站在舞台上，說起來。王深抬頭四望，沒有看到加繆，也許他又去變換身分了。「你們肯定沒有誰知道，從小學起，我就有很強烈的明星夢，希望能做一個獨自站在舞台，有無數鮮花掌聲的明星。可我膽小，連和陌生人說話都臉紅，所以從沒有登台表演過。中學畢業，我知道，再不努力，我的夢想就只能是夢想了。我改了名字，開始在這一行飄蕩。說起來也奇怪，名字一改我就完全變了一個人，就好像本人始終站在一邊，看著擁有新名字的另一個人去做種種事情。我付出了能付出的所有代價，紅了起來，到現在，如果說出我現在用的假名字，我相信，你們一定都知道。我不是向你們炫耀，我現在看清了，這些都是虛幻的，沒什麼實際意義。可我又無法掙脫，畢竟，掌聲鮮花能讓我忘記以前，忘記自己經歷的一切，將來要經歷的一切。我也快四十的人了，沒有達到張曼玉、鞏俐的地步，今後如何維持自己的事業，怎麼能夠找到一個可信任可依靠的男人結婚，老了也能相守。這些都讓我心酸。突然，我就接到了參加聚會的邀請函。最初，我害怕。我從來沒有向誰說過自己的過去，要說，也是經紀人編寫的那一套，可現在還是有知道我一切底細的中學同學出現。但邀請函上面說得很清楚，是一次戴著面具的聚會。我來了，安全地說出自己的痛苦。明天，我又能安心地接通告了。」

接下來，小舞台成為每個人充分發揮想像力的地方，同時，它還起到了懺悔室乃至臨終告解的作用。站在上面的人紛紛訴說起自己生活的不易，他們如何經歷種種磨難，獲得多少堪以自慰自傲的成功。成功的路上，被迫做了多少違心、損人利己的事情。成功之後，面臨多麼嚴重的精神危機。想要拋開一切又欲罷不能的矛盾心理，不少人的言語給出了形象的剖析。周潤發更是誇張地跪在地上，痛哭流涕地懺悔自己如何買凶殺人，將自己合作夥伴一家殺個精光，以得到公司的全部股份。但沒有人摘掉臉上的面具，相反，他們小心翼翼地護住面具，不讓它有任何掉下來的可能。面具的角色極為曖昧卻極端實用，有它在，人們才能安全地身處能夠完全敞開的氛圍，既與他人坦誠交談，又不暴露身分。再說，誰知道誰說的是實際生活中的事情呢？

王深聽著，甚至想像著正在訴說的人面具後面的表情，這種方式激起了他的興趣。前面幾個人，他還在猜想說話人的內容真假，以及說話人為什麼要選擇把這個片段拿出來說，很快，他意識到這種肢解消除了訴說內容的趣味性，嚴重脫離了講述內容本身的邏輯性。他先是強制隨後就自然而然地順著說話人的思路走下去，在這些現代小說、影視劇演繹得人人熟知的種種故事套路裡，他似乎在接近和這些同學一起生活的三年時光，在偶爾出人意料的講述中，順著時間漂流而去的高中之舟，彷彿逆流而回，上面意外地滿載著美麗的碎片，這些碎片實實在在發生在高中三年，但記憶的篩子將它們統統漏下，只留下重複而乏味的苦學生活。

人們講述得差不多了，時間已經很晚，所有人都以為這次聚會該結束了。但是，那個召集人沒有出現，更麻煩的是，大家都知道他肯定換上了另一個身分，卻沒有人知道是誰。因此，除了王深，很多人都在問：「王深去哪裡了？」有人去問樂隊或者服務生，沒有人能回答這個問題。

酒吧裡迴蕩著路易斯．阿姆斯特朗樂觀的聲音：「What a wonderful world!」

四

你等待著，你以為紫色仙子會站起來，走到小舞台，說一說她這些年的生活。但你看到她只是欠了欠身，馬上就坐下了。隨後，你明白了她的心思，這種情景下，再說什麼都顯得多餘。別人都已經意興闌珊，你還非要站起來鼓噪著大家興致勃勃地喝了杯中的殘酒，未免太沒有眼力了。你注意到她對面的王深，他靠在椅子上，腿伸得筆直地擱在地板上，顯得異常的疲憊。他也注意到了紫色仙子欠身的動作，而且，他一定在她欠身之前便已明白她會馬上坐下去，所以，他根本沒有任何反應。

阿姆斯特朗又唱完一首「Hello Brother」後，在聚光燈的指引下，人們注意到酒吧門大開。一個沒有戴任何面具，面容乾淨俊俏的，滿頭短短的分不清是天生還是染成的金色頭髮的年輕人匆匆走進來。年輕人的面孔神態舉止都讓你覺得埃克絮佩里筆下的小王子如果長大成人，一定就是這個樣子。小王子徑直走到酒吧中央，先向大家鞠躬，然後說：「對不起，各位朋友。因為有幾樁急事要趕去處理，王深先生已經離開了。他讓我和大家說一聲，如果各位有興致，可以留下來盡情玩樂。本酒吧提供一切可能的娛樂活動。如果各位打算離開，請一定保重。同時，他讓我一定轉告大家，這次能以這種方式和大家重敘友誼，他非常開心。如果可能，今後他會再舉行一些獨具特色的聚會活動，希望大家屆時一定賞光。」

小王子說完，並沒有離開舞台，而是挺直身子站在那裡，面露微笑，向著四周點頭致意。人們紛紛站起來，整理衣衫，準備離開。全場再次燈光通明，黃色的燈光並不刺激眾人的眼睛，卻足以照得滿屋一片亮堂。原來戴著兔子頭蹦蹦跳跳的服務員出現在酒吧門口，給離去的人們指引方向，還有一些服務員給大家拿出掛在更衣間的外套。站起來的人們有條不紊地站在門邊，秩序良好地向外走去。你看到王深和紫色仙子還坐在桌子邊，從他們顯得積極的身子來看，兩個人都打算離開，但並不是那麼著急。你扛著機器走到兩人面前，架好機器，對著王深，希望能夠在他離去前再拍到一些內容。王深指了指你，紫色仙子回過頭來也看著你，你利用這個機會，拍下她的眼睛。然後，你看到她的眼睛明亮地笑了一下，她轉過頭去。兩個人站了起來，向門口走去。你也把機器扛在肩上，將架子丟在原地，跟上他們。這時候，門口已經沒有多少人了。王深和紫色仙子和出現時一樣，並肩走著。都沒有說話，但他們的動作非常協調。

只有一架電梯等著，但是人太多，裝下其他等著的人，已沒有多少地方。王深和紫色仙子如同約好的那樣，齊齊站在那裡等待著下一輪電梯。你把鏡頭靠得再近一些，幾乎就要挨著王深的臉了，他往旁邊看了看，有些不自在。這時電梯到了，你倒退著進入電梯，拍攝他們進入電梯的一刻。王深在外面按著電梯按鈕，讓紫色仙子進來。他慢上半步，也貼身進來。就在他進來的一剎那，你看到紫色仙子取下臉上的面具，直直地看著王深：「王深，你知道我就是孫亦吧？」

你希望王深也能取下面具，回視她，然後說些什麼。說什麼呢？你的確不知道。所以你更加緊張地看著王深，以至於鏡頭都向下對著他的肚子了，很快，你意識到這一點，便抬起鏡頭，從鏡頭裡看著王深。但王深沒有說話，更沒有取下面具，他那張意氣風發得有些刻意不加修飾的臉對著孫亦，只是那麼看著。電梯門開了，可還在八樓。是小王子，他正對你招著手，他從白襯衣裡伸出的手掌在電梯門口揮動，在你的鏡頭裡很像是一片被風拂動的梧桐葉子。你扛著機器，從王深和紫色仙子之間穿過去，跨出電梯。再回身的時候，僅僅拍到迅速關閉的電梯的一條縫。這條縫裡既看不到王深，也看不到孫亦。

「他不行了，讓我來叫你去。」小王子說著話，按了向上的電梯按鈕。

「不行了。什麼不行了？為什麼不行了？」你有點摸不著頭腦，但還是本能地拿鏡頭對著小王子。

「別拍我。」電梯到了，小王子讓你先進去，隨後按了十樓。他揮手擋鏡頭，你繞著走了幾步，繼續拍他。「你他媽的有病啊，（說完這話，他狠著臉，想要衝上來砸你的機子，隨即又克制住。只是更加認真地說。）叫你別拍你就別拍。我不是今天晚上你想拍的人。」

聽了這話，你關上機子，扛著它跟著小王子走出電梯。這層樓表面看跟普通的住宅沒有什麼區別，粗略從指示牌看，大概有四戶。小王子帶著你走向朝南的一個房間，他從腰上取下一串鑰匙，極為熟習地打開房門。進去後，小王子帶你經過一個走廊，來到一個非常大的臥室，你明白，整個這一層是一套房子。臥室的裝修和裝飾以紫色為主，各種層次的紫色讓在聽見呼哧呼哧的喘氣聲時，根本找不到它的源頭。在小王子的指引下你才發現一個男人赤裸著上身躺在床上，雖然臉部極為消瘦和憔悴，你還是認出了這就是上一次見到的那個男人，也就是今天晚上的聚會召集人。他的呼吸非常困難，每一口氣進出他的胸膛似乎都經過了長途跋涉，都在極為疲憊地等待著上一口或進或出的氣，以便能勉強跟進。床的旁邊，放著一架呼吸機。小王子走上前去，摟著他的上半身，讓他躺在自己的腿上，低頭再次試圖說服他使用呼吸機，但他用虛弱的手堅決將遞過來的面罩推開。

「你怎麼啦？」你問道。

「沒什麼，肺功能衰竭而已。好多年了，也差不多該到點了。老賴活著也沒有什麼意思。」他說完，抬頭看了看小王子，然後伸出手溫柔地在他頭上撫摸了兩下。

「你想和我說點什麼嗎？」你不知道該怎麼安慰他。去他媽的安慰吧，你想。

「嗯。」他點了點頭，隨即更加猛烈地喘起氣來，喘到後來他的腿都繃直了，像是在倒氣。小王子趁機將面罩戴在他臉上，他慢慢平靜下來。小王子抬起頭，紅著眼眶，滿臉悲戚地看著你。你也覺得不應該再待下去了，便看了看他又看了看小王子，轉身準備離開。

「拍到你想要的東西了嗎？」他又問道。你回過頭，發現他把面罩拿在手裡，微微抬起上身，以便能看到你，精神狀態比剛才好了不少。

「挺好的。謝謝你。」你說完，深深地彎腰鞠躬。這是你此刻唯一能做的事情。

五

和王深分別後，孫亦發動車後就猛踩油門，她想趕緊回到家裡，雖然已經凌晨一點多，但她還是想先在浴缸裡好好地泡一泡消除今晚的疲勞與興奮，等到身心都放鬆下來再好好睡一覺。幸好今天是星期六，她管著的幾個部門版面不太多，也不用開選題會，下午去報社簽版就行。

剛才電梯再次關上以後，王深終於揭下了面具，他帶著混合了吃驚、歉疚和孫亦也不清楚含義的表情看著孫亦。往事，孫亦一直不讓自己去想、到後來也被當成從未發生的往事，一下湧上心頭，而且比當初身在其中還鮮明。她實在無法再面對王深的面孔，轉過身去，偏偏又是一面鏡子，她伸出手來摸摸了自己的臉，就像摸著了二十多年的經歷，偏偏鏡子裡的那個女人做了同樣的動作，並還上一個苦笑。孫亦一下子悲從中來，努了很大的勁才控制住奪眶而出的淚水。雖然自己談過很多次戀愛，也有過短暫的婚姻，更下定了很多次決心，拋掉過去的記憶，重新開始生活。但今天晚上聽到加繆說的話（她也知道了加繆是誰，她一度以為這一輩子都不會再想起他呢），她才發現，到目前為止，最快樂的時光居然還是高中三年。心裡一直惦記，難以忘懷的居然還是王深。她第一次感到後悔，從來沒有和他就那件事聊一聊。看他今晚的動作和神情，他也惦念著自己吧？兩個相愛的人，出於驕傲或羞恥，被一件往事生生地分隔開來，無法在一起，這不是愚蠢是什麼？

想到這裡，孫亦的淚水終於控制不住，而光是流淚已經宣洩不出她這麼多年忍受和經歷的寂寞與煎熬。她放聲大哭起來，哭得眼淚在臉上縱橫交錯，聲音哽咽。剛才，她在鏡子裡看到了王深向這邊跨過兩步，想要伸出手從背後抱住她，可他又站住了。要是他不停下來抱住我呢，要是我轉過身去撲進他懷裡，是不是一切都會不一樣？可兩種情況都沒有發生，兩個人稍稍猶豫，電梯就到了一樓，毫不留情地打開。一群冬季裡的紅男綠女不等他們走出來，便急不可耐地擠進電梯，然後再嬉笑著等待他們走出去。如果他抱住我，或者我撲進他懷裡，就像我從高中開始就在想像的那樣，是不是一切都不一樣了？孫亦回答不了這個問題。她不得不停下車，從包裡取出紙巾，擦去臉上的淚水，稍稍穩定一下情緒，坐直身子。我要給他打個電話，向他說明我剛才為什麼一出電梯就甩開他跑了出來，我還要問問他，假如，還有沒有可能。如果有可能，我想現在就見到他。這麼多年了，我不能再耽誤。

剛拿到手裡，手機就震動起來，嚇了孫亦一跳。她的心臟一下子發現了胸腔的狹小，怦怦直跳，急切地想蹿出來。電話是報社老總老李打來的。老李在極力壓抑自己的怒火，但他的壓抑卻通過電話明確地顯露出來。「孫亦，趕緊到報社來。把徐燁也叫來。」他說。徐燁是孫亦下面的思想週刊主編。猶如出門踏青遇上了拳頭大的冰雹從天而落，孫亦滿腔的怨艾柔情，滿腹的美好想像頓時化為烏有，滿心能想的，就是趕緊找到合適的地方或者合適的方式解決眼前的問題。其他的今後再說吧。她馬上撥響了徐燁的電話，簡單地說：「李總讓你和我趕緊去報社，我馬上趕到。」然後拐了彎，向報社開去。

老李正在孫亦的辦公室踱著步子，大腹便便的身體、寬厚的臉龐，使人以為是某個由兩截長方體組裝而成的思想監察機器。一雙經常熬夜善於發現各種動向和跡象的眼睛因為總是憂心忡忡而眼眶發黑眼袋深重，彷彿裡面總是裝滿了對某些難以捉摸但總令他放心不下的無實體之物的關注，而他的目光往人身上一放，這種關注就立即分泌出濃濃的汁液，讓被注視的人產生赤身裸體無處可逃的念頭。現在這目光就在四處尋找對象，但小小的辦公室實在沒有第二個人，所以老李也很絕望，只能無意識地揮動手裡的幾份報樣。幸好，孫亦推開辦公室的門走了進來，解救了老李，老李的目光立即狂放地撲上去，澆了她一身。

「你看看吧。幸好我今天堅持看了報樣。真是，一天都不能放鬆啊。」老李的話似乎很柔和。

這是明天，不，孫亦下意識地看了看辦公室的鐘，凌晨兩點半，所以是今天，這是應該今天見報的思想週刊。八個版的內容，主打是唐德剛的訪談。四個版。餘下的是一位當代思想史研究者對上期一篇質疑他的文章做出的回應、幾本新近出版的一些圖書的書評，以及過去一年思想界大事件的簡略盤點。這些內容在她八點走之前都已經看過一遍，沒發現什麼問題，所以她才簽字的。但她知道，老李發現的一定是不可饒恕的問題。所以，她只能再次逐行逐字地看過，期望那個問題能突然出現。老李也沉默地在一旁繞著辦公桌走來走去，步伐間有焦躁也有隱忍的快感。

「李總，我實在沒有發現什麼。」孫亦敗下陣來，她把報紙往辦公桌上一放，求助地看著老李。

「你是哪年回國的？」老李停下來，小心翼翼地拿過報紙，翻到第二版確認了自己發現的問題還在，才發問。

「〇三年年底，報紙創刊那一年啊。怎麼啦？」

「難怪你不知道。這本書是不能提的。」老李俯過身來，指著第二版作為資料介紹的幾本唐德剛代表作中的一本，那是一本對晚清進行概述總攬的著作，孫亦在美國的時候看過台灣遠流出的版本，覺得寫得雖然有趣，但其主旨似乎離黑格爾並不遠，因而沒怎麼留意。但既然老李說了，那是確鑿無疑不能提的。

「那現在怎麼辦？」她抬頭看看鐘，已經三點一刻了，還要印十多萬份報紙呢。「或者，只把這本書拿掉，換另一本書？」

「不行，你沒看到嗎？這篇專訪有三分之一的內容都是圍繞這本書來的。這個徐燁，就對這樣的東西這麼感興趣？讓他趕緊來，把問題處理了給我滾蛋，這樣的人才，我們這兒用不起。」老李越說越生氣，幾乎要拍桌子了。

「李總，我看還是解決問題吧，徐燁人才難得。離開他，這個思想週刊——」孫亦突然說不下去了，因為徐熚不知道什麼時候已經站在了屋子裡。很明顯，他是直接從床上爬起來的，挑染了幾縷白髮的長髮很是淩亂。老李也看到了徐熚，一時之間，他也不知道該說什麼，氣氛有點尷尬。

「孫總，謝謝你。李總，請放心，我捅的婁子一定解決好。解決了我就收拾東西走人。」說完，他走過來拿起桌上的報樣看了看。「我這就去把這篇專訪刪掉，再補上幾篇書評，餘下部分請廣告部幫忙就可以了。」

徐熚走了出去，老李看了看孫亦，也走了出去。

接下來的時間，過得極為漫長而令人疲憊。孫亦坐在辦公椅上，盯著對面牆上的鐘，看著它那根笨拙的秒針艱難地挪動步子，計算著還有多少時間必須定版，她的思緒幾乎像是裹著即將風乾的水泥的蟲子，目標單一，動作越來越遲緩。偶爾，它會撐開一條乾乾的裂縫，讓她想想怎麼說服老李，讓徐熚留下來。而順著這條裂縫往前爬幾步，她又會想到，如果這次不是老李發現了，報紙出來了，被上面查到問題，又該發生什麼無法控制和挽回的事情。到後來，這些事情都停了下來，那隻小蟲子因為身上的水泥已經乾透而一動不動，就像被誰撂倒在拳擊場上。唯一能做的事情，就是聽著嘀嗒嘀嗒的讀秒聲。

「孫總，請過目。」徐熚走進來，遞過來一份剛剛打出來的報樣。看到孫亦注意到自己剛剛抽空梳了梳的頭髮，他淺淺一笑，不好意思起來。

「你先回辦公室去，我一會兒來找你。」接過報紙，孫亦以最快的速度逐行看過，其實已經沒什麼可看的了，拿下唐德剛的專訪後，報紙顯得極為空洞，所有的內容一眼都能看透。她來到老李的辦公室，守在一邊等他審完，顧不上說句話就直接去了徐煒的辦公室。

「趕緊辦吧，」她遞過報樣，隨後，她又說了一句：「辦完了回去休息，然後來上班。李總那兒我去說。」

不等徐煒說什麼，她就轉身出來到了老李的辦公室。老李正靠在辦公椅上養神，因為這期報紙所有問題都排除並且能按時出來，他有了短暫的輕鬆。也只有在這種時候，他那張因常年熬夜常年咬牙變得緊繃的臉才鬆弛下來，才顯出一個普通的上了歲數的男人的疲倦。但這種疲倦如同假寐的貓臉上的睡意，任何風吹草動都能將之拂去，迅速換上一層寒光燦燦的警惕。此刻，孫亦推開辦公桌的聲音就讓老李一下子警醒起來，看到是她，他稍微放鬆了一點。「為徐煒的事情吧？我一直等著你來呢。」

老李的直接讓孫亦一時語塞，她不知道該怎麼說起。便走到老李對面坐下來，並趁機整理了一下思路。「李總，正如你說我的那樣，徐煒也是〇三年到的報社，還是我來了後親自招來的。他不知道那本書不能提，同樣應該原諒啊。」

「不。你們不一樣，你是直接從國外回來的，不知道情有可原。而他在來報社之前已經在其他報社跑了兩年的新聞，做了一年的版面編輯，因此必須知道這個。」

「就算這樣，首要的責任也在我身上，要離開也該是我離開。」雖然有點賭氣，但孫亦覺得自己只能這麼說了。

「你知道咱們做報紙，或者說做媒體的，最重要的是什麼嗎？」老李換了個話題，看來，他早已經想到怎麼說服她了。

「當然是真實和判斷力了。」

「不對，最重要的是政治正確。你不要不以為然，也不要以為這是咱們國家才有的東西。其實都一樣。我問你，你在美國的時候，有沒有見到什麼重要的媒體是提倡種族歧視的？有沒有哪個記者敢於公然宣稱，奧斯威辛是虛構的故事？當然沒有，除非這家媒體或這個記者不想繼續幹下去了。為什麼？因為這是美國的政治正確。同樣，我們國內的媒體，也有自己的政治正確，我就不和你具體講是什麼了。你也應該知道。我想說的是，如果我們不保持政治上的正確，報紙就可能被停掉，也許，這在很多人看來都是一件光榮的事情。但是，別忘了，我們上百的記者編輯還要養家，有那麼多的發行員還靠著咱們維持生計。報紙沒有了，他們會餓死，這話沒有誰會信。但至少他們乃至他們的家人的生活，在很長的一段時間裡將陷入不穩定。就因為一本可提可不提的書，值得嗎？換個角度來說，因為這件事情，你辛辛苦苦讓它發展到現在，可以依靠它做更多更有益的事情的報紙，就這麼沒了。值得嗎？這也是我一直盯得比較緊的原因。」

「那也用不著讓徐燁離開。」

「還是離開吧，防患於未然總比不停地滅火好。」說到這裡，老李坐直了身子，看了孫亦很長時間，才意味深長地說：「你是我請來的，這件事情，我希望的結果是：你必須留下來，徐燁必須走。」

從老李辦公室出來，孫亦滿腦子的「政治正確」，想到後來，她已經有些不清楚自己在想什麼。去掉一本書，一本似乎無足輕重的書，是不是真的無關緊要，如果把這種主動去掉看成一種策略呢？可這種策略為的是什麼？如果一直都是這樣，你主動拿掉第一本書，又讓你拿掉第二本書，直到最後拿掉整個版面，還要將放上第一本書的編輯趕走呢？可是因為一本書而讓一份報紙消失，讓上百個人失業，又一定能說得通嗎？走到編輯部門口，她才猛然想起自己在做算術題、在比較大小，不禁苦笑起來，真是快啊，才幾年的時間，自己竟然已經開始在這方面討價還價了。想到這一點，她也就明白了，自己終究不是能在這方面為他人負責的。她也突然明白了，為什麼現在越來越覺得累。

孫亦來到樓下，正要往停車的地方走過去，一個男人走了過來。

「孫亦。」這陌生的稱呼讓她幾乎無法確定面前的這個人是徐燁。但的確是。他站在她面前，看著她，昏暗的燈光讓她無法看清他的表情。

「噢。徐燁。你怎麼還不回家？趕緊回去休息吧。」

「我在等你，向你道個別。」

「道什麼別?!明天就又見面了。」雖然明知是假話，還是順嘴說了出來，這個時候，似乎也只能說這樣的話。

「不。不見了。不來了。」

「為什麼？你別管老李怎麼說，思想週刊離不開你。只要我在，一定不會讓你走。」

「不啦。我想去做些更讓我自在的事情。」

「可以擁抱一下麼？就算為我送別。」他又說。

「孫亦。我一直喜歡你，因為喜歡你才留在報社。但現在我終於確信，你心有所屬。我不喜歡拖泥帶水。所以，臨別前，只希望你能快樂。」停好車，從樓梯爬上十三樓，開門，脫去衣服，放好水，躺進浴缸裡，孫亦的耳朵邊始終都是徐燁說的這幾句話。臨走的時候，他溫柔地親了親她的耳廓，現在她耳邊，都還是他輕微的呼吸聲。

孫亦忽然覺得，一切都離得這麼遙遠。現在，她只想閉上眼睛，好好地休息休息。她閉上眼，向下滑動，整個人沉浸在水的下面。

六

你扛著機器，等了很久，才打到車。車開出沒多久，一輛120呼嘯著迎面而來，衝到你剛才離開的大樓下面，停住。幾個穿著白大褂的醫護人員從後車廂跳下來，抬著一輛擔架，轉眼間從後視鏡裡消失。留下的救護車，也以快進的速度退出後視鏡。

他的臉。誠懇邀請的臉，呼吸吃力的臉，流露憐惜的臉。相疊著出現在你眼前。他為什麼要搞這樣一場活動呢，有了錢，閒著沒事，和舊日的朋友歡聚，捎帶著滿足一下虛榮心，是人之常情。可為什麼要用這種方式？戴著面具，相互間難以辨認，也就談不上炫耀。如果小王子的說法不假，根據剛才所見，你也認同小王子的說法，他已經到點了，就像蠟燭燃到了頭，最多也就再炸一下花，繼續肯定不可能。臨死之前以這樣的目的搞這樣的活動，出乎常情。也許想見誰，但以平常的方式相見又不合適，也襯托不了將死的心情，所以索性弄歡快了。是這樣吧。你想起他說的話。那就是提到的孫亦了。以這種方式，彌補遺憾。當著知道底細，對詳情卻又一片模糊的一群人，說出在想像中多年企盼、多年構思的事情，也就找到了見證。至少，將來這些人中的每一個，想起她就會想到他，就會想起兩人或許有的關係。在一些人的回憶中，兩個人算是在一起了。但是看他和小王子的神情，相互間明顯有很深的依戀，他的手在他的頭髮上撫過，微微顫動，摻雜著豁達、憐愛、不捨。這場活動，小王子明顯非常了解，而且也花了不少心血，臨死之前，需要這麼傷害對自己懷著深情的人嗎？傷害他是為了讓他恨自己，以便忘掉自己，重拾生活。算了吧，這麼弱智、煽情的辦法，白痴才會採用，也只有用在白痴身上才會有效。他不是白痴。他也不是白痴。

王深。你想起這個名字。他自稱是王深。但是你知道，你的男主角才是王深。還有那個紫色仙子，你也知道，她就是孫亦。他們之間的關係遠非一般同學，他們之間有某種磁場。最大膽，也可能最接近實情的假設，也是最有意思的假設。兩個人之間有故事，不是說出來那麼簡單幸福的故事。他知道他們的故事。對他們的不幸福耿耿於懷，臨死之前，想以自己的方式，給兩個人的故事一個幸福的結局。他知道，那種幸福的庸常、不可靠，所以，把它放在眾人的記憶中，植入兩人的頭腦中。現實。就讓現實去死吧。現實敵不過記憶。除此之外，他也許有自私的因素在裡面，他要把自己也放到兩人之中。他愛著他，或她。第三個人知道這一點。

車到你住的地方，你還沒有從臆想的迷宮中走出來。不過你已經窺見出口，這不是通常的、只有唯一出口與活路的迷宮，這是往前走的過程即對其加以建造的迷宮，只要走就能看見出去的希望，只有走才可能出去。或者把它忘掉也行。但這顯然不是你需要的。你需要的，是今天晚上的素材和你電腦裡面的素材拼接起來，然後，就能從你窺見的出口出去。

這是一座半地下室。說是兩個房間，小的那間只夠放一個用帆布和鐵架製成的簡易衣櫃，大的那間擺上一張鋼絲床、一張可折疊的餐桌、兩排書架後，也就只能容你通過了。你放下機器，先打開擺在餐桌上的電腦，再拿起盤子裡剩下的一塊麵包，倒出剩下的半杯酸奶，蘸著吃了。收拾乾淨餐桌，洗了臉，今天的素材倒進電腦裡，你就開始工作了。這遠比你想像的簡單，從近一百張碟片上取下來的三百分鐘素材看似沒有什麼關聯，但它們都指著一個方向，而今天拍到的內容就是一條有深度的河，可供這些素材在裡面游弋，這條河是一個完整的有機體。一條有故事的河。

彷彿第一次，你發現你選取的素材，都是臉。一張張對著鏡頭、對著別的人訴說的臉，一張張凝視鏡頭、凝視著某個地方的臉，他們的面孔被你擺放在電腦裡面，擺放在虛無的花園裡，等待著你的召喚。今天的素材按你想要的節奏，分成幾段。他、王深、紫仙子（孫亦），戴著面具的他們，像無言的眾神、像不死的神甫一樣，坐走站看。他們聆聽著那百花嬌豔的面孔的訴說，默默地聽著，臉上的表情永遠不變。馬龍．白蘭度在《巴黎最後的探戈》裡充滿著頹廢肉欲的、漫不經心的訴說，劉智泰在《老男孩》裡一臉迷醉、無限哀傷的訴說，阿爾．帕西諾在《魔鬼代言人》裡滔滔不絕、唯我獨尊的訴說，湯唯在《色戒》裡因為掙扎於肉體與良心的雙重放縱而疲憊不堪只想一切都他媽早點有個了結的訴說，湯姆．漢克斯在《阿甘正傳》裡滿臉福氣在一條沒有分岔的沒人追趕的小路上狂奔不已的訴說，亞歷山大．凱達路夫斯基在《潛行者》裡從事信念與理想的引導因為肩負著祭司的職責變得專制變得虛弱變得狂熱希望他們能夠鼓起勇氣進到房間一看卻因為他們的懦弱他們的不信而痛苦而自責而自棄而自怨自艾但又只能引導他人不敢以身試之不敢果斷行動不敢也不能豁出去的訴說。《聖山》中的亞歷桑德羅．佐杜洛夫斯基、《愛情萬歲》中的李康生、《本能》中的沙朗．斯通、《漂流欲室》中的徐情、《大逃殺》中的北野武、《耶穌受難記》中的梅爾．吉布森、《三輪車夫》中的黎文祿、《紅色沙漠》中的莫妮卡．維蒂、《萬事快調》中的簡．方達、《甘地傳》中的本．金斯利、《剪刀手愛德華》中的約翰尼．德普、《小武》中的王宏偉、《第七封印》中的馬克斯．馮．塞多、《肖申克的救贖》中的蒂姆．羅賓斯、《陽光燦爛的日沿途碰見各種各樣的人。上早班下晚班的人們騎著自行車開著小車坐著公交車，從你身邊經過，他們呼出的白花花的氣和你的一起，融入到北京隆冬的空氣裡。他們滿臉困乏，無精打采地看著你跑過去。賣煎餅麵條油條包子各色早點的男男女女，也已經支開了攤子，點上了火。鍋裡冒出熱氣，臉上微微滲出汗水。隨著天光明亮，更多的人走出家門，走到路上，匆匆來去。總有人在施工，他們拆掉胡同、拓寬街道、架起立交橋、修起大廈、圍起一個個圓環，把這座城市裹得越來越嚴實。你跑動的步履也不再那麼自如，逐步機械起來。柳樹抽出枝條、迎春花綻出嫩黃，清新的空氣削得河面上的冰塊沒聲地消解，溶入水中的時候，你跑過了小街橋。太陽隨著塔吊節節的攀升，抖擻精神、放出利劍，剛剛鋪上的瀝青，黑乎乎一團，氣味熏人，上面還若有若無地籠罩著一層黑氣，你只能敬而遠之，繞過去。一顆顆汗珠滑到下頜，卻怎麼也甩不到地上，沿著斜坡滾到運動衣上，再鑽進去。你的耳朵輕微地嗡嗡響，嘴唇也有點乾裂，在繼續跑下去還是乾脆停下來之間猶豫不定。大雨下來的時候，你已經過了和平東橋，繼續向北跑去。潑在身上的雨水，洗去了汗水黏身的不舒服感，讓你振作起來。在北京只容許樹葉落下的短暫秋天裡，你跑得精神十足，腳步再次從容起來。而施工的人們，早跑到了你的前面，出發的時候還勉強能望見的可能是由稻田和樹林組成的一片片綠色，早已經被灰色代替，偶爾會有一兩處空隙，被胡亂塞上幾棵樹、一兩塊草皮。氣溫開始下降，你必須跑著才能保持身體的溫暖。然後是小雪，粒狀的雪花撒在你的頭髮上和臉上，那一點點水在你還來不及留意之前就已悄然而去。你看著眼前的且不說足跡遍布北京大大小小的角落——就連後來像慢性病一樣被不著痕跡又乾淨徹底除掉的枯井、破廟、老墳等等，都有二十多張——高中時期怎麼抽得出時間去挨個逛的，就說這麼多照片，光把它們洗出來的錢，家裡給的零用錢，自己一年分文不花，全部攢著，也不一定能湊夠。另外，王深吃驚的地方還在於，這些照片裡在嘴上長著薄薄一層絨毛，頭髮蓬亂、戴著一副塑料框眼鏡，有點愣愣的他之外，基本上也就只有兩個人，一個同樣長著絨毛，但面容髮型衣著都比較整潔得體，也比他稍高的男青年，以及一個以高中生的標準看來，非常豐滿，但又不肥胖，臉上總是嫵媚與傲慢交融的女孩。這三個人多半以兩個人為組合出現在不同的景致前面，擺出各種各樣現在看來有點彆扭的姿勢，有時候還有比較大膽，似乎意在惡作劇的親昵動作。還有幾張，三個人同時出現在景與物的前面，不是另外那個男青年，就是那個女孩居中，王深則總被居中的人親密地摟著或抱著。最後一張照片有點模糊，三個人同時跳起來，六條腿向後彎著，彷彿擱在空氣的台階上，以借力向更高處躍進。背景只有藍得幾十年後看來都那麼新鮮沒有變質的天空。照片的右下角寫著幾個金色的字「王深、孫亦、方塊，攝於河北淶源。88.08.12」。

是的，另外那個青年叫方塊，那個女孩叫孫亦。從高中入學分到一個班上的前後桌起，大家的關係就非常要好。課餘，三個人經常騎著自行車在北京的大街小巷飛竄，要是有看來不錯的四合院或是公園，就跳下車，找各種藉口、撒各種謊、覓各類缺口，到裡面去看個究竟。方塊的家境很好，每次出門的時候，都帶著父母配給他的相機，興致所至地拍下兩個同伴的單照與合影，到後來，乾脆教會了他倆，大家輪流拍。同一個地方經常三個人都拍下幾張照片，洗出來之後再擺在一起評論。長期廝混在一起，三個人的關係很是微妙，王深和孫亦和所有情竇初開的少男少女一樣，互相有點朦朧的愛慕，但是這種感情特別不明晰，只是看到對方就很高興，對方的舉止與平常稍有變化，便滿腹狐疑，進而用更加過火的舉動來刺激對方，憑著其進一步的反應來驗證自己最初的猜想。反而是方塊以滿不在乎的態度在兩個人中間扮演了不可或缺的角色，以致到後來，王深和孫亦都覺得兩個人單獨在一起似乎有點不自在，但又想見到對方，所以更加希望方塊能加入進來。方塊還擅長調節氣氛，他經常帶著少年裝出來的玩世不恭對兩個人做出一些親昵，乃至於狎昵的動作，逗得另外一個人哈哈大笑，於是原本因為兩個人的猜疑而緊張的氣氛，驟然化於無形。有一次在法源寺外面，王深和孫亦兩個人莫名其妙地賭氣，王深毫不相讓，孫亦一怒之下掉頭就要走，方塊追上去一把將她摟在懷裡，嘴就親了上去，親在孫亦的雙唇上。這麼大膽的尺度前所未有，王深沒法再像往常一樣笑出聲來，孫亦也有點傻了，過了一會兒才推開方塊。方塊若無其事地看著孫亦，像以前惡作劇結束後一樣，嬉笑道：「都成年了，居然不知道接吻要張開嘴。要不要我和王深表演一下給你看？」作勢要撲過去，孫亦笑出聲來，罵道：「無恥！」大家就開開心心地進了法源寺。

王深和方塊還有一個共同的愛好，在兩人之間建立了祕密的、結盟一般的關係。更準確地說，這個愛好最初是方塊的，在他有心地培育下，植入了王深的心裡，到高三的時候，王深的狂熱程度已經超過了方塊。方塊的父親早年從事與電影相關的工作，後來調到文化部，管轄範圍內也有電影，所以成了在電影欣賞和研究方面造詣頗深的半個專家。他特別關注世界各國興起的新導演和他們的新觀念、新手法，不遺餘力地購買他們的代表作和新片子的錄像帶。得此便利，方塊很早就被培養出了很好的電影欣賞能力和品味，認識王深之後，他非常慷慨地帶領王深進入這個世界。方塊在這方面早熟地表現出了一個成功教育者的循循善誘，他先給王深看香港的功夫片和好萊塢的大片，再給他看法國、德國新浪潮導演和伯格曼、費里尼、塔科夫斯基、黑澤明等人的電影，看的同時，他還不忘向他販賣從父親那兒或者書上得來的一些專業知識。王深經過催化，很快便具備了相當的知識和觀影經驗，有時候兩個人看完錄像窩在沙發上，為電影裡的世界沉醉半晌，然後便開始討論什麼時候可以一起拍這樣的片子。還有一次，他們認真地討論，是不是可以從這些電影裡剪出一些鏡頭和畫面，構成一部新的電影。不過，對於電影，方塊有一個特別的要求，王深不能向任何人透露他們在這方面的經歷，電影只能為他們二人共有。他曾經嚴肅地對王深說，如果他發現王深和別人分享這方面的東西，就不會再邀請他了。

其他人倒沒有什麼，但完全瞞住孫亦，王深覺得有點難。有幾次，三個人在一起玩，他腦子裡突然浮現出某部電影的某個場景，心裡就像螞蟻在急惶惶地爬動一樣，無論如何都憋不住想要說一下。方塊每次都能看出王深的心思，他模仿或說出那部電影裡面兩個人都記得的動作或台詞，以兩個人在莫名其妙的孫亦面前的一通狂笑止住了螞蟻的爬動。「這麼一個女人，懂什麼電影。」方塊總用這句輕蔑的話，來回答王深為什麼不邀請孫亦一起來看的疑問。後來，兩個人一起看《所多瑪的120天》，方塊在王深嘔吐的時候極其興奮地說：「要是孫亦和咱們一起看，會不會也吐出來？」那一刻，王深強烈地為自己的嘔吐羞恥，同時還產生了一種夾雜興奮的罪惡感。這些讓孫亦知道了就太不合適了，他這樣想，從此再也沒有和孫亦分享這方面經驗的想法。

這些逐漸浮現的往事，讓王深深感記憶的不可思議，這些事他原以為就算隨相冊一起封存起來，也永遠不會忘記，但不知不覺中，還是有太多的細節遺失在時間中，再也串不起一條完整的鏈子。但也有一些當時毫不經心的細節，這些時間的魂魄依附於某些照片，隨著他的翻動，得以甦醒。比如，現在他突然想起八月十二日是方塊的生日，這張照片正是攝於他十八歲生日當天下午，三個人在方塊淶源老家的房頂上，調好相機後一起屈腿向後跳。跳到最高點，王深和孫亦同時喊：「生日快樂！」聽到相機咔嚓一聲響。落下來後，方塊摟著王深和孫亦，大喊：「像三條老狗一樣快樂！」三個屬狗的人打鬧成一片。

後來發生的事情有點恍惚。因為幫方塊家看守房屋的大伯一家去了大伯丈母娘家，整棟房子只剩下三個年輕人。做好午飯後，方塊拿出兩個大信封，說是要在生日給兩個朋友一份禮物，慶祝大家一起快樂地度過高中，將來雖然不可能像現在這樣經常混在一起，但光是想想曾經一起玩得那麼瘋狂，也無比開心。信封裡裝的就是兩套照片，雖然以前也偶爾洗過一些出來，但沒想到方塊這麼用心，每一張照片的右下角都記上了時間和地點，單獨看是一篇日記，連起來看就是高中三年生活的完整紀錄。孫亦捧著這些照片，甚至哭了起來。三個人吵吵著用方塊早就準備好的小夾子把照片一張張夾著掛在屋裡，然後對著照片上的日期，從各自的回憶裡翻找細節，再對著這些細節拼湊成的往日歡快地碰杯乾杯。一杯杯酒灌下去，王深逐漸感到像站在一個球體的極點上，除了腳下那塊狹小的地方奇異地一動不動之外，其他地方都在旋轉，都在圍繞他快速地流動。方塊抱起孫亦雲彩一樣流過去，孫亦吃吃的笑聲雲彩一樣流過去。王深也想要流過去，但他一動，周圍的世界就傾斜，嘩啦啦往地上倒。倒在地上，王深只想閉上眼睛，讓傾倒過程中仍在旋轉的世界停下來，讓他聽清楚耳朵裡轟轟的聲音中夾雜的尖叫聲。後來，轟轟的聲音消失了，尖叫聲也消失了，只有微弱的波浪蕩漾的聲音在地上起伏，托著王深的身體，讓他漂浮著入睡。

王深睜開眼，有點不知道自己在哪兒，只想趕緊找些水喝。他向廚房走去，卻在一張床上看到兩個身體，兩個白色的完全沒有遮掩的身體，方塊的雙手橫在孫亦的胸前，孫亦滿臉酡紅地睡得無比深沉。王深似乎並不吃驚，他只是忘記了還要喝水地站在那兒，看著床上的兩個人，因為不知道接下來要做什麼而手足無措。方塊很快也睜開雙眼，看見王深，他也毫不吃驚，只是把手拿開，往裡面挪了挪身體，說：「你要上來嗎？」王深也沒有生氣，只是搖搖頭，轉身走出來。

王深意識到太陽依然刺眼的時候，發現自己已經站在了只有兩條街道的淶源縣城，難以理解的是，他的右手居然拿著方塊給他的裝上照片的信封。既然拿著，也沒必要再扔，他索性在縣城小小的百貨公司裡買了一個厚厚的相冊，然後坐在車站把照片一張張裝進去。都裝好之後，他又拿出隨身帶著的鋼筆，在扉頁寫了幾個字。

再後來和方塊以及孫亦相關的事情，因為實在太少，更加模糊了。王深不記得從河北回北京後和他們聯繫過，連那天在淶源拍的照片如何到了自己手裡，又是怎麼把它放在相冊裡都完全不記得了。但他知道方塊和孫亦回來後，也很快斷絕了來往。接著，因為都考上了大學，而為相關的準備工作忙碌起來。王深和孫亦上了同一所大學，但他也不記得兩個人在大學期間是否見過面、說過話，更別提方塊不久前在聚會上所說的終成眷屬一起生活的事情了。十多年來，讀碩士、進部委，遇到現在的妻子，結婚育女，生活就這麼順順利利地過來。雖然在此期間，每有高中同學聚會都會通知王深，他從來都沒有參加過，但他也略略聽聞孫亦出國又回國的消息。再多就不清楚了。

天已經微微有了點亮色，王深合上相冊，發現桌上有一張背面朝上放著的照片，應該是剛才從相冊裡掉出來的。翻過來，是王深和孫亦的合影，時間是一九九二年八月十二日，兩個已經長大的人，在照片裡親熱而有分寸地摟著，臉上都是一片燦爛的笑容，背景是司馬台長城。這太出乎王深的意料了，這意味著，他的記憶可以完全被推翻。但王深也只是看著照片出了會兒神，他聽到門外樓道裡傳來向上升起的結實的腳步聲，便把照片放進了相冊。

王深放好相冊，洗了臉，走到門口打開門，看著你氣喘吁吁地爬上樓來。你走到王深的身體裡。王深關上門，擠到床上，摟著妻子和女兒很快就睡著了。

並蒂愛情

第一愛情

1、合二為一夢境

張柏從乾燥的夢裡醒來時，光線那模糊的顆粒已經不均勻地灌注在房間裡，含混不清、陰影重疊，讓他一時之間不知身在何時何處。目光在天花板上塗抹了一會兒，他才聽見舒緩的呼吸聲在身旁起伏。微微側身，秦思平靜恬然、無夢無思的睡相映入眼中。

和每天早上醒來看到這張臉一樣，一陣喜悅在張柏心中升起。他伸出右手，拇指輕輕滑過秦思薄薄的雙唇，指紋與唇線間柔膩的摩擦似有若無，一如既往地揚起他滿腔柔情，還有絲絲縷縷的欲望。

張柏想要撐起上身，吻住秦思的嘴唇，再由此深入。一股沉鈍固執的力量阻擋了他，像是撞上綿軟堅決的玻璃牆，又像是握住自己的手指向後折，除非發了瘋，不然到了一個階段必然自己放棄，他又躺了回去。

「出什麼事了？」張柏有些疑惑，右手循著阻力的來源，拉開蓋在他和秦思身上的空調被，摸下去。

手掌下是光滑的微微有點兒汗的皮膚。他的腹部、腰側，撫摸過去，是秦思的腰側、腹部。往上，是一對野兔一樣伏在那兒的乳房，往下，是柔軟的小腹，再往下，是水草豐美的所在。這一次欲望沒有拱出來，因為有什麼地方斷了線索，要不就是就什麼地方的接續搶了進度。

右手原路退回，秦思的腹部、腰側，再往回退，是張柏的腰側、腹部。手指挒在肚臍上，張柏恍惚間覺得摸著的是秦思的肚臍。右手再原路前進。是了，他的腰側與秦思的腰側沒有間隙，肋部沒有區分。沿此上下，兩三釐米開外，都有間隙。

「我們長在一起了嗎？」張柏縮回手，向天花板發問。問完後，他意識到自己可能還在夢中。「我得儘快睡醒。睡醒後，再把這麼美好的夢告訴秦思。」

他伸手把空調被拉上來，蓋在秦思和自己身上。

然後他看見了水面，瀰漉漉的水面，廣闊無邊，平坦如鏡。如此廣闊平坦的水面，卻並沒有容納下天空，沒有藍天也沒有白雲在水面流轉游弋，也沒有霧氣水氣氤氳其上，因而水面透明，仿若不存在的無色。無色與透明由水面而水下，整片水沒有絲毫渾濁晦暗，沒有蝦蟹魚蚌沒有蜉蝣蟲豸沒有淤泥水草，是全然的無實體的靜止，沒有生命的跡象。只有張柏，無從辨認自己的具體位置與行為，沒有前因後果地確定自己在這片水中。

然後他看見了光，光的出現讓張柏隱約意識到這又是一個夢，他有些失望，催促自己儘快從這個夢裡走出去，進入剛才摸到的那個夢裡。光已經在那裡了，不是從天上射下來，也不是從水裡映上去，是就那樣橫在那裡。圓柱體的光，耀眼的實體的稠密的光，停在那裡。張柏抬頭，無法確定光具體停止在何處，他有些疑惑，如果光只是如手電筒射出來一樣地圓柱體停在那裡，怎麼能夠看得清楚照耀之外的水面？可他還沒有想明白，光就融化了。圓柱體的界限分明的光，忽然間就鏡子那樣碎了，紛紛揚揚灑向水面，水的靜止到此結束。落在水面的光，就是落在水裡的雨滴，滴滴答答的聲音漸次響起，擊起細密的漣漪。圈圈漣漪推搡碰撞，搖搖晃晃成了格子狀，格子狀的漣漪推動水面向遠處折疊，中心越來越疏朗，外圍越來越密集。

然後他看見了一個女人。早先碎在水裡的光已如鹽或糖溶化，這淵深無盡寥廓無邊的水，愈發澄澈透亮，女人就在這澄澈透亮中，從漣漪已經遠離的水面中心誕生，她先露出頭來，黑色的短髮濕漉漉地貼在腦袋上，她的身體接著從水中升上來，白皙的光一樣的身體，水珠從身體滑下，輕輕觸碰水面，再次起伏圈圈細密的漣漪。這漣漪的晃動曳長了女人的面目與倒影，難以辨認清楚，她散發的宛若處女的聖潔的白色的母性的氣息卻讓張柏輕易知道，這個水中誕生的非欲望對象的女人，正是秦思。秦思似乎知道張柏在那裡，因而微微一笑，說：「張柏，你說過我們要一直在一起，要一天都不分開。還記得嗎？」

張柏還沒有回答，又聽秦思說：「張柏，張柏，你看，我們真的在一起了。今後無論如何，我們都不會分開了。」

過了好久，張柏才看見。他看見秦思的臉，她側著身，因而他能看見她一整張臉的欣喜。也正因為她側著身，張柏左肋部有隱隱約約的鈍痛傳來。

2、齊齊哈爾願望

少年張柏走在民樂路上。晨曦初綻，東方微微泛青，街道與城市仍在沉睡。張柏並不擔心，閉上眼睛，他也能從路的這一頭走到那一頭，他也知道什麼地方有坑，什麼地方可以拐進哪條巷子。閉上眼睛，他也清楚每一盞路燈的具體位置，清楚得就像這些節慶日外永遠不亮的路燈一直在對他一個人放射光芒。

一年前的這時候，張柏衝出家門，就是在黑暗中跑進了民樂路，在黑暗路燈指引下，拐進第三條巷子，爬上一棵梧桐樹，坐在杈椏上聽媽媽一聲聲喊他。「你不和他離婚，我就走了。我就不回來了。」那一次張柏下定了決心，他再也忍受不了父親把喝酒和毆打媽媽當成每日必不可少的事情。父親從來不打張柏，可以說對他還不賴。平常，張柏對他無足輕重，但喝上酒又還沒對媽媽動手之前，他對延續自己血脈的張柏，很是親熱，一邊喚「兒子」一邊把兜裡能掏的錢都掏出來給張柏，讓他「想買啥就買啥」。實在掏不出來什麼，他也會倒上半杯，讓張柏一口乾掉。

父親打媽媽也沒有什麼特別的理由，兩個人在一起生活久了，難免會生出點討厭，一旦這點討厭演變成動手動腳，很快就會成為習慣。父親對媽媽的毆打看不出痛恨這樣激烈的感情，這只是一件不可一日或缺的事情。可他的動作和力度都是真的，媽媽每一次的眼淚與疼痛是新的，每一個傷口也都不是轉瞬即逝的。每一次父親打完媽媽，躺回床上呼呼大睡，媽媽將張柏摟在懷裡的絕望與安慰也都能隨著她身體的顫動傳遞給張柏。

「媽媽，你為什麼要和爸爸在一起？」張柏問。可是媽媽只是哭。

「媽媽，我聽隔壁的哥哥說，兩個人是因為相互喜歡才在一起的。你喜歡爸爸嗎？爸爸喜歡你嗎？為什麼兩個相互喜歡的人在一起過得這麼痛苦？」張柏問。可是媽媽只是哭。

「媽媽，我聽王叔叔說，你和爸爸因為結婚了，所以必須在一起。這是法律規定的，法律規定了爸爸可以打媽媽嗎？」張柏問。可是媽媽仍然只是哭。

「媽媽，我聽小姨說，結了婚是可以離婚的。離了婚你就不用和爸爸在一起了，他就不能打你了。我聽小姨說，你不能和爸爸離婚是因為我，小姨說得對嗎？」張柏問。可是媽媽哭得更厲害了。

「媽媽，我明白了，你不和爸爸離婚，是害怕別的小朋友欺負我。你不和爸爸離婚，是害怕我吃不飽飯不長個子。你不和爸爸離婚，是害怕離了婚我就沒有爸爸了。可是，媽媽，這些我都不害怕，但是爸爸打你讓我害怕。媽媽，你不和他離婚，我就走了。我就不回來了。」張柏說。

張柏說完，掙開媽媽緊緊摟住他的手，不去看媽媽看著他的眼睛，轉身跑出了家門，跑進了黑暗。

現在，少年張柏走在民樂路上。他右手捏著一只手帕，手帕緊緊地堵著鼻子，不讓鼻血流下來。他左手緊緊地攥著，攥著三顆水果糖，是孫叔叔送給他的。

爸爸和媽媽離婚之後，很快搬去另一個女人家裡。媽媽不再挨打，有了一點兒笑容，可是媽媽比原來忙多了。媽媽要掃大街，要幫別人糊火柴盒，後來，媽媽還找到包水果糖的工作。

張柏和媽媽一起去過一次孫叔叔的水果糖廠，一整塊一整塊的水果糖在孫叔叔手裡切成一顆一顆的，香香甜甜的氣息讓他不斷猜測，這是橘子，這是蘋果，這是香蕉。這是孫叔叔說的芒果，這是孫叔叔說的他也沒有記住的什麼水果的味道。走進孫叔叔的水果糖廠，就像走進了一座大果園。

一大版一大版的糖紙乾乾淨淨地堆在那裡，等著被裁成一張一張的，然後媽媽和其他幾個阿姨動手把一顆水果糖放在一張糖紙中間，包起來，再把兩頭擰緊，就可以了。媽媽找到孫叔叔水果糖廠的工作時，秋天剛剛開始，要包的水果糖越來越多，孫叔叔讓媽媽和其他阿姨一大早天還沒有亮的時候就過來，包到吃早飯的時候。這樣媽媽和其他阿姨就可以去做其他活，孫叔叔也能騎著車把水果糖送出去了。

張柏聽媽媽說，包十顆水果糖有一分錢，媽媽每天早上走了之後他也睡不著，就和媽媽一起來包水果糖了。沒想到才包了五天，才早起了五天，他的鼻血就流了出來，而他今天還沒包一會兒呢。幸好他反應快，鼻子一有東西流動的癢癢感，就放下手裡的糖和紙，跑到一邊。

「哎呀，這孩子真不容易。」孫叔叔放下正在切的糖，走過來，看著媽媽用手帕堵住張柏的鼻子。他去端了一盆水，讓張柏洗了洗。

「孩子，你回家去吧，歇息一天。來，這三顆糖是叔叔送給你的。還得用手帕捂著，免得鼻血流下來。」孫叔叔陪著張柏和媽媽走到廠門口，「你讓孩子回去吧，今天我還是給他算包了兩百顆。」

張柏手裡攥著三顆糖，就像攥著兩個蘋果一只梨一樣，整隻手都抓不住了。他想，回去後把它們放在飯桌上，等著媽媽回來一起吃。他從來沒有見過媽媽吃糖的模樣。他想知道。這時，張柏聽見一陣叫聲，他本來就有些仰著的頭，只是稍稍一抬就看見一群大鳥展開翅膀從他頭頂飛過，牠們潔白的羽毛像是讓天空都明亮了很多。

「丹頂鶴，你們是要去南方了嗎？」張柏大聲問。

張柏沒有等到丹頂鶴的回答，路燈漸次亮了，燈光照亮了大街，安靜的街道突然讓張柏覺得有了很多人一樣熱鬧。挨著張柏的那盞路燈最為明亮，潔白的光線雨簾般垂下落在地上，正如一隻鶴站在周圍的路燈群裡。

然後張柏看見一個女人，女人從這潔白的光線裡，順著垂下的燈光徐緩降下。女人穿著張柏唯一一次看電影時裡面那些人所穿的衣服，她乾淨整潔得像剛剛飛過的大鳥。女人站在那裡，看著張柏。她沒有笑，沒有走過來，她看著張柏就讓他自然放下了捂著鼻子的右手，他的鼻血也不再流下。

「你是誰？為什麼會從燈裡出來？」張柏問。

「我是城市仙女。」女人說，「我餓了，你有吃的嗎？」

張柏立即伸出左手，將三顆水果糖攤開在女人面前。

「給。三顆都給你。」他說。

「我只要一顆就夠了。你要把三顆都給我嗎？」仙女有些吃驚，她拿過一顆糖剝開，放進嘴裡。她再說話，張柏就聞到了她嘴裡的水果味道。

「都給你。」張柏沒有縮回手。

仙女不再說話，她一顆一顆地把它們剝開，一顆一顆地放進嘴裡。也許張柏等在那兒、看著仙女讓她有些難為情，也許是三顆糖一次放進嘴裡有些多，她很快就嚼了起來。張柏聽見兩個蘋果一只梨被咬開，果汁濺在嘴裡，果肉被牙齒咀嚼然後吞嚥的聲音。

「這個還給你。」仙女吃完糖，終於笑了笑。仙女一笑，張柏就彷彿看見她整個人整個身體都笑了起來。笑完之後，仙女把三張糖紙捋平，一張疊一張地放在張柏手心裡。這是張柏最喜歡的丹頂鶴糖紙，三隻丹頂鶴在他手裡像是要飛起來。

「我吃了你三顆糖，還你三個願望吧，一張糖紙一個。你想到什麼願望了，就拿出一張糖紙，對著上面的丹頂鶴說『仙女，我想要什麼什麼』就可以了。」仙女說完，轉身準備離開。

「仙女，請等一下。」張柏說。仙女轉過身來，有點兒著急趕時間也有些緊張地看著張柏。

「仙女，我現在就想要一個願望。我想要媽媽這一生平安、開心。要是將來她再和誰相互喜歡了，他們一定好好的。」張柏看著第一張糖紙上的丹頂鶴說。說完，他把那張糖紙遞給仙女，仙女鬆了一口氣。

「放心吧。這個願望會實現的。」

「仙女，那我還有一個願望。將來我遇到一個自己喜歡的女孩，要和她相親相愛，一刻也不分開。」張柏看著第二張糖紙上的丹頂鶴說。

說完，他把第二張糖紙遞給仙女。

仙女接過糖紙，眨了眨眼睛。

3、肋部黏連

這的確不是夢，張柏和秦思的肋部已經黏連在一起了。張柏不太敢相信，他想坐起來，結果稍稍一動黏連的地方就撕心的疼。他躺回床上，衝著天花板笑起來。秦思在旁邊也笑了起來。

「我們得同時起來才行。要不我們數一二三吧。」兩個人都笑完了，秦思說。

張柏沒有說話，他轉過頭去看秦思，剛好秦思也轉過頭來。兩人都扭著脖子有幾分彆扭，不過看了不一會兒，目光融化在一起。張柏伸過頭去吻了秦思，秦思立即做出回應迎接他。扭著脖子的親吻難以如同往日般盡興與深情，張柏的右手自然地從秦思脖子下面穿過去，擱在她肩膀上，摟著她。距離消失。持續幾分鐘的深吻充分表達出兩個人的喜悅。

吻完之後，張柏依然摟著秦思。兩個人很有默契地一人伸左手一人伸右手，在床上一撐，就這樣同時坐了起來。秦思的左手順勢摟住張柏的腰，這是他們一起散步與逛街時，最喜歡的姿勢。

每日晨起後的例行事項因為肋部的黏連而有所變化，這些變化如朵朵新鮮開放的花朵，張柏、秦思經歷下來，滿懷芳香。

兩個人並排在餐桌前坐下，享受第一頓完全不同的早餐，開始討論這一天的具體安排。張柏上午要去參加一本新書的新聞發布會，秦思則只有下午有一堂大課要講。兩人之前也有參與對方的工作過程，大體上都是以悄無聲息靜坐一旁，不引人注目地注視這種方式。能夠更深入地了解對方一天中每個時間段具體在做什麼，想一想都讓張柏與秦思要停下來深吻一番。

張柏與秦思摟著趕到新書發布會時，書店並不寬敞的空間已經人頭攢動，陽台上做活動的咖啡區域已經坐滿了人，每個人手裡都拿著一本新書，等候作者出場，等候活動結束作者簽名。店裡面的書架與書台前也都站滿讀者，少數幾位在翻看別的圖書，大多數還是手裡拿著新書，不時向活動區域張望，等待能夠加入的機會。

出版方負責營銷的小姑娘忙得滿頭大汗，在咖啡區域與書店收銀台之前擠了幾個來回，一再提醒收銀台的店員分清楚店裡銷售的圖書與出版方預備贈送的圖書。她見到張柏，迅速用微笑表示了謝意，發現張柏帶著女朋友一起到的，更加笑容燦爛地讚了秦思幾句，然後請他們去前面預留的媒體座位就座。張柏擔心能否擠過去，擠了過去中途再擠出來離開更加不禮貌，便婉拒了。

這是一場可有可無的喧囂活動，時下火熱的情感專欄作家專欄結集出版，出版方邀請了一位電台情感主持人與一位二線偶像劇女演員，兩女一男在「因為愛情」的主題下，遮遮掩掩、欲蓋彌彰、假戲真做地進行打情罵俏表演。情感專欄作家表面刻薄實則雞湯的語言，女演員貌似純情實則肉欲的表情，電台主持人故作深情實則薄情的目光，三者的糾纏讓整個書店熱氣騰騰，讀者不時發出會心的笑聲、讚許的感嘆、難以自持的掌聲。

聽了一會兒，張柏有一點不耐煩，想要離開，他轉過頭。秦思正凝神看著前方，似乎被三個人的對談打動，臉上浮現神祕的微笑。感到張柏轉過頭來，秦思也同樣看著他，微笑更甚。毫無過渡地，秦思就明白了張柏對自己的微笑有些困惑，示意他把耳朵湊過去，低聲說道：「這三個人講得好無聊啊，不過想到和你一起聽就高興。」

就這樣，張柏摟著秦思看完了三個人的表演，等到所有的讀者都欣快地得到簽名散開後，他又在出版方小姑娘的介紹下走上前去和三個人逐一握手，並對每個人誠摯地說了一聲「謝謝」。三個人無疑都衝著張柏供職的媒體，熱情地和他寒暄了幾句，不過張柏摟著秦思離開時，也明顯從背後射來的目光中感受到了刻薄、肉欲和嘲弄。可他不在乎，哪兒還有別的什麼事情或人值得他去在乎。

下午秦思的大課更加簡單。說是大課，足足可以裝下兩百人的教室坐了也就不到一百人，而且大部分都坐在後面，顯然是想更自由地自行安排。秦思和張柏摟抱著走進教室的時候，先是有前排的學生帶頭鼓掌，後面的學生驚醒一般也鼓起掌來。

「今天是愛情詩賞析，學生們可能以為咱倆在進行愛情表演。」秦思看出張柏對掌聲一陣茫然，低聲解釋。這堂課的確進行得像是表演。聽說今天主講耶胡達．阿米亥的〈愛的禮物〉，一半出於並排坐在講座上的無所事事，一半出於對這首詩的喜愛，張柏請求由他來為大家讀這首傳浩的譯詩。

我給你，為
你的耳垂，為你的手指
我給你手腕上的時間鍍金，
我在你身上懸掛許多閃光的東西

好讓你為我在風中
走動，在我頭頂上輕響叮噹，
安撫我的睡眠。

我用蘋果填滿你的床鋪
（正如雅歌中所記）
好讓我們在一張紅色的、結著蘋果的床上
平滑地滾動。

我在你的肌膚上覆蓋精緻的粉紅織物
透明如蜥蜴的幼仔
牠們在夏夜裡有著黑鑽石般的眼睛。

你使我得以生活了數月
而無須一種宗教
或一種世界觀。

你送給我一把銀製的開信器：
像這樣的信不是那樣開的。它們是
撕、撕、撕開的。

讀完之後，張柏意猶未盡，又將這首詩的希伯來原文與英文譯文背出。張柏的聲音與希伯來語、英文的異域味道攙和一起，產生了奇異的感染力，前面後面的同學都抬起頭來聽他，聽完他又聽秦思逐行逐首講解。

晚上回到家，並排躺在床上，張柏和秦思覺得，因為有對方的陪伴，這一天完全沒有白過。他們知道，今後的每一天都不會白過了。

4、共同生活指南

絕對意義上的共同生活，兩人永恆共在，如雙頭蛇在所有的時間裡互相蠕動。——這是多少相愛之人的夢想，這是對必然分割愛人的空間的反擊，這是愛情從物質形態上對精神優越一勞永逸的勝利與解決。如果你是愛情新手，如果你渴望永恆共在，如果你蒙月老或厄洛斯或一切執掌此事之神祇垂青，共同生活的夙願得償，不要欣喜若狂、不要膽顫心驚，你只是需要指導，你只是需要讓一切迅速地熨帖於愛情的褶皺裡。本指南從技術層面提供原則性指導，讓你從靈魂層面擺脫孤獨在世的慣性、從肉體層面拋離速朽此身的束縛，欣悅漫步在其他人只曾耳聞、未能親臨的愛情黃金海灘。

第一，穿衣問題的關鍵是表述清晰。網絡如此發達，沒有買不到的東西，唯一的問題是，表述與要求一定清晰化。可以訂購、訂製大號衣服褲子，清楚告訴對方：褲子有四條腿、一個腰，衣服有四隻袖子、兩個衣領——最為常規的衣著；衣服上可以更激進一些，既然永恆共在，時刻摟抱的那兩隻手完全不需要袖子的定義，更無需紡織物的分隔，時刻觸摸對方也是自己的皮膚才是昇華；亦可從節約層面考慮，衣著一律沿用舊物，只需根據實際情況，將共生的腰部剪開五到十釐米長即可。

第二，吃飯時解決好阻礙問題。同樣使用右手或左手的情侶，永恆共在狀態下吃飯時面臨的最大問題是，一方的手臂、手肘運用筷子、刀叉等工具，將無可避免地觸碰對方的胸膛，有時這種觸碰會因對方的阻礙，影響品嘗美食的興致，而情不自禁升級為撞擊。相愛之人斷不會由此發展到揮拳相向，敗興卻難以避免。因此，如果沒有張柏、秦思這般幸運，天生一人左撇一人右手，也不在連體一側，那共同生活必須解決的首要問題即，其中一人必須改變。或此人從右手換為左手，或彼人強行更改天生的左撇子。如此項改變耗時費力其效不彰，亦不妨轉換思路，一隻手餵飼兩張嘴。想想吧，此等肉麻骨酥的情景，竟然唾手可得。當然，本質而言，共在的身體不需要雙方進食，一方足堪補足另一方，斷無半身過剩、半身匱乏之理，這一解決方案，旨在防止一方進食時，另一方的無聊及飢餓想像。

第三，日常生活要破除觀念。原本就需要兩個人在一起的事情，因為永恆共在而意義更加彰顯，共同看電視、一起看電影、摟抱滑冰、相約散步等等，沒有什麼事情比相愛的兩個人共同消化時間的碎屑更能為感情加持，也沒有什麼事情比熟悉對方一切細枝末節更能填滿抽象愛意的每一處空虛與縫隙。在一些看似需要獨處的事情上，諸如閱讀、痛哭、思索時，另一個人在場無疑會削弱其中的深度，破壞持續性，但此處的「另一個人」恰恰是抓手，是癥結。所謂共同生活，所謂永恆共在，就是對舊有觀念的破除。另一個人就是你，你就是另一個人——這是饒舌，真正的意思是，沒有你與「另一個」的區分，共同生活意味著，你進入了你，你擴充為原來的兩倍。即使只有「一個人」的時候，你也會偶爾三心二意，偶爾心不在焉，偶爾心口不一，共在之後，身體很快就會協調一致，心靈與大腦也迅速雙核化。參照一下張柏與秦思共在之後，如何迅速達成默契，同時用手撐床起身。

第四，有一些不便需要見招拆招。兩具身體的共在總會帶來單向社會建制的不便，此事只需解決問題，切勿抒情傷感，白白耗費時間、精神與精力。張柏與秦思遭遇的最大問題是如廁，不過秦思靈光一現，問題迎刃而解。發現自己使用馬桶時，張柏必須練習馬步後，秦思從書房搬了一張等高馬桶的凳子，兩人輪流坐在凳子上等待對方即可。發現出門後有需要無法進入單向標識「男」、「女」的空間如廁後，他們先是盡可能選擇有「無障礙」標誌的大空間，為此還攜帶過一段時間的折疊凳，隨後不久，這一問題以成人紙尿褲的使用而圓滿解決。一段時間，兩人還由此衍生了對雀巢、好奇、幫寶適、媽咪寶貝等不同品牌性能的比較與探討，其間樂趣不少。

共同生活是人生新局面，上述四條是細節也是原則，捨此別無可資借鑒立等可取的經驗，循此則將迎來人生新局面。

5、有什麼消失了？

張柏和秦思完全適應了兩人連體的生活，最初的驚喜已經被新建立的習慣取代。習慣通常意味著敏感度降低，意味著只在既定軌道上向前推進，細微的變化再難捕捉到，劇烈的變動也會被視作日常而予以忽視。張柏和秦思正是如此。

過去這一個多月，肋部黏連的皮膚面積已擴大至近二十釐米，兩人的肋骨已經開始連接，如果不是身體更加緊密、轉動更為不便，張柏和秦思幾乎都注意不到事情仍在發展。即使注意到，他們也沒有放在心上，他們有更關切的事情要做。

習慣了連體這一新的生活方式後，秦思很快視連體為理所當然，進而迅速對世界的分離狀態由衷感到遺憾。這樣一種全新的、沒有缺憾的狀態，居然沒有成為世界的主流，真是令人難以想像與接受。秦思不激進，也沒有改造世界的宏願，她唯一想要做的，是讓自己的周邊減少這樣的缺憾。她發動張柏，營造沒有缺失的小環境，還興致勃勃地用毛筆寫下「圓滿」二字，裱好掛在客廳。

張柏當然參與、配合——如今的狀態容不得他抽身，話說回來，張柏也沒有絲毫的勉強，如果說他起初有些磨磨蹭蹭，拖了秦思的後腿，那只是因為他還沒有想明白這中間的邏輯，沒過多久，他就為秦思做起事來的澎湃激情折服，由此而想通了這些事情的關聯性，這時，他的動作堅決、有效，很多情況下都反過來，成為了實際上的引導者。

秦思要做的很簡單：不讓家庭這個小環境有單一物品出現，不讓物品以分離狀態出現。毛巾、杯子、牙刷、梳子、碗筷、拖鞋、凳子、垃圾桶、鑰匙、手機等等家用物品，首先不能讓它們單身獨個，並非所有的東西都要情侶套那樣成雙成對，只需要保證不孤單就行。其次也是最重要的，是不讓它們分離，兩隻杯子並排放在架子上依然是孤獨的，用塑料套套在一起、用黏繩連在一起、用透明膠裹在一起……隨便哪種解決方法，都讓兩隻杯子共同在世，合二為一。為此，家裡購買了五花八門的黏連工具，所有的物品都成雙成對地出現。連垃圾桶也是廚房與洗手間各有兩只，這還是考慮到不能讓垃圾桶占據更多面積，從而裁減了客廳、臥室裡的。

讓張柏吃力的是，孤單和分離的標準與邏輯並不是總能搞清楚。比如說，單就衣著而言，兩個人穿一件巨大的T恤，哪怕巨大到完全裝下兩人的身體，T恤也是孤單的，穿兩件小的T恤，相向兩側由下至上剪開長長的口子罩在兩人身上，它們也是分離的。如果剪開的兩條口子分別對接縫合，那它們就既不孤單也不分離，一舉邁入了圓滿的世界。照此，圖書、電腦這些東西是孤單的還是圓滿的？如果是孤單又分離，要解決問題，是同樣的書買兩本，以封面封底為對接黏合即可呢，還是各自撕去一部分內容，再行黏合方可？

後來，張柏大致明白：如果兩個人同時做同樣的事情最為節約時間，那該事情涉及的物品就必須成雙成對才能圓滿；如果兩個人分別做不同的事情最有效率，那這兩樣不同事情涉及的物品本身就是圓滿的。萬事無絕對，如實際情況與此衝突，則以秦思的判斷為準。

解決了小環境物品世界的圓滿，秦思乘勝追擊，要求飲食上也盡可能實現圓滿。大米、麵條、麵包、蛋糕這些加工半成品或成品就算了，在她看來它們處於大致可以視為圓滿的混一狀態。可以提出要求的，是蔬菜、肉食這些趨近天然便於判斷之物。它們可以搜尋到天生的合體，當然不需要外在物質的黏連。好在網絡世界如此發達，只要方法得當且耐心搜索，所有的需求都能夠得到滿足。接下來，天天都有快遞員登門送貨，各種各樣並蒂、同根的蔬菜，還有雙頭魚、連身雞、連體乳豬種種圓滿的食物，直到有一天，秦思在快遞員身上發現了不完美，看到他們每一個都是孤單在世，如果強行要求他們圓滿又與她堅決維護他人人權的原則相悖，才逐步降低了要求世界圓滿的興致。

擺脱對世界的圓滿要求後，張柏與秦思發現了另外一些事情。日常生活中，兩個人都習慣各用一隻手，張柏用左手秦思用右手，一左一右兩隻手已經如同一個人的左右手那樣配合默契。張柏天生左撇子這一點，隨著兩人對連體生活的適應，有時候反而顯得多餘。比如吃飯時，秦思的右手依照張柏兩口秦思一口的原則，已經很有節奏感與分寸感地跟得上兩隻嘴的需要。張柏的左手只好做做夾菜、拿水、翻看報紙等可有可無，實則讓秦思的右手覺得煩躁的事。兩人的另一隻手，也習慣了像兩隻冬眠的蛇一樣趴在對方的肩膀與腰部，不至於毫無行動能力，要讓它們做些什麼卻總是反應遲鈍，需要足夠的預熱時間。實際上，這樣的需求越來越少，很多時候，張柏和秦思都忘記了自己還有另一隻手。

於是，一天晚上，張柏與秦思同時問出了一個同樣的問題。當時，兩人並排坐在書桌前，張柏用電腦寫一篇特稿，這週的週刊要以他採訪的一位社會學家為焦點，秦思翻看卡瓦菲斯的詩集，為第二天的課堂做準備。

「有什麼消失了？」張柏和秦思問。

問出之後，兩個人又同時愣住了，因為他們不確定，這個問題是「自己」想到的，對方不過是說了出來，還是恰恰相反。隨即，他們似乎有些明白，到底是什麼消失了。

6、一分之二性愛

「有什麼消失了？」張柏與秦思同時問道。

「似乎是我們消失了。」張柏與秦思同時回答。兩人都對這同聲的問答不滿，因為這阻礙了他們進一步思索，阻礙他們進一步了解對方的想法。可是，他們都這樣想，接下來就出現了兩個人都住嘴等待對方先說的卡殼場景。

幸好，這麼一段時間的連體以及連體之前更為長久的相愛使得默契縱然因為情緒的慌亂而短暫掐斷，也依然很快回來。秦思的右手拍拍張柏的胸膛，伸出大拇指，示意張柏先說，她跟進補充。

「似乎是我們消失了。」張柏說，「這麼說並不準確，因為我們在這裡。」

「你是說，此處的『我們』指我和你，我或者你。」秦思補充道。

「沒錯。不是我們兩個人一起消失了，是構成了『我們』的兩個元素消失了。沒有了我，沒有了你，只有我們。」張柏說。

「這個怎麼確定呢？畢竟話還是由你和我分開說的。」秦思提出疑問。

「確實需要分別把它們說出來嗎？」張柏提示道。提示完了，兩個人再次閉上嘴，要說的話照樣在心裡閃過。剛才這番對話不過是如同面對鏡子的自言自語，說不說出來都同時在。更惶恐的是，反觀這番對話，他們發現，以前就算他們對這樣的默契有所疑慮，具體感受也還是以同一個念頭無分別地出現在兩個人腦海裡心田上，他們還能以這種方式觀照到另一方的存在，現在這種觀照沒有了。最多，這就如同一個人左右手配合做了一件事，他知道這是左手和右手的分工，知道左手右手並不完全一樣，但他不能否認左右手同屬一個身體，他更不會認為左右手是兩個主體。現在，張柏就像這具合二為一軀體的左側，秦思就是右側。

「怎麼辦？」秦思的眼淚濕潤眼眶，只是強忍。

「不要慌張。有什麼事情是我們合二為一之前，必須兩個人一起完成，最能驗證我們是兩個人的？」張柏說。

「咱們很長時間沒有親熱了。」秦思說，「自從我們黏連在一起，就徹底忘記了這件事。」

說完，秦思哭了起來，眼淚也終於順著面頰流下來，流進她伸開接著的右手裡。

確實。要照以前兩個人看來，他們浪費了多少尋求快樂的時間。那時候他們最喜歡在一起親熱。他們親吻，一個人等待另一個人用舌頭喚醒自己、帶領自己。他們互相撫摸，溫暖或冰涼的手指，心醉或顫慄的觸覺，一具身體在另一具身體上得到確認。他們做愛，一個人為另一個人無保留地敞開，迎接他以及他的整個世界進入自己。

他們動作輕柔，呼吸和緩，他們像是一起吟唱互相追趕，在這樣的親熱中，清楚感受到對方和自己同在。他們從來不尋求過於強烈的刺激，他們只需要連接在一起。有很多次，他們在親熱中途相擁入眠，一直到醒來，都還緊密甚至更加緊密地相互擁有。

「要是我們能始終這樣在一起就好了。」有不少清晨，他們醒來後因為不得不分開而這樣喟嘆。現在，他們依據語言，而非身體的呼喊，想起了久已忘記的事情。兩個人都沒有這方面的興致，彷彿隨著肋部的黏連，兩個人體內主導親熱的物質得以中和，化成了另一種無關痛癢的物質，也有可能乾脆逸出體外，消散不再。不過現在的親熱不是為了滿足感官而是進行確證，為了證明這合一的身體還有兩種同時而不相同的感受，並且這感覺可以清晰判定分屬兩具身體。

張柏與秦思理性上毫無障礙地迅速達成上述共識，可真正實施起來，卻遇到了一系列問題。技術上的障礙幾乎難以克服，畢竟以兩人現在肋部黏連至肋骨的情況，想要清楚地盡納對方身體與眼底都難以實現，更別提完成親吻與撫摸這些必須要注視著對方，或者一方注視對方閉上眼睛、眼瞼輕輕地顫動才能進行與昇華的動作。合二為一的第一天，兩人是有一番深入的親吻，但那番動作是慶祝的儀式，在後來的回憶中已經保存為舔了舔自己的嘴唇、自己的舌頭頂著上顎這樣一些明確而不具發展性的行為。

張柏的左手與秦思的右手倒是可以自主行動，較之以往活動邊界縮小了一些，不過並不妨礙在對方身體上那些熟稔的敏感區域游弋。然而手的行動剛剛開始，秦思就閉上了眼睛，小聲地說：「像是自己的手在身體上撫摸。本來也沒什麼，可像自己的手是當著另一個人撫摸自己。」

她沒有說出的是，「當著另一個人」的確只是「像」，因為這另一個人的感覺是剛才的一番討論賦予的意識，並非切實的體會。張柏完全明白秦思的意思，這明白讓他心生茫然。轉過念頭，秦思方才的羞澀多少也是一個苗頭，他又積極起來。

這積極催生了新的想法。張柏伸出左手拉住秦思的右手，右手也扶住秦思的腰，雙手示意秦思隨他來到客廳。客廳有一條鑲嵌在牆上的狹長穿衣鏡，剛好夠一個人站在鏡前十釐米左右的位置清楚完整地看見自己。肋部黏連之後，他們每一次照鏡子都採取一人照完向左或向右移動，騰出地方供另一人使用的方法。現在，兩具赤裸的身體站在了鏡子前面，幾次調整距離後，形成了兩個人在鏡子裡看不見自己，但能完整看見對方的效果。

兩具合二為一的身體借助鏡子完成了分割，鏡子的映照讓張柏與秦思面對面站立，他們彼此凝視，目光如紗如帳似煙似霧，清澈又深邃、明亮又幽蒙，這目光是一團靜燃的火，沒有絲毫聲響，熱量卻無可阻攔地迅速上升，目光觸及的地方都在這團靜燃之火的炙烤下熔化，變成柔軟的可流動的隨時能夠做出回應與呼應的皮膚與褶皺。那一隻手，那一隻對方的手在鏡子深處，也從鏡子裡伸出來，以親切的節拍，拍醒自己，進而拉著自己的身體，拉著自己的部位與器官，拉著自己的呼吸，上了一條每一粒都可以感觸的細沙鋪就的跑道。兩個人相互鼓勵，相互較勁，相互追逐，相互等候，就這樣向前跑動。慢跑熱身後的長跑酣暢，渾身大汗淋漓也沒有絲毫離開的想法，要在呼吸快被從身體裡甩出去，只有肌肉在無氧張弛的情況下，憑意念進行最後的一旦開始就願意不停止持續到底的衝刺。

也許是之前的擔心過於嚴重，也許是之前的身體反應太過僵硬，借助二者的後座力，這一番面向鏡子的一分之二性愛居然有著前所沒有的烈度。只是結束性愛的鏡子迅速放射出冷漠的平面的光，提醒張柏與秦思，它方才的角色與由此進行的見證是多麼的不由己。

鏡子的反光猶如鏡子的破碎，驚醒了猶在迅速退潮的性愛餘波裡撲騰的張柏與秦思，他們想起了這番親熱的目的，這番確證因為借助鏡子顯得虛幻，可終究能夠把握。於是他們的想法與不久前相比轉了向，他們再次同時問道：

「我們可以結束現在這樣的合二為一嗎？」

7、蒙雙之症

「我們真的要結束現在的合二為一嗎？」張柏與秦思相互詢問。

「得結束。這樣我們的性愛可以比剛才更加美好，我們可以直接彼此注視，我們可以完整地擁抱對方，我們可以手牽著手。更重要的是，我終於想明白，即使我們的肋部沒有黏連，只要想，我們依然可以時時刻刻在一起，毫不分離。其現實固然比肋部黏連後必須在一起難，正因為難，才構成挑戰，才值得追求。」

「何況，有了這一段時間的共同生活，我們知道那是一種什麼狀態，如何才能回到那種狀態。」

「鏡子暗淡下來那一刻，我很想我們有一個自己的孩子，我們共同的骨血。我們可以用時間製造溫暖的柔韌的舒適的子宮，把孩子置於其中，看著他陪著他成長，他耗蝕我們的身體我們的精神我們的時間，他在我們身上長大。只有結束現在的狀態，我們才能夠按照這世界最初時候要求的方式，擁有我們的孩子。」

這樣一番自言自語、喃喃不休的交談之後，張柏與秦思做出決定。

第二天早上，兩人相擁著前去醫院，想到這樣的親密即將結束，兩人多少有些不捨，默默地摟抱得更緊。

醫生是一個瘦瘦高高的年輕小夥子，戴著一副黑框寬邊眼鏡，分不清楚是視力糟糕還是追求時尚，不過他乾乾淨淨，讓人一看很放心。醫生簡單問詢後，量了量兩人的血壓，便安排張柏與秦思進行了各項檢查，血化驗、心電圖、B超、X光透視等等，所有可供診斷參考的檢查都做了個遍。一直到下午醫院快下班時，張柏與秦思才做完整個檢查的流程。

「根據初步診斷，問題較為嚴重，不過還得等到所有的檢查材料與數據匯總後才能確定。」醫生說完，他看了看日程表，「後天這些東西都能齊全了，我安排一個三天後的會診，邀請相關的專家與權威，舉行一次會診，到時候你們也過來，咱們聽聽各位專家的意見，再綜合考慮是否能和是否要動手術，如果動手術需要做哪些準備。」

張柏和秦思向醫生致謝後準備離開，又被他叫住。醫生叮囑道：「從初步診斷結果來看，兩位的黏連進入加速期，你們要有心理準備。」

張柏與秦思依據醫生的話做了心理準備，但是三天後的進展證明他們的準備完全不充分。兩人走進醫院會診室，按照主治醫生的吩咐，脫下罩在身上的衣衫時，所有參與會診的專家都倒吸了一口涼氣。

黏連的區域已經上延至腋窩，下延至髖骨。新的黏連情勢下，張柏的右手與秦思的左手只能完全待在對方的肩部與腰部，兩人的肩部也已經出現要融為一體的跡象，肩部緊緊靠在一起更導致兩隻待在對方身體上的手只有手掌還能較為自由地活動，而從手腕到上臂不但固定在對方身上，接觸的地方還出現了細如毛髮一樣的紅色物質，難以判斷是根鬚還是血管。黏連延伸至髖部直接促使張柏的右腿與秦思的左腿行動上必須保持一致，至少在行走時，兩個人稱得上完全實現了三條腿走路。

情勢的發展過於迅速，使得上次檢查提供的材料與數據已經偏差較大，對於醫生們做出方向性的判斷這種偏差倒也不構成實質性影響。以年輕的主治醫生為代表的一派主張應該及早進行手術，他稱張柏與秦思的情況是典型的赫馬佛洛狄忒斯回歸症，就黏連本身而言，進行到一定程度就會停止。那時候兩個人將像連體嬰兒一樣，不再侵蝕對方的身體，但共生的身體會爭奪營養與資源，最終一方把另一方幹掉，但是拖著半邊屍體的殘身終難維持多久的生命。一句話，不儘快做手術就是兩身俱亡。手術是會帶來器質性損傷，但儘早進行還是不會對生活能力與質量造成傷害。

以一個矮小的長了一張權威面孔的禿頂醫生為代表的另一派則主張，這種黏連只是一種奇蹟，應該任由它發展下去。禿頂醫生強烈懷疑主治醫生不求甚解，因為赫馬佛洛狄忒斯回歸症並不是側身黏連，而是背部黏連。赫馬佛洛狄忒斯回歸症作為連體嬰兒的一種，都是在子宮中由大自然預先造就。張柏與秦思的情況是後天發生，我們只能理解為神的意志。根據張柏與秦思的描述，根據情勢的發展，這種共同生長不會停止，會一直進行下去，其終極就是兩個人真正地成為一個人。

「如此美妙的愛情，如此極致的相守，整個人類歷史都聞所未聞。諸位，難道我們狂妄到以為自己能夠阻止，應該阻止嗎？」禿頂醫生最後的發問有幾分狂熱。

會診室完全陷入沉默，「狂妄」這一分量極重的指責讓所有人連大氣都不敢出。

「談不上聞所未聞。」是一個沉穩的聲音，說話者銀鬚白髮，可以知道是年長的中醫。中醫待眾人都看著自己，才不徐不疾說道：「這個應該就是古書上所言的『蒙雙之症』，典出高陽氏時因愛同體的『蒙雙氏』。」

滿座一時譁然，一時振奮，都期待著老中醫繼續說下去。可老中醫已經坐下，似乎該說的都已經說完。於是眾人又都看著主治醫生與禿頂醫生，目光曖昧，像是嘲笑也像是慫恿。唯獨沒有誰關注靜坐一旁、仿若不在，實際上已經百折千迴交談不休的張柏與秦思。

「那麼請教，這種『蒙雙之症』該用什麼辦法，什麼藥物予以有效無傷害的診治？」最終還是張柏忍耐不住，輕聲問了起來。

「這個，這個，」老中醫囁嚅半天，漲紅了臉說，「我也不知。據記載，『蒙雙氏』是用不死草覆蓋七年而同體，想必『蒙雙之症』的解法不外乎是再次借助不死草，從反向進行。」

說到這裡，他語氣更加誠摯，「我只是不希望說得那麼絕對，因而把我知道的一點信息抖落出來。再多我也不知，連不死草是什麼，古書上也只有名字，實指闕如。再說，高陽氏時候的事情，一切都與神啊仙啊的有關，誰能知道他們究竟是什麼意思?!」

聽到這裡，張柏拉起秦思，在醫生與專家們接連不休的哄笑聲、驚訝聲中走出了會診室。

8、第三個願望

「不要著急，我們再想想辦法。」一到家，張柏就倒在床上。他一路上都沒有言語，秦思也不知道他的所思所想，她的思緒到了張柏正在思考的東西時，就繞了開來，根本無法挨近。這是肋部黏連以後，有了共生意識以來的第一次，可此刻她顧不上為之驚奇，她想安慰張柏。

「也許我們要做的不是想辦法，而是做決定。」張柏沒有反應，秦思又想起會診時的爭論，嘆了一口氣幽幽說道。

「沒有著急。我在回憶一件事情。」張柏對秦思的心意抵達不了自己此刻的所思所想同樣吃驚，不過現在他管不了這些。他躺在床上，陷入了近乎死寂的深思。秦思只好也陪他躺在床上，盯著天花板，仔仔細細地把今天會診室的談話捋一遍。當她捋到老中醫說「一切都與神啊仙啊的有關」時，張柏突然大喊一聲「想起來了」，這一聲中秦思瞥到了張柏思緒的吉光片羽，也出現了「一切都與神啊仙啊的有關」這句話。

「一定是城市仙女做的。」張柏篤定地說，他和秦思起了床。起床時兩人依舊如一個人的默契，「城市仙女」相關的記憶與內容始終如堅硬的核，不能在秦思這裡開枝散葉。

「你不能分享我與此相關的部分，也一定是城市仙女的安排。」張柏解釋道，「不清楚她如此安排的意思，既然如此，她肯定也不希望我告訴你，但這不妨礙我們解決目前的問題。你幫我一起找，找一張有丹頂鶴圖案的糖紙，好嗎？」

不由分說，張柏摟抱著秦思來到書房。「我不記得具體放在什麼地方了，多半在某本書裡夾著。幸好咱們的書不算多。」

幾百本書的確不算多，要逐本逐頁翻動的工作量卻也絕對不能說小。張柏與秦思把所有的書從書架搬到地板，坐在那裡翻起來。兩個人心意相通，專心致志地翻閱著，渾然忘記了飢餓與疲憊。沒多久，翻書就翻得兩人額頭沁出細密的汗，細密的汗又很快凝成汗珠，甩落在地板上，滴落在書頁上。

汗水沒有白流，書翻到一半的時候，秦思就在百科全書的分冊裡看見了一張糖紙。糖紙的顏色完全褪去了，看不到鶴的丹頂、潔白的羽毛，連鶴優雅的長腿也只是隱隱約約可辨，一切都含糊成了一團，不過的確一眼就能認出來，這就是以前的糖紙。糖紙不動聲色地夾在百科全書分冊裡面，不同的螞蟻詞條中間，躺在印有側著頭彷彿凝神傾聽的螞蟻圖片上面。

張柏輕輕地揭起這張糖紙，揭起瞬間，含糊成了一團的丹頂鶴似乎動了動，像是要展翅飛走。張柏左手托著它，盯著看了很長時間，有些過於沉醉有些不敢相信。秦思不清楚裡面的玄機，張柏的舉止卻實實在在感染了她，她也凝神屏息地看著這張糖紙，由衷地踏實起來，她相信她知道問題即將得到解決。

「仙女，我想要結束和秦思的合體，回到我們可以自由相愛的獨立狀態。」張柏對著糖紙上的丹頂鶴說。

仙女沒有到來，但糖紙在張柏說話時吐的氣吹動下，輕輕擺動，似乎摩擦著翅膀做出回答。

9、螞蟻螞蟻

這天晚上，張柏與秦思入睡之後，整座城市的燈光陸續關閉，只有路燈還孤零零地向夜空舉起兩隻光芒微弱的手臂。

張柏與秦思房間在深重夜色中逐漸亮了起來，牆壁、地板、天花板、衣櫃、鞋櫃，所有的物體都發出柔和的不斷增強的光芒。這些交錯的光芒呈現繽紛之姿時，城市仙女終於出現，她依然順從天花板上頂燈垂下的光芒而下，舒緩地降落在房間裡。城市仙女的衣著比上一次出現時更少，這讓她的身體顯得比上一次更加豐滿，不過依然乾淨整潔，就像沒有在城市上空飛過的大鳥。

城市仙女俯身從攤開的百科全書上面撿起那張糖紙，她把糖紙放在左手心，右手輕輕地摩挲著它，就像是最心愛的珍寶終於失而復得。城市仙女摩挲許久，直到這張糖紙完完全全平整，直到它恢復了往日斑斕的圖案，那隻丹頂鶴再次色彩鮮豔地想要飛走，直到整個房間裡瀰漫水果的清香，她才如釋重負地吁了一口氣。

城市仙女在身上藏好糖紙後，終於又笑了笑，隨著她笑容的浮現，百科全書動了起來。不，是百科全書上面的字動了起來，每一個字沒費多少力氣就從紙上面掙脫出來，它們在那隻側頭凝聽的螞蟻帶動下，搖搖擺擺密密麻麻地成了一支文字的螞蟻大軍。

螞蟻大軍沿著床腿爬上了張柏與秦思躺著的床上，又順著兩人的腿爬到了兩個人的衣服裡面。嘁嘁嚓嚓，蠶食桑葉的聲音響了起來，這聲音密集地持續了很長時間，聽的人會認定，這樣稠密綿長的聲音，足夠一個人把自己的影子細嚼慢嚥吞進肚子裡。這聲音終於結束之後，又等了足夠長的時間，有一隻螞蟻咬開一個洞，從張柏與秦思連體的衣服上爬了出來。隨即，所有的螞蟻都咬開衣服爬了出來。所有螞蟻都沿著床腿回到地板上時，張柏與秦思連體的衣服已經斷開，兩具獨立的、出生時那樣完好如初的身體均勻地呼吸著室內繽紛的光芒。

城市仙女擺了擺手，道了再見，沿著燈光上升至天花板處，消失在頂燈裡面。室內其餘的光線開始暗淡弱化，螞蟻大軍又從地板上排著整齊的隊列向百科全書爬行。只有最後一絲光線，目睹了所有螞蟻爬回原處後，原本黑白印刷的百科全書成為了色彩豐富的四色印刷版。

張柏和秦思，也在這時候酣然地一個向左側翻過身去，一個翻向了右邊。

第二愛情

1、新聞：人大一男子跳樓，奇蹟生還

本報訊（記者童樺）昨日下午三時許，一男子在徘徊近半小時之後，從中國人民大學明德樓樓頂跳下，幸遇樹枝延阻奇蹟生還。據現場圍觀的學生所言，跳樓者為該校現代思想研究所青年學者、教授張松，但人大校方表示，該男子身分與跳樓原因都在核實中，目前無法確認。另有未經認證的新浪微博聲稱，該男子跳樓前後，看見樓頂另有一人，但該微博發出半小時後即刪除。

徘徊半小時，男子突然跳樓

人民大學西門的保安說，昨日下午兩點半左右，他們注意到有學生在明德樓下聚集並向樓頂觀望。隨後，他們發現樓頂有一男子。該男子身著藍衣，頗為醒目，一隻手舉在耳側，似乎正用

手機與誰通話。但除了沿著樓頂正面即南側來回走動，並不時走到邊緣之外，該男子神態與舉止都很正常，並無任何危險與過激跡象。因不清楚該男子意圖，聞訊趕來的保安隊長安排人員在下面觀察、取來氣墊的同時，帶著兩名保安試圖從樓梯進入樓頂。發現樓梯間從樓頂反鎖後，保安隊長遂報警並撥打１２０，以防不測。

大約三點鐘，正當保安隊長指揮保安在樓下布置氣墊，以備該男子跳樓可以接住時，該男子平靜下來，他停止在樓頂焦躁地走動，安靜地站在那裡盯著手中的電話。足足過了一分鐘，激動地對著手機大聲嚷嚷了一通之後，該男子突然轉身助跑，從明德樓背面即北側縱身跳下。

樹枝延阻，奇蹟生還

據一位剛好路過明德樓北側的目擊學生說，她聽見聲響才看見一株楊樹的一根樹枝下墜並斷裂，其間還夾雜著藍乎乎的一團，正奇怪時聽見「砰」的一聲巨響，似乎還有人的呻吟聲。接著便看見保安和學生往後面蜂擁過來，等她趕上前，只能從人縫中見到地上躺著一個滿臉血跡的男子，一名保安正小心翼翼地將該男子手裡抓著的楊樹枝移開。而移開楊樹枝的保安小周說，他們趕到時，該男子雖然滿臉血跡、兩眼緊閉，但他聽見了對方在哼哼，便想去扶一把，卻被保安隊長喊住。保安隊長只讓小周注意將樹枝移開，地上的人留給１２０來處理。三點十六分，海淀醫院的救護車趕到。車上下來的醫生簡單檢查一番後，斷定該男子並無生命危險，而且初步判斷沒有摔傷脊椎、頸椎後，便安排擔架將其抬上救護車離去。

本報記者三點二十分趕到時，現場仍圍著不少議論的師生，楊樹枝也還放在一邊。樹枝長約三米，枝葉繁茂，斷裂時離地面約有五六米。由此可以推測，該男子跳樓時正巧碰上了楊樹枝並下意識地抓住，雖然下墜的力量扯斷了樹枝，卻也由此獲得延阻效果，因而不僅奇蹟生還，且無大的損傷。臉上的血跡，也應該是樹枝劃傷所致。

身分與原因尚待確認

針對跳樓男子的身分，記者詢問了現場圍觀的師生，他們大都表示因為事起倉促，再加上該男子墜到地面已經滿臉血跡，因而難以判斷具體是誰，只能大致確定是學校的老師或者博士。但另有幾名學生則極為肯定地告訴記者，跳樓者是人民大學現代思想研究所的教授張松，不過說到具體原因，他們表示，張松教授為人樂觀豁達，授課也生動幽默，實在想不出會因為什麼有此舉動。記者就此詢問現代思想研究所一位不願具名的教授，該教授認為張松的學術生涯一帆風順，三十五歲即獲評教授職稱，在圈內的影響力日隆，即使跳樓者是他，也絕非出於事業原因。

人大校方對此沒有更多表示。該校新聞發言人稱，跳樓者的身分與原因正在核實，目前不能發布確切的相關消息。但學校對發生跳樓事件表示遺憾與痛惜，校方將密切關注跳樓者的治療情況，全力配合醫院的醫治。截止記者發稿前，該男子的身分與跳樓原因依舊沒有確定，張松教授的電話也始終無人接聽。記者同時從海淀醫院獲悉，跳樓男子生命體徵正常，並無器質性損傷，不日即可出院。

鏈接一：張松簡介

張松，一九七四年生，安徽無為人。中國人民大學哲學院本碩博連讀，因博士期間所著《話語轉化——中國現代化的語言闡釋》受到學界肯定，破格留校並參與人大現代思想研究所的創建。二〇〇九年因《現代中國的起源》一書，受到李澤厚、劉小楓等人肯定，被學界稱為「柄谷行人的中國師弟」，破格獲評教授職稱。近年因用於語言分析解析流行的國內左右派觀點，引起網絡與學術圈子關注與爭議。

鏈接二：新浪微博

昨日下午三點五分，有未經認證名為「核桃林野豬」的新浪微博發消息稱：「明德樓有人跳樓啦！今年第幾齣？貌似還有一個身影晃動。是在勸說不跳，還是在慫恿跳？」大概半小時左右，該條微博刪除，並新發一條說：「跳樓是有的，聽說行了大運，沒摔壞。另一個身影大概是我眼花了，不誤導大家。」

2、新聞：跳樓疑為行為藝術，學者接受調查

本報訊　（記者童棒）本報十六日曾報導「中國人民大學一男子跳樓，奇蹟生還」一事，近日，該事件發生了出人意料的戲劇性變化。一個名為《圍觀絕望愛情表演》的視頻流傳網上，這段視頻證實跳樓男子確為此前所傳的人大現代思想研究所青年學者張松，並對網上的圍觀與猜測推波助瀾。根據調查，大多數看過該視頻的網友，都傾向於相信這是一次有策畫的拍攝或炒作。也有人認為，這不過是一次並不出色的行為藝術。人大校方則表示，正在就此事進行調查。另據記者諮詢法律界人士，即使跳樓事件確為炒作或行為藝術，也很難追究張松及視頻拍攝者的法律責任。

網絡視頻，證實男子身分

十八日，一段名為《圍觀絕望愛情表演》的視頻出現在新浪微博，微博用戶「住在里爾克的穆佐」發布該視頻時寫道：「人民大學青年學者為情所困，跳樓尋死。真實的痛苦？絕望的愛情？拙劣的表演？醜陋的圍觀？趕緊戳一下。」

這段已經配上字幕的視頻拍攝清晰、剪輯流暢，十分鐘內容將跳樓男子如何進入人大明德樓、怎樣在樓頂徘徊無定、幾次跳樓嘗試、最終一跳等內容全盤囊括。從視頻可以看出，一共有三個機位，兩個位於樓頂，一個位於對面的賢進樓，此外樓底還有針對圍觀人群的隱蔽拍攝。跳

樓男子顯然控制著視頻的拍攝，能清楚聽到他就拍攝角度、鏡頭運用等提出要求或與人商量，能清楚聽到拍攝者與他對視頻激起的反響進行調侃，甚至能聽到有關「什麼樣的跳樓姿勢最能體現絕望愛情」等的探討。鏡頭也不時切換到樓底隱蔽拍攝到的圍觀人群，一張張冷漠好奇期待興奮莫名其妙的臉，以及捕捉到的「這人幹嘛呀？」「誰啊這是？」「不是要跳樓吧？」「他媽的，要跳趕緊跳！要死趕緊死！」「趕緊發條微博。」「要不要報警？」等閒話。

視頻一開始，是跳樓男子的特寫，他自我介紹：「我是張松，中國人民大學現代思想研究所教授。」這證實了此前關於跳樓男子身分的傳言。不過視頻似乎也證明，張松最終跳樓出乎所有拍攝者的意料。視頻進行到八分鐘時，張松先是扯掉了無線耳麥，拿出手機撥出一個電話，目光直直地盯著。這時還能聽見「改劇本了誒，默片了」。緊接著，就見張松助跑從樓背側跳下。幾乎同時，三聲「我操！」的叫罵與此起彼伏的「啊！」連成一片。鏡頭一陣晃動之後，切向了樓底，圍觀人群潮水般湧向樓後。

網友圍觀，炒作還是行為藝術

這條跳樓視頻的微博發布不到十分鐘，即得到新浪微博的強力推介，並且以「視頻實錄：人大教授，為情跳樓」為題在新浪首頁推薦。截止記者發稿，短短五個小時，該條微博已經被轉發38409次，評論17235條，「人大教授」也一躍位居新浪微博當日搜索排行第七位，而新浪首頁的該視頻下面的評論更是多達83626條，並且不斷被刷新。粗略瀏覽，這些評論基本上以嘲笑、諷刺乃至謾罵為主，少數的辯解都說，這不過是一次行為藝術。

新浪網隨後也在首頁進行了調查，該調查一共分「你認為人大教授跳樓的原因」、「你對這種行為怎麼看」兩項，截至記者發稿，共有33479次網友參與調查。其中，「你認為人大教授跳樓的原因」一項中，54%的網友選擇了「除了炒作還能有什麼?」，21%的網友選擇「傳說中的行為藝術吧！」，19%的網友選擇「元芳知道的其他原因」，只有6%的網友選擇「愛情絕望了，有什麼幹不出來?!」。而「你對這種行為怎麼看」一項中，70%的網友選擇「教授，有太多正經事需要你去幹！」，15%的網友選擇「個人的事，不妨礙別人就行！」，9%的網友選擇「沒什麼看法」，4%的網友選擇「都是圖一樂，認真你就輸了」，2%的網友選擇了「其他」。

就視頻記錄的跳樓是否稱得上行為藝術，記者採訪了當代藝術家與策展人胡昉，他認為，「行為藝術」一詞在中國寬泛到了沒有邊界的地步，將各種異於日常的行為稱為「行為藝術」已經是調侃與惡搞。但如果從行為的反日常性和行為予人以震驚、反思、提升等結果這兩條行為藝術的基本準則看，這次跳樓秀，尤其是最後那出乎意料的一跳，稱得上「行為藝術」，但以《圍觀絕望愛情表演》這個題目來判斷，整個行為的過程與效果都差強人意。因此，只能稱之為一次並不出色的行為藝術。

人大校方：正在進行調查

對於網上的視頻及網友的意見，人民大學新聞發言人稱已經有所了解。該發言人也證實視頻中的跳樓男子確為該校現代思想研究所青年教授張松，但他同時表示，對於視頻的真實性，跳樓行為的真實意圖等相關方面，校方還需要進行調查。至於調查何時出結果、是否會對外公布等，該新聞發言人以「目前還無法確定」予以回答。不過，他明確表示，目前還沒有任何上級部門或者公安部門就此事找校方了解或詢問。他還表示，作為一所開放的大學，人大充分尊重在校師生的個性與生活方式，但也會提請師生們注意個人安全及影響。

記者還就這段視頻可能引發的法律後果諮詢了北京黑格爾律師事務所的蘇平律師，蘇律師表示，即使證實了這段視頻為張松所拍攝並放到網上，根據現行的法律條例，也難以定義與追究相關人員的法律責任。更何況，這種證實面臨不小的難度。因此，這個跳樓與視頻事件，極有可能作為有些出格的行為，被議論一段時間而告終。

3、愛情是自我虛構
——羅蘭・巴特《戀人絮語》讀書筆記

1

一切都起源於看見。看見微微踮起腳尖走路。看見伸手撩頭髮。看見吐一吐舌頭又意識到地迅速縮回去。看見愁容或笑容。看見一件風衣一條裙子。看見鼻子看見嘴巴看見眼睛看見耳廓看見牙齒看見聲音看見氣味。看見迎面走來。看見回眸一笑。看見手持球拍。看見腳蹬車踏。看見抱著一摞書。看見撥出電話號碼。看見站在澄黃的銀杏樹下。看見走過斜飛的濛濛細雨。看見陽光下青草上。看見的總是想看到的。看見的不是你。看見的是我。在你身上看見我。我能看到我嗎?

2

沒有暗戀這回事。沒有誰想要暗戀。暗戀是結束。我要告訴你,我喜歡你。把某個你可能著力的東西突出來,你抓住它。好,我知道了。你裝著看不見,你確實看不見,嗯,我也知道了。但我還是要說。我要說。這句話有魔力,催眠藥與興奮劑。這句話還是認可與許可。不然我怎麼走在你身邊?我怎麼能夠去牽住另一個人的手,自己不覺得奇怪?

接下來,要求說,我愛你。我愛你,怎麼會有這麼不及物的一句話?有誰知道這是什麼意思?我喜歡你。我可以為你去死。對話可以繼續。你喜歡我什麼?你會去死嗎?有答案,可以驗證。我愛你。你讓我怎麼回答?知道了。你什麼意思?我愛你。這回聲真的是你想聽的?我也愛你。你他媽的居然說「也」?!

3

你了解我嗎?我是懂你的。你連我心裡在想什麼都不知道,怎麼能說了解我?我們坐在電影院裡,我的右手捂在你的兩手中間,光影交錯變化,你一臉溫柔一臉幸福,還不時轉過臉來看我一眼。你知道我正在懷念自己的初吻嗎?初中的那個男孩,陽光帥氣,我們從出口溜進電影院,電影已經放到一半。看了沒兩分鐘,他裝著不經意地轉過頭來,在我嘴唇上輕輕一吻。剩下的時間,什麼都沒做,什麼都沒發生。我們就那樣手拉手坐在那裡,傻傻地看著銀幕上不停變幻。放了些什麼完全不知道。整個電影院都是我們的心跳聲。我想著這些的時候,你居然撓了撓我的手心。

你告訴我。你告訴我你在想什麼,我不就知道了嗎?我自己都不知道我在想什麼,有些記憶一滑而過,有些情緒無法捕捉,我怎麼告訴你?我告訴你,你就會聽,就能聽到嗎?我都不了解我,怎麼知道你能了解我?再說,我告訴你的,就一定是我在想的嗎?我能準確說出一切嗎?我能複印自己的一生裝訂好給你嗎?

4

我想你。我不會單獨想起你。我想你總是有伴隨。我要把你放回到一個情境中，才會想得起你。你臉上的笑容，一定是為我綻放，我才會想起。你說的話，一定擦著我的身體而過，我才會想起。你的動作，一定會握住我，我才會想起。那些時刻，我會從記憶序列中剪下來一幀畫面，貼在那裡不停地看。但我需要引導，引導我找到那一幀畫面。

我想你其實是想像你。我的思念就是想像，我憑藉想像度日。這個你不在的情境，你會有什麼反應？

5

接吻讓我心醉。接吻讓我恐懼。你冰涼的舌尖，伸出來，與我觸碰。你的舌頭停在嘴邊，迎接我纏繞我。我的舌頭撫摸你的牙齒，撫摸你的上顎，撫摸你的口腔。我的舌頭抬起你的舌頭，撫摸你的舌頭。接吻的時候，我知道，如果你有靈魂，我的舌頭就會撫摸你的靈魂。如果撫摸你的靈魂，我會有那麼一會兒不是一個人，不是孤獨一個人。可是，你有靈魂嗎？如果我的舌頭撫摸你的靈魂，我的靈魂在做什麼？這接吻讓我恐懼。哪一次接吻會停留在接吻？哪一次接吻不是只被看作過渡？哪一次接吻不是只被當成前導，不是只被當成模擬？

6

只有身體能及愛情的物。誰痛恨接吻，誰就不能由此更進一步。誰耽溺於接吻，誰就是愛情的唯心主義者。必須由此深入，不撫摸靈魂，只撫摸身體。只有身體才能證明身體。只有性愛才能實現兩個人的交流。或輕或重的前戲，或深或淺的試探，或快或慢的動作，或高或低的呻吟。愛情最終在這裡被看見。我的反應你都能看見。我的回應你都能感受。濕潤。堅硬。一切都可能被量化被明晰。只有兩具戀愛的身體才會為對方流出汗水。只有兩具願意為對方嘗試的身體才能證明愛情或許有一點意義。

沒有什麼比身體更快從愛情掙脫出來，回到自身。再持久的歡愛都是短暫的。除了體液，愛情中什麼都沒有交換。一旦我沒在你的身體裡面，我們就是陌生人。一旦開始回憶，事情就不再是原來的模樣。

7

暫時流一會兒淚。你不在我身邊就是不在這個世界。你離開我就是永遠地離開。我需要流一會兒淚給自己看，當然，我並不介意別人看見。別人看見了我才能看見。我流淚並不是為了你傷心。你在我身邊的時候就已經離開。我需要這樣一個動作，需要淚水從身體裡面出來。都是這樣寫的，不管什麼樣的愛情都必須佐以眼淚。流淚是自我證明，流淚是自我羞辱。你們看，我都這樣放低自己了，她居然沒有回頭，沒有回到我身邊。只能流一會兒淚，如果時間太長，她真的回頭，真的要回到我身邊，該怎麼辦？

8

我恨時間。時間把一切變輕。性愛之外的時間毫無價值，流淚之外的時間毫無價值。原本有價值的，都隨著時間的行進被拋棄被碾碎。時間就是臃腫的老人，步履蹣跚，以自己的可笑證明，你連可笑的價值都沒有。

時間啊，你能停一會兒嗎？

9

我在一切前面。我在一切背後。只有我。

4、網貼：沒有愛情，沒有絕望。張松只是一頭性愛叫獸

人民大學一個叫張松的教授火了，因為一段不知出於什麼目的錄製的視頻，因為他脫本表演，真的跳了樓。不管怎麼說，跳樓了，真的要死給大家看，這有著無法拒絕的說服力，儘管他最終沒有死掉。於是，很多人都篤信不疑——這次跳樓與「愛情」有關，有些人已經開始用「痴情」乃至「純情」來形容張松，形容張松和那段視頻中不在場的那個女人。還有人把那個女人稱為「女神」——這個時代真是不缺「女神」！隔幾日都會被大家ＹＹ出來一個——四處搜求真面貌。

首先要讓大家失望一下，本帖不是來扒這個「女神」身分的。粗粗看了一下天涯最近有關該「女神」的帖子，容我嗤笑一聲，諸位犯了戰略性方向性錯誤。問題不在於，這個所謂的「女神」，一個值得一個大學教授、一位前程似錦的青年學者公開跳樓以殉的女人有多麼神祕多麼極致，因而必欲挖出來驗證而後快；問題在於，是否有這樣一個女人，如果沒有這個女人，一切不都白忙活了嗎?!諸位，永遠不要忘記追問前提！

本帖的目的就是提醒大家，這個前提是不存在的。我不肯定是否有某個確定的女人，但我敢肯定，即使有一個女人，她也絕不可能充當一次絕望愛情的對象與情偶。因為，張松的詞典與人生信條裡，從來沒有「愛情」存在。他信奉男女相互間的了解，起於身體，止於身體。性愛是男女可能達到的交流極致，這是張松的行為指南。在一篇小文章裡，張松寫過「不撫摸靈魂，只撫

摸身體。只有身體才能證明身體。只有性愛才能實現兩個人的交流。」這樣的話，試想，有著這樣觀念與信條的人，怎麼可能進入什麼愛情情境?!

關於張松的戀愛對象，他愛過的女人，網上扒得天花亂墜，也錯謬百出。很多人的確存在，也和張松有過關係，但都如前面所言，不是戀愛對象，更沒有被「愛過」。他們的關係都需要加引號，直接引向肉體歡愉。這些女人，或者出於輕率，或者出於痴情，或者出於拯救心態，或者出於尋求刺激，或者兼而有之，我綜合一下天涯到目前扒出來的情況，做個點評，希望能促使諸位追問前提。另外，不要再去打擾這些女人了。

Y女。網上說她最接近「女神」，證據是跳樓表演前不久，兩個人還在交往（是真正的「交往」），她占據時間優勢。證據沒錯，但並不指向結論，因為Y女和張松的關係，近似夥伴與密友，雖然兩個人會興之所至時做個愛什麼的，也彼此認可對方在自己心中的分量，但兩人都知道，愛情及衍生的牽掛、嫉妒等等是最強大的腐蝕劑，腐蝕一切情感與感覺，因而心照不宣地不動感情。再者說，Y對學術事業的熱情壓倒了一切，聲稱自己早已經嫁給了中國的社會學研究，張松和其他男人都不過是這種研究的對象，是學術交到她手裡的把柄——還有比這更女權更色情的話語嗎?

T女。本來不想提及她，可嘆可憐也許還有一點點可恨的女人，竟然又被大家扒了出來，還冷嘲熱諷，這充分證明，不管人類發展到什麼時候，其性觀念永遠是男權主義。我們總是輕易放過輕薄的男人，卻始終嘲笑愛字上決絕的女人。T女有家有業，有老公有兒子，卻斬釘截鐵拋下一切，一定要和張松在一起，知道張松對結婚絕緣，知道他不能身有專屬（完全不奢望心有專屬），同居時也不過問其尋歡生活。最終確定張松對這段關係已經厭倦後，隻身離京。說她有一點點可恨，是在於毫不回頭地拋棄家人，尤其是兒子。不過這也可以視為可敬，畢竟，她知道自己想要什麼，願意做出選擇，願意承擔選擇的一切後果。

M女。另一個認可度很高的「女神」，因為一致認為是張松的初戀。還有種種說法，M女是張松的情結所繫至今念念不忘，張松因為與M女的分手而致不相信愛情，更有人翻出了M女的舊照，從形象到氣質到身段地分析，確認其外形內在完全當得起「女神」二字。對此，我只能說，據我所知，張松是沒有所謂「初戀」的，他在男女關係上是「先知後行」，即使M女是他的第一個女人，也只不過是第一次驗證。第一個肯定會留下些特別的印象，稱為「情結」則太過誇張，更別提往弗洛伊德的路數上套了。隨便再說一句，M女現在平靜豐贍幸福，與張松已經是兩個世界兩種節奏。

L女。這是最大的誤會，這個誤會對她是最大的傷害。L女是現在少見的痴情者，初上大學只是一堂課的時間，就迷上了張松，迷得五迷三道。從此只要有張松的課，必然第一排就座，必然為張松準備好茶水——這茶水張松也從不飲用。L女的痴情是隱忍的痴情，她似乎滿足於見到張松即可，從不主動打擾，如果張松和她說句話，她簡直能幸福得暈過去。有人和張松開玩笑，何不「幸」L女一次，讓她能擺脫幻象，過正常生活。張松的回答不知是真還是同樣玩笑，「這樣的處女，我惹不起。」或許，張松和L女是一種奇特的精神上的施虐與受虐關係。

上述四女之外，天涯扒出來的其他女人，什麼Q女、F女、大小Z女等等，都不值得一說，不過是簡單的性關係罷了。不管女方抱持何種心態與目的，對人民大學教授張松而言，都只不過是一個性夥伴，一次性關係，完全談不上愛情，更不涉及絕望。

濫交是時代特徵與精神狀況，這不足為奇。加繆有言，通姦和看報是現代人的標誌，「看報」已經換成「上網」，「通姦」有著太多道德意味已經被摒棄，性在這個時代，不過是如同握手一般不動聲色又無關宏旨，因此，還是不要再談論張松了吧，更不要談論其中有什麼「愛情」。所謂「圍觀愛情絕望表演」，重點大概還是在「圍觀」，我不敢說是張松在炒作，但我敢斷言，張松只是一頭性愛叫獸，由於媒體的蜂擁而上，你可以把他視為時代的身體象徵。

僅此而已，其餘都不值得深究，也無可深究。

5、張松寫給琴師的兩首詩

〈愛情十四行〉

你靜坐那裡，明亮的光線簇擁著你
內部空曠的背景傳遞温潤雨聲
愛人啊，當你用掌紋圈起燭光
我在陰影的深處享受你的蔭庇

上坡路，下坡路
愛情生長的是同一條路
飛鳥厭倦拍打天空
穿過狹長的器皿，我再一次回到你的身邊

命名的儀式在這一刻由你開始
一群潔白的玉蘭花
圍著你天藍色的裙裾，迎風飄搖
翅膀、光線、箭頭，三者疊成的火焰
終將向遠方將我燃燒

愛人啊，你的名字是我唯一的安慰

〈思念十四行〉

我們中間用情最深的那個人說
一日不見，如三秋兮
愛人啊，你不在身邊的時候
這思念就是高原，就是城市，就是季節在時間裡白白流逝

這不在的缺失，沒有鴻雁，也沒有尺素
前來訴說，前來確認
唯有手指，以最簡化的抵達
還保留水草豐美的記憶

可是這第一根手指，這一刻必須迴避
只要它在鍵盤上來回

那些約定，那些微笑，那些背對玫瑰的強烈擁抱
將由宋體字保存為木乃伊的不朽虛假

愛人啊，就讓我靜坐燈下把你思念
只有在思念的時候，我才能真正把你忘記

6、張松採訪紀錄

六月二十七日，於海淀區萬柳社區張松家裡對其進行採訪，主要採訪內容如下。

童樺：天涯網、新浪微博還有其他一些網站對這次事件進行了各個角度與層面的挖掘，喧囂一時、爭議不小，這樣的聲勢與反應，你關注嗎？

張松：大致知道，並不特別關注。天涯有篇帖子，就是讓大家追問前提的那篇有些印象，我都有些好奇到底是誰寫的。他找到了合適的方向，問題提得並不準確。

童樺：前提的確存在，對嗎？

（張松沉默）

童樺：的確有那樣一個女人，讓你愛上了她。絕望愛情不是表演給觀眾看的，不是現在起鬨

的那些觀眾，不是任何觀眾，而是表演給她看的，對嗎？

張松：不完全是，或者說，絕大部分都不是。

童樺：那是給誰？給你自己？

（張松沉默）

童樺：我說對了吧。

張松：你知道有一種心理調節方法叫「自輕自賤」吧？放低自己，嘲弄自己，從無法掙脫的困局中擺脫出來。我做《圍觀絕望愛情表演》的出發點，就是希望用當眾出醜的方式，從那種狀態掙脫出來。

童樺：什麼狀態？

張松：失戀。（自嘲地笑）很吃驚吧，我也會失戀。認為愛情是自我虛構的人也會失戀，而且失戀後的反應完全不出俗套的窠臼。

童樺：怎麼開始的？

張松：什麼？

童樺：你的愛情怎麼開始的？

張松：當然是從身體，從做愛開始。她來採訪我，彼此沒有惡感，大家閒極無聊地做了第一次愛，感覺不錯。又約了幾次，進入了快感的加速跑道，越來越好。開始對她的身體產生強烈的思念與渴望，開始對這具身體不在身邊時的行為進行想像與嫉妒，然後對這個人開始感興趣。下一次再做愛，就有了異樣的感覺，覺得摟抱住了另一個靈魂，這靈魂讓你興趣濃厚，須臾難離。

童樺：這感覺能持續嗎？

張松：相處的時間並不長，兩個月左右，剛好是感情和身體能發展到最為熾熱的時間。然後她出差，去東海做兩個月的深入報導。不過這分離正當其時，讓熾熱有了更為廣闊的燃燒空間，電話完成了想像與升級。

童樺：電話做愛？

張松：不算是。我們沒有打電話進行過，但我們發明了一整套符號系統，通過短信在彼此的想像中完成見面也未必能夠實現的舉止。這套符號主要內容也不是隔空做愛，是為了纏綿，為了訴說，為了確認。

童樺：和少年人的初戀差不多。

張松：(笑)沒錯。我現在也覺得。但那的確是我的初戀，我的確第一次品嘗到戀愛的滋味。

童樺：怎麼結束的？

張松：那時候我們幾乎隨時隨地通電話通短信，只要一個人聯絡，另一個人一定會回應然後開始纏綿。有一天早上，通常問候早安的時間，我發短信她沒有回。從沒有發生過的事情總是刺激人的想像，她不舒服、生病、出意外等種種畫面一下湧到腦子裡，又發了兩條短信也沒有回。

再撥電話，撥通了，沒有接，是你打通手機，對方按掉之後的提示「您撥的用戶忙」。然後你知道我他媽的腦子裡浮現了什麼念頭嗎？

童樺：愛情中患得患失的人通常會出現的畫面。

張松：你說得很含蓄。我當時意識到，她身邊正躺著另一個男人。讓人崩潰的想像畫面。我又接著打，不停地打，都通了，都沒有接，連按掉都沒有。最後我發了一條短信，我說，「到底出什麼事情了？你告訴我好嗎？」這一次她回得很快，「我很好。不要擔心。過幾日聯繫。」

童樺：然後呢？過幾日你們聯繫了嗎？

張松：然後我就等，我想她或許遇到什麼特別的情況了，可能有什麼需要保密的採訪任務，我連她在東海採訪，遇到部隊異乎尋常的行動，出於保密需要，因而被隔離幾天這樣的傳奇都想像出來了。可是在這種種狗血背後，她正和另一個男人卿卿我我的畫面始終在晃動。我不知道「過幾日」究竟是幾日，她一直沒有聯繫我，我能煎熬的極限是三天。三天後我再次不斷地聯繫，短信符號這時候完全沒意義，直接打電話。有時能打通，有時候沒信號，結果都是沒有回應。我逐漸意識到自己這副乞憐相很討人厭，可又控制不住，一拿起手機一看到手機就忍不住要撥過去。我甚至想，換個電話試一試。可是我承受不起，我承受不起這種後果：換個電話她會接通，因而驗證她並沒有遇到特殊情況，只是在迴避我。萬般思慮和猜測後，我寫了一封分手的郵件，我想，這樣耗著太沒有尊嚴了，既然咱們的關係對你而言已經是一種束縛，不如主動讓你解脱。

童樺：你果然是在戀愛，而且是初戀。

張松：什麼？

童樺：只有初戀的人才會這麼神經質，才會對愛情的要求如此之高，卻又如此容易放棄，但是這種放棄只是試探和撒嬌。

張松：（笑）沒錯。你說得沒錯。可惜當時我並不明白，不過，這封郵件並沒有發出去。雖然沒有戀愛過，畢竟也不小了，不至於太過衝動。寫好郵件，我關上電腦出門散步，然後拿出電話，又撥了出去。

童樺：她接了。

張松：對。她接通後第一句話是「我遇到了一個人」，我說「果然是這樣」，我開始哽咽，她說「你不要這樣嘛，我是一個不好的女人」，我說「不是你的問題，是我的問題」。後面的內容我已經記不住了，現在想起來都是模糊的，不過應該很簡短，大概只再說了兩三句就掛了電話。

童樺：你為什麼說「不是你的問題，是我的問題」？

張松：你知道，我之前的生活有點隨便。前幾次和她做愛期間，我還同時和另外兩個女人保持著關係。直到後來，我的身體對她之外的女人產生了排斥，那時候對她的心理需求也越來越大，才和別的女人斷絕來往，直到後來進入戀愛狀態。

童樺：任何戀愛中的人都希望戀愛對象保持感情和身體上的忠誠，你覺得自己不配對她提出這種要求?

張松:沒錯。我對她保持忠誠了嗎?我自己都不知道。當我發現自己愛上她後,似乎保持了,但這個判斷對自己太有利了。再說,我們在戀愛中嗎?我不知道。在做愛過程中,我們互相說過「愛你」這樣的話,在給她的短信中,我稱呼過她「愛人」,她沒有反對。不過我們從來沒有明確過,我們在戀愛。這需要明確嗎?戀愛與愛情該如何定義?如何定義才能對等地抓住兩個相關者的心理感受與狀態?有句流行語叫「所有不以結婚為目的的談戀愛都是耍流氓」,我的確想像過和她在一起的日常生活,甚至想像過兩人在暮年相攙扶的情景,可作為儀式與節點的結婚,並沒有怎麼出現過。

童樺:打完這通電話後,你就進入失戀狀態了?

張松:差不多。打完電話後,我回到家中重新寫了一封郵件,試圖就新的狀況和她聊聊。一封情真意切的郵件,有傾訴有感嘆,有自怨自艾有故作姿態,試圖挽回變心女友,也盡力保持了基本的尊嚴。發出了郵件之後,我開始了失戀。枯坐家裡,聽著電腦裡的流行的愛情歌曲,完全崩潰地喝著各種各樣的酒。就是最通俗電視電影裡的失戀的人做的事情,除了痛哭流涕以外,畢竟這個年紀了,沒有那麼多淚可以流。你知道嗎,李宗盛的〈給自己的歌〉伴隨了我很長時間,每一次聽見他唱出「想得卻不可得,你奈人生何?」、「舊愛的誓言像極了一個巴掌,每當你記起一句就挨一個耳光」就一陣苦笑。

童樺：《圍觀絕望愛情表演》就是為了從這種狀態中走出來的自輕？

張松：（苦笑）還不是。你說的沒錯，那時候我真像戀愛中的小男孩，除了聽歌喝酒，甚至因為最初她說「雙魚座和天蠍座是絕配」而在網上查看各種關於星座的信息，有一天，大概是失戀後的第十天，網上的當時星座運程說當日「雙魚座的愛情是柳暗花明」，我覺得感情出現了轉機。於是又發短信糾纏，她開始還有耐心地予以開釋，但終究被糾纏不過，不耐煩地說「保重」！那天我出門辦事，在一號線地鐵，火車開來時，我突然產生了往裡面一跳的想法。這想法很微弱，也沒有悲傷絕望這些煽情因素，就是想那麼一跳。那時候，我要求自己，既然最終沒有這麼一跳，就必須儘快從這種狀態中走出來。

童樺：所以你策畫了這樣一場跳樓表演？

張松：沒錯，是在幾個做藝術的朋友啟發下想到的。你也看到了，不管絕望還是愛情，對圍觀者來說，都難以深入，圍觀者也沒有深入的意願。這也從反向有助於我擺脫之前個人情緒的沉浸。

童樺：既然是表演，為什麼會真的跳下來？表演的時候重新入戲了嗎？

張松：（遲疑了一下）不。我看好了楊樹才跳的，或許會受點傷，死不了。

童樺：毫無疑問，你已經擺脫了失戀狀態的困擾。不管怎麼說，這番表演畢竟成了轉折。你想沒想過，起作用的也許不是表演，而是時間的治癒功能。

張松：也許確實如此。正因為此，我痛恨時間。
童樺：我可能會採訪她，有什麼需要我轉告的？
張松：（沉默良久）我想知道，那封郵件她收到沒有。

7、琴師採訪紀錄（郵件）

溝通與說服之後，琴師願意接受採訪，不過只能通過郵件。她希望問題儘量簡略，數量不能太多，並且聲明，不是有問必答。一共提出八個問題，多少都算回答了。以下為八個問題及回答：

你和張松如何開始的？

雜誌的一期封面，涉及當代中國思想界脈絡與現狀，我需要做深入了解，尤其在一些判斷上，希望得到專業的分析與指導。我知道他，聯繫之後他很爽快地答應幫忙。他進入專業領域的樣子很迷人，那天下午光線極其充足，即使坐在朝北的書房，他的臉與動作也異常清晰，採訪快結束時，他起身為我添水，整個人全部躍入了我的眼中。有那麼一會兒，我有些興奮。他抓住了我的興奮。這麼說沒有他主動我被動的意思，我是說，我們毫釐不差地踩中了點。就這樣開始了。

你怎麼定義或者描述你們之間的關係或感情？你認為是愛情嗎？

不清楚你此處的「愛情」是什麼意思，沒法給出答案。我和張松也不過是和其他男女一樣，發生了一段感情。那段時間，我喜歡和他在一起，每次在一起都很快樂。最讓我舒服的就是，張松從來不和我談論未來，我們最多只是說，在一起真是美好，我們盡力讓這美好持續更長的時間。兩個互相喜歡的人在一起，談論未來，一直談到白頭到老，談到虛擬的來生來世，由此產生種種誓言，這些誓言又迅速在現實面前蒙上灰塵，腐爛變質——沒有什麼比這個更掃興，更可笑。我們因為快樂在一起，如果不快樂了，就沒必要繼續。

出差那段時間，我們的聯繫更加頻繁，事情開始向著我不喜歡的纏綿與糾纏發展。有人如此牽掛你，在意你，恨不得時時刻刻都和你互通聲息，這種感覺能融化任何人，我當然不例外。因此，他的每一條短信，每一個電話我都更加熱烈地回應，但是每一次回應後我都感覺空虛，彷彿無端地把自己交了出去。後來他給我發詩，他用的是老式的手機，一個字一個字輸入很辛苦，發來首數百字的詩是很浪漫的舉動，何況他先後發來了三首，耶胡達·阿米亥的〈愛的禮物〉，他自己寫的〈愛情十四行〉、〈思念十四行〉，我很感動。你知道，愛情中開始出現感動就意味著已經轉到別的方向，我意識到這一點，就想這段感情先停一停。

沒錯，我當時的想法是，停一停，讓我想清楚。當時想的的確不是結束它。

你看了《圍觀絕望愛情表演》嗎？最近網上由此而來的種種議論乃至猜測你有何評價？

視頻看了，有點兒吃驚，沒耐心看完。後來發生的一切，聽說很喧譁，和我沒有關係，沒有再關注，也沒有什麼評價。不過，猜測沒有落在我頭上還是比較高興。畢竟和張松在一起的記憶很美好，如果被人扒出來，恐怕記憶也會出現變化。

是否可以評價一下你和張松之間的性愛？它足以主導你決定你們的關係嗎？

美好。美好的性會給身體留下強烈的記憶，至少不主導我做決定。

你在東海採訪時，遇到了一個人，能講講這個人嗎？

就是遇到了。他做珊瑚研究與潛水攝影，常年浸泡在大海裡。完全不同於我以前認識的人，另一種吸引力。和他坐在一起，聞到他身上無法抹去的海水鹹味，讓人踏實。他給我看一張張照片，不同的海域，不同的深度，不同的海洋生物，尤其是千姿百態的珊瑚。他不講自己，他只講這些照片，如何拍來的，拍的時候有什麼難以忘記的事情。我從來沒有那麼入迷地聽一個男人說那麼長時間的話，他可以一直說下去，我可以一直聽下去。哪怕同一張照片，同一件事情，他剛剛說完，我就迫切地想看第二遍，想聽第二遍。我在他身上沒有感覺到厭倦，也不害怕重複。這是人生到目前為止，我第一次經歷到感受到。

你遇到的這個人，你們有什麼發展嗎？你們做過愛嗎？

採訪結束後，我們去了越南海。在一起待了二十來天。

你從東海回來之後，你和張松又見過，對嗎？能否告訴我一些細節？

你的意思是，張松沒有告訴你我回京後我們又見過，但你猜出來了，對嗎？回來後我直接去了他家，我也不知道為什麼，不，不，不能這麼說，我是知道為什麼去找他的。上面說了，我在東海的時候，想把這段感情停一停，這是暫停，我想見一見他，為後續的決定做個參考。不，這麼說也不完全對，我當時已經差不多做出決定，這段感情應該結束了。因為它有了一些不那麼爽利，讓我不舒服的地方。這麼長時間沒見了，我有些想念他，想看看他。可能下意識裡，我還對我們之間的快樂心有留戀。我也許是抱著做愛的期待去的。的確發生了。但已經不一樣，我們都覺得彆扭，兩具身體已經彼此陌生。給些時間，也許還能再次確認，不過我們都不想了。

張松給你寫過一封郵件，他耿耿於懷的是，你為什麼沒有回。我想知道，是否真的有這樣的郵件？如果有，方便轉給我看看嗎？

收到了。始終沒有看的動力，也就沒有回。後來刪了。

8、童樺手記

對張松的採訪進行到一半時，我做了決定。說服版面編輯放棄跟進這個選題之後，我才開始聯繫琴師，並用不做報導說服她做了回答。現在把所有線索斂到一起，我確信這個決定是正確的。不是對於報社，是對於張松，對於琴師，更有可能的是，對於我自己。終於可以寫一篇不會發表的記者手記，給自己。

至今還記得，大三那個失戀之夏，自己的種種悲痛欲絕，直到後來被大師兄張松拉去喝了頓大酒，那頓酒發生了什麼，說了些什麼現在仍然空白，想來不外乎是我的哀傷與痛訴滿桌流淌，然後被張松寥寥幾句開解。開解的話我已經不記得，主旨大概就是他不久後發在系刊上的小文章〈愛情是自我虛構〉，也可以說，最終是那篇文章讓我徹底走出了失戀的頹喪。

知道張松對愛情的看法，也知道他始終過著外人看來很亂、他自稱的「只和女人發展非務虛關係」的生活，因而得知他跳樓是因為愛情，我的驚愕比之十五日那天有人告訴我跳樓的可能是他尤甚。我趕到明德樓時，只聽見了救護車呼嘯聲的餘音，圍觀者大致散去，但我卻在那棵楊樹不遠處的草叢裡發現了一支手機。黑色的金屬殼的諾基亞6500S，保存完好開著機，像是在等著我。我頓悟一樣明白這是張松的手機——那時候我已經大體確定跳樓的就是他，不過報導時出於謹慎，也出於某種主觀願望，沒有寫實——我打開一看，手機裡只存了「琴師」的電話號碼以及和「琴師」來往的幾條短信。世界真是小，小到我用這個手機撥了自己的手機再次來確認它是張松的，又翻了自己的通訊錄，確認「琴師」就是我認識的「琴師」。然後才敢相信，那個外形嬌小，總是微笑，彼此算熟悉但過從不密的雜誌女同行，是她讓張松產生了對女人的「務虛需求」。

以我對張松的了解，他即使失戀即使痛不欲生即使尋死，也絕不會做出公然跳樓這樣更接近表演的舉止，我正舉棋不定是否要直接去找他時，《圍觀絕望愛情表演》出現了，接下來是各種各樣的口水與狗血，連幾個無辜的和張松往來密切的女人都被網絡扒了個遍。看了視頻，張松不是簡單因為失戀因為愛情而跳樓這一點很明顯，跳樓不是所謂行為藝術跳樓不是為了炒作也很明顯。但視頻讓我明白的東西遠沒有讓我困惑的東西多。我還注意到，張松拿的電話正是我發現的黑色諾基亞6500S。視頻裡，他跳樓前撥了一個號碼，對著電話大叫大嚷。查了手機的通話紀錄，並無撥出號碼。我想，必須得和張松談一談。那幾天，北京安靜得一點兒事情都沒有，寫稿壓力逼得我拿他寫了兩個社會新聞版的大頭條，多少也為這件事後來炒得一塌糊塗起了個頭，消費大師兄讓我也有些不安，想見見他當面略表歉意。

見到張松時，他和往常並無不同，彷彿一切沒有發生過，彷彿不知道有不少人在網上對他無端猜測無端嘲笑無端謾罵。見到他的狀態，寥寥幾句聊過，就可以判斷，這件事本身很清楚，說到底就只是一次失戀，一個閱女人不少才從心理與情感上開始初戀的男人的失戀。我唯一難以確定，是否真如張松所言，他跳樓主要是要借力「自我出醜」，這次出醜以及時間的治癒能力，讓他像絕大多數初戀者一樣，必然失戀也必然擺脫失戀的影響。採訪最後，張松說「我痛恨時間」，這句話〈愛情是自我虛構〉也說過，此處究竟實意為何？

再採訪琴師，便有抱著解答上述困惑的目的，此外，另一造在這樁愛情中的經歷與感受也很吸引我。琴師的回答坦誠中有些含混，我不是指她在那段時間究竟有沒有和海底攝影師做愛，而是指她對於自己和張松感情的定義。話說回來，她可能根本沒有想過去定義它，她要求快樂要求沒有束縛，要求在進行的時候沒有保留，但如果沒有快樂有了束縛，就結束它或暫停它。

到了這裡，是我能夠抵達的事情輪廓了。至於更多的，我無從判斷，也無需判斷，因為只和當事人相關。進而言之，只和當事人的感受有關。就如張松對於琴師是否在和自己「相愛」期間和海底攝影師做愛耿耿於懷一樣，他要求的不是傳統意義上的忠貞，他可能將自己與琴師的身體結合高估到了「獨一無二」的地步，因而無法接受並非如此的現實。「愛情是自我虛構」，對於張松一語成讖，他自我虛構了愛情對象與體驗，因為他對愛情的定義就是從自我出發的虛構。

張松痛恨時間，應該是對時間裹挾能力的恐懼，再強烈的感受再美好的記憶，終將隨時間流逝變淡走形終至烏有，更有甚者，時間讓愛情成為厭惡、成為憎恨、成為冷漠。在如此度量的時間面前，愛情當然只有絕望，沒有誰能夠停留在頂點，正如沒有誰能夠靠回憶一次高潮獲得另一次高潮。這樣一來，誰不是在圍觀絕望愛情？誰不是在進行絕望愛情表演？

寫到這裡，女兒推開門，捧著《死了一百萬次的貓》，奶聲奶氣地說：「爸爸，講書！」

好。講書。

愛情莖

在天願作比翼鳥，在地願為連理枝。

僧侶集市

一

下了長途客車，我站在原地，久久不敢往裡走一步。澄澈天空下，視線並無掛礙。

滿眼望去，熟悉的略帶灰色的白色鹽礫，卵石般粗大的顆粒密密實實地鋪成了這片方圓幾十公里無邊無際的鹽原。寂靜得如同一卷草席鋪開在紫紅色的夕陽下面，風只能平直地颳過，鹽塵與鹽屑被颳離地面不遠即沉沉灑下，鹽原上隱約可見雜亂扔放著很多堆當初從鹽岩上鋸下來的整塊長方形鹽磚。毫無疑問，一些磚面與磚沿還有淺黃色的形如葉子的菌類，它們小到一錯眼就再也找不到的地步，但它們的邊緣照舊模模糊糊地分出岔來，它們的味道一定和這片鹽原的味道一樣。這麼多年過去，已經看不到當初如蟻聚集，趴在地上小心翼翼尋找與挖掘鹽菌的人。也許他們不想再來這裡，也許他們有了更好的替代品。

集市也與我記憶中和想像中的模樣發生了巨大的偏差，荒涼的鹽原上，昔日小小的熱鬧的可以說溫暖的集市早已消失殆盡，原以為是題中之義的龐大的遊樂場、歌舞廳和超市以及拔地而起鱗次櫛比的房屋乃至穿梭如織的人群也沒有出現。連我想當然以為必然會在那裡等著我的三間小屋都不在了，甚至望不見它們傾圮的影子。

除了空空蕩蕩，整片鹽原什麼都沒有了。

我站在那裡，不知道自己該不該走進去，也不知道自己走進去要幹什麼、能幹什麼。也許我能做出的最好決定，就是在這裡等著，等到不知道什麼時候出現的順風車，伸出手、攔下它、坐上去，然後隨著車輪捲起的灰塵與鹽塵，把往事永遠丟棄在這裡。沒有問題，包裡的水和餅乾足夠我等到下一輛車的出現。再說，既然有長途客車經過，就必然有其他車輛經過，間隔也不會那麼久的。

我這樣想著，還沒來得及找個地兒坐下，路的左側就駛過來一輛摩托車。騎摩托的男人穿著一件夾克，被風撐得鼓鼓囊囊的，紅色的摩托頭盔掛在車把手上，晃晃蕩蕩。男人從很遠的地方就不停打量我，不等我招手，就捏了剎車，停在離我幾米遠的地方。

「你要去那裡面？」他問我，伸手指了指鹽原那邊。

「什麼？」我不知道他為什麼這麼問，倉促間遞不上搭個便車的話。

「你不是那個來做規畫的人？」他又問。

「不是。」我好像只能順著他的話轍往下。

「噢！」他一臉的失望，「說要把這邊搞成什麼景區，還說市上要派人來做什麼規畫。這麼久了，鬼影子都沒有見到一個。還以為你是呢。我還想，怎麼就來一個人，這麼大片地兒，也沒說給你輛車。原來不是。又他媽的不知道要等到什麼時候了。」

他越說越生氣，居然往地上吐了口痰：「他媽的，淨吃這片破鹽的苦了。原來有和尚有水井，還可以走個近道，做點小生意。現在倒好，除了讓你多繞幾十里路，一顆釘子的好處都沒有。」

說完，他也不看我一眼，收起踩在地上的腳，發動摩托車又走了，而我連想搭車的手都沒來得及伸，更別提說什麼了。

我只好盤腿坐下來，拿出包裡的水，騎摩托車的男人剛才那幾句話讓我口渴得很。我擰開瓶蓋，喝著水，看著摩托車跑遠，又看著摩托車似乎慢了下來。然後我擰上瓶蓋，看清楚摩托車確實掉了頭，我站起來，等著摩托車回來。騎摩托的男人再次停在離我幾米遠的地方，這次是車頭衝我左邊。

「你是常在？」他看我看得比剛才仔細多了，「常在小師父？」

「我是常在。叫我常在就行了。」

「噢！」男人顯然想接著說下去，可他只「噢」了一聲，半天沒有接話。然後，他從摩托車上下來，以腳蹬為著力點，把摩托車掉了半個頭。男人拍了拍後座，讓我先坐上去。

「小師父，你坐，你坐，我帶你過去。」

摩托車沒有沿著剛才的路線，貼著鹽原邊緣的大路走，而是直直地衝著鹽原而去，像是要插入鹽原的心臟，也像是要迎頭趕上已經半懸的夕陽，在它身上蹭一些金光。我有點明白他說「帶你過去」是什麼意思了，可是我又不確定，不確定的事拿出來說也沒什麼意思。

確實有很長時間沒有人沒有車從鹽原經過了，原來被腳步與車輪踩踏碾壓出來的道路已經找不到。摩托車憑著直覺或者嗅覺在鹽原上顛簸向前，有些地方的鹽塵深到沒過了小半個車輪，男人緊握兩個車龍頭，以巧力或蠻力對付並不溫馴的路況，他不停地叮囑我「坐穩了、坐穩了」，好像我是特別容易掉下來的玻璃瓶或玻璃杯，一旦掉下來必然摔得粉碎。

好容易爬過一個斜坡，面前的鹽原比之前站在外面看起來更見平坦、開闊，鹽岩起伏的線條也望得見地硬朗起來。不再為摩托車操多少心的男人和我說起話來，他每說一句，腦袋都往右側一下，以便那些詞語準確地流淌到我耳朵裡，我也盡可能地貼著他的右耳，把我的回答灌進去。

「小師父，你這麼些年都去哪兒了？」

「坐牢。你不知道嗎？」

「哦——聽說了，一直不信。你是回來看看嗎？看了還走嗎？」

「沒想清楚。」

「小師父，我說句話你別嘔氣。以前的事，過去就過去了。殺了人也好，沒殺人也好，你牢也坐了，就別去想它了。你師父，你師叔，也算是命中該有這場災吧。善往法師經常說因果，我聽不太懂，我估摸著，這件事也是一場因果吧。」

「你說得對。」他說的對嗎?我不知道。可能一切真是因果,我開始來這裡是,我現在來這裡也是。我也有問題想問他,最想問的當然是我跟警察走了之後的事。

「師傅,市場什麼時候沒的?」

「啊?哦!出了事沒多久。死了人,一下還死兩個,大家都有點害怕。鄭老闆更害怕,沒幾天就把設備、工人都撤走了。開始幾天集市還照樣開著,人也往這兒趕,可是你們不在,大家沒有水喝、中午吃不到熱飯,三間房子那麼空著,也越來越嚇人。人一下就少了,不到十天,就沒聽說誰還來了。和以前一樣,我們寧願繞著多走幾十里,也不願意抄這條近道。我也有十多年沒有走到裡面來了,可是你看,沒什麼變化。我是說,和善往法師來這兒之前一樣,沒什麼變化。」

我不知道師父來之前這兒是什麼樣子,可是想像得到,和眼前差不多。沒有水井,沒有寺院,沒有市場,沒有人聲,只有鹽,只有風從鹽上吹過,只有太陽照著白色的鹽,直到把它照裂化成小粉末,直到把白照成灰黃。還有時間,時間窪在這裡。鹽不能讓時間保鮮,但能最大程度延緩時間的腐爛。

摩托車沉默向前,我們沒有再說什麼。男人也沒有徵求我的意見,就在一堆小小的鹽丘旁停下來,等我下車。我下了車,從鹽丘上辨認出了三間房子的輪廓,它團成一團,趴在原野上。另有一面整塊的由鹽鑿成的山牆孤零零地蹲在鹽丘的旁邊,幾乎化成鹽岩,和這片鹽的原野融為一體。鹽丘的邊緣和山牆的下方,尚有一些乾枯的快化成一團泥土的稻草,用手輕輕一撥,便就勢成了一撮撮粉末，連微微的清脆響聲都沒有。

男人默默地看著我，等我完成這些動作。

「我還以為你是那個做規畫的呢。」他忽然說了這麼一句，說完，揮揮手，發動摩托車走了。

我倚靠著山牆坐下來，望著夕陽落下後的西天，那裡的雲彩已經褪去了燦爛，變得和其他方向的雲彩一樣，並最終流到一起，在濃厚的夜色裡消散。雲彩孕育的星斗張滿一天。我就這樣坐著，望著天。

到了後半夜，空中落下一層薄薄的水。也許是露水，也許是雨水，落在臉上有些涼。我一下從混沌渾噩中醒過來，又渴又餓。喝了水，吃了餅乾，睡意也沒了。我站起來，繞著這片鹽丘和蹲在它旁邊的山牆走了一圈，心裡默想寺院往日的情景，估摸現在可能的位置。我決定找點事幹，翻了翻包，只有一根分別時翠姐送給我的簪子，不知道是銀的還是什麼的，掂在手裡有點沉。

我選定了鹽丘的西南角，那兒有一片鹽礫有些凹陷，觸摸之下，似乎要比其他地方疏鬆一些。我跪在那兒，用簪子尖的一頭刨起來，遇上過於堅硬處就從瓶子裡倒點水灑上去。很快，下手處的鹽礫鬆軟了，雙手很容易就能將它們扒拉開。取出最初的幾塊鹽礫後，工作越見順手。順著手指觸摸得到的縫隙，我鬆動了一塊塊卵石一樣的鹽礫，而取得越多縫隙也越大。到後來，我兩隻手都可以一起運用了。

我不停地挖著，睡意實在濃重時，就倒點水在頭上，或者乾脆抓一把鹽塞在嘴裡。沒有幾粒鹽能夠經過咽喉進入腸胃，但會有乾燥的火星往下掉，掉下去在腸胃裡燒起來，睡意立即就會消失，我的身上手上就有了更多的力量，被我取出來的鹽礫也越來越多，等天微微發亮的時候，我挖開的這個坑已經深過小腿。

天徹底放亮，太陽也將出來的時候，我發現，不但翠姐的簪子挖斷了三分之一，我的幾根指頭也在流血，不過因為有鹽隨時敷上，沒有多少血流出來，連原來落在鹽上的幾滴不刻意尋找都可以忽略不計。指頭微微發麻，不過伸縮還是非常自然。也是在這個時候，我發現自己錯了。我原來以為在掏在挖的地方是水井的所在，黑暗中也始終按照記憶而沿著井壁的圓圈挖，但我挖出來的只是一個橢圓形的圈，沒有任何可以區分和辨別的地方能夠稱之為井壁。雖然這樣，我還是接著往下挖，因為我不知道停下來該做什麼。

原來掛在寺院大殿門上的竹簾就是在這種情況下挖出來的，我先是看見了一兩根黃色的竹片，以為是稻草，但一揭之後發現是一大片連起來的東西。刨開上面覆蓋著的鹽礫之後，我想起了它的本來面目，便小心翼翼地將它完整取出來，抖掉結在上面的一層厚厚的鹽垢。竹簾比掛著的時候更加黃了，還有些發焦。師父用毛筆寫的「無住寺」三個字隱隱約約還能看見，在鹽的醃掩之下，一些筆畫甚至往竹子裡長了一些，像是被刻在上面的。揭開簾子，我看到了那尊佛。彷佛之間，我撩開簾子走了進去，三間房子沒有什麼變化，依然那麼清涼、空闊，大殿上的佛像還在，還是盤腿坐著面容沉靜地向下望著大殿內的一切。

但眼前的佛像只有一個頭，它的身子傾倒在地上，和其他的鹽礫合而成一了，只有佛像的頭，依靠著竹簾的保護，還保存著相對完整的形象，保持著依然的端莊和靜穆，依然諦視諦聞和諦聽。我想要將佛的頭從鹽堆裡取出來，費了很大功夫都沒能成功。它已長在了地上，它的身軀不再是原來盤腿落座在大殿上的一塊鹽岩，而是這一整片鹽原，一整片白色的略帶灰色的鹽的原野。然後，往事在我的眼前和心中恍惚間取得了完全的關聯，我突然明白了什麼。我停下來，把竹簾重新放回佛像的頭上，並把辛辛苦苦，費了一夜心血刨開的鹽礫推回那個深過小腿的橢圓形的坑裡。

離開寺院的原址，我到了鹽岩處。原來挖出的洞大體上還在，只是被從各處流去的鹽粒鹽塵填塞得小了很多。我在鹽洞邊跪了下去，這時候初升的太陽發出了光輝，這些光輝均勻地塗抹在這片原野上，白色的鹽原因而呈現出一片延展的金屬光芒。

我抬起頭，注視著太陽，讓它的光芒通過我的眼睛進入我的大腦的身體，我能感到昨夜嚥下的幾粒鹽在身體內部被陽光烤化，它們躍動著，呼應著陽光。陽光越來越熾烈，我不得不低下頭，望向遠方望向身邊。忽然，我心中一動，知道該是在這裡，該是在這時，完成豹子囑託我的事了。

我掏出放在身上的那張抄了〈往生咒〉的紙，雙手各持一端把它打開。我大聲念了起來，我念了很多遍，開始念的時候，我的腦子裡出現了很多圖像，很多張人臉，很多件事情。念到後來，這一切在我的腦子裡匯集起來，就像一群群游魚，自由地游到一起，隨著魚群越來越大，它們開始尋找清晰的方向。我平靜的聲音牽引著這些圖像，讓它們跨過鹽原遼闊的水平面，生成人體。先是師父走了過來，他清瘦面頰上的慈祥明顯，他注視著我，等待著。等待著空寂師叔走過來。空寂師叔靦腆地摸摸頭，走到師父面前，雙手合十微微欠身，師父則轉過身來，微笑地扶了扶他。兩個人相識一笑，同時轉過身迎著陽光走去。他們的影子緊跟著沒走多久，分成了三個人。在他們中間，一位老婦人步履緩慢但是沉穩非常地走著。她在我的聲音中生成，在師父與空寂師叔之間生成，同時又走在我的聲音和師父與師叔之間。他們一起走進了陽光裡面。

這時候，太陽從天空的正中間垂直地落在這片鹽原上，落在我的周圍落在我的身上，只有我平靜的聲音依然在原野上響起。世界一片澈徹。

南無阿彌多婆夜
哆他伽多夜
哆地夜他
阿彌利都婆毗
阿彌利哆
悉耽婆毗

子。有些人想要收留我，想要我給他們當兒子做孫子或者幫忙，他們說，保證我能吃得飽穿得暖，等我長大了再幫我娶個老婆什麼的，但我不願意，我還是想往前走。如果天黑了，我也會毫不猶豫地就近去敲開別人的門，我說「我想睡覺」，然後看著開門的人。我從來不在乎，也可以說不懂，吃什麼穿什麼睡在哪兒有什麼區別，所以，他們都不拒絕我。我還知道，他們願意幫助我，因為我只是一個孩子。

那天早上，我在借住了一宿的小賣鋪裡吃過早飯，向極力要留下我來的店老闆夫婦說過「謝謝」之後就上了路。那天的天氣出奇地好，太陽還沒有出來，天空是我前所未見的藍，藍到讓我覺得只要走得快一點，我就可能在太陽出來前走到天空裡面去。我的步子越來越大，但我一點都不累，只是覺得很緊迫，不知道怎樣才能夠更快一些，所以直到被叫住，我都沒有發現自己是在跑，而且店老闆夫婦早上才給我穿上的一雙鞋也早就不知道跑到哪兒去了。

叫住我的是一個黑臉膛的高個子男人，他騎著一輛二八自行車，車的後座上挑著兩只籮筐，幾隻小豬在裡面哼哼唧唧地拱來拱去。自行車的座墊已經被調到最高，但他還是只用雙腳從腳蹬上放下來岔開，人和車就穩穩當當停在了地上。

「小孩，你去哪兒？這麼著急。也沒說出門的時候穿雙鞋。」他說。

我哪裡知道去哪兒，我看著他，搖了搖頭。

男人似乎有點失望，不過他就像變戲法一樣，轉眼又一臉高興：「那你也來趕集吧。和尚搞的集市，還有齋飯吃。可惜，我載不了你。反正你也沒什麼事幹，就來逛著玩吧，走過來就行，走過來趕午飯肯定沒問題。」

他指著前方很有點遠的地方，那兒一片白。

「你往白的地方走就行了。肯定找得到，好多人都會去。找不到問也問得到。以前大家都覺得倒楣，挨著這麼大片鹽住，去哪兒都要繞幾十里。想不到，和尚找到了水井，還從鹽岩上鋸下鹽磚修了房子，蓋上稻草。不但過起了日子，還用鹽巴弄了座菩薩，念起經來。人就越聚越多，成了個市場。這下好了，周圍的人去這兒都很方便。」

他一邊說，一邊看我，確定我對他說的感興趣後，又裂開嘴笑了好一會兒。

「好了。我不和你說了，早點去賣個好價錢。你慢慢來吧。」說完，他就蹬著自行車走了，留下一長串小豬的哼哼聲。

市場確實好找。我先盯著白色，往白色裡走，還沒走到跟前，人就多了起來。不少騎車的：車上載著一家人，綁著幾卷布，馱著一筐菜、幾袋糧食、一桶魚、一個爐子，各式各樣的；更多人走路：追逐打鬧的小孩，嘻嘻哈哈的女人，花花綠綠的姑娘，叼著香菸的年輕人，抽著菸鍋的老頭子。沒多久，這些路上的人，我只看一眼就知道他們也是去集市。我就跟在他們後面，有人問我什麼我就說兩句，沒人問我就不緊不慢地走。我不想和他們走到一起，我找得到路。

走進白色，又往裡走了好長時間，長到我都快走不到了。除了人，路上看得見小雀兒在撲稜，牠們伸出尖尖的小嘴從鹽中間揀著白色米粒與金色的麥粒，偶爾還能發現其他吃的，我知道，快到了。聽見大塊的肥厚的笑聲，看見笑聲是一個胖子發出的，他站在掛了半扇豬的架子後面，笑個不停，手裡的尖刀也抖個不停時，我知道到了，我也覺得再也走不動了。

賣肉的攤子旁邊是個賣青菜的女人，我走到她面前，我說：「我渴了。」

女人看了我一眼，拿出一個裝過罐頭的玻璃瓶，遞給我。裡面是茶水，茶水有點苦，喝到嘴裡確實解渴。我喝了兩口後，把瓶子遞還給她，她又拉著我的手，拿過一塊布，擦掉我頭上的汗，撣掉我身上的鹽塵。

「孩子，你也來趕集？」她問。我點點頭。

「一個人來的？」我又點點頭。

「你把這個送到寺廟裡去，中午和我一起吃飯吧。」女人從菜筐裡掏出一條布口袋，遞給我之前，又往裡加了兩棵青菜。女人打開口袋的時候，我也往裡看了看，是一些米和一小捆青菜還有一小瓶子油。

布袋並不沉，我一隻手拎著就行。但是我沿著兩邊布滿各種攤點的路往前走時，不斷有人叫住我，知道我是往寺廟裡送午飯的東西後，他們多多少少都要往裡加點什麼，米啊菜啊油啊什麼的。等我到了寺門口時，只能把袋子扛在肩膀上了。

撩開簾子進去後，迎面就是一座巨大的佛像籠罩過來，我一下子就鬆開了袋子任它落在地上，我低下頭來不敢望佛像，可還能感覺到它在盯著我看。我的目光越落越低，最後落在我的腳上，我的兩隻腳尖上都是鹽粒，十個腳趾頭上也有了厚厚一層。然後我就很強烈地感到，我為什麼一直在路上走了——我是在往這裡走，早上天空那般藍也是在為我掃淨這條道路，原來一切早就在這兒等著我了。到了這裡，我就不必再在路上走下去了。

於是，我趴了下來，我讓自己像游泳的時候那樣全身舒展開匍匐在地上，我的臉埋在大殿內的地面上，依然是堅實的上面浮了一層鹽屑的鹽礫上，我張開嘴來，深深地啃了一口，包上滿嘴的鹽，一股乾澀的苦味從我的喉嚨蔓延開來，衝擊著身上的每一個地方，等到這股衝擊消失之後，我的心完全平靜下來。然後我吐出嘴裡的鹽粒，爬了起來。

我看到一張瘦削的臉，一雙寬大而漆黑的眼睛，一身高挑的皂色衣服以及衣服上的一串其白如鹽般的念珠。

「師父。」我叫了一聲。

三

「犯什麼事兒進來的？」管教剛走，屋裡的幾個人就都圍上來了，只有一個敦敦實實但面目很有些清秀的年輕人還心不在焉地坐在窗前，冷眼往我這兒瞟了幾眼。剛才問我的人嘴唇上剛長出一層細細的絨毛，眼袋卻很明顯，他發現我也正在打量他，便嘿嘿一笑。

「說吧，沒什麼不好意思，到這兒來的都是好人，都是因為遇上了壞人才不小心到了這兒。」

他說完哈哈笑起來，笑完又衝我擠了擠眼。

「你他媽啞巴還是怎麼著？」冷不防，身後有人猛地在我背上踹了一腳，我一下摔在地上。

「嘿嘿，不說話就給豹哥行個大禮。最好磕個頭，看豹哥能不能放過你。」

還是剛才的聲音。周圍一陣哄堂大笑。

坐在窗邊的年輕人站了起來，走到我面前蹲下來，右手抓住我的頭髮，在我腦袋上仔細打量著。我打開他的手，支撐著爬了起來。其他人一下子都圍了上來，但他們還盯著那個年輕人，沒有人說話也沒有人動手。

「你頭上是什麼？」

「戒疤。」

「你出過家？」

「嗯。」

「誰都不要動他。」他有些懶洋洋地揮了揮手，就又回到窗前坐下來。「耗子，幫他整理一下鋪位，今後照顧著他一點。」

「你運氣真好，進來就受到豹哥的照顧。我當時可是挨了三天餓七天打，既不哼一聲也不報告管教，豹哥才發話饒過我的。」最先上來問我的那個年輕人就是耗子，我執意不讓他幫我鋪床，他便坐在床頭和我小聲說著話。

「你判了幾年？」不等我回答，他便伸開一隻手，來回翻了幾下。「我是二十年，二十年後我就三十七了，就算減刑減個五年，也三十出頭了。不知道那時候還認不認識外面的世界呢。」

這間屋子裡一共八個人，除了豹哥、耗子和我，另外五個人是鍋蓋、紅薯、奶罩、打火機還有手槍，我的綽號自然而然，「和尚」。白天，我們要幹管教所給我們安排的活，累得一身的汗黏在衣服上，吃著粗粗的基本上只有鹽味的飯菜。但沖了澡熄了燈管教走了之後，整個屋子在極力壓抑下開始了騷動和忙碌。耗子總能想辦法從哪兒弄來一些吃的喝的，招呼大家「一起乾」。我每次都默默地坐著，陪著他們，聽他們說話吃喝聊天，既不吃也不喝。他們勸過兩次見我不為所動之後，也就算了。

每到喝多了或者是睡不著覺的時候，大家就閒聊。他們從來不說家裡人的事情，聊得最多的是進來的緣由，回憶犯罪時的情景必不可少，這是所有人感興趣的，每個人講起來都有被聚光的主角感，所以添油加醋在所難免。但是沒有人計較，他們一遍一遍地聽著說話人的敘述，一遍一遍地要求說得更加詳細，又一遍一遍地在高潮的地方發出驚嘆，一切就像是第一次發生在他們自己身上。這其中，耗子的講述最精彩，充滿著細節的生動、真誠的自我嘲諷，還有時刻在大家心頭浮現但又被刻意迴避的悔意。

「你們都把臉貼在臉盆上，雙手捧著水往臉上澆過吧？我告訴你們，我一看到她就想起澆到臉上的水，又濕又潤，讓我一下子就新鮮起來，清醒過來。她看著你，你就像嘴裡含了一顆荔枝，又嫩又滑。有天晚上，學校突然停電，教室一片漆黑，我慢慢地把手向後面伸過去，我聽到她輕輕地驚叫了一聲，說，什麼？我摸到了她的臉。那是我摸到過的最細膩的東西。我知道她的臉紅了，我的手也跟著紅了。那時候，我下了決心，這輩子一定要和她結婚，要她當我的女人。要不然，這一輩子還有什麼意思?!但是，兄弟們，哪兒想得到，偏偏是我，親手害死了她。那天，因為外婆快死了，我爸媽都回去看她。下午放了學，我叫她到我家來上晚自習。她媽根本不管她，那個賣×的老母豬，八輩子的福氣才生下這麼好看的女兒，除了打除了罵，什麼事都不管她。所以她有時候在我家上晚自習，她也願意來。我們先做了麵條，吃了麵一起做作業。屋裡有點熱，她就把外套脫了。外套一脫就麻煩了，我的天，她只穿了一件薄薄的黃色心形開領小毛衣，她脹鼓鼓的胸脯脹得我眼睛裡腦子裡都是，就像兩個饅頭杵著我。」

每到這種時候，耗子都會停下來，聽聽大家的反應，大家也都趁機配合又釋放地在鋪位上翻個身，甚至叫兩聲。等大家折騰完了，就要不耐煩地催促時，耗子馬上又講起來。

「兄弟們，男人什麼時候最爽？都說是和女人幹那事最爽。我覺得，男人可以不幹那事，那事和自己動手也差不多，但是不能不摸一摸女人的胸，好好地摸，能摸多久就摸多久，那感覺你怎麼摸自己都找不到。我把她壓在床上，雙手就逮著了她的胸部。我他媽也是幸福得成了狗，成了癩皮狗，她明明也喜歡我，所以只推了推我的手，只輕聲叫我，像是和我商量，告訴我，不要這樣。她的動作一點都不激烈，可我他媽的就是停不下來，我脫了我的褲子，然後去脫她的褲子。我跟你們說，我連脫了褲子究竟該怎麼辦都不是太清楚，就是一根筋地想脫下來。把她的褲子脫下來。這下不行了，她的動作大得就像在拼命，她還叫。尖叫。聲音高得我從來沒聽到過。我沒辦法只能拿身子壓著她，用右手去捂她的嘴巴。就是不能讓她再叫下去。我太緊張，太慌亂了，脫下她的褲子，就想進去，可是還沒進去就射了，我一下子就覺得力氣都用完了，癱倒在地上。兄弟們，什麼爽感都沒有，還不如自己動手。然後我哭了起來，兄弟們，絕對不騙人，騙人我是王八蛋，我哭了起碼有十幾分鐘。我哭得之傷心，就是我爸我媽死了，我最多也就哭成那樣了。等我哭夠了，我才發現她躺在那兒一直沒動，我推了推她，還是沒動。都不知道她什麼時候死的。」

耗子的聲音平靜得很。耗子每次講完，房間裡也是一片大家都睡著了一般的安靜，過了好久，開始有人嘆息，陸續有人說話——所有人都還醒著。

「耗子，你他媽的真不是東西。」有一晚上耗子講完之後，大家再次陷入了沉默，然後聽到奶罩罵了一聲。整個屋子沉默了更長一段時間之後，奶罩的聲音再次傳來，這次夾雜著壓抑不住的抽泣。

「耗子，」奶罩說，「你他媽的真幸福。要是你當時也死了，就更幸福了。」

幾乎每天晚上都會重複的這種流程，我和豹哥從來沒有參與。對於進來的緣由，我不想和大家說，也不知道怎麼說。有一天晚上，它直抓我的喉嚨，生生地想自己跳出來，但最終，我還是害怕了，因為我也不知道，我說出來的是不是事實。如果不是呢？

不過，在豹哥身上，連想說的衝動都看不到。豹哥在我對面的下鋪，我只需微微側過身子，就清楚他的一切舉動。每晚上，我都看到他把雙手枕在腦袋下面平躺著，對大家的話題既不參與也不干涉，不知道是醒著還是已經入睡。奶罩做出上述評論的那個晚上，我側身看豹哥的時候，感到他似乎也正在看著我，而且目光是那麼冷漠那麼粗糙。此後，我不再在晚上側身去看他了。

時間就這樣像沙子一樣不間斷地流過去，一流一年多。其間，鍋蓋因為年滿十八歲被轉移到了一個地方很遠的監獄裡。轉進來的是一個濃眉大眼皮膚白皙舉止秀氣的十五歲男孩，不過他老用特別誇張的動作和聲音唱一些我們聽不清歌詞的歌，他說那是「搖滾」。不知道誰起的頭，很快大家就都管他叫「滾蛋」了。

有一天，幹完活之後，耗子被管教叫去了很長時間才回來，回來後，他就一直在屋裡轉個不停，一會兒望向這個人，一會兒望向那個人，似乎有很多話要說，又不知道該怎麼說。熄燈後，滾蛋和奶罩拿出來兩袋花生米一袋牛肉乾和兩瓶白酒，我才知道那天是農曆的七月十五，也是耗子的生日。大家圍坐在屋裡的水泥地上，默默地嚼著花生米和牛肉乾，我背靠著窗戶坐著，看著大家。我能猜出來管教和耗子說什麼了，滿了十八歲要被轉移到監獄裡去，今天晚上是耗子和大家待的最後一晚上。

耗子一個人霸占著一瓶酒，輪流和其他人碰著瓶子，大口喝酒。沒有人勸他，甚至他執意要和豹哥乾上一大口，豹哥也很爽快地喝了一大口。喝完酒，豹哥伸出手搭在耗子的肩膀上，拍了拍，說：「到了那邊要保重，該忍就忍，進了號子只要你對別人沒有威脅，沒有誰會故意為難你。」

耗子點著頭，喝著酒。也不知道這些話能不能記得住。然後耗子拎著酒瓶走到我旁邊，坐下來。

「和尚，你是不是真和尚？」他問我。

「是。」我說。我是嗎？我也不知道。

「真和尚是不是不喝酒？」

「是。」

「什麼情況下都不喝？」

我還沒來得及回答，他又說：「算了，不要想了。我替你和我自己喝上一口。」

然後耗子就猛地喝了兩口。這時候，月亮照到了屋子外的院子裡，隨後又照到了屋子裡，照到了屋子裡的每一個人身上。月光的照耀下，我感到自己也有些醉了，看到每個人的動作都非常機械、不連貫。

「耗子，再講一遍你的事吧。你走了我們就聽不到了。」奶罩說。

耗子就講了起來，還是那麼投入。

「兄弟們，我要走了，有個祕密可以告訴你們了，本來我是留給自己的。」耗子清了清喉嚨。喝了酒，他說起話來反而更見連貫清晰。「兄弟們，如果有一天你們有了自己的女人，一定要記得，不光要用手逮住她們的胸脯，還要用嘴去親，去含著，就像是才生下來的孩子那樣含著。我敢保證，這樣一來，拿什麼給你你都不會換。」

「和尚，」耗子喊著我說，「你要是有一天能體會到這種感覺，你肯定不會再念什麼經了。你的菩薩答應在你死後給你的東西，你馬上就能得到。你說多好?!」

後來大家就都上床睡覺了，除了豹哥，分喝了一瓶酒的其他人都醉意醺醺，在床上翻來滾去念念叨叨。只有耗子，沒有絲毫昏亂地收拾了屋子，把水泥地面掃得像是月光一般明澈，又用提前接好的一盆水洗了臉，刷了牙。然後在床上坐下來，抱著膝蓋看著窗外。

「耗子，睡吧。」白天搬了一天的木材，我實在熬不住了，打過招呼就睡過去了。

後半夜，一股尖厲的叫聲突然把我吵醒。支撐著爬起來，我聞到一股捶打泔水桶的鐵錘那樣的味道，並模糊看到一個身影站在屋子中間，雙手亂揮，聲音就像是從他的手上揮出來的一樣，不管屋裡的人怎麼說，那個人影都不停止。這揮出來的聲音終於拍醒了管教的大門，拍亮了整棟樓的燈光。

燈亮的一瞬間，我感到眼前紅光閃爍，回過神來，發現站在屋子中間揮舞雙手的是滾蛋，他的雙手摸滿了紅紅的東西，還在往下滴。那是耗子的血。耗子攤開手腳躺在了地板上，他的兩個手腕上都割開了長長的口子，旁邊是敲碎了的酒瓶。秏子手腕上早就沒有再往外流血了，流出來的血如同一片肥沃的土地，在他身邊蓬勃地生長起來，幾乎席捲了整個房間的地面。黃色的燈光照耀下，血的顏色像油漆一般黏糊稠厚，讓我覺得它們正在順著床腿往上爬，一直要爬到我們每個人的床上被窩裡和身上。

凝固的血液中，還有一片一片顏色難辨的汙漬，這些秏子臨死前由於醉酒由於痛苦而吐出來的穢物呈扇形展開，就像是他身上長出來的巨大的葉子。最明顯的一團汙漬在他的腰間，它慷慨地攤開，遮住了他的下半個身子。

四

第一次見到空寂師叔的那個夏天異常炎熱。那時，我到無住寺已經五年了。

那個夏天，每天一大清早就能聽見陽光在整片鹽原上掃動的聲音，沙沙的聲音、嚓嚓的聲音、嘩嘩的聲音、噗噗的聲音，粗粗的鹽粒先被清晨鐵篦子一樣的陽光從鹽礫石上刮下來，一粒粒崩裂在地上，然後被正午鐵錘子一樣的陽光砸個粉碎，一堆堆堆在一起，最後被下午鐵篩子一樣的陽光挨個細細篩過，一層層均勻地鋪在地面上。等到太陽終於落在遙遠的山後面，師父允許我出來走動時，我步履蹣跚而艱難地走在比麵粉更細膩的鹽塵之中。不時地，我還能從裡面撿出一兩隻因為飢餓和乾渴而斃命的鹽雀，或是因為乾渴而誤將這一片白晃晃原野當作水面而一頭栽下來的其他鳥類。如果僥倖能有一兩隻雀鳥活著，我就會帶回寺裡，交給師父，經過師父慢慢的調理，牠們就能重新抖擻散發光澤的羽毛，亮出清脆的喉嚨。

我們仰仗著寺院後面的那口水井。不光是我們，周邊幾十里的人後來也過來拉水。水井沒有任何的疲態，始終勤奮地出水，沒有讓人失望過。

立秋這天太陽更加大，中午時分，我遵照師父的吩咐坐在盛滿井水的木桶裡躲避太陽在屋頂經過的身影，不時，我能聽見它發出的悶悶的割東西一樣的聲音。我在桶裡站起來往窗外望去，整片鹽原上已經被太陽晒出了一道道大張的嬰兒嘴巴那樣的焦渴的口子，往更遠的地方看過去，光線正在鹽塵上迷濛的浮動，隨著浮動的光線被鹽原吹開，遠處出現了一片片的水光，這些水光一滴滴的落下來，很快就窪成一小片，又很快連成一大片，連成一大片的水光不斷迅猛地生長著，已經掩過了鹽原的邊界。它的浪潮奔向遠方，又席捲回來成片的綠色，水草青草灌木還有喬木，猛烈地生長著。隨著綠色席捲而回的，還有一位富態的大和尚，他一身皂衣走在水邊，好不涼爽自在，他每走一步，我都能看見他身上的肉尤其是兩隻肥大的耳朵一顫一顫的，我還能看見他腳上的草鞋在地上踩出的淺淺的、形狀完滿的圓形腳印。在我看著他的時候，大和尚也抬頭向這邊望來，望了那麼一會兒之後，我肯定他發現了我，因為他笑瞇瞇地往這邊走來。

「師父。師父。快來呀。」我大聲喊起來。

「常在，為師說了多少次了，不要這麼大呼小叫。怎麼啦？」師父似乎一點都不怕熱，這麼熱的天，他還是渾身穿得規規矩矩，坐在大殿的桌子旁研讀他託人帶來的一摞一摞厚厚的經書。師父身上也從沒有出過汗，有時候看師父安靜得像石像一樣，我甚至覺得，說不定師父還有些冷呢。

「師父，您看。那位大師父正往這邊走過來。」我指著窗外，讓師父看。那個富態的和尚一點都沒有發現師父，他低著頭，加快了腳步往這邊趕過來。奇怪的是，他一路走過來，綠色就一路跟著他過來。師父什麼都沒有說就轉身離開了，我想，他可能是出門去迎接那位大師父了。我站起來準備陪師父一起去，剛跨出木桶卻發現自己僅僅穿著一條內褲。我正要伸手取僧袍，師父端著木盆走了進來，盆子裡滿滿的裝著剛從井裡打上來的水。

「浸浸你的頭。」師父把木盆放在我面前的木架子上。待我走到面前，雙手堵住耳朵把頭埋到水下時，他還用雙手捧著水潑在我的後頸上。頓時，冰涼沁骨的感覺從頭上脖子上鑽進我身體裡面，並一直滲透到腳掌上。

「你再看看窗外。」我從木盆裡抬起頭，師父對我說。窗外一如既往地還是翻滾的鹽塵和白到失去了顏色的陽光。水光和綠色都像是陷入了眼皮後面的隔層，無影無蹤了。

我足足等到暮色嚴絲合縫地扣住了這片鹽原，才走出寺院。寺院對面矗立的鹽岩在這樣的暮色中發出淺淡的藍色，這藍色有著被撥動的微微蕩漾，把絲綢那樣透明柔和的暮色反照回來灑在寺院前的路上。我不再費力地把腳從深及腳踝的鹽塵裡拔出來，挑起洋溢的塵土而再次落下，而是任憑自己的雙腳划船那樣不離地地沿著地面向前滑動，滑動到後來，雙腳產生了互相追逐的願望，我的動作也就越來越快。後來，我乾脆躺在了鹽塵上面，用雙手和雙肘推動著自己往前行進，感覺和仰泳差不多，順滑而流暢。

我就這樣在鹽原上繞著寺院，採取拋線團的方式越滑越遠，就在暮色消失夜色四掩、只能勉強從群星裡分辨出來的一塊小小的月亮開始攀爬的時候，我撞到了空寂師叔。我正滑得無比歡快，腦袋突然「嘭」地撞在什麼東西上了，柔和的彈力十足的一團，反而讓我一下子暈得厲害。撐著身子站起來，我最先看到的是一段被一條腰帶勉強摟住幾乎要散開的身子，它被擱在鹽原上，深深地陷進了鹽塵裡，我剛才肯定是撞在這上面了。順著這段龐大而鬆鬆垮垮的身子往上看，是幾乎要長成一體的腦袋、脖子，此刻，它們都已經大半埋入了鹽塵中，只留出了兩個鼻孔和大張的嘴與空氣保持接觸。下面的大腿和小腿一樣渾圓、難以分辨，不過，蹬在外面的兩隻腳非常顯眼，因為其終端是兩隻嶄新的其大無比的運動鞋，兩隻鞋底像是兩只條形盤子那樣盛放在鹽原上。

「施主。」我喚了一聲。沒有任何反應。我又走上前推了推那和脖子一樣粗大的腦袋，喊了一聲，「施主。」還是沒有回應。我只好把手掌攤開放在他鼻子和嘴的上方。幸好，還有微微的氣息。

「施主。」我大聲喊起來，同時注意到他藏在鹽塵下面的兩隻手，並抓住一隻搖了起來。但他的手只是像受到蚊蟲叮咬那樣顫了顫便甩脫了我，我還一屁股坐在了地上。無奈之下，我只能去掐他的人中，我的手就像是一個疲憊的士兵，穿過漫長的肥厚的肌肉，才抵達目的地。然後我聽到渾濁的一聲嘆息，他搖搖擺擺地以水牛的姿勢坐了起來。

「月餅。呵呵。」他根本沒有看我，只指著那一點點似乎被咬開了，還散出星星點點在周遭的發光體，發出清脆的笑聲。撲通一下，便又倒在地上。這次，任憑我怎麼掐，甚至是拿手打耳光，他都沒有任何響動。我回身尋找寺院，灰白得和這片原野一樣顏色的寺院就像是光線中的一個微微突出的光斑，在原野上若隱若現，根本無從辨別遠近。

「師父——」我喊起來，喊到聲嘶力竭。但喊聲一絲不落地被原野吸納，擊不起一點塵埃。眼看月亮似乎被天空一遍遍擦拭而顯得越來越亮堂，耳邊也似乎傳來師父敲出的不緊不慢的木魚聲，我不由得心一橫，像一頭老牛那樣走到躺著的那個人的腳下，雙手各抬起一條粗大的腿，把它們架在我的腋下往回拖。起先的幾步，我沒感到自己在前進，反而像是被一股強大的力氣壓著，往下墜、往後拽，但等我意識到這是因為自己太貪心而將那兩條腿抬得太高所造成的，並進而盡可能把它們放低，讓他像是在水平面上滑動之後，前進起來就容易多了。不過，就算是這樣，我還是走不多久就要停下來歇一歇。汗水從我身上垮下來，注入到鹽塵之中。一度，我甚至以為自己又看見了中午的水光和綠光。它們一片片地潑在我面前的地上，不惜弄濕我的鞋子和腳。

師父已經停止了誦經。他靜靜地站在寺院門口，一身衣衫幾乎完全融入月光裡面，只有豆子一樣蹦跳的燈光從他身後透出來，拖在他的身後，使他顯得和大殿上的佛祖一樣安詳。看到我拖著一個人，師父和一個年輕的搬運工一般，擼了擼袖子就上來幫忙了。但就是我們兩個人，也不能完全將這龐碩的身軀扶進屋裡，我們對付一根巨大的原木那樣半肩拱半滚動地將他弄進了大殿裡躺下。

「弄些水來。」師父吩咐我。

盛水的木瓢剛剛遞過去，那個人就嗅到了潮濕的氣息一骨碌坐了起來，他劈手奪過木瓢，一揚手便把水全部倒進了肚裡。

「還有嗎？我能不能洗把臉？」他把木瓢遞給我，問我。我看著師父，他點了點頭。

「師兄，還有吃的嗎？」等他洗完臉，撣去頭上白花花的鹽粒，用水清洗了腦袋之後，我才看到他明亮的頭皮和深深的戒疤。不過，他的穿著一點都不像是出家人，上身是一件寬大的襯衫，像是筐子那樣罩著他，中間的腰帶頭居然在燈光下閃現晃眼的黃色，下身是一條牛仔短褲，人為地分割出大腿和小腿的界限。那雙嶄新的運動鞋此刻猶如兩朵鮮豔的花朵，顯眼甚至刺眼地墊在他腳下。不過，他杵立在大殿裡，擋住半屋的光線倒有一點金剛的模樣。我偷眼看了看師父，不知道平常對言行稍有不合出家人樣子的我都會嚴詞批評的他會怎麼對待這位大喇喇的「客人」。沒想到，師父也正看著我，我趕緊低下頭。

「常在，把晚上留出的饅頭給這位師叔拿來。」師父一向不預留糧食和食物，一概只向前來趕集的人化來，所以，下午出門前我還很吃驚他今天居然留出兩個饅頭，不想現在就派上了用場。

那位胖師叔可一點都不關心這個，他伸出一隻手便將兩個饅頭抄在了手裡，另一隻手撕扯著吃起來，那神情就像是我以前流浪時撕開一隻肥大的公雞。同時，他還不忘停下來端起木瓢灌下淡淡甜甜的井水。在他低頭抬頭的間歇，我覺得像有什麼熟悉的東西在眼前反覆掠過，但動作過於輕盈和迅捷，無從分辨。不過，那動作在一遍遍的描摹。吃完喝好後，他心滿意足地在肚子上拍了拍，上下摩挲了一下，發出輕快而舒適的聲音，那聲音和我根據別人的描述想像出來的擦洗銀器的聲音相仿。

「常在，歇息吧。」師父吩咐我道。

我躺在屋裡的床上，聽見師父說：「貧僧善往，不知師兄的法號？」

「我叫空寂，空空如也，寂寥無物。」聽到這聲音和這個名字，我突然想起來，那張臉我在中午見過，帶著水光和綠色向無住寺而來的那位僧人，雖然穿著不一樣，但我認定，那一定就是他了。空寂師叔。

空寂師叔就這樣在集市住了下來，不過，他並不住在寺裡。不知道那一晚上他和師父都談了些什麼，我第二天醒來後就發現師父有些異乎尋常，儘管所有事情都在按部就班地進行，但師父已經失去了平常的沉靜和從容，他的一舉一動都有些刻意，而隨著這刻意而來的，是他意識到自己的刻意而刻意而為的不刻意。所以晚飯時，整個屋子一片沉靜，師父幾次都放下碗筷想要說什麼，但都只是看了看空寂師叔，沒有說出口。師父內心緊張的映照之下，空寂師叔的坦然和隨性也顯得有些變形，他一定是意識到了師父有話要說並且早已知道師父要說什麼，所以每次才用燦爛的笑容堵住了師父的嘴。他放下碗筷，看著放下碗筷的師父，笑容就像微風一樣吹在臉上。

「空寂師兄。」師父最終還是沒有忍住，說了出來，「我今天想了一整天，我該離開這兒了。昨晚上和師兄一敘，我想，也許自己是走在了相反的路上。我八歲出家，迄今五十又三個年頭了。昨晚師兄一席話，我方如夢初醒。守著的佛不是佛，我還是要回到路上才行。這裡的一切還有常在，就託付給師兄了。」

師父說這些話的時候，空寂師叔安靜地坐在一旁，臉上演繹著我從沒見過的平和。師父說完後，他沒有微笑，而是沉默了一會兒。

「常在，你去打一盆水來。」空寂師叔轉過頭看著我說。我一愣，隨即看了看師父，師父同樣有些困惑，但他衝我點了點頭。

空寂師叔走過來，彎下腰，他的肚子像一座小山丘擋住了他的視線，也使得他的動作特別吃力。他幾乎是摸索著端起我放在地上的水盆，他低著頭聞了聞盆中的水，似乎其中有什麼特別的味道。忽然，他的雙手一傾斜，盆中的水嘩啦一聲倒在了屋子裡的地上，這些失去盆子束縛的水歡快地鑽進鹽礫的縫隙，沒過多久就滲得不著痕跡。地面有一些明亮以外，看不出其他的任何差異。

「常在，你再去打一盆水來。」空寂師叔把空盆遞過來。我再看師父，發現他的目光完全落在了潑過水的地面上。也許他根本沒有聽清楚空寂師叔對我說的話。

這一次，空寂師叔沒有再端起水盆將水潑在地上。他示意我將水盆放在地上，隨後邁著有些吃力的步子來到屋子裡那尊佛像前，他毫不猶豫地伸手去掰佛像所坐蓮花台的一枚很小的花瓣。這些鹽岩雕刻的花瓣並不容易掰下，他用另一隻手扶住整個花台，握住花瓣的那隻手不停地前後搖晃，才將它掰下來。這個過程中，師父始終視若未見，他的目光跟隨著空寂師叔落在了花瓣上，但他的神態卻猶如不清楚正在發生什麼。

空寂師叔拿著掰下的花瓣走回來，他乾脆坐在地上，將花瓣擱進水盆並用一隻手不停地攪拌著。不知道過了多少時間，等鹽岩刻成的花瓣完全溶化在水裡，沒了任何痕跡，空寂師叔才雙手扶住膝蓋，費力地站起來並端起水盆來到門口。空寂師叔站在門口，使勁地潑出去，我聽到嘩的一聲，就像是一匹潮濕的布鋪在了院子裡的鹽礫上。空寂師叔走回來，輕輕地將水盆遞給我。

「善往師兄認為這是兩盆水嗎？」空寂師叔問道。

「多謝師兄。」師父沉思良久，終於吐出這樣的一句話。他的臉色也隨著這句話的出口而恢復平靜。隨即，我看到師父與空寂師叔相視而笑。

第二天，空寂師叔挑著一擔水來到鹽岩下面，我抱著一把斧頭跟著。

「好了。」空寂師叔把水桶放在最粗大的一塊鹽岩面前，招呼我放下斧頭。此後的幾天，都能看見空寂師叔像一個幹活的農民一樣，脫掉了上衣和鞋子，帶著一身滾圓的肉，一隻手端著木我就非常感興趣，對不起，我說感興趣並沒有把你當成某個物質化的東西。你們相信物質化這種說法嗎？按照我對佛教的理解，你們相信一切皆空。不過，空這個東西是什麼，假如能說它是東西的話，我一點都不了解。也不知道你有沒有興趣在空閒的時候給我一些指點。可能你已經聽出來了，我完全沒有事業成功生活愜意的表現。對，我被派來給你援助，但這並不意味著我比你高明。相反，這極有可能是因為我比你過得更慘，更不舒心。好，好，先不說這個。其實也沒有瞎扯，我是想向你說明，我為什麼一看到你的案件就非常感興趣。可能你還不了解，我的工作主要是針對未成年人。讓我看看，差一年十個月你就十八歲了，如果事情發生在那之後，就只能說，很遺憾，你接觸不到我們這樣的人了。法院給我們的任務，不外乎兩個，對你們進行開導，換句話說，寬寬你們的心，讓你們對不久的將來出現的判決做好心理準備。另一方面，考慮到你們是未成年人，可能因為種種原因，你們的記憶會出現偏差，所以我們要和你們多談談，多回憶回憶。對，對，不用「們」，那像是一群人在對一群人談話，一點兒都不真誠。就說你和我。多和你談談，幫你回憶回憶，這是我的職責所在，不過，有些事情需要說在前面，你不要試圖向我撒謊，編造任何對自己有利的情況，畢竟一切都會進行核對，撒謊對你並沒有什麼好處。你和我要做的，是盡可能把當時的情況詳細而準確地復原，盡可能減少誤判的可能。是，是，出家人是不打誑語的。這一點我當然知道，我向你申明的也是一個慣例，這樣對你對我都有利。再說回來，我為什麼對你的案件特別感興趣，從我剛才的抱怨，你知道我過得不舒心。而這種不舒心，絕對幾天仔細看了看你的卷宗，尤其是你的供述，我們今天不討論什麼深刻的東西，只說說你供述中我覺得矛盾的地方，怎麼樣？不要這樣子嘛，攤上這樣的事情誰都會有些煩躁，何況是你這個年齡段。哦，對不起，我想當然地以為你是煩躁。什麼？哦，可能只有你們出家的人才會有這種奇怪的想法吧。要把監獄和外面的世界當成一樣，能真正做到的人並不多吧。不說這些題外話了。你的供述，你是用鹽刀趁空寂不備，扎在他身上多處，造成他流血不止而死，死因和屍檢結果沒有什麼誤差。但是，第一，鹽刀從井裡撈起來的時候，上面沒有任何指紋，按照法醫的意見，除非特別擦拭，就算浸泡水中一段時間，指紋也不可能從光滑的刀柄上消除。假設是你所為，你為什麼要擦掉指紋，而又在警方趕到後第一時間說出鹽刀的藏身之所呢？隨便在鹽原上挖個坑埋起來豈不是更容易？第二，你供認，你是勸空寂離開僧侶集市未果，和其大吵一番後，並威脅，如果他不走就要他的命之後，拿出了準備好的鹽刀作案的，如果真是一番大吵並有上述恐嚇，空寂怎麼會對你毫無防備，如有防備，為什麼現場毫無打鬥痕跡？以空寂的身軀，你怎麼可能在有防備的情況下殺死他？說句難聽的話，在有準備的情況下，你們師徒二人只怕也動不了他吧。第三，你師父的死因尤其蹊蹺，你說是他發現你的作為之後，因為內心的譴責，服毒自殺的，根據屍檢報告，你師父甚至比空寂還早死十分鐘，假如你師父發現空寂受傷即內疚服毒，也有可能。但問題是，根據屍檢報告，他屬於完全自然死亡，毫無服毒跡象，此外，他辭世時的坐姿、身體器官的毫無損傷，都證明了他是安然祥和的去世，這種去世方式，只有內心完全沒有牽掛，無畏無懼、無哀無愁、無喜無怒的人才做得到。這一點和你供述的情景完全不一樣。我不清楚當晚究竟發生了什麼，可我斷定，事情沒有你說得那麼簡單。你到底隱瞞了什麼，為什麼要隱瞞這些東西？能不能和我聊一聊。不要這麼快就否定我嘛。好歹我琢磨了好長時間才發現這三個地方難以自圓其說，這麼快就否定未免太打擊我的自信心了，對不對？知道我們昨天晚上怎麼瘋狂了嗎？我的一個朋友今天結婚，從小一起長大的朋友啊，拖了這麼多年，我的孩子都十二歲，快上初中了，小傢伙可聰明了，我看到他的時候就覺得，我的生命延續了下去，也許這個聰明的小傢伙將來能做出一番我只敢想一想的成就，這麼說也覺得悲哀，好像我的一生到此宣告結束了。我那個朋友現在才結婚，你想，他這幾十年過得多麼有聲有色。可就是這樣，他還覺得不滿足，覺得恐懼呢，他說，女人結婚只需要豁出去一下就好了，男人結婚卻是一直往裡陷，越綁越緊。所以，昨天晚上他請了我們幾個好朋友出去玩了一夜，在好朋友新婚前一天陪著他去買春，這聽起來未免太王八蛋了，但是我的的確確沒有內疚，其他的感覺我也沒有。只是覺得，一切好像都在不可避免地變得越來越糟糕，就像你站在旁邊，看著一個新鮮的東西在陽光下腐爛，而這個新鮮的東西就是你自己。我當時就想起了你，你說，要是這樣新鮮的東西放在你們集市，周圍有無窮多的鹽包圍著，是不是就永遠不腐爛了？你看看我，一不小心又說岔了，扯遠了。而且，說出來的東西也一點都不積極，和我與你說話的目的背道而馳。其實呢，我也只是想和你說說，不是每句話都有目的。你不覺得，到了我們現在對事情對人有了這樣的看法的階段，再試圖去掩蓋事情家人都對付不了。是啊，對付，他們希望我能對付得了你。當然，這不是我的目的，說實話，我一點希望都沒抱，我僅僅是覺得，也算認識一場，提前來和你聊聊，也許能舒緩一下你的情緒。我知道你沒有家長，沒有朋友，除了我，這幾個月沒有誰來看過你，早上我就想，也許你需要我來看看你。明天咱們在法庭上，就只是一種契約關係，我為你辯護，也僅僅是為了對得起領的那份錢而已。今天不一樣，今天你還是無辜的人，還是沒有罪名的人，所以我們是朋友。朋友有難了前來看一看，總還是該盡的義務。你真的沒有什麼要對我說的？一句話都不想說？是不是想讓我走？好，這句話我愛聽。可留下我卻就這麼乾坐著，我確實理解不了你的意思。當然，當然，就這麼坐著的朋友也不多了。可我畢竟不是只來坐著的，對吧？既然你默認我是你的朋友，總不該拒絕朋友的幫助吧？不說，不說，不說就不說。那我上次來的時候提到的三個問題，下來有沒有想過？其實你也不用想，實事求是告訴我不就結了。好吧。不說這件事了。沒問題，沒問題。那天我不是到你這兒來了嘛，沒去赴中午的婚宴，不過離開這兒我還是去了，趕上了晚上鬧洞房。你見過鬧洞房嗎？嗨，那都什麼時候的事了，那時候鬧什麼啊。現在大家都放得很開了。具體就不和你說了，不過，我的感覺很奇怪，因為去的時候大家都喝多了，而我還滴酒沒沾，我看著別人就總覺得很怪，感覺我那個朋友在鬧洞房的過程中，表現和去買春一樣，只不過，這次有一大堆人圍在旁邊。沒辦法，我只好以最快的速度把自己灌醉，然後一切就正常了。這種感覺是不是你們的經書上早就有解？告訴我又有什麼呢？算了，算了，不閒扯了。準備走了。今天該你的要求。說到這兒，我突然明白了，你是早就知道自己不會被判死刑的，對不對？你的一舉一動，只不過是想多在牢裡待幾年而已。你是不是把坐牢當成了修煉的一個途徑了？如果這樣就太危險了，以我對佛教的粗淺理解，也知道，這種故意的受苦，並不是正途。你一定明白這點，但是看你昨天的表現，也不像是心懷內疚，試圖通過受罪吃苦來緩解一二的啊。好了，既然你決定不上訴，我的這一樁案例也算完成了，雖然又是一個失敗，但也只是多了一次失敗。沒什麼大不了。作為朋友，提醒你，就是管教所，每個屋子裡也都有強大的領導，不要試圖去冒犯領導，不然會一直吃虧，受盡侮辱和虐待，客氣一點吧，沉默最容易讓其他人不舒服了。至於從管教所轉到監獄的生活，等你在管教所待滿年齡，到了十八歲的時候，想必就一切都知道了。好吧，好吧，就這樣。用不著客氣。剛才也告訴你了，我也從你身上感受到不少東西。保重。保重。

六

空寂師叔到來的那個初秋，集市一帶濃重地下了一場大雨。雨點簡直有拳頭那麼大，一個一個地砸下來，砸在方圓幾十里的土地上。雨點才落下那會兒，整個集市猶如有萬馬奔騰而過，捲起了陣陣沸騰的鹽塵，瀰漫在地面一米左右上空，站在大殿前的台階上望過去，浮起來的不透明鹽塵似乎生生地把整片鹽原拔高了不少，或者說，望過去，感覺自己在往下陷落。但這陣鹽塵很快就被雨水按在地面，收拾得服服帖帖。也許是旱得太久，這麼急的雨水也沒有在鹽原上匯集成流，都是直直地如注而下，潛入了鹽原下面。曾經被陽光刮下來敲碎篩洗的鹽塵又被雨水緊緊地貼在了鹽原上，再次和它們所從脫身的鹽礫渾然一體。

這雨從粗到細，由疏到密地下了一夜，整夜都能讓人聽到潮濕的聲音。第二天我被師父叫醒，從屋裡走出來的時候，才真正體會到這場大雨給鹽原面貌的帶來影響。雖然沒有因雨水回流而造成的縱橫溝壑，鹽原上卻密密麻麻地布滿了因雨水灌注而出現的一個個深淺大致相當的坑，這些坑在近處並不起眼，可望向遠方就能發現，它們密布著擁擠著，和躁動不已的逆著水面起伏的魚鱗一樣，目光根本無法窮盡其範圍，藍色天空映襯之下，倒像有一大群魚在努力地往天空裡躍動。

雨水過後，集市又恢復了平常的繁榮。來趕集的人們發現空寂師叔後，第一反應都是掩嘴而笑或哈哈大笑，因為這麼肥碩的人大大出乎他們的意想，更何況空寂師叔根本就不像出家人，至少不像師父那樣的出家人。師父也和大家熟識，只要找到他，所有能做的事情也都盡心盡力，但師父待人接物間，總是彬彬有禮，客氣得甚至讓人覺得客套，許久以來，大家都以為出家人就是這樣：他們關注眾生、普渡眾生，但眾生是在苦海裡掙扎，而出家人是在岸上或是船上，他們伸出的手總是在上面。所以，大家對師父禮敬有加、親切不足，心裡有了痛苦，父母有了病疾，家裡有了災禍，他們願意到寺院裡來燒上一炷香，和師父說上幾句，聽聽師父的安慰寬寬心，但和哪個男女產生了感情，甚至做出了情理難以容忍的事情，乃至遇到了什麼可笑可樂的事情，他們都不會和師父說，因為，師父平淡得和白開水一樣毫無表情的臉就像一道天然的堤壩。而空寂師叔不一樣，只要了一個上午，他就和來到集市的人都混熟了，他依然穿著那一身不倫不類的衣服，蹬著那雙嶄新的球鞋在集市上穿梭，和每個人開玩笑，旁聽每一堆人講出來的鄉野閒事或粗鄙笑談，他還會隨著眾人的節奏，仰著頭拍著肚子響亮大笑。後來，他甚至站在一塊鹽石上大聲地說唱起來，引得集市上的人們圍在他周圍，不斷發出叫好聲和鼓掌聲。

師父對這一切似乎毫無聽聞，他始終面色平淡地坐在桌子前，翻看新到的一批經書，並且拿著一枝筆不停地在一個本子上記著什麼，師父的樣子不像是一位僧人，而像是一位勤奮的學生。聽到外面的喝彩聲，我忍不住放下手裡的經書，抬起頭望著師父。師父毫無感應地繼續看著手中的書，我只好停下頭拾起書，可外面更加喧嚷的聲音早就引開了我的心思。我再看看師父，他依然泥塑似的，我便放下手中的書，躡手躡腳走出大殿。

空寂師叔早就不只是說唱了，他岔開雙腿站在鹽石上，那筐子一樣的襯衣解開扣子，兩個衣角繫於腰部，而他的手中，更像是在空氣中蹬圓了車輪一般地拋接著不少土豆（過了好久，我才數清楚那是足足六個），這些土豆在旋轉的同時發出攪動空氣的呼呼聲。空寂師叔雖然拋接著土豆，卻毫不忙亂，似乎這點活計對他而言根本就不足掛齒，所以他的嘴裡毫不空閒地說個不停，而說的內容，不外乎是他一路走來所見聞的趣事逸事，但厲害就厲害在他能不斷地隨著出場人物的性別和身分而變換自己的語氣和音色，因而聽起來和一台緊湊的戲劇差不了多少。我出來沒多久，空寂師叔講起了一個新的故事，說是在南方某地，因為貧窮，因為村裡去遠方大城市裡做皮肉生意的媳婦兒們都帶回來了大筆的鈔票，一個男的最終說服了他新婚不久的妻子隨村裡的女人們也去了那個大城市，沒想到，這個長得漂亮但老實巴交的妻子第一次做生意就被警察抓住了，警察通知家裡人帶著五千元去取人，丈夫就帶著四處借來的錢去了大城市，取出妻子後，兩口子不約而同說了同一句話。

「咱們小心點，掙夠了五千元錢和路費就回去平平安安過日子。」

最後這一句話，空寂師叔說了兩遍，一遍男聲一遍女聲，但並不是先說完男聲再說女聲，而是幾個字一換，因而一唱一和之間真有不約而同的味道。這味道居然把圍在一旁的人們想笑的意思給壓下了，剩下的倒是一片嘆息聲。還有一個人說了句「早知如此，何必當初」。趁著這個空當，空寂師叔把六個土豆操在手裡，還給了賣土豆的。

「常在，你怎麼跑出來了？」空寂師叔從鹽石上跳下來，走到我面前。

我沒有應聲，只是指了指寺院，做了個躡手躡腳的動作。師叔一看我的樣子，笑了。

沒想到，用過晚飯後，師父突然檢查起我的功課來。當天，有一位賣小鴨子的農民因為還有二十多對鴨子沒有賣完而留在寺裡過夜。昏暗燈光跳動下，夜晚顯得特別漫長，偏偏這個農民極為多嘴多舌，他對空寂師叔的一切都感興趣，從下午集市散了之後就纏著空寂師叔講他以前的生活，而幾乎每一句講述都要被他的問題打斷幾次，這些問題包括這些話所涉及的地方、人物和物件的細微之處，毫無遺漏。因而，空寂師叔的講述就像是摟住了一大團被水浸濕的蠶絲，越扯越亂，越抽越長，一直到晚飯後都還沒有一個頭緒，而我早被空寂師叔儘量表現出來的俏皮給逗得笑個不停。晚飯時，師父一直很平靜地坐著用飯，他的目光偶爾在空寂師叔、那個農民和我的臉上掃過，其中也盡是安詳與平和，甚至他叫住我的聲音也同樣安詳、平和。

「常在，我這幾天教你誦習的《中論》，其中這幾句『眾因緣生法，我說即是空，亦為是假名，亦是中道義。未曾有一法，不從因緣生，是故一切法，無不是空者。』該怎麼解釋？」

因為《中論》才讀完幾天，我僅僅能讀得熟練而已，除了把這幾句話重述幾遍外，我只能囁嚅著乖乖地站在那兒。我低垂著頭，偷偷瞟了師父一眼，他正專注地看著桌上的油燈，似乎火苗的每一下跳動都在他的預料之中，因而沒有給他的臉色帶來任何的變化，那個農民則直愣而無趣地看著我，空寂師叔依然保持著他笑嘻嘻的臉色，不過他的目光並沒有落向我身上，而是遞到窗外去了。

「去吧。」過了許久，師父說道。他的聲音還是沒有絲毫改變。

空寂師叔會給集市帶來變化我早已想到，沒有想到的是，這變化來得如此迅速，更讓我迷惑的是，師父隨著這些變化而來的改變。空寂師叔的本事遠遠不止於逗樂和嬉笑，他最擅長的是推拿與醫藥，這些本事隨著來到集市的人們回到家裡而不斷擴散開去，每天又再帶來更多的人，大家簇擁在空寂師叔在鹽岩上挖出的窯洞前面，等待他醒來後給大家推拿與開藥。一般性的跌打損傷，空寂師叔根本不需要開藥，他的手在病人傷痛的地方及其周圍或快或慢或輕或重的推拿揉捏，偶爾也抹上一些自配的藥酒，不出兩天，患處就基本復原。到了鹽原沒多久，空寂師叔幾經嘗試，發現長在鹽礫縫隙的極為細小的淺黃色鹽菌有著鎮靜和止痛的效果，有時候他便會給前來問症的人們開出一方藥，其中便捎上了這味鹽菌。求醫問症的人們不斷增多的同時，開始有人挖掘鹽菌賣到外面的中藥鋪賺錢，最初，他們還只是客氣地像摘取野菜那樣輕輕地擼下已經長成的鹽菌，後來則乾脆帶著藥鋤等工具，把所有能看到能勉強分辨出來的鹽菌統統刨出來，全部帶走，再後來，鹽原上的溝壑就越來越多，人們挖得也越來越深。每天坐在寺院裡讀經的時候，我都能聽見鐵器挖動鹽礫的聲音，只要站在窗前或是台階上，都能看見三五成群散落開的人們背著小簍子，和乾涸泥塘中的魚群一樣在鹽原上擺動著尾與鰭。

與此同時，師父主動在鹽原上指出了三處新的水源，人們按照他的指示，挖出來了三口巨大的泉眼，這些泉眼噴湧而出的水和無住寺裡的泉水一樣，甘甜清冽，而且它們的水量明顯比寺內水井充沛，無論怎麼取用都沒有衰竭的跡象。有了水就解決了一個大問題，求醫問症的，前來做買賣的，挖摘鹽菌的，所有這些人都不用像以前一樣過著候鳥一般的生活，每到一定時間都要離開鹽原前去另一個地方取水和食物，他們先是在寺院裡過夜，隨著人越來越多，便在寺院外隨便找一個地方，幾個人升上一堆火，圍在火的周邊睡下。

不久，一輛汽車載著一大堆行李和物品來到集市，卸下來的東西迅速長成了一座兼做小酒店和旅店的簡易棚，供所有來往的人歇腳打尖。胸脯有裝滿水果的袋子那樣鼓鼓囊囊的老闆娘總是挽起兩個袖子，屋裡屋外奔忙個不休，吆喝或喝斥帶來的總是睜大一雙黑漆漆的眼睛盯著某處發呆、一見有人注視自己便畏葸地笑笑的小姑娘招呼來往的客人。划拳聲嬉笑聲隨之不斷地從店裡傳出來，落到無住寺的院子裡。

空寂師叔很快便和小酒店裡的人們打成了一片，沒有人前來尋醫問症時，他就會溜達到酒店裡，在一張竹子做的椅子上坐下來，講述各種各樣的奇聞軼事，他岔開蒲扇一樣的大手，講到精彩處，雙手在空中輕輕搧動，搧起陣陣奇異的涼風。偶爾，他也喝幾杯別人遞上來的酒，但喝酒對他來說似乎是可有可無的事情，既不因之痛苦也沒能從中體會到特別的快樂。每當別人將酒遞到空寂師叔手裡，他便像是走路遇到一塊大石頭而必須繞過去那樣舉杯一飲而盡，隨即將杯子擱在一邊，接著被喝酒打斷的話題說起來。但空寂師叔很願意看別人喝酒，別人坐在他面前，爽快也好拖沓也罷，只要將杯子裡的酒倒進肚子裡，他就非常高興。他就能大聲笑起來，笑聲能在整片鹽原上盤旋許久而不息。如果喝酒的人很多，如果他特別高興，他就會和酒店老闆娘一起唱上幾曲。每當他們同樣嘹亮而配合默契的聲音響起，我都會停下手裡的活兒或功課。我就站在寺院的門口，靜靜地把他們的聲音從所有其他聲響裡揀出來，我就會想，空寂師叔和老闆娘一定早就認識。

簡易棚陸陸續續出現，雜貨鋪、雜耍場乃至理髮店裁縫店的雛形紛紛落成，集市終於慢慢變成了一個小小的城鎮。雖然長居的人們並不多，但也足夠攪動得整個鹽原喧譁不堪了。

來到集市的人日漸增多，願意吃寺院裡的齋飯的人卻越來越少。簡易棚的小酒店提供的飯菜雖然粗糙，卻總能沾葷帶腥，更能解決人們的口腹所需，何況，酒店提供薄薄的卻也足以讓人醉倒的糧食酒之外，還有一個老闆娘和總是懵裡懵懂的小姑娘供人們取笑逗樂。因此，每到午飯或晚飯的時候，人們都寧願擁擠在燥熱不堪的小酒店裡，也不願意到寺院裡來。也有幾個以前常到寺院裡吃飯，卻到底抵擋不住小酒店誘惑的人們，會在路過寺院的時候進來燒上一炷香，捐出些微香油錢，或者是向師父和我提供一些米菜油。對於燒香，師父從來都不拒絕，只要點上香，只要跪下磕頭，他一律誦經相伴。但是那些並不在寺院裡吃飯的人捐出的錢，留下的米菜油，他統統予以拒絕。

師父會指著我說：「這裡也就我們兩個人，用不了這麼多東西。」

師父的語氣平和，他看著別人的目光真誠，因此，沒有多少人會因為遭到拒絕而感到難堪甚至惱怒。他們最多嘿嘿笑著，不好意思地笑著，撓撓頭，出了寺院轉身直奔小酒店而去。

一天，我和師父正在寺院裡為集市上為數不多的幾個人準備午飯，廚房突然暗了下來，再仔細一看，又明亮起來。空寂師叔已經站在屋裡，空寂師叔高大肥碩的身體立在灶台的末端，看著師父鏟動著鍋裡的白菜豆腐，看著白騰騰的水氣升上去，團在師父臉的周圍。等到師父鏟完白菜豆腐，再次蓋上鍋蓋，他才說話。空寂師叔說起話來，還是那麼不緊不慢，很有些不在乎的意思。

「師兄，這是從省城裡來的鄭先生，他想和你商量一件事情。」

「善往師父，您好。」循著聲音，一個中年男人從空寂師叔身後走出來，他稍矮而偏瘦，一臉謙遜的笑容。

「坐吧。」師父指著廚房飯桌旁的一張凳子。

「不用，不用客氣了。」他走過去坐下來，再說話的時候，便仰著頭，專注地看著師父。「善往師父，這片鹽原是一塊大寶地啊。我計畫。」——說著，他的手沉穩優雅地比劃了一下，將整片鹽原都囊括進來。——「我計畫將這兒開發成一個大的休閒中心，先發展鹽浴，提供在全國乃至全世界都獨一無二的露天鹽浴場，等發展到一定程度，大型超市、酒店、遊樂場，一應俱全。到時候，就不是周邊的農民到這裡來買賣一些不上檔次的東西了，無數的大老闆，有錢人都會蜂擁而來，到這裡體驗和享受完全新鮮的歡樂和刺激。這周圍的農民們也就能跟著收益，我會把他們招進來，給他們提供新的工作，豐厚的收入，足夠他們養活老婆孩子，歡歡喜喜地過日子。」

「哦。」師父點了點頭。

「當然，這只是一個初步的構想，需要一步步地落實。但是我這兩天具體考察了環境，也和空寂師父仔細談過，覺得可行性還是很大的。現在就希望能得到善往師父您的支持了。」說完話，他還仰頭看著師父，一臉謙遜的笑容。

「你希望我做什麼呢？」師父問。他一直沒看空寂師叔，他們說話期間，空寂師叔也一直在衝我擠眉弄眼逗著玩，根本沒有注意他們。

「目前很簡單，請您幫我再指出幾口水井就行。本來也可以找人來勘探，但有您老在，也就沒必要整得那麼複雜了。等到了將來，一切都發展起來了，就可以架設自來水管道，或者從地下大量抽水上來，或者從幾十里外引水過來。總之，不再讓您操心。」說到這裡，鄭先生站了起來。「有兩件事先和您說一下最好。既然是洗浴中心，到時候少不了有各種各樣的女人在裡面進進出出，提供服務工作，她們也只是謀生而已，還請您不要介意。另外，我計畫到時候將無住寺重新修整，讓它真正成為一座精緻的寺院。來的客人們厭倦了種種歡樂和刺激的時候，還能到您這兒領受另一種滋味，澄淨澄淨他們的心。還希望您屆時不要推辭。您放心，我一定像現在一樣，讓寺院位於整片鹽原的中心。」

說完，鄭先生依然一臉謙遜的笑容，望著師父，等待著他的回答。

「空寂師兄，你覺得呢？」師父沉吟許久，突然問了這麼一句。

「我想，這和那兩盆水的問題是一樣的。」空寂師叔轉過頭去，看著師父，以我從來沒有見過的嚴肅篤定地說。

「哦，你這樣認為。」師父似乎明白了什麼，他對鄭先生說。「你讓我想想。」

七

外婆要死了。外婆知道自己要死了。來，到床上來，到外婆這兒來。

小豹子，你為什麼還蹲在窗戶上，就這麼望著外面，你看見什麼了?來，和外婆說說。外婆動不了了，外婆只看得見太陽，太陽蓋在外婆眼睛上呢。外婆知道自己要死了，太陽都蓋在我眼睛上了，怎麼會不死呢。活到這麼大，外婆還從來沒聽誰說能這樣看快到中午的太陽呢。除非他瞎了。外婆沒瞎，外婆能看見你。看見我的小豹子，蹲在窗戶上，側著身子，支棱著耳朵，貼在玻璃上，小豹子一定聽到什麼了。小豹子，你過來。到外婆這兒來。

外婆要死了。外婆死了你怎麼辦啊。你媽死的時候哭著求我，一定要把你好好帶大，你是你們家裡唯一的苗苗了。你媽說，女兒太不孝順了，不但沒有讓您老人家享多少福，死了還要留這麼大的一個包袱給您，讓您下半輩子都不得安寧。我的傻女兒，你看，一說你媽傻你就掉過頭來看著外婆了，你的眼睛就瞇成縫了，你不讓外婆說呢。外婆要說。再不和你說，外婆就說不成了。我這個傻女兒，以為把你留給我會讓我下半輩子苦不堪言，哪裡曉得，要是沒有你，外婆還有什麼興趣活下去。哎呀，我的小豹子還害羞呢，早上才洗了臉，現在別舔了，好好聽外婆說說。那天外婆去公園裡散步，外婆一個人，好冷清哦。看見公園裡一群老頭子老太太在湖邊唱歌，拉著手風琴坐在最前面的那個，頭髮全白了，但還是那麼精神，我就突然想起了你外公。要是他還活著，頭髮也該那麼白了，也該是那麼精神。外婆想上去和他說兩句話，但是有個老奶奶站在他旁邊，一看他拉手風琴歇下來，就用手裡的手帕擦他額頭上的汗，然後老先生接著拉，所有人再一起唱。看他們的樣子，外婆就曉得，這是兩口子呢。要是外公不死，外婆也會給他擦汗。外婆不想再站在一邊，也不想再散步。外婆就往回走。

結果你在家門口等著外婆呢。你說你走就走嘛，為什麼還找些警察到家裡來，然後再和他們一起走呢。外婆當時還以為你不回來了，結果外婆看到你在家門口。你在鞋盒子裡輕輕地拱著，外婆還以為是一頭小豬兒呢。外婆揭開蓋在你身上的半塊羽絨服，你把脖子微微抬起來，瞇著眼睛，裝著不認識外婆的樣子，向外婆這邊喵喵直叫。外婆就知道，我的小豹子又回來了。你媽說完話，只是哭，我也不知道怎麼讓她不要哭。然後你就哭了，你的聲音哇哇的，響起來就像一陣鼓聲在外婆的心裡面響起。我踮著腳步走過來，彎下腰從搖籃裡把你抱起來，我的孫子看著外婆笑呢。我的孫子臉上還滾著兩顆淚水，兩顆淚水一動不動地瞪著外婆，我的孫子就笑了起來。你用笑讓外婆把你抱起來呢。外婆也不知道怎麼辦，就打開門，推開它。再慢慢彎下腰，端起鞋盒子，走進來。剛好，櫃子上還有這麼大一塊地方，剛剛夠放一個鞋盒子。外婆一放下你，你就喊起外婆來了，你說，外婆抱，外婆抱，外婆抱。外婆抱起你來，你又衝外婆笑。外婆，媽媽在做什麼啊。媽媽已經死了。媽媽死得比你外婆還早呢。她倒是很輕鬆，頭這麼一歪就死了。可能為了不打擾我們兩個，她選了外婆彎腰去抱你的時候死。快過來，小豹子，跳到外婆床上來。有一股涼氣落在外婆的腳上，它在往上走，外婆要讓它等等，讓它走慢點，外婆沒有那麼大的力氣和你說話。你不跳過來，怎麼聽得清楚外婆說話呢。外婆，我都知道。

就是，我們家小豹子什麼都知道。媽媽一定是睡著了。你那時候說。外婆的眼淚不多了，只有那麼一點水，還要淌過一片乾了幾十年的土地，才能流到眼眶裡。所以，外婆流不出眼淚。你就伸手摸著外婆的臉，小手指甲劃過外婆的皺紋。我知道，媽媽是睡著了。你說。然後你開始哭了。外婆，我都知道。但還是這樣了。外婆，我給您老人家磕兩個頭，這一輩子，我和我媽都欠您老人家太多了。傻孩子，一家人，說什麼欠不欠的。不就是讓兩個警察到家裡來做客嘛。有什麼大不了的。你看警察都和我說，只是找你出去玩，過幾天就讓你回來。你這不就回來了嘛。躺在鞋盒子裡，我們小豹子也越來越知道享受了，還知道蓋半塊羽絨服。外婆一放下鞋盒子，你就喊外婆，你說，喵喵喵喵喵喵喵喵喵喵喵，你又開始喵喵喵了。外婆知道你餓了，出門的時候，外婆還留著中午沒有吃完的半碗粥呢，外婆年紀大了，吃不動太多硬的東西，喝粥最對我的嘴了。外婆用小碗盛好粥端過來，你伸長了脖子，用舌頭舔起來。外婆把手伸到你嘴前，你就舔舔外婆的手，柔柔軟軟的，像是你外公用了幾十年的毛筆。你把一碗粥全部喝完，站起身，又用筷子夾起一片肉放進嘴裡。你伸手過來端過外婆的碗。外婆，我都知道。今後洗碗就由我來吧，等我長大了，我要幫外婆做飯，幫外婆洗衣服，幫外婆洗腳。我要上班，找一份好的工作，收入好了還能買一輛車，到了週末，到了節假日，就帶著外婆到郊區去爬爬山。鍛煉鍛

你來。過來。坐在外婆的肩膀邊，太陽不蓋著外婆的眼睛，外婆反而看不清楚你的樣子了。沒過多少時間，外婆的小豹子已經長得這麼精神了。看你一身的斑紋，真像是外婆拿手一針一線繡上去的，又英俊又精神。記得外婆第一次給你洗澡吧？你在木桶裡繞著圈地走，一雙胖嘟嘟的手澆起水，把外婆全身都濕透了。外婆剛要給身上抹好香皂，準備把你身上一圈圈地搓一搓，你呼地一下蹦出來，像一枝箭一樣掠過外婆的雙手，躥出好幾米。外婆的手上被你撓出一道道的血印子，最長那條一直到了虎口這兒，當時血都流出來了。被你蹬翻的澡盆潑了一地的水。外婆沒辦法，伸手在你腦袋上敲了兩下，你撇著嘴，馬上要哭出來的樣子，兩隻眼睛還溜溜地直往我這兒瞅，要弄清楚外婆是不是真的生氣了。外婆真的生氣了，小豹子大氣都不敢出呢，小豹子縮在牆角，身子往後抵著。抓住小豹子的脖子，拎起小豹子，盆子翻過來，外婆用蓮蓬頭給小豹子美美實實地沖了個澡。小豹子沖著，喵嗚喵嗚地叫，不停地甩著毛，水甩在外婆的臉上身上腳上，甩在外婆滿是血印子的手上。小豹子叫著，叫著叫著撒起嬌，腦袋在外婆的手上蹭來蹭去。等從木桶裡爬出來，小豹子光屁股站著，已經是精精神神大小夥子一個了。小豹子長大了。小豹子不是小豹子了。小豹子是大豹子了。外婆還是要叫小豹子。外婆的小豹子。外婆的小豹子要和姑娘家來往了。每天外婆睡著沒多久，就有不少姑娘在窗戶外，在樓頂上呼喚小豹子，一聲接著一聲，一聲連著一聲，每一聲都讓小豹子手腳沒有了抓拿，小豹子心慌得在屋裡轉了又轉，在外婆的床上跳上跳下跳來跳去，如果搆得著，小豹子早就打開門銷，自己出去嘍。豹子啊，等將來，你回來了，這兒就是你的家，你喜歡的姑娘都能帶回來，外婆看得著也高興，看不著也高興。反正房子也是你的房子了。

豹子啊，外婆要死了。外婆在死的時候，總是想起你外公。不知道他這麼多年在哪裡，一個人活得怎麼樣。你外公才死的那幾年，外婆總是能夠夢見他。夢見他和外婆一天一天地過，一天一天地有了一點點變化。夢見他和外婆說話，和外婆一起做事情，後來，外婆就只知道他來了，但看不清他有什麼變化，是不是和我一樣又老了一些了，是不是也在操心你的事情。再後來，外婆就夢不見他了。再後來，外婆就不做夢了。外婆就在白天裡想，想你外公的樣子，想你外公的動作。外婆在死的時候，就想，不知道死了後，是不是還能看到你外公，和他在一起，就算要投生，投在一起也好。外婆可能還能碰見你媽呢，你媽要是問起你，外婆怎麼和她說啊。外婆對不起你媽啊。外婆可能根本就見不到你外公和你媽，可能外婆死了就成了孤魂野鬼了。閻王老爺可能不收我這樣的人。

豹子啊，你不要舔外婆的臉。你熱乎乎的舌頭讓外婆更加感覺到心裡的涼氣，嗖嗖地涼，一團涼，轉來轉去的涼，外婆的手已經不是外婆的手，腳也不是外婆的腳，只有心還是外婆的心，腦袋還是外婆的腦袋。那涼它在你外婆的心裡扎了根了，發了芽了，它發了瘋一樣在長，但它是在往裡了長啊，越長越擁擠，外婆的心啊就涼得像是在往下落，在一口深不見底，兩邊卻又狹窄得很的井裡往下落，那水越來越涼，越來越鋒利，越來越割得外婆的心麻麻木木地痛。一陣陣響聲很大的痛啊，這痛都是冰涼冰涼的。豹子啊，你舔舔外婆的臉，你是要和外婆說什麼嗎？你捨不得外婆死。外婆知道你捨不得外婆死。小豹子捨不得外婆死呢。小豹子的舌頭越來越燙呢。小豹子的舌頭是一隻手，小豹子的舌頭拉住外婆的心，撈住外婆的心，要離開井裡呢。小豹子舔在外婆的臉上，小豹子喵喵喵低著頭，一雙眼睛盯著外婆的眼睛，拉長身子，伸長脖子，一下一下地舔著外婆的臉。外婆怎麼哭起來了。小豹子怎麼哭起來了。小豹子，不要再舔了，外婆的心已經落到外婆也找不到的水面下了，外婆只有落的感覺，外婆只知道它越落越快，外婆已經不知道它涼不涼了。小豹子，外婆有鮮花盛開了，白的花，紅的花，黑的花，一朵朵疊起來，從外婆的眼睛前面向上升呢。外婆也在往上升呢。豹子啊，不要再舔外婆了，外婆看見外婆躺在這裡，你在舔外婆的臉，你舔的已經不是外婆了。外婆在上升呢。外婆要升到雲彩上面，升到花朵上面，有人在等著外婆呢。外婆要把自己交到他們手裡，外婆要跟著他們的腳步，外婆要聽著他們的聲音。外婆要聽著他們藍熒熒的聲音，聽著他們藍熒熒的聲音，外婆就找到了外婆的手，外婆就找到了外婆的腳，外婆就找到了外婆的心，外婆就找到了外婆。豹子啊，外婆等著你給外婆帶來藍熒熒的聲音呢。

八

那天晚上，我像往常一樣讀完師父規定的課程，在外面走了一圈回來洗漱完畢就回屋裡躺下了，我躺在床上，在屋子裡瞪大雙眼，中午鄭先生的一席話像是一盆冷冰冰的水從我的心裡澆過，澆得我為習慣遮住的心再次像是一面新開的鏡子一樣澄澈清明起來，因此，剛才走在外面，這面鏡子纖毫畢現地讓我看到了空寂師叔到來後這一兩年，整個集市出現的變化，細碎的聲音和景象一一出現在我的心裡，集市邊的一大片空地上堆放著不少從鹽岩上鋸下來的鹽磚，一塊塊方方正正，稜角分明冷光畢現。我瞪著屋子裡的空氣，想像著用鹽磚和從其他地方拉來的材料建起的一幢幢奇形怪狀的建築拔地而起，喧譁的人聲、通明的燈火、蒸騰的氣息紛至沓來，攪擾著這一片白色的土地。到時候，會有顏色奇異的光穿過一塊塊鹽磚的縫隙刺在寺院的周圍，會有各種鋒刃銳利的聲音撒在寺院裡面的地上。這些都是我可以想像的，我無法想像的是，現在只有三間簡陋房子和一個簡陋廚房的無住寺，變成鄭老闆所說的精緻的寺院會是什麼樣子。

也許，它將會是一葉孤零零的小紙舟，在湧動的潮流之中被別人不斷地拋上拋下，被來自不同方向的波浪激流衝撞擠壓，說不定什麼時候就一下子被撕裂開來，一點殘骸都不剩下。我就落在了茫茫的大海上，一張嘴便被灌了滿滿一口海水，四肢胡亂擺動，希望能找到破碎不堪的小舟上面的一片殘骸，能讓我抱住，讓我的手至少可以暫時得以從不停地划水中解脫出來。但是海水還在灌，鉛那樣堵住我的喉嚨，我只能挺直身子，盡可能讓喉嚨舒展開，噴出堵住的海水。然後我就醒了。

我醒了的時候，滿地的月光正像海水那樣落在床邊，也像海水那樣要慢慢地，但是毫不遲疑地淹上床來。我只能坐起身子。坐起來的時候，我聽到師父的房間裡有聲音。師父放下了手中的書，撣了撣衣服，吹滅案前的燈，走了出來。我以為師父會到我的屋裡來，就想，我應該問問師父，問問他的決定和打算。但師父出了門，他走出了寺院。

一開始，我並不知道師父要去哪裡，師父的腳步聲一如平常地沉著而穩重，沒有絲毫的猶豫和緊張，但並不比往常更加平穩，更加均勻。我盡可能地讓耳朵和心臟跟上他的步子。師父一定是去空寂師叔那裡了，這個念頭突然出現在腦子裡，那一霎，我才知道，原來我一直在等著師父和空寂師叔的這次會面。

我下了床走出寺院時，一朵巨大的烏雲完全遮住了月亮，這讓夜晚黑得像是沒有深度也沒有重量，讓人容易失去平衡。舉目四望，整片鹽原除了空寂師叔那兒飄來的熒熒光芒，再看不到任何光芒，而這種沒有光芒是眼睛被蒙上後體會到的那種失真的沒有光芒，也正因此，白色的鹽原沒有光芒可以反射，幾乎不在我的感官之內。

循著空寂師叔那若有若無的熒熒燈光，我繞行到鹽洞的一側，站在那兒，由於空寂師叔的小燈掛在鹽洞靠裡的上方某處，因而剛好把他們兩人的身影像剪紙一樣貼在鹽洞外面的地面上，使我能大致從兩個模糊的影子判斷出兩人的姿態和動作。現在兩個人都盤腿坐著。兩人盤腿坐著，誰都沒有說話。一陣風吹過來，吹動著空寂師叔的小燈火焰跳動不已，空寂師叔和師父的影子隨即在地面上水波那樣蕩漾起來，他們蕩漾的節奏如此一致，彷彿是在精心而細緻地共同縫製什麼東西。

過了很久，風息了，月亮也將那朵巨大的烏雲洗滌乾淨，站了起來。站起來的月亮精神恬適、神態安詳，直著腰，注視著這一片微微泛著藍光的原野。這時，那個瘦小的影子也站起了來，他先是變得小了一些，然後就消失了。兩個影子都消失了。師父吹滅了燈，來到鹽洞外。師父仰頭望著月亮，望著她身上的斑點，望著她的光芒落在原野上。空寂師叔也走出來，同樣望著這一切。兩個人都這樣望著，彷彿是落在一盆水裡的鹽。

「空寂師兄，這月、這燈是同一盞嗎？」望了很久，師父悠悠然地問一句。

雖然離了有一定距離，我還是感覺到了空寂師叔身上的停頓，師父的話似乎將他突然定在了某一個時空裡，讓他渾身充滿了想要突破的無力。月光落在空寂師叔的身上，如同寒冬的水落在一塊鹽的雕塑上，迅速結為了冰。師父等待著，他的目光從月亮身上落向了原野遠方，就像是月光本身落在了遠方。然後，師父又走回了鹽洞，點亮了空寂師叔的小燈，再次盤腿坐下。師父的影子再次一動不動地烙在鹽洞前面的地上。師父的影子融化了澆注在空寂師叔身上的冰，他有些像被熱水洗過的冰雕那樣走回洞裡。空寂師叔的影子衝師父的影子合十行了一禮，同樣坐了下來。我不知道他們會這樣多久，便也只好在鹽洞外盤腿坐下來，面向兩個影子，我開始默默地背誦《金剛經》。但我背到「凡所有相，皆是虛妄。若見諸相非相，即見如來」時，被空寂師叔的笑聲打斷了。

「哈哈——哈哈——」空寂師叔的笑聲先是在鹽洞裡嗡嗡一團地迴蕩，然後衝出鹽洞，在原野上奔跑。空寂師叔的影子也在笑聲中一顫一顫的，像是一陣風暴，要將另一個瘦長的影子颳走。笑完了，空寂師叔平靜下來，說：「月亮和燈，是一盞又不是一盞。善往師兄，謝謝你，我今日才明白這個道理。」

師父騰地站了起來，他顯然被空寂師叔的話或是其他東西激怒了。盛怒之下，師父以我從來沒有見過的暴躁在狹小的鹽洞裡轉了幾個圈，就像一隻不斷被人逗弄而發怒的老鷹。末了，師父停下來，大聲宣告一樣說了一句話。一句抽在鹽洞和鹽原上的話，因為其毛糙粗糲使得鹽粒簌簌揚落因而難以聽清的話。只有「遁詞」兩個字清楚地傳到我的耳朵裡。

隨後，我看到瘦長的影子從地上拾起了一個狹長的影子，並回身把這個狹長的影子放進了寬大的影子裡，他有力地把狹長的影子從寬大的影子裡拿進拿出，那個寬大的影子一直在努力不做出任何反應，一段漫長的時間後，寬大的影子霍地站了起來，和瘦長的影子與狹長的影子成為了一體。然後，他倒了下去，貼在了地上，我就只能看見瘦長的影子孤獨地站在那裡，手裡拎著那個狹長的影子。接著，狹長的影子落了下去，消失不見，瘦長的影子則遁了出來。

師父走出鹽洞後，根本沒有往我這個方向看，而是直直地向前走去，向著無住寺的方向而去。我走到鹽洞裡時，倒在地上的空寂師叔就像是一只被扎破了皮袋子，身上的血泛著泡沫流出，這些在幽暗燈光下同樣幽暗的液體上冒出來的小泡沫還帶著絲絲暖意撲鼻而來。在他的血泊中，躺著一把鹽刀。

「空寂師叔，空寂師叔。空寂師叔。」我忙跪下去，試圖扶空寂師叔起來，但他前所未有的沉重，幾次我都只能把他上半身勉強扶直，又無奈地看著他緩緩地向另一個方向倒下去。最後，我終於放棄了。我讓空寂師叔躺在那裡，自己坐在一邊。我並不害怕，也不悲傷，只是感到一陣空茫，不知道接下來該怎麼辦。

「常在，不要坐在這兒了，去看看你師父吧。多虧他，我才明白。但我不知道他明白沒有。這一切，也許你有一天會明白。」我聽到空寂師叔這樣說。我抬起頭看，空寂師叔依然躺在那裡，一動不動，他前胸上的一個傷口還有一些血在往外流。

空寂師叔死了，但他的臉上不知何時出現了微笑，像花開一樣自然的微笑，一半被燈光照著一般隱藏在陰暗中也毫無詭異之色的微笑。我想，的確應該去看看師父了。

師父依然坐在大殿上，面向著用鹽雕刻而成的，巍峨而端莊的菩薩。師父坐在蒲團上，雙手合十，嘴裡不斷地念著什麼，我走過去，在一旁跪下。

「師父，空寂師叔死了。」我說。

師父沒有回答，但我知道他聽見我的話了，因為我看見師父合在一起的雙手微微顫抖起來，他的聲音也停頓下來，似乎是忘記了下面的詞。空寂師叔說，多虧了您，他才明白。但他不知道您明白沒有。我遲疑了一下，還是將空寂師叔剛才所說的話中我認為與師父相關的地方說了出來。聽了我的話，師父睜開眼睛，看了看我，又抬頭看了看白色的菩薩。油燈下，師父的臉上似乎有液體浸出，映襯出斑斑點點凸出的光芒。過了一會兒，師父又閉上眼睛，繼續念誦起來。開始，師父的聲音有些散亂，吐出的每個字高矮不均、胖瘦不勻，無論怎樣都無法貫穿起來，這種情況我從來沒有見過。到後來，師父總算平靜下來，念出來的內容也均勻穩定了，但它們前所未有的乾巴，就像是沙漠裡一群尋找水源的、即將枯涸的小草。但我還是聽出來了，師父是在念誦《成唯識論》。師父連貫地將這部內容豐厚、字數繁多的經書念誦出來，一個一個的字被他那乾燥的聲音誦出，堆砌在大殿上，令我心神不寧。沒有辦法，我再次默念起了《金剛經》，並閉上雙眼。

師父的聲音不斷地干擾著我，強行地要將他念出的內容嫁接在我的默念上面，這種狀況持續了很久。慢慢地，我終於進入了《金剛經》的航道，我的嘴和心終於能夠統一起來。我就這樣念著，等我第二遍念至那首著名的偈子的時候，突然覺得周圍的世界一片紅光，那光線柔和地托起了我的身體。我睜開眼睛，天已經亮了，滿屋子都是初升太陽放進來的光芒。

「師父，天亮了。太陽出來了。」我說。我注意到師父念到了「二空所顯圓滿成就諸法實性，名圓成實，顯此遍常，體非虛謬，簡自、共相、虛空、我等」。

「你說什麼？」師父停下來，問道。

「太陽出來了，您看吶。天大亮了。」我指著太陽說。同時想站起來，但因為整夜都跪著，雙腿僵硬，反而一下子跌坐在地上。

師父霍地站起來，轉過身子，面對著太陽。整個通紅的太陽一下子罩住了他的腦袋，將他的臉印得紅紅的。師父怔怔地看著太陽，看了許久，看到我雙腿不再僵硬，能夠站直了，看到太陽收斂起溫柔的輝光，直接將銳利的光芒擲過來。忽然，師父身體前傾，一下跪在地上，行了一個大禮。

「空寂師兄，我也明白了，多謝多謝。」師父行完禮，說完這句話，重新盤腿坐下。他的臉上也露出了微笑，像花開一樣自然的微笑。

九

和尚，我知道你會收到這封信，但不知道你什麼時候才能收到它。

幫我做件事情。小的時候，總是聽外婆說，人死了之後要有和尚給念往生咒才可以再轉世投胎。不然的話，就只能一直飄飄蕩蕩，成了連畜生都可以欺負的孤魂野鬼。我想過，要不要早點死了，這樣也能陪著外婆，免得她那麼大的歲數了還受小鬼的欺負。但是我想，以我這麼深重的罪孽，估計死了直接就被扔進油鍋，壓在地獄裡了。連鬼都做不成。你幫我給我外婆念幾遍往生咒，把她下幾輩子的都念了。也算我對她的一點點報答了。我從來沒想到，只能用這種方式報答她，而且還要找你幫忙。在管教所的時候，我沒和你說，我怕你問我犯的事情，更怕你問了之後不願意幫我。謝謝了，和尚。

這張皺皺巴巴的紙放在一個四邊都快撕開了掛號信封裡，信封上蓋滿了轉地址的戳，連我都不相信，它居然真像豹哥所說的那樣，到了我手裡。我抬起頭來，盯著天上的一朵雲，以它為軸心，轉了一百八十度，正對著剛剛離開的大鐵門，就像要再次走進去。大門前兩個相向站在兩個水泥墩子上的武警也看著我，他們非常費解。我再次轉過來，邁開步子走開。

這是一座灰濛濛的、天上金黃的陽光似乎永遠落不到其上空的小縣城，已經斷斷續續拆開的老城牆的縫隙之間拼裝出了一塊塊現代建築，然後一條寬敞到讓人害怕的漆黑的柏油馬路從城市正中捅出來，捅到遠方。但它和一條鮮亮的拉鍊差不多，拉開之後反而露出了裡面的破敗。此刻，我就走在這樣一條破敗的街道上，它的兩旁密密麻麻地布滿了理髮店和小飯館。我摸摸兜裡，那兒裝著這幾年流汗甚至流血的副產品——幾百塊錢。我撩開一家理髮店門上掛著的用紙折成的幸運星串成的簾子，走了進去。逼窄的屋子並不因三面牆上都掛著鏡子而顯出絲毫的寬敞和亮堂，一個灰頭土臉的黃毛丫頭仰著頭流著涎水在破舊的沙發上打著瞌睡，另一個營養不良的小夥子蹲在窗戶下，翻看著一本破舊的雜誌。

「來客人了，來客人了。」小夥子看見我走進來，站起來用手裡的雜誌在黃毛丫頭的頭上敲了幾敲，直敲到她慌張地醒過神站起來。

「大哥，坐坐坐。」小夥子指了指一面鏡子前的椅子。「水洗還是乾洗？」

「我剃光頭，是不是不用洗了？」

「也行也行。不過，不洗也是五塊錢，所以你還不如洗一下呢。」

「算了，五塊就五塊吧。剃完用熱毛巾擦一下就好了。」聽我這麼一說，黃毛丫頭洩氣地又落回沙發上。

「前三十年睡不醒，後三十年睡不著。」小夥子猛地甩過去手裡的雜誌，正打在黃毛丫頭的腦袋上。「去看看翠姐在不在，萬一待會兒客人需要按摩什麼的呢。」

「大哥，你別介意啊，小丫頭片子什麼都不懂，才出來的大哥們都要剃個頭，再找個女人。一來洩洩火，這麼些年，人都能憋壞；二來呢，也把晦氣放掉。這都是應該的。大哥，如果我說錯了，你不要生氣啊。不過看大哥你走進來的樣子，我就知道大哥是真正的男人，是男人才會進去。像我，要讓我進去，早就嚇破膽，死翹翹了，哪裡還熬得到今天。喲，大哥，你頭上有個疤呢，這麼圓這麼小這麼深的彩我還是頭一次看到。大哥，你說，我們這麼小個地方，光是這條街就有這麼多理髮店，生意還怎麼做呀？不過，翠姐沒有什麼說的，你待會兒就看到了，簡直是要啥有啥，哪兒該長哪兒就長得有，哪兒該沒有哪兒就沒有。哎呀，大哥，你的彩頭還真不少，一排排還很整齊。一二三……」

我從鏡子裡看到營養不良的小夥子拿著剃刀的手在一個一個的數著，數著數著，他開始不自然起來，就好像那幾個疤足夠他數幾個小時似的。但他終究還是打破沉默，不能讓場面尷尬起來，好在我感覺到他要看過來時，迅速低下了頭。

「大哥，你這彩頭真好。九，九，九九長壽，咳，咳，九九，九九八十一……」

這時候，簾子撩開了，灰頭土臉的黃毛丫頭先走了進來，走進來就往沙發走去。

「去，去，去，收拾一下屋子，待會兒大哥他們要用。收拾好了再睡你的瞌睡，睡個三天三夜都不管你。」

「算了算了，我去收拾。」我只聽到略微沙啞的聲音，抬起頭時，看到一個翠綠的身影已擦著鏡子的邊走過，走到角落裡，推開一扇小小的我始終沒發現的門，鑽了進去。

「大哥，鬍子刮嗎？」小夥子放下了手裡的剃刀，問我。我鋥亮的腦袋在鏡子裡微微放著銀灰色的光芒，而嘴巴上下的此前一直淺淡的鬍子一下子就被襯托出來，讓我還有些不自在。

「刮了吧。」我說。

稍等一下啊。小夥子轉身拿一個塑料盆從爐子上的水壺裡倒出一些熱騰騰的水，並拿出一塊肥皂和一條毛巾，他用熱毛巾擦了擦我嘴巴周圍，抹上一點肥皂水，再把剃刀往懸在鏡子旁的一條皮帶上嚓嚓嚓刮了幾下，一隻手按著我的臉。我剛剛感覺到，就聽他說：「好了。」

果然，鏡子裡的那個人嘴唇周圍已經沒有了那層淺淺的黑圈。隨後，他又用熱毛巾仔細地給我擦了頭。我看著鏡子裡的自己，就像盯著一張被水洗過的鈔票。

「大哥，要按摩嗎？翠姐的活兒做得很好的，這一帶都非常有名。」我掏錢的時候，小夥子指著角落裡的那個門對我說。「不過，要是你們有這個忌諱的話，也就算了。可一輩子都不按摩一下，多虧啊。」

小夥子說得非常真誠，看來我頭上的戒疤還是讓他有些不知如何是好，以至於慣常的遊說言詞無法通暢說出來。那一瞬間，我想起了秏子，想起秏子在很多夜晚說的話，想起他在自殺前對我們的叮囑。隨這個回憶出現的，是秏子那張幾乎被我忘記得一乾二淨的臉。

「坐吧，坐床上來。」翠姐說。沒想到，小小的門背後居然別有洞天，這間屋子比起外面的房子可謂整潔甚至有點奢靡。儘管主體部分是一張大床，但精緻的床頭櫃、台燈以及一台飲水機，都讓整間屋子與理髮店格格不入，尤為特殊的是，屋子的一角用玻璃隔出來了一個盥洗室，透過玻璃都能看見一口巨大的，足以容納兩個人的白色浴缸。

「要先洗澡嗎？一個人兩個人都行。按小時算錢，怎麼玩就看你的喜好了。」我走過去，在床的一角坐下。翠姐走了上來，半跪在我身前，準備解我襯衣上的鈕扣。

「先脫你的衣服。」我止住她。

翠姐大方地站起來，脫了自己的衣服，不過在脫內褲的時候，她還是稍稍側過了身子。

我讓翠姐在我旁邊躺下來，我就那樣看著她。後來我的雙手放在了她的胸脯上。再後來，我睡著了。我有好多年都沒有睡得那麼沉，那麼平靜了。我醒的時候，翠姐曲腿靠坐在床上，抽著菸。我下了床，從口袋裡摸出早上拿到的幾百元錢。「我該給你多少錢？」

「給我講講你的事吧。」翠姐沒拿錢。

「沒有什麼可講的。從我記得事情起，就在路上走了。有一天走著走著，就出了家。後來殺了兩個人，就進去了。今天剛出來。」

「接下來去哪兒？」

「這個縣城哪兒有書店？我的一個朋友讓我給他死去的外婆念幾遍〈往生咒〉，我根本不會，但我又沒法通知他。要是能買到一本，幫他了了願。」

「我帶你去。」翠姐從我手裡抽走一張一百元的鈔票，跳下床，穿上衣服，把錢揣起來。這時候我才發覺，她長得挺好看的。

書店緊挨著一家拉麵館，因而整個店內都飄溢著一股結實的、稍微有點腥的味道。小小的書店只有三排架子，兩排架子上都擺滿了封面鮮豔的學生用書，另一排架子上分堆擱著大大小小的圖書，書架上還貼著幾張搖搖欲墜的紙張，上面寫著類別。我在這一排架子上逐本翻過，除了一本頁邊已經翻捲的《中國佛教史》外，沒有任何相關的圖書，更別說往生咒了。

「你找什麼書？」有著一張蠟黃臉，瘦而高的店員問我。也許是我的腦袋過於招眼，也許是她和翠姐相熟，也許是冷清的店裡好不容易來了一個顧客，從我們進來的時候，她就一直跟著我們。一面和翠姐不停地說著話，一面注視著我的舉動。

「姚姐，你這兒會有一本，一本叫作〈往生咒〉的書嗎？」翠姐問。

「嗨，早說嘛，早說就不這麼費事了。」姚姐說完，就往回走。我和翠姐跟到面前，看著她在櫃台後彎下腰，先是拉出散落著幾張小額鈔票和一些白晃晃硬幣的抽屜，然後掏出來一本拿牛皮紙包得扎扎實實的書。打開書，我看到扉頁上寫著《在家教徒必讀經典》的名字，是一個什麼法師編的。再看目錄，附錄裡收錄了〈往生咒〉。

「是你要找的東西嗎？」姚姐推回抽屜，問我。我點了點頭。

「平時就守著這個小書店，沒有什麼人來，也沒有什麼事幹。有一次去省城親戚家，跟著她聽了一些法師們講經，回來後自己也念一念。算是積點功德，也找點事情做。不過，家裡人說，作為國家單位的職工，不能在公開場合看一些這樣的東西。所以收起來了。」

「這附近有複印機嗎？」我問。姚姐和翠姐互相看了看，一起搖了搖頭。

「沒關係，我給你抄一份吧。反正也就這麼百十來個字。也算積了一點功德。」翠姐管姚姐要過紙和筆，俯下身在櫃台上抄寫起來。她的字寫得並不好看，但還算清楚，此外，可能對此也有自知，所以翠姐也極力寫得很慢，把一筆一畫描清楚。而一些不認識的字，則像是用火柴棍擺一樣，規規整整。

「我在家讀這本書的時候，有些地方不是很懂，你一會兒能給我講一下嗎？」姚姐問。

「如果是字面意思，你可以查一下字典。更多的東西，我也難以講明白。先讀你能夠懂的地方吧。」我有些驚慌，想了很久，只能這樣回答。

「你準備去哪裡？」

「先回原來的地方看一看，接下來的事情到時候再說吧。大概是在這個地方。」我看見店裡掛了一張中國地圖，找了很久，才大致找到僧侶集市可能在的範圍，指給姚姐看。

「不近。可能要坐去省城的汽車，然後再從省城坐火車過去。坐了火車是不是就能直接到，就只能到時候看情況了。」姚姐說。

「好了，抄好了。」翠姐站起來，遞給我一張紙。我接過來，準備放在衣兜裡。

「我看一下。」姚姐說，她伸手拿過紙，對照著書看起來。「可不能有錯，要有錯字，念錯了，說不定就耽誤別人了。」

「我跟你一起走，怎麼樣？」翠姐說。我們站在縣城的一條大道旁，等著通往省城的客車，大道的另一邊是一座院牆低矮樓宇高大的學校，一些孩子在學校的鐵門後面嬉戲，身影匆促地跑來跑去。「不要以為我是想跟著你啊，我只是覺得整天在這麼個小城市裡躺下去站起來沒什麼意思，也不累，也掙不了多少錢，也見不了什麼世面。以前一直沒有想出去的念頭，剛才抄寫的時候，突然想了。算是和你結伴而行，到了什麼地方，我不想走了，就停下來。反正掙點錢也沒什麼問題，大不了回來嘛。你說呢？」

翠姐說完，咯咯笑起來。

「一個賣的，和一個和尚結伴，知道的人還不知道怎麼想呢。你不介意吧？」

來自月球的黏稠雨液

一

應該從那部電影開始報告。也許。

那天是我實習的第一百五十二天，也是我們監視江教授的第一百五十二天。沒錯，每一個實習生都準確記得實習的天數，因為這是一種倒數。起初，我們還有些興奮，對匱乏社會有著十足的新鮮感，不過這種勁頭很快在日復一日地重複中消耗殆盡，更重要的是，隨著時間推移，匱乏所顯示的威力日益強大。過不了多久[1]，每一個實習生都被唯一的念頭主導：回到豐裕社會。當然，這是溫習〈實習守則〉的好時候，早前背熟的條款只有進入具體情境，才生動、實在，具

1 指導員注：根據以往報告，實習生適應或者說能開始忍受匱乏社會的時間大多為十二天。最近一位突破十天的，是現任協會祕書處第三祕書的姜維，適應時間為八天。

審查員注：此條注解內容沒有必要，建議設置閱讀權限，七級會員以上方可讀到。

備邊界。

江教授來自東十三區，他個子不高，滿頭乾淨的白髮每二十天理一次，常年保持著板寸的髮型，讓他一副白髮青年的模樣。江教授腰板挺得很直，舉止間充滿審慎與自尊，待人接物時還飽含一種冷漠的謙和。這樣一個老頭，除了早晚兩次例行散步外，整日都待在他的八平米房間裡，實在令人難以相信會是匱乏社會的精神領袖之一。另一方面，當我們逐漸意識到，在匱乏社會，一個帶有獨立衛生間的八平米房間意味著什麼的時候，我們不得不相信，這個沉默的老頭非比尋常。

說是監視江教授，不如說我們的生活就是咀嚼匱乏社會的本質——枯燥乏味，這提升了我們的想像力，對豐裕社會的回憶總是帶著想像的甘甜。按照協會的要求，有價值地度過實習期，完成一份有價值的報告，永久回到豐裕社會——這是咀嚼後的決心，是枯燥乏味的回味。這回味歷久彌醇，但時間還得一天一天過。按照要求，我們四名實習生分別與原有的四名工作人員，組成四個小組，輪流執行任務，每一次八個小時。這意味著，我們每工作一次，就能休息一整天。

過了二十八天，我們才找到處理休息日的方法，從習慣中慢慢挖掘出樂趣。一開始，休息時間對我們是折磨，沒有任何娛樂，沒有任何可以打發時間的事情。除了互相說話，還能做什麼呢？可說話和記憶一樣讓人害怕，出口的每一句話，每一個名詞、動詞，乃至於虛詞，都是一個下拉菜單，琳琅羅列著豐裕社會影像般清晰的細節，可望不可即。那個階段，時間還沒有呈現它純粹的一面，還沒有像粗糙的沙粒那樣撒在我們身上，鑲嵌進我們的皮膚，睡覺、行走、吃飯⋯⋯無論何時，只要你意識清楚，不，時間都沒有呈現出它的均勻、粗糙、愚蠢。[2]

監視江教授這件事情本身沒有什麼趣味，作為被觀看者，江教授承擔不了任何可供移情的角色，他只充當只提供視覺的容納器，廣漠戈壁上的一個凹陷或者凸起。不，這麼說依然把他的角色浪漫化了，更直白一點兒——我只能盡力描述感受，無法承諾也無法保證準確——江教授是根釘子，釘在牆上，空蕩蕩的牆，不潔白如新不黴跡斑斑沒有壁紙沒有裂縫的牆，摘除任何想像力與想像力著力點的牆，這麼一堵牆上，有這麼一顆釘子。如此，你的目光不掛在它上面，還能掛在哪裡？

就是這樣，看江教授的八個小時掛上了之後休息的二十四小時，是兩個人各二十四小時。我相信，完全可以往上面掛得更多，完全可以把整個豐裕社會，把整個人類社會的二十四小時掛在上面，這顆釘都不會顫一顫，都不會增加它承受的重量多一克。匱乏承受豐富，一條被檢驗被證實的真理。[3]

2 指導員注：此處語句矛盾、意思含混，不過並不影響基本的理解。

3 指導員注：報告者此處的情緒沒有克制，做出的判斷也過於荒謬，這樣的語句對將來閱讀此報告的年輕人容易產生不良影響。建議此處進行相應處理，如果可能，請求刪除此句，或者此段。

有誰知道江教授限囿自己於八平米的房間，如何消耗這些時間？難以確定。他總是在幾張紙上寫寫劃劃，有時候還折疊個沒完。上面究竟有什麼內容？這是我們最初的好奇心所在，是釘子帽。先在的四名工作人員及時潑了冷水，挫平了一線希望之光。「我們奉命監視江教授，也奉命不能打擾他的生活，不能進入他的房間，不能做進一步了解。」概括些說，「我們監視江教授所有的生活表象，並將一切匯報上去。沒有命令，絕對不允許沿此深入。」

艱難的自我鬥爭。江教授攤開紙張，再次塗寫時，你只需要調整其中一個鏡頭的位置、拉近放大，就能謎底揭曉、真相大白。硬挺強挨實習初期的人，有誰沒被這類念頭焚燒？步驟一，支開同組的工作人員或趁其不備，右手處理電腦，調整鏡頭；步驟二，放大鏡頭對準紙張，好奇心釋放與滿足；步驟三，拍下來，留作日後祕藏。更甜蜜方法：說服同組的工作人員，說服不同小組成員，共謀共享。祕密與陰謀，如果只能在燈光背面，樂趣喪失，了無滋味。慢，往回退。三個步驟，熾熱念頭焚燒的前輩，你們在等什麼？慢，再往回退。幾張紙，寫寫劃劃。為什麼要搞清楚上面是什麼？哈，不是一顆釘子，茂密茁壯的釘子森林。懸想不挨近，萬物可懸掛。表象即深入。淺顯辯證法也不是人人能參透。

就是這樣。我們挨過了最艱難的初始階段。那休息的二十四小時，用途漸次展開，找到了去處。不是誰都有幸進入匱乏社會——哦，不，沒有絲毫反諷。沒有誰希望三十五歲之後被流放到匱乏社會，在此之前，的確是有幸。展開是觀看的邀請，是「來」的指令。匱乏也需要認知，何況是匱乏社會。雙重悖論，展開與認知本就超越匱乏。匱乏而成社會，照見人類固有的思維陋習：模擬與擬象。推敲詞語，這是唯一能夠導向的結論。就組織形態而言，幻覺製造器，流放地想像樂園，具體而微、因陋就簡的模仿。匱乏社會與豐裕社會如出一轍，嚮往超結構穩定。統治本來就不需要過多的想像力。[4]

這是報告，不是學術論文，概念演繹與扯淡到此結束。說我們如何使用工作之餘的二十四小時。沒有誰規定，實習生不能離開劃定的範圍，只能無頭蒼蠅樣圍繞限定時間空間旋轉。可以猜

4 審查員注：實習初期，大多數實習生由於觀感衝擊，都會玩一些憤世嫉俗的語言遊戲。根據《豐裕社會維持原則》，不能對報告進行增刪修改。不過建議考慮根據查詢者的年齡與身分，對本處或本報告其他類似地方進行閱覽權限設置。
指導員注：這一句的意思不明朗。「統治」不知道是否為報告者生造？查遍詞典都未見到收錄。假如「統治」意思與我們所用的「管理」相近，這句話將不可饒恕。
審查員注：新文明時期，「統治」概念及其所指就已消亡，協會作為暫時機構，只是受委託，根據《豐裕社會維持原則》，根據大多數意願進行管理。「統治」作為生僻詞也早已經被從詞典清除。這裡的要害不是這句話，而是報告者從何知道這樣一個死詞？從他對這個詞語的運用來看，顯然完全掌握其含義與用法。建議依據整個事件的調查結果，判定這個詞語的汙染源。如證實來自報告者的豐裕社會教育與經歷，則需再一次根據《原則》啟動「第三淨化方案」了。

測，協會希望實習生能夠走出去，了解感受匱乏社會，報告的價值在此。[5]實習第十八天，視線從江教授的房間轉移後，我提出要去外面走走看看。查閱〈實習守則〉，並無類似情景獲批流程示意，僅建議「依據內心對豐裕社會價值的認識及行為是否與匱乏社會的沿襲相悖」。「提出」不是「陳述」是邀請與說服，除王二要接替我監視江教授，張三、李四二人都欣然接受，原本監視江教授的幾位工作人員對此興趣缺乏。

「實在沒有什麼可看的。」原話如此。

「毫無益處，只會增加對豐裕社會的渴念。」原話同樣如此。

現在明白，他們的拒絕與冷淡是因為身分不同。無論如何，我們都只是實習生，是匱乏社會匆匆過客，終將返回的前景——「終將」誇張了時間的可忍受性，一百八十天而已，即使在當時，也能數得清。按我的理解，實習近乎匱乏社會免疫力的獲得。實習過後，誰還會讓自己沉淪到真的被流放過去？[6]——終將返回的前景塗抹實習以色彩，實習生們認為這屬於觀光，是能夠享受的觀光。終身滯留那邊的他們當然缺乏觀光所需的平和心態、獵奇眼光。這是現在所明白的。在現場，那兩句話只讓我認定他們僵化。

也好，都是實習生，更無拘束，也更多未知的刺激。事實上，我們很快認清，所謂刺激只是虛構。目力所及處，全是沙漠、沙漠、沙漠，乾燥、乾燥、乾燥、乾燥——這是所有的定義。統一樣式的棚屋與鐵皮屋猶如經過「複製」、「黏貼」的簡單處理，密密匝匝落在沙漠上，鱗次櫛比蔓延向遠方。少量的木板房則如同雜草，找準每一個空隙，橫安斜放地支楞在那裡。不管是棚屋、鐵皮屋還是木板房，我們所能見到的可以遮擋陽光的空間裡，都擠滿了人。他們目光呆滯如死屍，渾身軟塌塌地隨便倚靠在什麼地方，等待下一次食品與飲水的供應，估計火焰炙燒也改變不了他們倚靠的姿勢。很難見到有人離開房屋，錯過一次供應意味著十二小時的漫長等待是主因，看厭而至於看無可看恐怕是更大內因。這讓哐噹哐噹響著搖過大街的破爛公交車更像是陽光下的幽靈。

對，陽光不缺乏。陽光供大於求。陽光毫無理性地傾瀉。沒有溫情成分的聯想，直接是烈火兜頭傾倒，躲無可躲，讓無可讓，只能以血肉之軀迎接承受。陽光榨乾一切水的可能承載與容納，乾燥生根入髓。走在街上，目睹處處升騰如汽之光，讓我燥熱欲狂、渾身顫哆。

5 指導員注：自鳴得意也就罷了，忖度協會的意思，違背《原則》第八條第三款，這份報告還有繼續閱讀必要否？建議對該實習生提出警告。

審查員注：如其名稱所示，《原則》目的「維持豐裕社會」。本段雖忖度協會意圖，然所涉為匱乏社會，《原則》並不適用。且猜測具有洞見，不妨看完報告全文再來評定此段文字。

6 指導員注：迄今確乎沒有實習生再墮落到匱乏社會者，這也是協會對豐裕社會未來可能管理者的保護吧。此說有理有力，可以視作報告者道德感與判斷力的正常回歸。上一個判斷過於粗率，在此收回。

審查員注：並非如此。不過可以視作沒有。

張三最先退縮，他推導出我和李四都認可的結論——各處雷同，繼續下去不過是重複，其意義最多也就是量與規模。乾燥與陽光同樣對於我們體內儲備的水分與能量提出考驗，當然，我們出門時有攜帶壓縮解渴劑，但是張三有所畏懼地說：「看看這些沉默不語的男人，他們沉默不語，他們依然是男人。如果知道我們是實習生，是觀光客，他們不會撕碎我們嗎？協會有足夠細膩與令人恐懼的措施，懲罰違規流放者，可這能抵消撕碎豐裕社會的人引發的快感嗎？抵消不了萬一！」

最後這句話，嘶吼出來的。事實上，那一刻我的感受很奇特，張三的描述沒有觸動我，他的表現刺激了我。他不是在商量、說服，他是在乞求，乾燥與陽光蒸發了他的平等身分與意識，他把我放到了領導者的位置。氛圍與感受都很微妙，不知道是否違反了〈實習守則〉乃至《原則》，如果有，協會也會因為我的被動及微妙之微乎其微而諒解我吧。

一面請求諒解一面繼續為惡是人的本性吧？毋寧說，請求諒解是繼續為惡的催情劑。我意識到張三把我放在了不恰當的位置，卻貪戀不恰當的刺激。領導者的角色與權威必須深化。

我拒絕了張三的乞求，並非直接。李四的猶豫與不甘及時被我捕捉，王二之後該張三值班，之後才是李四，他還有十六個小時。張三的描述讓李四心生畏懼，好不容易出來卻要立即回去又撕咬這份畏懼。我看看太陽，老道地說：「我們剛出來半個小時，現在就回去？決心不是白下了嗎？我敢保證，回去咱們誰都睡不著，都要搞清楚蔓延的房屋與沙漠遠處是什麼。那時可沒有後悔藥片。」

比之妥協，一味強硬更是愚蠢，張三得到寬慰會完成李四的傾斜。「我們可以換個方式，不再徒勞地走下去，下一輛車來就攔下上去。提高效率，有限時間內走得更遠。也有遮擋，陽光不直接照在身上，適當保護水分。服用壓縮解渴劑，也不那麼明目張膽，引人注目。」

李四贊同，張三也滿意，他還用「早點說嘛，我就不用擔心了」這句廢話進行奉承，明確主從關係。7

下一輛公交車很快到來。剛才說過這些幽靈一樣哐噹響的公交車，等到上了車，你的第一個念頭一定是，「幽靈」這個詞太過溢美了，或者可以說，「幽靈」這個詞的內涵擴大了。窮酸、破爛、陳舊、骯髒……糟糕一詞以及能夠與這個詞相互關聯相互闡釋的詞語，都觸及了這輛公交車，觸及而已，它們依舊具有詞語被提及時的輕飄，依舊啃不到這輛車的車廂裡面。你只能用「有必要這麼做作嗎？」這樣的疑問來填平這輛車狀況的糟糕與差勁。有什麼辦法？即使如此，我們也只能以它為馬了。又一輪平衡與塗抹吧，沒有這樣的車，目睹沒有變化的貧瘠城市會讓人

7 指導員注：此處描述應屬誇大，對張三也過於漫畫化。報告者是要用這種方式來證明自己對整個事件的引導作用嗎？協會確立了「自立」「平等」原則，教育界對此原則始終如一地堅持與貫徹，張三怎麼可能如此迅速地尋求「主從關係」？

發瘋。

車裡有人。司機一臉的絡腮鬍子，和所有公交車司機一樣光著膀子，不一樣的是他乾癟的身體，瘦到見骨，襯托得一臉的鬍子長勢茂盛的灌木樣。轉動方向盤的力氣從何而來？踩下剎車的判斷力源生何處？下車時，謎團也沒有解開。車裡有人，指的是司機之外的人。身體佝僂、皺紋密布，身體瘦到變形，都是衰老已盛、死之將至的表徵，他卻依然在車廂裡走來走去，忙來忙去，舉起右手在車廂壁畫個不停。四壁光禿，座椅搖晃，刺剜耳目的強光，疊在一起堵住了我們，很久我們才注意到他。可他一直盯著我們，一邊忙活一邊盯著我們。

「實習生，你們上這個車幹什麼？」我們注意力都降落在他身上，他才咧嘴笑，我們在匱乏社會第一次見到的笑容。就是笑，單純的動作，沒有複雜意味。笑完問。這問話嚇了我們一跳。

「你怎麼知道我們是實習生？」張三以反問招認。

「你們兩個，也不必這麼看他。誰都看得出來你們是實習生。否認沒有什麼意思，不是沒有什麼好處，是沒有什麼意思。你們看，你們相互看看，看你們的身體，看看我們的身體，司機的，我的。屋子裡那些人的。他們瘦、黑，沒有一處多餘的肉，只有不足。你們不胖，你們更不瘦，像我們這樣的瘦。」

「我們也有可能是新流放過來的。年過三十五，找不到媳婦，成不了家，不適合豐裕社會的延續需要，成了多出來的男人，流放至此。」我意不在辯解，只是想弄明白。

「哈！二十歲冒充三十五歲，演技呢？光有演技也還不行呢！這裡最發達的產業就是整容，很多人都要整成小於三十五歲，保留對豐裕社會的控訴，撒嬌述說冤屈。可又有誰能夠整成二十歲的模樣，眼神和動作可以模仿，身上散發的氣息是退不回去的。」一副閱人無數的篤定與狡黠。

「整容？最發達的產業？」李四大為震驚，不妨礙他敏銳地抓取出有用信息，「你是說匱乏社會有著完整的活動與生活？我的意思是，這裡的人們依舊幹不同的工作，掙不同的工資嗎？他們依然以種種因素為彼此劃分高低，判別貴賤嗎？」

「多新鮮啊！這裡物質匱乏，可仍然是社會。不然誰來養活這裡無數的人口？誰來推動這個匱乏的社會運轉下去？你因為豐裕社會每天定時提供的兩頓吃食就足夠讓這些男人們心平氣和地活下去，幹下去？」分不清老人是驚奇還是不屑。他點到為止，轉身忙活起剛才的事情，沒有繼續下去的意思。疑問的泡沫填滿了張三的嘴，他大張開它，隨時準備吐出來一團。我用目光阻止他，讓他吞回了這些泡沫。這是個什麼樣的人？他為什麼會在車上？難以明確。可以確定的是他剛才的話。那像是常識，我們初到匱乏社會，這裡的匱乏程度，迥異於豐裕社會的生活方式——此刻回想，談不上迥異，陽光下依靠某處發呆和坐在生態屋裡對著屏幕忙碌，二者間有那麼大差異嗎？異曲同工。殊途同歸。[8]——蒙蔽了我們，使得我們忽視基本常識。匱乏社會如何運轉暫

8　指導員注：質疑匱乏社會，同時質疑豐裕社會，最終將兩者相提並論，報告者呈現出來的思維混亂、立場混亂讓人震驚。

且不論，「整容」一說的確解釋了為什麼不久前的半小時行走，我們見到的都是三十五歲以下的面孔。那些完全倚靠某處，看來只為下一次供應而活的男人，有時間有精力（還要有金錢？）去整容，整容也只是為了保留年輕面容，以對豐裕社會進行撒嬌式控訴？稍稍偏離了常識。也能解釋得通。追認合理性總是更為容易。

放下玄想。先弄清楚老人在做什麼吧。——慢，這個地方漏下了什麼。算了，回頭再想吧。我們跟從老人，看他伸出雙手在車廂壁、座椅，偶爾還有車廂地板，可能搆得著的地方，他都不斷地摩挲。尋找什麼？確認什麼？我們三人互相看了看，看到彼此的嘴裡填滿疑問的泡沫。匱乏社會的先知？我只能想到這麼遠了。威儀不具備。神祕倒類似。

嘿。是有顏色的。泡沫破裂。我們三人注意到了車廂裡面是有顏色的，灰黑為主，深淺不一的顏色。老人摸索的雙手如同行動緩慢的蝸牛，沿途留下灰黑色黏液。我遲遲不敢確定那些黏液是他的血液，到現在仍然難以確定，離那一場景的時空坐標越遠，越難以確定。他摸索的雙手是在以血液塗抹，這是當時我（我們？從未和張三、李四核對過，那像是一塊隱痛，我們沒有交流過，沒有談論過。不敢觸及。也許他們的報告會有所涉及。[9]）的直覺。

察覺到此，我以整體的目光觀看車廂內部的畫面，過於強烈的陽光反而讓一切晦暗，灰黑色草灰蛇線、隱約跳蕩，輪廓能夠把握。一幅壁畫，一家人的聚餐，三口之家，舊文明社會常見的聖家庭構圖，原始想像，自然豐沛。父親威嚴，母親慈愛，稚子歡快。比例並不得當，三口之家占據了畫面的大部分，父親母親分據一面車廂壁，孩子占據車廂地板，餘下捉襟見肘的空間裡塞滿植物，樹與藤蔓、草與花朵，插進動物，牛羊、飛鳥、游魚、蟲豸。滿滿當當又不擁擠，不是車廂空間營造的錯覺，是畫面內在，人與物，生命與石頭，都不緊張，都只是在了該在的位置，比例失當不是失手，是再次安排，是用應然的篩子篩選而成就。這畫面的從容、安定、自在，凝聚又安放，提神又輕鬆，這感受我在念茲在茲的豐裕社會都無有體會。身在車廂也讓人身在畫內，惟願不停留。

我這樣如痴如怔，公交車開往何處，中間是否停駐渾然忘記。目光、心神、身體，都隨老人的手指運行，塗抹。我勻不出點滴精力關注張三、李四，我只聽從老人的指引，我看到了另外有光，不是匱乏社會粗糙野蠻的光，不是豐裕社會甜膩飄浮的光，是迎接與引渡的光。那像是回憶的猛然翻身。[10]

審查員注：慣常的懷疑，尋找同類項、歸納整理，這是人類思考的皮相，沒有什麼好驚慌的。如果一屆實習中連一次這樣的懷疑都產生不了，協會的發展，豐裕社會的維持有什麼人可以寄託？

9 審查員注：提請理事會議參考張三報告第二頁、李四報告第十八頁，兩人都觸及了這件事情，都有噩夢般的表述。對照另兩份報告可知，報告者在本報告中有所隱瞞，對此，提請理事會議予以適當懲戒。

10 指導員注：好一番潛意識夢境。好一句「甜膩漂浮」的評語。報告者看到的另外一陣力，一隻手，一陣搖晃。我定了定神，目光從壁畫裡拔出來，掃過四周。張三、李四困惑的目光靠上來，又退開去。

「怎麼啦？」我問。

「正想問你呢。不言不語，也搞不清楚究竟為什麼發呆。」李四說。

那個老人停止了摸索，身子斜斜地挨在公交車後門上。車廂三面的壁畫還在，圖案仍舊辨認得出，不過再怎麼看，剛才的感覺都消遁無形。再定定神，畫面的笨拙撲面而來。車外面，陽光不依不饒沒完沒了地潑過大街，車輪一路揚起滾燙的沙子。大街兩邊同樣不依不饒沒完沒了，貼滿了黏滿了一排排房屋。往遠處比較，房屋綿延不盡無休無止，隱約的起伏證明了我們沒有陷身出發地的夢魘，實實在在地離開了不近的距離。

「我們得回去了。不然我交不了班啦！」不準時交接班是實習大忌，可能影響協會如何安排你的將來，張三有理由著急。他也並不過於慌張，我由此也能判斷我們離開得並不算太遠。

「回去啊！現在就走。你們從中門下吧，我去後門問問那個老人家，這裡是哪裡。下次咱們有機會接著往前走。」我邊走邊說，後面的話也許他們就聽不真切了。巧合的是，老人家也掀動了後門的鈴鐺，示意下車。

司機停下車，車門老態畢現地吱嘎張開，老人跌了下去。我跟上拽住了他，免得他摔在地上。

「實習生，你們還沒有走啊？」老人居然比我更吃驚。

「馬上走。老人家，我想問問你，你什麼時候到這兒來的？」張三、李四也下了車，他們懶得動彈，站在下車的地方看著我。我需要壓低聲音，我沒有時間兜圈子。

「什麼？你是說被流放到匱乏社會來？我今天七十八，你自己算吧。」老人可不管我，大聲得很。張三、李四聽見了，那反應像沒聽見一樣。奇怪，我在掩藏什麼？我有什麼不想被別人聽見的嗎？真是難以理解的想法，我好像要擁有，已經擁有，一個祕密似的。不行，這一點必須寫在報告裡。如實向協會報告，同時也請協會給予指導，分析這種心態源出何處。[11]

的光是什麼？是為前文明社會招魂嗎？「聖家庭」的詞彙絕非出自本指導員，這一點懇請協會務必調查明確。

審查員注：張三、李四二人的報告未曾提及壁畫，只是說「老人奇怪地用血在車廂裡面塗抹，他的血液也奇怪地呈黑灰色」。此處的感受與聯想，雖未被徹底禁絕，但根據《原則》第二條第一款，「為節約資源，不鼓勵一切煽情言行」，再次提請對本報告將來的查閱進行權限設置。另外，建議協會以適當方式查清公交車上是否確有壁畫。藝術，不管多麼拙劣，都是豐裕社會的違禁品，更是匱乏社會的致命丸，絕對不能允許它的存在。

11 指導員注：此處應為真實表露。無論如何，實習生對協會的信任與依賴仍然讓人感動。

審查員注：「對擁有祕密的渴望」——此處不失為可以進行充分分析的有效案

「你剛才畫的是什麼？是你們一家嗎？」這次我沒有壓低聲音，同樣沒有時間兜圈子。

「我爸我媽，我。唉，老咯，不記得他們長什麼模樣了，不記得畫的是哪兒了，可就有那麼一幅圖總掛在腦子裡去不掉，我就出來坐車，畫到車上去，車能載它到處跑。」老人說。說完不再理我，轉身走開。他蹣跚的步子一拐一拐走到路邊的一個棚屋裡，沒有回頭看我，沒有回頭道別。

如果他不走開，我還會問下去。我也許會問，你爸你媽現在還在嗎？答案基本上可以想見。我也許會問，就這樣被流放，你甘心嗎？——我真的有勇氣問出這樣的問題？——他應該會給出我們熟悉的答案吧？為了整個人類的存續，為了父母晚年的幸福，不在乎犧牲自己。女人們那麼高貴、那麼稀少，過了三十五自己仍然單身，被流放理所當然。

也許，我只會再問他最後一個問題，我問他，回去的公交車在哪裡趕？

二

再次出門深入匱乏社會，是三十三天之後。在此期間，我和張三、李四，我們三人誰都沒有提起之前那一趟乾燥的出行，那就像是白熱陽光下各自的迷幻，難以確定，無法也不能相互打探。王二依稀感知我們有什麼事情瞞著他，卻也沒有追問與了解的興致——是啊，如此匱乏的生活，好奇心也會匱乏。

公交車裡畫壁畫的老人那幾句零散的話，焦點失準的冷嘲，在我心中激起的熱情仍然沒有完全退散。如果有產業，一定就有不同層面的配合與配件，組織形態、運轉流程、層級分屬……豐裕社會所習見的一切都會附著其上，如果真的有這些，那一定是可以搞清楚的，如果搞清楚它們，如果實習報告立足於此，那我可能真的發現了豐裕社會一直忽視的東西，這次實習這份報告也就具備了即使微弱卻也實在的價值。[12]

我承認，虛榮是第二次出行的驅動力。獨自出行而沒有勸說王二、張三、李四加入，有單獨行動帶來的想像刺激，有自己能夠解決問題的自我放大，有對他人尤其是張三的輕微厭惡——那次回來後，張三也意識到自己表現出來的臣服意識與行為，虛弱衍生尷尬，尷尬衍生做作，做作讓我厭惡——必須說出來，虛榮之外，還有類似《原則》禁止的「煽情」湧動內心。老人的壁畫張三、李四視若無睹，老人的話語他們聽而不聞，這讓我心生孤獨。既然如此，我為什麼不乾脆撇開他們，獨自行動呢？是這樣。計畫第二次出行時，我心裡扎滿了驕傲、孤獨、傷感這些甜蜜的

例，對於個體在變化環境下心理機制的變化與運作研究都有很好的參考價值。

12 指導員注：回溯讓這些話語難以分辨。當時的真實想法？事後追加的大義？存疑。

審查員注：這類事情，結果仍為判斷首要條件。不必強行分辨報告者的動機，不過此處的解釋也說得通。

刺、柔軟的刺，我不願意拔出它們，我要用行動來輕撫它們。

是這樣。現在，我明瞭《原則》禁止煽情情緒存在的原因，它們就是扎得人舒服的刺，一旦扎進去，你只祈望它能扎得更深。它完全圍繞自我的甜蜜痛苦與柔軟粗暴鼓動人推動人魅惑人吞沒人，誰能喊一聲停下來?!誰能伸出手拔出來?!誰負擔得起拔出它留下的孔眼?!我就是在這一根刺的作用下，邁出了第二次的步子，我任憑它我乞求它扎得深一點，再深一點。[13]

煽情迷糊了我的心，煽情也清醒我的腦。諸般情緒泛溢，我行動越發謹慎。狂熱的謹慎。我要條分縷析。不同於我們寄身之地的匱乏社會，不一樣的匱乏社會，本質的匱乏社會，如果有，它在哪裡?如果有，如何抵達?時間如何測量，如何估算?監視這一正事絕對不能耽誤，萬分之一秒都不行，不是懲罰高懸恐懼使然，我的尊嚴、我作為一個豐裕社會種子的心理訴求都不允許。如果抵達，準備幾套預案能夠應對可能出現的意外與突發?思慮所及，給出解答必須前置於行動。

腳踏實地，清除這個詞所有比喻與引申層面的意義，就是我要的。我走出監視的小樓，雙腳踏在匱乏社會實在的土地上，移動腳步摸清周圍的底，確定下一次遠足的方向。失望隨之而來，我的時間可謂充足，行動也可謂自由，收穫只能說烏有。從哪個方向看，往哪個方向走，都只是複製黏貼的沙地上的建築。那些幾層小樓，那些棚屋鐵皮屋，那些雜亂的木板房，那些耀眼陽光，暈染得那些坐著靠著躺著的人如此的生命黯淡、氣息微弱。那些準時響起發出指令的廣播，那些定時定量的供應，在在印證了豐裕社會向我們的描述——「匱乏社會是自生自滅的終點站。是人類文明整體瀕危時的自我清理措施。」

當然，這時候我對這些畫面不再是簡單的觸目驚心，甚至任憑懷疑的陰雲漂浮於這些陽光燎烤的人與物。想到它們背後有另一層存在，不免對這些假象心生鄙夷，你看，就是這樣迅速與輕飄，一念之間，就轉換顛倒了感受與判斷。話說回來，不如此斷言，我又如何能夠忍受這匱乏的一再重複與無限延伸？我又坐過幾次公交車，往不同方向乘坐，沿途仍舊是高低錯落的重複，仍舊是孤零零的大仙人掌。我儘量充分利用時間，幾乎坐上十二個小時再往回走。沒有幾次我就發現這種行走是噩夢，無論哪個方向，都目睹了重複，這深度擦傷記憶，製造幻覺。

一個想法的輪廓在腦子裡浮現，我猶豫是否應該賭一次，來清晰它勘驗它。值完下一次班，我索性坐上一趟公交車，遺忘時間概念，聽之任之，看它能把我帶到哪裡。現實快捷得我來不及感慨，二十小時不到，汽車就轉回了我離開的監控小樓。兜圈子，我的想法得以證實。如果你從來沒有進入匱乏社會——顯然，這是每個豐裕社會的正常人都要竭力避免，也是大多數豐裕人必然不會有的經歷——你大概理解不了我不斷提到匱乏社會的重複性。必須感謝協會，在我們出

13 指導員注：以煽情的方式反煽情。詭辯還是懺悔？

審查員注：煽情是豐裕社會的大敵，對豐裕社會的基石有動搖之能，煽情又最難明辨與抵擋。——這段話即是又一例。

發前，讓我們吃下的定向膠囊，它總是讓我們在千篇一律的情景中毫無偏差地回到出發地。扯遠了。我利用不同時間，換乘不同公交車，每次都能夠回到出發地。我不相信自己走遍了匱乏社會，我認為自己進入了某種設計。

如何確定這些公交車會窮盡匱乏社會的領土？如果我乘坐的公交車只是在這片區域裡面兜轉，我當然也只能出入這片區域。不管怎麼說，按照我們接受的新文明教育，匱乏社會的廣闊都遠不是一輛破舊公交車能夠在一天時間裡走遍。念及此，好多次我在公交車上都東張西望，指望一縷靈光乍現，指示出一條通往另一片區域的道路。沒有。前後走了十次，我已經畫出了所在匱乏社會的交通圖，它們周延地連成一片，自足自立，找不到可以出去的縫隙與缺口。——這當然是悖論，它取消了我們出現在這裡的邏輯起點。除非，我們出生在這裡，變化的只是記憶。

不是一點收穫沒有。每一輛公交車的車廂與地板都有圖案可辨、色彩灰暗的壁畫，內容相仿，風格相同，一家三口以舊文明社會的聖家庭結構出現在不同場景。這些顯然出自同一人的壁畫，有時候吸納我讓我沉墮，有時候拒絕我毫無感應。畫幅的數量與畫面的面積足以擊潰它們由那個老人用鮮血繪就的斷言，可如果不是，又是誰又是什麼呢？我試圖從司機哪裡找到答案，至少發現蛛絲馬跡，可司機一個個不明所以的樣子，實在沒辦法交談下去。這些圖案一定有深意，只要找到進入的方法。面對那一張張呆滯到近乎反諷的面孔，我每每如此自勉。

我沒有糾纏於神聖家庭結構的可能天啟，畢竟眼下最迫切的是弄清楚匱乏社會的邊界，深入其中一探究竟。司機問不出來什麼，也許其他路人可以提供驚喜。我抱著這樣的念頭，和匱乏社會的一些居民交流。也不是一無所獲，只不過不是我目前想要的。這些長期生活在戈壁中的男人，因為時間的長短，膚色呈深淺不一的黑，神色也程度不等地由絕望向麻木過渡。我的問話開始小心翼翼，都是些他們如何打發時間、都去過匱乏社會的什麼地方這類小黏鉤話題；耐心迅速喪失後，我會拿出對匱乏社會有什麼了解、是否對遠方有興趣這類開瓶器話題；更為狂熱的後來，我直接甩出有沒有辦法離開這裡、大家到底怎麼生活這些電鑽話題。沒有用。這些男人，難怪他們會被流放匱乏社會，活該他們過了三十五歲仍然找不到青睞他們的女人仍然沒有女人願意恩賜他們一段婚姻確定和他們相守一生共同成為豐裕社會的選民與動力，他們像是最為麻木最為頑固的黑色金剛石，面對任何問題都一臉茫然一臉呆滯一臉滴水不黏，以此讓你自討沒趣自動縮回。有那麼三五個願意開口的，都是要述說自己的冤屈，本來有一個女人說好在一起，臨到大限卻不知道怎麼變卦了，這讓他如何能短時間找到另一個?!其中有點幽默感的，會先讚嘆我肌膚嬌嫩面容清秀完全不像已過三十五歲——居然再沒有人如公交車上那個老頭那般目光如炬，現在我大致明白原因：他們的心思都在自己身上，在讓他們噬臍不及的過往時光，只有那個老頭目光能從自己身上挪開，放到其他人身上——然後讓我猜測他們的年齡。無論你猜測多少，接下來都是他們的怨艾。

這些掩耳盜鈴的謹慎的狂熱問話下來，我切身體會到，匱乏社會是一種懲罰，它不像《原則》告訴我們的，是人類文明自救的手段，它是一種殘酷的懲罰。這種懲罰我贊成。這些沒有價值的男人，就應該讓他們自身自滅，就應該從豐裕社會清空。[14]

這些男人渾渾噩噩的反應刺激了我，惡的念頭油然而生，我想衝到江教授面前，嘲笑他戲弄他——這樣的人如果是匱乏社會的根蒂，他作為精神領袖還有任何價值嗎？我並不清楚江教授向他們提供了什麼，作為精神領袖，或許是希望？當然即使是盛怒之下，我也不可能真的前去質問他羞辱他，「接觸監視對象」是〈實習守則〉明確禁止的。但最終轉換我思路的，也正是這條禁令。我最該問的人，就是江教授。如果有不同的匱乏社會，他必然知道。這個念頭燒灼了我，我坐立不安即刻就想實現。這其中，向著問題得到解決邁出一大步的欣喜、一窺江教授精神領袖真假的急切、違背《實習手冊》禁令的刺激，諸般滋味雜陳。

如何找到接觸江教授的機會？這其實不難。《實習手冊》有近乎繁瑣的規定與禁忌，對於懲罰只是在總則說明「一切違背《手冊》的行為，將提交協會予以判定、處罰」，我想，之所以如此，是因為實習是難得的榮譽，沒有哪個實習生會視為草芥，實習期間見識了匱乏社會更會讓實習生戒懼警惕，不想將來被流放至此。《實習手冊》依靠對匱乏社會的恐懼保持效力，這種恐懼在實習生心裡生根，他們會按照《實習手冊》嚴格檢視自己的行為。可是，如果有例外呢？如果有實習生，按捺不住好奇心的鼓噪，做出違禁舉動。他如果抱怨協會對此過於疏忽，沒有提供絲毫防止他犯禁的現實措施，客觀上縱容與鼓勵了犯禁行為。他是不是有那麼一點兒道理？[15]

拋開自我辯解。繼續報告事實。產生上述意識後，我密切留意與江教授接觸的機會。沒幾天，輪到我們小組陪江教授進行傍晚散步，我們兩人一前一後，各與江教授保持五米左右的距離，一起來回於他固定的散步路線。自從懷疑江教授精神領袖身分後，我特別留意他與其他流放到匱乏社會的男人們的互動。江教授步履從容，神態自如地走在路上，目光柔和地落在每一個望向他的男人身上，但並不做停留。那些男人一如尋常，痴痴呆呆的目光拋過來，裡面沒有一絲特別含義。連對熟人的辨認與示意都沒有。冷漠一如尋常。由是，我們很快就和幾位老同事一樣，很放心散步沿途的安全。

14 指導員注：報告者的語氣再次轉變，這裡面有豐裕社會正常居民對匱乏社會的天然厭惡，更有協會不提倡的邪惡情緒。教育者職責在肩，敢不惶恐驚悚？
審查員注：淨化必須不斷進行。對匱乏社會的適當厭惡，適當恐懼，也是保持豐裕社會活力的必要因素。畢竟，事關人類整體的存續。

15 指導員注：蒼白無力的自我辯解。幾十個實習生，單單報告者違禁，責任似乎不能向外尋找與推卸。
審查員注：問題不在這裡。問題在於，協會歷來主張，豐裕社會、匱乏社會是選擇，留在豐裕社會的條件很明確、去往匱乏社會的條件很清楚，必須保證選擇的自主性，由此產生的責任與後果自然必須由做出選擇的人承擔。協會是管理結構，協會也從來不越俎代庖。

那天傍晚的夕陽提前斂起熾熱的光簇，只一味地鮮嫩紅豔，挨在西天，似乎隨時都可能熟爛而破皮流淌出漫天的汁液。走在這樣的天空下，江教授步子放得比平常慢，也不看向那些如同迷失在乾燥夢中的男人，他一會兒抬頭一會兒低頭，遇到重大難題的樣子。走出兩個街區，江教授站住不動，徑直望著天空。那太陽的小半截已然沒入遠處地平線下，剩餘大半截不堪重負又心有不甘地搭在那兒，欲滴的表皮也開始收緊，浮現乾癟結痂的前期徵兆。走在前面的同事沒有察覺這即興的停頓，速度均勻地繼續向前，見此狀況，我緊趕幾步，上去攙住江教授的右胳膊，輕聲說：「江教授，您沒事吧？」

江教授本能地往旁邊縮了縮，胳膊被我牢牢地把住，沒能縮開。他有點兒受驚，他的注意力還留在天空那破爛的紅色圓球上，因而他的目光並沒有迅速轉移到我身上來。

「江教授，我想看看真實的匱乏社會，您能幫我嗎？」我聲音壓得更低，不過我確信他能聽見。前面的同事終於察覺有異，他轉過身來，也因為看到的情境出乎預料而有所遲疑。就在同事轉身的瞬間，江教授的身體突然軟弱無力地向左側傾斜，因為我把住他的右胳膊，他當然沒有倒下去。他的身體與我的胳膊拉開的角度與緊繃的態勢，完美準確地向我的同事提供了解釋。也是這個動作讓我確信，江教授會幫助我。

「我看江教授搖搖晃晃，怕他突然暈厥摔倒。」我略顯誇張地抬了抬左胳膊，向走回來的同事解釋。[16]

那天的散步就這樣結束，我和同事一左一右攙扶江教授，走回監控大樓，將他送回住處。回去路上，我對我們和江教授，更規範一點說，對監控者與被監控者的關係產生了好奇與疑惑。這像是互相知曉，互相配合的一種表演。江教授知道我們的存在，知道他的一舉一動都在我們的注視下，他要做到習以為常，要做到我們似乎不存在。繞一點說，江教授假裝不知道我們存在，我們假裝不知道他假裝不知道我們存在。我們互相寄生，又主動豎起玻璃，與對方區隔。脫離常軌的情況出現時，我們又對敲碎玻璃彼此面對安之若素。

這團亂麻還沒有理出頭緒，江教授的房間就到了。我們半送半推地讓他進了屋，聽著門嘭的一聲在面前關上然後轉身離開，只是這短短的數秒，我和同事又恢復了監視者的身分。我們又回到玻璃的這一面。通過監視器，我看到江教授躺在床上，緊閉雙眼，嘴巴微張，似乎不堪衰弱。我有些好笑，好笑之餘又心生恨意——沒想到這個老頭如此狡猾，演戲演得如此全套，看來協會安排我們長期監視他這樣的人是正確——憤恨之餘又心生擔憂，足足兩個小時，他都躺在那裡一動不動，如果不是監控他生命特徵的儀器提示正常，我們真的會認為他出了大問題。

兩個小時後，江教授坐了起來，他去了趟洗手間，磨蹭了近二十分鐘，出來到桌子前面坐

16 審查員注：有關這次接觸的詳情，請參看工號13593023事後報告。他當時的判斷是報告者的話合乎情境，可以採信，從情理而言，他也不相信有誰會冒上一頁所提及的風險。另外，提請協會調取當時不同位置的監控。

下。這一系列坐立行走的動作，他都身子不穩，搖搖晃晃，但到底沒有摔倒。我看他坐下，拿起一張白紙，凝神端視，不由得心臟砰砰狂跳。我直覺他會給我啟示。我看看同事，他顯然對江教授和他的白紙厭煩到極點，也因為長達數年都沒有從這些白紙上發現什麼異常而心理放鬆，發現我看他，他苦笑了一下，然後轉身去接水。

「你休息一會兒吧，我盯著，有情況我告訴你。」我說。監視對象在房間裡時，兩個人輪流休息是大家默認的方式。我們都知道，這等情況下，不可能發生什麼意外。監視器對江教授房間全天候不停歇地監視與錄製，我們進行監視的房間同樣一秒不落地被錄像與記錄，這都保證了發生的一切可供稽查。沒有什麼好擔心的。

同事聽了我的話，又到監視器前面確定江教授再一次在白紙上寫寫劃劃，便點點頭，喝完水在唯一的扶手椅上坐下來，閉上眼睛。

我等著江教授。我知道他會在合適的時候給出信號。這信號我能看懂，然後我只需要按照他的提示就能得到我想要的答案。出於這種信心，即使接下來的三個小時，江教授除了喝水與上廁所外，心無旁騖地伏在書桌上，寫寫停停，我也毫不焦慮與急躁。同事中間醒過一次，看我精神高漲，開了句玩笑後又睡了過去。

等到晚上十一點十五分，江教授停下手裡的工作，在凳子上坐直，雙手伸直舉過頭頂，右手握住左手指尖，就是我們平常要伸一個舒展的懶腰前一刻的樣子。我明白這是信號，便執行了心裡預演過的步驟一與步驟二，調整鏡頭對準桌面上的並拉近。

紙上凌亂一團，像是一幅素描、一幅地圖、難以認清的字跡，這些東西攪拌之後傾倒在上面，又用東西結結實實拍了拍。我不能即時弄清楚這些符號的含義，相信江教授也不會冒風險給予我清楚的線索，我能做的就是調動大腦，把它調成一台掃描器那樣將整個畫面複製下來，存儲好。江教授也可能出於考驗或挑戰，也可能出於保險，留給我的時間也就夠伸一個長懶腰。幸好，我複製完畢。幸好，我和江教授都恢復正常後，同事就醒了過來。[17]

「我看著，你放鬆一下。王二他們快來接班了。」他說。江教授也適時關燈，上床睡覺了。

回到住處後不用說都會失眠，問題是失眠得毫無價值，那張紙上的內容在腦子裡梳理疏通、排列組合，提供不了分毫可依憑的線索，連可能性都看不出。要是江教授以前塗寫的紙張在手邊，通過對比就能判斷出這一張紙是特意寫給我的，還是和以前一樣，只是時間的排泄物。可是

17 指導員注：依據報告者的描述，建議協會考慮加強監視紀律，或者增派監視人手。如果另一個人不休息，如果多了一個監視人員，報告者不可能順利獲得江教授傳遞的消息。不是為報告者辯護，而是考慮到，即使因為監控設備存在，沒有任何舉動會被漏掉，但這都是事後追查。不能阻止損害於當時。
審查員注：報告者通過監視器所見，請參見視頻資料：VN-E.538989071254，江教授所做原件，請參見文字資料：PN-E: 67389013244421。

我沒有。他聽清楚了我的意思，如果不願施以援手、予以點撥，忽視是最有效率最自然的反應。躺在床上演戲、伸懶腰給信號……總不會只是為了消遣我吧？思緒在失眠時尤其天馬行空沒有邊際，情緒在失眠時更加患得患失自怨自艾，一晚消耗，到了天明，我感覺自己就像一條橫在床上的乾涸河流。

放棄顯然不適宜。枯坐沒有答案，那就還是出去走走吧。停下。我停住繫鞋帶的手，俯身屏息，有微弱的光芒滑過，盡力回溯，凝神捕捉。乾涸河流。水的氣息滲透，一滴水湧現。轉移到江教授畫的那張圖上，噢，對了，正是。豁然開朗。我長吁一口氣。仰身躺在床上，沒有繫鞋帶的鞋子掉在地上。江教授畫的是一張河流示意圖，河流這樣的東西，即使在豐裕社會，如果不特意去保護區，也根本見不到。這讓它和很多舊文明時期的生物一樣，成為瀕危的詞語，沒法存儲在記憶上層，輕易浮現在腦海裡。尤其是現在身處匱乏社會的沙漠，要想也只會想到抽象的水，而不會想到河。

破解了江教授的第一層謎語，整理出思維盲點出現的線路，失眠帶來的飄忽感與失真消散殆盡。雖然沙漠裡一張河流示意圖並不意味著答案，反而指向更大的謎面，可好歹有了方向。我這樣躺著，輕而易舉就睡著了。

如我所料，睡足醒來後，腦子裡再調出江教授的那張紙，不同層次的謎語迎刃而解。占據整個畫面的素描是一株仙人掌，不是挺拔的仙人掌，是蹲伏的能夠在舊文明時期圖冊上見到的假山石那樣的仙人掌。起先沒有認出來，與它矮胖的身影有關，更與它渾身光溜，沒有一根刺有關。一旦認定是仙人掌，就能認出實際上它是有刺的。只不過這些刺沒有長在仙人掌身上，而是脫落開來，亂糟糟地插在紙張空白處——就是那些無從釐清的字跡。這些字跡各個部分同樣脫節得厲害，像是一場殘酷戰事後散落的肢體，想要拼裝，也不知如何下手。我任隨這些脫節的部首在腦子裡飛舞，攪纏得最混亂的時候，我大致辨認出了是三個字。

「江—教—授」。

三

仙人掌。高大、飽滿、多汁，顏色喜人，姿態穩重，模樣含蓄。放在舊文明時期，仙人掌一定是匱乏社會的圖騰。在這綠洲成為傳說、胡楊只有殘骸的無盡沙漠，只有仙人掌保留下些微綠色，慰藉遠途而來註定帶著憎惡離開的實習生。

現在，一株沒有刺只能以文字充數的、矮胖臃腫的仙人掌毫不遲疑地給予我慰藉。我首先要找到它在哪裡。這不是一個簡單的任務，作為匱乏社會裡除了男人外唯一充足的生物，仙人掌滿坑滿谷，即使它們各具特色兩兩不同，光憑數量也足以讓人崩潰，讓人把它們認作一個模子機械複製而成。我仍然要找出那一株仙人掌在哪裡。

我並不焦慮，稍做回想，我就為自己這麼快就向前邁進這麼多吃驚不已。我不是被流放過來的需要清空的男人，我是豐裕社會挑選出來的優秀種子，註定與這片土地沒有什麼關係的過路人，她居然這麼快向我敞開懷抱，讓我可能見識到她迥然不同的實在，這固然有我思索求索的作用，更可能的還是她選中了我，要向我訴說，要通過我向願意聆聽的人述說。[18]

我再次抓緊一切時間外出。現在停下來，我才驚覺，那一段時間王二、張三、李四他們的作息與安排像是從我生活中切割開了，對他們如何熬過那麼漫長的時間好奇不已。當時完全不在意。值班。尋找。這是僅有的兩個主題。沒有多長時間，我不敢說匱乏社會裡每一株仙人掌都被我編號記下，至少我敢說，我比對了所有醒目的仙人掌，沒有與江教授所繪製相吻合的。就這樣我也不懷疑江教授的意圖，更不懷疑對那張圖紙的解讀是否正確。他知道我時間有限，他同意祕密向我敞開，他就不會人為增加難度。他只是確保說得隱晦而已。要撥開這層隱晦，我需要讓自己放輕鬆，再放輕鬆，等待真實自動浮現。

真實的確自動浮現。一個太陽推遲了很久才露出面孔來的早晨，我已在公交車裡顛簸了兩個小時。在它用其他物件的影子提醒我，向我宣告到來時，我迎著陽光抬起頭。然後，我大喊：「請停下，我要下車。」

仙人掌不是仙人掌，是我面前的這幾座房屋。兩棟二層小樓旁邊一座木板房，矮矮胖胖，腦滿腸肥，正是江教授畫給我的仙人掌模樣——後來我知道，這幅圖並非指向特定的房屋，因為一旦我把仙人掌解作房屋，就能發現匱乏社會裡到處是構成這一圖案的房屋組合，每一處也都是通道。江教授的本意不過在於此，是我過度理解了。當時沒有這麼簡單，苦心尋覓的圖案如同舊文明時期畫像中的聖人，頭頂光華不期而至，自然會讓人確信是註定。

欣喜中，我跌跌撞撞撲向這棟房屋，房屋裡面那些面無表情坐著的男人們，看著我走近，看著我走進，沒有人搭理我。我不願意再問，我也面無表情地往裡走，挨個地方看挨個地方找，總會有人叫住我的吧。別有洞天談不上，這些房屋和我們從外面看到的差異懸殊一點不假。每一個房間裡面照樣塞滿了人，這些人沒有等死似的發呆，而是像正常人或者差不多像正常人那樣，聊天、沉思、玩可以玩的遊戲，幾個看不出年齡，估計都在知天命以上的老人，更是玩起了捉迷藏。看著他們顫顫巍巍的身影在人叢中鑽來擠去、高立低伏，我也鬆了一口氣，彷彿幾十天來第一次聞到人的氣味。

18 指導員注：意識混亂的三段文字，兩處「註定」貌似描述對自我角色的明白認知，用來強化「述説」及其背後的選定意味，充其量只是再度煽情。目的何在？自我辯解還是軟化理事會議？

審查員注：從報告開始，報告者意識混亂、認知矛盾的地方屢次出現，他不是從一開始就有意識扮演反豐裕社會的人，可以說，直到寫這份報告時，他的自我認知依然不是「反豐裕社會」。這一點可以採信。「註定」一詞及其背後隱藏的天選意識需要重視，這是每一個反豐裕社會者必然會有的自我煽情。

沒有人管我就繼續。我上了二樓，二樓與一樓彷彿只是人少了一點兒。不知為什麼，我一上二樓，就有了「匱乏社會同樣分高低」這一念頭。也許是有些人屁股下面坐著乾仙人掌編織的墊子？也許是有些人手裡拿著一塊仙人掌吮吸？也許是有人用手指在牆上指指畫畫，一如迷走在演算途中的科學家？這些都是一樓沒有的景象。我不打擾他們在做的事，我不停下自己的尋找。二樓沒有人阻止我就上樓頂。

通往樓頂的階梯有人。一個同樣黧黑乾瘦的男人坐在樓梯那裡，像是等著我也像是防備我，一看到我走近就站起來。他沒有說話沒有任何動作，只是看著我。他的目光不是常見的冷漠與茫然，是盤查是詢問。

我說：「江教授。」

男人點點頭。我注意到他的脖子有些過分的細與長，點頭的動作也因此呈現出朦朧的風情。男人並不給我留出時間來對他的風情做出反應，點完頭他就轉身拾級而上，我也抬腳步步跟隨。樓頂上並不開闊，有限的空間都被仙人掌占據，矮小的有點發黃的仙人掌，斜斜豎豎地插在樓頂上沒及腳背的沙粒間。沒有種植在沙地上，沒有機會奮力從沙地深處抓取水分，它們還能活著已然不易。樓頂背面是一塊獨立的空間，裡面幾株茁壯挺拔的仙人掌，碧綠生翠。再遠一點，就是同樣如此處的高高低低的房屋、棚屋了。

那個男人給我留出了打量的時間，眼見我粗粗掃過就示意我跟上，我踩著他的足跡繞過樓頂上的小房間。眼前是一條坡度較高的滑梯，依據樓房一側牆壁簡單處理而成，通向下面的院子。滑梯上光潔如洗，可見使用頻率之高。我按照那個男人的手勢，坐上滑梯，他向我擺了擺手，我鬆開扶住梯舷的雙手，全身像炮彈出膛一樣向下衝。

速度給短暫的滑翔抹上了超現實色彩，墜落式俯衝由此開啟了奇境之門，至今回想，我能確信兩端所見的匱乏社會的真實，往來中間的擺渡過程卻難以斷定是否現實發生。如果是，那就太故弄玄虛了；如果否，那些記憶從何而來我又如何往返？[19]

推開疑慮，躍入這奇境之門吧。我的俯衝沒有受到阻礙，雙腳挨著院子裡的地面時，不受任何影響地直插進入，我的雙腿、腹部、腰部、胸膛、肩背、雙手、脖頸、腦袋全部沒入鋪在地面的沙子裡，那些沙子像透明的空氣一樣輕，像泡沫一樣沒有實質，我像是一把薄如蟬翼的利刃

19　指導員注：並非記憶失真，報告者刻意隱瞞，不願意向協會坦白匱乏社會內部如何交通，他對協會並不信任。他擔心「背叛」匱乏社會證明了他對豐裕社會的背叛。

審查員注：據植入報告者體內跟蹤芯片紀錄器所載內容，見視頻資料：VN-E-M 538989091286，報告者進入樓房內部後即一片黑暗，中間持續一小時零八分十一秒，初步斷定，這段時間他完全閉上眼睛，呈熟睡狀態。目前推斷，他進入大樓後，即服下深度迷幻劑，身體進入睡眠狀態，大腦高度亢奮，想像活躍，下述內容或許正是迷幻劑所致。如本推斷可以採納，提請理事會議注意致

刺入水中那樣在沙子裡繼續滑行。沙子柔軟地摩擦過我的肌膚，要不是意識到進入了沙子裡而不敢睜開眼睛，我真想看看這是一個什麼樣的世界。

也許滑行了一分鐘，也許是十個小時，如果時間是一種重力，那下滑途中我一定處於時間失重，失去了對感覺的判斷標準。反正我雙腳一踏在實處，被沙子泡沫包裹的感覺立即破裂。我伸手在臉上抹了兩把，確信沒有一粒沙子黏附在上面，這才慢慢騰騰睜開雙眼。昏暗的地方，一盞如豆之燈勉強撩開近處黑暗，能夠看清燈掛在岩壁上，能夠看到我前面不遠處站著兩個人，他們似乎在盯著我，也像是在等著我。

他們的表情和目光都隱在黑暗裡，我也不指望他們會和我說什麼，按照樓梯那裡的流程，我說：「江教授。」說完，一個人上前兩步，抓住我的手，不清楚他的動機，我僵了僵，還是任憑他牽引。他拉著我走了幾步，手上使了點力氣，示意我小心，腳下一矮，我踩在了一個晃動之物上面。又往前走了兩步，他示意我坐下，隨後鬆開我的手。木槳撥動水聲不緊不慢一下下響起，我明白坐在了一艘船上。——可能就是一架獨木舟而已。不一會兒，小船擺動了兩三下之後，一豆燈光也完全湮沒，剩下的只是撥動水的聲音與潮濕的氣息。

黑暗如死，浸入口鼻，前方又有一豆燈光浮現，讓我勉強徐徐吐出胸中黑暗。輕輕一顫，小船靠岸，又是一隻手拽住我，把我扶到岸上。岸上另有一個人等候，他說：「跟我來吧。」說完轉身。

我跟著這個人拾級而上，一步步離開黑暗，一寸寸望見天光。進入完全清朗的天空下，我不由得深呼吸幾次，迫切地要把光吸進臟腑。深呼吸完畢，我放眼看去，已身處街市。毫無疑問，這裡無法比擬豐裕社會的繁華熙攘，卻也人氣頗旺，街道兩旁店鋪銷售的日常用品，品種並不豐富，大多數也都是仙人掌製品，可人們挑選與購買的興趣絲毫不受影響。有些彆扭的是，來來往往都是男人，黝黑瘦削的男人，他們神態自若、舉止鎮定，顯然一切已經超越習以為常化為他們的生活。這些男人真真假假的青壯年面孔提醒了我那位老人的話，也提醒了我到這兒來的目的，那個帶我上來的人還在，他一直等在旁邊，等我從初次目睹正常的匱乏社會中回過神來。

「趙先生，你好。這一次我負責帶你四處走走看看，我姓錢，你叫我小錢就可以。有什麼問題你可以問我，我盡力解答。」他的口氣和神態不像超過三十五歲，因此我幾乎是懷著一點兒惡意地脫口問道：「你也整過容嗎？」

「當然。」小錢——我是否叫他老錢才合適？從年齡論，我是小趙——沒有絲毫的不自然，「這是匱乏社會第一代居住者們的方式，他們大概以此表示對被流放的抗議，或者作為自我身分的標識。沒有強行要求，不過作為約定俗成得到大家的遵守。整容是很多人進入匱乏社會後做的第一件事。」

幻劑來源——我們判斷為仙人掌提煉——以及這一藥品在匱乏社會自我形象認知方面——由此關聯其對豐裕社會態度——的作用與意義。

「那你多少歲了?」

「來到匱乏社會,那種具體的數字失去了意義。我們有兩種說法,三十五歲之前,三十五歲之後。這一適用於豐裕社會的算法,在這裡也得到嘲諷性使用,因為所有人——當然,除了像你們這樣的實習生——都是三十五歲之後。另一種說法是,死亡前多少年,死亡後多少年。」小錢說著,伸手示意我往右邊去。

「以死亡論年齡不是更加虛妄嗎?誰知道自己什麼時候死啊?再說死了再計算年齡意義在哪裡?」我已經聽糊塗了。

「不虛妄,在豐裕社會時,我們每個人都認為匱乏社會是懲罰,因而稱之為『流放』,但來到匱乏社會,也是一種提升,能通過前站三年的潔淨,才有可能獲准進入真正的匱乏社會。到了這裡,每個人都會為自己設定一個死亡期限,他計算時間與年齡的方式就以距離那個時間還有多久來衡量。因此,我可以說,我的年齡是死前八年三個月。」

小錢讓我看街道旁邊一家名叫「木坐」的小店,門前有序排了有十多個人,好像是在售賣某種飲料。小錢讓我等等,自己走上前去,他說了兩句什麼,有幾個男人回過頭來看了看我,倒是都顯得很友善,甚至還有人衝我微笑。老實說,我有點兒慌亂,像是有點兒不大的祕密但完全被人窺破了。

小錢端著兩杯飲料走回來,遞了一杯給我。有點兒澀,倒是很提神,深綠色,應該是仙人掌汁吧？

「沒錯，就是仙人掌汁，不過榨取後加入獨有的配料調製出來的。」小錢完全知道我在想什麼，「這算是這條街上最美味的東西了。我每次過來都不放過。」

「你剛剛和他們提到我了？」其實我想知道他是不是把我的身分告訴了那些人，沒有來由地，想到那些人知道我還會返回豐裕社會，我有些不好意思得近於羞愧。[20]

「是啊。我告訴他們你從來沒有喝過『木坐』的飲料，大家覺得奇怪。店裡也因此額外奉送了兩杯，我沾了你的光。」如果不是小錢的年齡和性別梗在那裡，我必須說，他說這些話的語氣和模樣有點兒可愛。

「你之前說通過前站三年的潔淨，那是怎麼回事？」

「前站就是你來之前那兒。每個來到匱乏社會的人，都會在那裡待夠三年，純粹時間的潔

20 指導員注：這麼多細節，這麼多文字，能夠確認其真實性的，似乎只有這一段感受。

審查員注：指導員迄今的文字告訴我們，對匱乏社會的妖魔化如今是多麼尋常與深入人心。這固然是協會所需要的態度，但過於情緒化會影響判斷力。有必要建議協會考慮向指導員所代表的教育界等精英人士提供更多的匱乏社會情況。報告者此處的描述，依然不能排除為致幻劑作用，但作為分析對象，仍然具有結構意義。

淨。純粹時間就是你什麼都不幹，不用勞動、不用思考、不用感受，就讓時間在你身上白白流淌，時間會沖刷掉豐裕社會殘留的影響。」

「什麼影響？」

「貪戀物質、貪戀享受。用物質量化人生與生命，由此進入加速單行道，完全無法停頓。潔淨就是提醒，時間就這樣流失也是可以的，時間可以不產生效率，可以身外無物地活著。」他再次示意我右拐，我們離開剛才那條寬闊的大街，轉入一條小巷。

「這一切要在自由選擇下來談論。因為失敗因為沒有競爭力，被豐裕社會流放，再來傾銷這一套理論，只能自我安慰吧。當然自我安慰是必要的，每個人都或多或少、或此時或彼時地自我安慰。可是明明被物質拋棄卻以拋棄物質為立論基礎，作為一個團隊或者說整個匱乏社會的指導，太過矯飾。」他對豐裕社會的基石——物質的意義如此輕描淡寫如此不屑一顧，我惱怒之下也就顧不得談話禮儀了。

「你放大了自由選擇的重要性。你所謂的自由選擇，匱乏社會也存在，比如極少數人在經過前站的三年潔淨之後，選擇留在前站。但這類自由選擇只是即興行為，增加不了有分量的砝碼。因為他們之所以留下來，要麼是被悲情籠罩，想要作為控訴者存在於此，要麼是心懷僥倖，夢想哪一天能夠回到豐裕社會。這二者實際上是一個意思。不管怎麼說，除了你們這些實習生外，豐裕社會通向匱乏社會的也只是單行道，只有來的沒有去的。到了這裡就不要回想過去，就應該立足於此。我們可以用舊文明社會時期的哲學術語『先驗』來模擬每一個從豐裕社會過來的男人的處境。匱乏是他的先驗條件。」

「你沒有說服我。不過讓我們停止這些空談吧，你要做的是帶我四處看看，我要做的就是看。」我終止了這種白痴般的爭論。

「沒錯。」小錢笑出了聲，「我這個人喜歡口舌爭勝。抱歉。匱乏社會也不是完全禁止一切感官放鬆。吶，這裡就是一座電影院，經常放映一些我看不懂的電影，江教授很喜歡這裡，過一段時間他都會前來光顧。」

小錢所指是小巷裡極不起眼的一個小木門，它夾在兩個門臉之間，窄窄的一條，僅夠一個壯實男人通過而已。看不到店招，只有木板門上寫著「今日放映」幾個粉筆字，下面有擦拭痕跡，看不清具體寫的什麼。如此逼仄的空間，如此簡陋的門面，能夠提供什麼感官放鬆？

「看不清今日到底放映什麼。」我嘀咕了一聲，很想見識一下。

「每天早上八點、下午兩點準時放映，開始後就會擦掉片子的名目。——這是多年來的老規矩。可惜，今天時間有限，要不然還能帶你進去看看。不過呢，也只是你可惜，我可是真的沒有興趣。能夠免了也是幸事一樁。」小錢看出了我的心思，以這種方式拒絕了。他提到時間也兜頭澆了我一盆涼水，我擺脫了這個念頭，在心裡把要想知道的地方挨個梳理了一番，要求自己一定要抓緊。

「我想知道，匱乏社會如何維持運轉？嗯，這裡的人們如何工作，他們的動力如何保證，他們工作中是什麼樣的關係？」儘管都是從豐裕社會而來，小錢也比我年長，按理對豐裕社會了解得也比我更清楚，我還是不自覺地認為他和豐裕社會沒有什麼關係，對豐裕社會也沒有什麼了解，從而又補充了一句，「豐裕社會一直在維持匱乏社會的運轉，提供基本的物質。」

「這是宣傳，也是部分事實。你看到的前站的人們，他們的生活由豐裕社會維持，定點定量供應，你可以理解成對他們甘願犧牲的供奉，也可以理解成對於同類失敗者的憐憫，因而用基本的物質飼養起來。即使在匱乏社會，『供應』也是最基本最單薄的東西，勉強維持生命不死。而且它也只向每個人提供三年。原因眾說紛紜。極端的說法是，豐裕社會本來就只計畫被流放者活三年，如果消耗過巨也違背流放的本意；自尊的說法是，經過前幾代居住者努力，匱乏社會實現了自給自足，完全可以拒絕豐裕社會的施捨，雙方經過談判妥協，一致同意拿出前站作為緩衝，並且保障極少數長期滯留前站者的基本生活。匱乏社會也逐漸將這三年調整成了潔淨行動。

至於你所說的運轉維持。匱乏社會的根基就是潔淨行動後人類的心。準確說，是男人們的心。如此淨化之後，純淨心靈向每個人提出必要的要求，要求他進行基本的工作給予基本的付出，並且向匱乏社會取用基本的物質。」

「我想知道，你口中如此純淨純潔的匱乏社會，如何解決性欲問題？據我所知，協會曾經動議，對所有流放至匱乏社會的男人實行化學閹割。後來這項議案被否決，反對者認為這樣太不人道，他們認為即使赤裸裸的毀滅也應該遵循人道而行。也有深謀遠慮者反對，他們看到這其中包含了大量驚人的不確定性。遍覽舊文明時期史冊典籍，都沒有記載數量龐大的失去性這一最大發洩途徑的男人們困居在一起的情況。一群年過三十五的男人聚在一起，旺盛的精力與旺盛的性欲無處傾瀉，他們可能以內耗以相互撕咬的方式發洩，火通過火燃燒。消除他們的性欲，就是完全把火引向外面，極有可能會吞噬掉整個豐裕社會。正是這一明智的擔憂否決了化學閹割，也許它也保護了留存於豐裕社會的不堪一擊的人類文明種子。這個否決沒有解決問題，只是甩包袱，豐裕社會應該承擔的責任推給匱乏社會自我解決。可是性欲仍在，或許更為旺盛熾烈，那麼，匱乏社會如何解決？」這個問題一直存在我心中，這樣的時間這樣的場景，以這樣的方式問出來，也出乎我自己的想像與預料。只是小錢的神態與話語迫使我必須回擊，必須使出狠招，讓他無話可說。

小錢如我所料地沉默了。他情不自禁地加快了腳步，我沒有提醒他注意這個舉動的潛在意識——逼人太甚從來不是我的風格，況且這個問題主要不是將死對方，是想得到解答。——因此，我也只是調整步伐，跟上他的節奏而已，儘管落後了兩三步。

小錢帶我走出了那條狹窄的巷子，我們進入了一條寬闊、整潔的大街，這條大街即使放在豐裕社會也不過於寒酸，它只是少了些從匱乏社會的角度來說並非必要的裝飾，取而代之的是莊重的氛圍。街道兩旁的房屋也是少見的胡楊木門，透露出裡面內斂、持重、絕不寒酸的整體風格。每一扇門上都掛著一張仙人掌纖維編織物，不同只在於顏色或紅或綠。街上不多的男人，一律一臉鄭重其事。他們不是匆忙經過這條街，而是且行且打量。他們對仙人掌纖維編織物的顏色很在意，屈指可數幾個人之後，我發現了其中的規律：他們對懸掛紅色編織物的門只是報以溫和微笑，綠色編織物則讓他們目光明亮，進而兩個人默契地走過去摘下它，推開門拿出紅色編織物掛在門上。然後他們會從裡面關上木門，留給外面一個鄭重的背影。

沒多久，我又注意到，一扇掛著紅色編織物的木門拉開，兩個神采舒暢的男人走出來，他們拿出綠色編織物掛在門上，隨即揮手道別。我知道這些房間、編織物、男人之間有聯繫，這些聯繫也在腦子若隱若現、呼之欲出，可就是差一點兒勁道。

小錢顯然對這些仙人掌纖維編織物顏色變化的背後含義了然於胸，他沒有跟隨我的目光打量這些男人，而是一直留意著我的目光、忖度我的想法，等到我皺著眉頭深思而不得其解，他適時停下腳步，轉過臉看著我。一臉不言而喻。

小錢的神情、動作、目光匯聚一處，瞬間拂開我腦中的迷霧。這迷霧散開露出的不言而喻，我恍然大悟，我難以置信，我興致盎然。要想確證，只有親身一試——我還不想這麼深度涉入，可是不親眼目睹又無法平息蓬勃生長的好奇心，更無法獲得問題的實在解答——這一刻，問題的實在解答儼然成了回答諸般疑慮的詞根。

「我要進去看一下。」我說。我的語氣必須讓我的要求不能被拒絕。

「可以。」小錢完全沒有拒絕。我們往前又走了一段路，才看到一個綠色的編織物鎮定自若地掛在一扇木門把手上。小錢上前拉開木門，做出請進的手勢。

「你也要進來嗎？」即使小錢進來，也不會有什麼發生。可是想到一起進入這樣房間的含義，我就渾身彆扭。

「噢，當然不。你的認識和我們不一樣，如果我進來可能你會不舒服吧?!」小錢說著示意我進去，然後從外面關上門。

我先看見紅色的仙人掌纖維編織物，它待在門邊的一個掛鉤上，獨身一個卻顯得成雙成對。這個房間和最普通酒店的普通標準間相彷彿，只是更加簡陋。一間臥室配洗手間，臥室裡一張單人床、一把椅子，洗手間裡一個蓮蓬噴頭、一個馬桶。房間裡稱得上裝飾的，也就是藍色百葉窗。它放下來遮擋住了大部分光線與視線，也讓房間裡飄散著薄薄的微藍天光，有種流動的氣息。

這些東西證實了我想法，也讓我意猶未盡。我走到床前，掀開床上的毛巾，看了看裸露的床體，沒有任何裝飾，也沒有任何能夠增加舒適度的鋪設，伸手按一按，床鋪還有一定的柔軟度，在上面活動想來不至於讓人難受。再在椅子上坐一下，感受相差不多。

篤篤敲門聲。小錢有點兒不好意思地半側身站在門口：「對不起，有人來了。按規定不允許一個人待在裡面，你是江教授安排來的，不會有麻煩。可是解釋起來囉嗦。」

我點點頭，走出來。小錢把那個綠色的編織物掛回門上，我在裡面這段時間，他一直拿在手上。兩個男人拿著門上的編織物，一前一後走過來，經過我們身邊他們略略低了低頭，像是有點兒羞怯像是禮貌地打個招呼。我也學著小錢的樣子，低一低頭，然後我們轉身離開。或許是心理作用，我隱隱聽見身後傳來水流聲。是那個蓮蓬噴頭打開了吧？此刻它正沖洗一具身體還是兩具？

「這個答案你滿意嗎？」小錢陪著我沉默下去，等到我們走出這條街，才問。

「你們如何定義性欲？」我以問作答。

「在豐裕社會，性通常有兩個作用，生殖與宣洩——性帶來的快樂也是宣洩的一種，說宣洩本身就是快樂也未嘗不可。」看來我在房間裡面的時候，小錢在整理思路、籌措詞語，一說起來就頭頭是道。

「匱乏社會只有一種性別，只有被流放來的男人，生殖作用取消，只剩下宣洩了。從生理過程看，匱乏社會的宣洩與豐裕社會的宣洩一樣，但其實質並不一樣。豐裕社會的性與舊文明時期並無本質差異，指向高潮，指向身體快樂。匱乏社會的性不是，它指向淨化，它從來不是目的。這麼說吧，匱乏社會從來不以性為罪為惡，從來不試圖根除它，匱乏社會只是將它視作會對人產生影響的身體機能，當身體提出要求時，我們就來到這裡予以釋放，予以宣洩。不過我們從來不會耽溺於此，之前之後它都不會占據我們的時間，消耗我們的心靈。」

小錢說到這裡，停下來看了看我，可能他需要確定我是否能夠理解。

「如果是這樣，這種事情只需要自助就可以了。為什麼還要進行這樣的安排？」

「匱乏社會不反對自助。不過自助的淨化意義顯然不大，我們借用一個舊文明時期概念，稱剛才那樣的街區為『互助公社』，這樣相互幫助的淨化稱為『互助機制』。一具身體能夠坦然面對另一具身體，一個人和另一個人在最為私密的事情上能夠互相幫助，共同得到淨化，這是突破。是對性的功能與作用的認識突破，是對身體這一思想承載器皿的認識突破。」小錢娓娓而談的模樣如今仍宛在眼前，那時候我就懷疑他可能是江教授與匱乏社會特意安排給我的，現在越發確定。

「你們怎麼保證這種『互助機制』中不會出現豐裕社會極力反對的『愛情』這種東西？如果出現，必然是同性之間的感情，這更是豐裕社會嚴令禁止的，可以說是雙重違背。豐裕社會想必不會容許匱乏社會出現這等情形吧？」我援引豐裕社會的禁令，心裡並沒有那麼踏實。

「在我們的認識，匱乏社會是豐裕社會的提升，是豐裕社會金字塔的最尖端。作為豐裕社會基石的種種規章要求，在這裡當然得到更加嚴格地執行。」小錢這番話只讓我想起小錢剛才用過的一個詞——「宣傳」，並沒有增加任何可信度。他敏銳地感覺到了，對此寬厚地一笑，問我，「你認為，依據你在『互助公社』所見，依據我剛才所說，你認為，匱乏社會還有兩個人之間存在『愛情』的必要嗎？如果『愛情』不存在，同性之間的愛情當然更不存在了？」

小錢的話沒有撥開雲霧呈清明，我沒能在很短的時間理清他這番話的邏輯與法理順序。我也因此，有點兒慶幸時間所剩不多，我得離開這個地方，回到監視江教授那兒。也就是小錢口中的「前站」。

後來我又去過匱乏社會幾次，對那裡的了解越來越多，不過已經沒有第一次的衝擊那麼強烈。甚至，當發現匱乏社會和豐裕社會保持了大體上的同構關係，差異只在數量與程度，而非實質時，我還有點兒厭倦。

所以還堅持去，不過是因為相對於前站的生活，那邊畢竟沒有那麼強烈的重複性，每一次還能見到一些新鮮事物。我也還想證明自己的厭倦是淺嘗輒止的錯誤，是葉公好龍的偏離。

上述錯誤與偏離日益被證明實際並不存在時，不顧一切與江教授談談，要求他答疑解惑的願望也滋長迅速。我直覺，江教授也有此願望。這一天不遠。[21]

四

終於要說到那部電影了。如果沒有那部電影，這份報告是不是會從一個完全不同的角度來寫，寫的又是完全不一樣的內容？

我不知道。我必須切入正題。

可是還有「之前」，切入正題之前，我想說一說那天早上的事情，儘管他們會有各自的說法，但是我知道，我的說法，我對此的描述，絕不只是八分之一。它也許是二分之一，也許是事情的全部。

那天我們是零點到早上八點當值。我和搭檔進入監控室時，江教授房間早已經燈光關閉，沉寂板結如鐵。通過紅外監視器，能看到他躺在床上，氣息平穩，仰臥的身體因呼吸輕微起伏。我的搭檔甚至玩笑地將聲監調到最大，我們在江教授節奏舒緩的呼吸聲中靜靜坐了十分鐘。那是美好的十分鐘，沒有心猿意馬，無需坐立不安，只需聽從一種天然讓人放鬆的漲落。

十分鐘後，搭檔哈欠連天的關掉聲監，默契地走到扶手椅上坐下，靠著椅背閉上眼睛。——如果協會因為此處的內容，認定我的搭檔對這次事件負有責任，我想替他辯解幾句：值班期間休息固然不符合規定，卻也是具體情境必然。監視對象清醒地進行活動，一舉一動再多拖沓、冗長、陳舊，都還勉強可以當成觀察對象，憑藉分解其動作，來填滿時間的空檔。監視對象躺在那裡睡覺，儼然成為無可依託之物，這時候監視者最好的舉動就是同等待之，以睡眠豐富睡眠。何況，我以自己的清醒向他做出了保證。何況，嚴密高效的監控設備足以放鬆人的警惕。

我也要說，上述辯解沒有英雄氣概作祟。我不是要從搭檔身上攬過，不是要放大自己的作用，我只是希望還協會盛怒之下放大的判斷以本原。至於我的責任我的罪，殷切希望協會同理處置。[22]

21 審查員注：小錢前後的論述具備可信性。整合匱乏社會的理論基礎、匱乏社會如何看待自身與豐裕社會、匱乏社會如何解決最為迫切的問題，論述中都有涉獵。邏輯自洽。值得深入分析。

22 指導員注：報告者是英雄主義發作嗎？剛才認為自己占有了全部的事實，現在我為什麼沒有睡意？做了準備。我從下午五點睡到晚上十一點半被搭檔叫醒。為晚上獨自盯著江教授做準備，為了預感中的面談做準備。江教授應該知道我們已經實習了一百五十一天，如果真有要和我說的，需要讓我知道的，他該抓緊時間了。

我懷著期待，盯著紅外監視器裡江教授夜晚裡仍在新陳代謝，仍在向著衰老與死亡不可逆行進的身體。這樣一具身體，仍然令豐裕社會，令我們尊敬的協會不放心，需要對其一舉一動都瞭若指掌，其中究竟隱藏了什麼樣的力量與祕密？這樣一具身體，不動聲色地安坐在八平米房間內，居然就對我的舉動洞若觀火，遙控指揮得井井有條，他的一系列安排，對我究竟有什麼目的在裡面？

這些都是我最近時常思索而沒有答案的，不過，我不著急。我只是讓最初的疑竇膨脹成為疑團，成為一塊推動我行動的巨大實體物質。

江教授果然早有預謀，晨光熹微的六點鐘，他就醒過來。和所有老人一樣，醒來的江教授並沒有一場睡眠休整後的輕鬆，他怔忡地坐在床上，用呼呼喘氣來找回現實的節奏，然後是一通猛烈的咳嗽，損耗嚴重的衰朽身軀借助咳嗽，各個部位各種部件終於歸回原位。這時候，他才恢復平日腰板挺直的精神領袖風采。

恢復神采的江教授，起床後的日常動作仍舊比往日遲緩，在衛生間裡一待就是二十分鐘。出於基本的尊重，儘管衛生間也安裝了監控設備，不過因為啟動它需要層層報批通過，在我實習這一百多天裡，我們從來沒有使用過。聽我的搭檔說，他們在此工作的三年也沒有動用衛生間的監控設備。他說，每週都會安排專人檢測衛生間，確保裡面的確沒有可以與外界保持通訊的設備，匱乏社會嚴禁自殺，因此不必擔心此項意外。可那天的二十分鐘對我煎熬至極，如果私自啟用衛生間的監控設備只會面臨事後追加處罰，我會毫不猶豫。

不是二十分鐘的絕對值有多大，老年男人嘛，完全能夠理解。何況，江教授此前有過更長紀錄。只在於，我認定了這天早上江教授會對我有所交代，怎麼能甘心盯著時間一分一秒流逝，直向八點鐘逼近，而毫不理會我的期盼？

江教授走出衛生間的那一刻，我的煎熬瞬間宣告結束。他穩重的腳步走向門口，我清楚看到他在門鎖上轉動了幾圈，奇蹟發生了，江教授不占用時間地回到了書桌前——以事後準確語言來說，是切換到了書桌前，一如往常地在一張白紙上寫起字來。我懷疑自己的眼睛或神經出了問題，我更不相信這個早晨會以他坐回書桌前平淡收場。[23]

23 指導員注：江教授如何回到書桌的？其中究竟隱藏了什麼玄機？
追究13593023責任。
審查員注：報告者的描述與現場監控內容吻合，工號13593023難以諒解地瀆職，不過報告者此處的辯解也合情合理，並非完全的英雄主義發作。建議免予追究13593023責任。
又承攬全部的責任。

我不再多想，走出監控室，向江教授房間奔去。跑出沒多久，就看見他迎面而來。那天江教授短衣短褲，平常的長者風度外平添了幾分幹練。江教授見到我毫不驚訝，可他的釋然與驚喜也沒有期待的那麼強烈，時間寬裕一點的話，我會醒悟他必然會有這樣的安排，但是他的安排並不必然指向我，我只是眾多可能中實現了的一個。如果我早有這樣的認識，這份報告是否再次有可能拐向其他方向？

我沒有時間，我沒有耐心等候他調整出我希望的表情。我恨不得衝上去握住他的手，用我雙手握住他的一隻手。江教授微微頷首止住了我的衝動，然後他頗顯正式地點了點頭，算是確認了我們監視者與被監視者的關係。

「我要散會兒步，可以嗎？」他說。

可以嗎？這麼生分的話，我該如何回答?!我只有不做聲，默默轉換角色，跟在他身後，心裡陣陣淒涼。

太陽已經出現。因為心裡淒涼嗎？怎麼今天的太陽比往日更紅潤，更脫離二維剪影圓形形象，而漲成了舉步維艱的球形?!它甚至停下來注視江教授那徐緩的步伐，似乎不得到命令不能行動。嗯，它不但停滯不前，還允許一個不明的物體逼近它、吞食它。如果不是情緒低落，我不會如此向太陽移情，也不會如此笨拙地直到太陽被完全遮住才意識到是日蝕。

天空由清明晨光轉呈晦暗黃昏，我亦喜亦憂，天象都如此助我為我打掩護，疑問與困惑再不和盤托出就是辜負，江教授卻神色自若、安步向前，全然沒有留意我的滿腹心事，或者他留意到了卻並不在意。我揣摩不定，不敢貿然上前，只好停住腳步，期望他會意識到我的異常。就是這樣，我仍然沒有絲毫把握，於是張開嘴巴，氣息吞吐，「江……江……江教授……」

我說完了。江教授也不見了。不是江教授不見了，是世界從我眼前消失了。不僅世界從我眼前消失，我也從我眼前消失了。光線消散，無影無蹤，我看不見我的身體，只有我的囁嚅微弱回旋，輕蕩耳畔，「……江教授……」

我抬頭望天，天空黑暗深沉，這黑暗來得如此猛烈如此濃烈，以至於漸次湛現的群星也被我認作更深的黑。天空沒有一絲風動，我站在那裡卻聽見城市呼呼颳過。我站在那裡，目睹太陽一點點被吐出來，像是我自己被吐出來，被我自己吐出來。[24]

審查員注：匱乏社會居然易如反掌地實現視頻切換，他們如何完成的事先錄製，如何精確計算時間，以這樣的方式延阻了人們對報告者失蹤的確認？他們究竟隱藏了多少實力？這些實力一旦運用，將對豐裕社會產生什麼樣的破壞或傷害？建議對匱乏社會實行一次大起底，並考慮啟用《豐裕社會維持原則》三級預案。

24 指導員注：日蝕期間發生的一切至關重要，持續時間數分鐘，報告者所扮演的角色，其在此事件中需要承擔的責任也視乎這短短幾分鐘內的行為。這一段文幾分鐘，漫長的幾分鐘，江教授真的消失了。星光晴朗，太陽被逐漸吐出來，陽光輝耀時我才目能視物，才發現幾分鐘前還幾米之遙的江教授不見了。大腦空白，空白倒也短暫，我很快認清了形勢：江教授逃了。我轉身就跑，不是逃跑，是跑向離我最近的樓房。我跑過街道，跑過大門，跑進房間，跑過沉默的人群，跑上二樓，推開樓梯邊站起來不知是迎接我還是阻攔我的男人，跑上房頂，順著滑梯滑下，墜入奇境之門，坐上又一艘黑暗中飄蕩的小船。那時候我才意識到，我的判斷毫無道理，不過我知道，我不會錯。

我的確沒錯。我一路奔跑，到了那條狹窄的巷子，到了那家電影院門前，一個留著長長頭髮的男人正慢慢悠悠地擦掉黑板上的字，他不急不躁地擦著，卻也擦得一點兒痕跡都不留。我剎了一下腳步，問：「什麼電影？」也不等他回答就直往裡闖，他嘀咕了一串，聽清楚的就一個「雨」字。

我進去時，電影已經開始放映，片頭、工作人員名單、演出陣容等等內容業已交代完畢，因而仍舊難以判斷究竟是一部什麼樣的片子。電影裡環境幽暗，一時分辨不清具體所在，遙遠的長鏡頭，直直地固定下來。沒有任何動靜，彷彿滲透出拍攝器材微微轟鳴的聲音，這顯然是不可能的。我站在那裡，下定決心要等到畫面變化才就座。就是這一轉念，畫面盡頭似乎動起來。噢，一個衣著款式、顏色和環境天橋很難區分開的人向鏡頭走過來。攝影機的位置始終沒有變，這人緩慢均勻穩定的步子向前邁來，越邁越近，越近他的上半身戳出鏡頭外越多。

灰藍色牛仔褲貼向鏡頭，清晰可辨的織物纖維放大成一團模糊的色塊，持續三四秒，鏡頭上揚，一張普通青年男子的臉以六十度俯視，他讓自己的臉掠過鏡頭，說：「你要拍就拍吧。」語氣有些無奈，有些不快，有些不在乎。長鏡頭追隨他離開的方向，直到他走出鏡頭。我大致猜出，環境是寬闊的立交橋下。依據天色與行人的稀少，可能正是東方吐白時分。

我這才抽出時間打量這家電影院，它遠比我從外面看到的寬敞，裡面簡易地擺放了七八排椅子，每一排十張左右。電影院觀眾稀少，兩個男人挨著坐在最後一排，江教授則坐在第一排，他伸直雙腿，鬆弛地差不多半仰地靠在椅背上，盯著大屏幕。我對後排那兩個男人在做什麼有點兒好奇，更想知道認定匱乏社會裡的性只會通過定點宣洩、絕無耽溺的小錢，如果見到這一幕，他會怎麼說。不過，我目前最想的還是冰釋自己的疑慮。

我走到江教授面前，站在那裡盯著他，江教授視若未見。我頓時怒火上升，前跨兩步，乾脆擋住他的視線。江教授仍然以我為空氣，我得用拳頭在他臉上來兩下作為提醒吧？我當然不必這麼做，因為江教授失笑地看著我，光影交替的電影院裡，他的笑含義不清。

「趙一，你動作還真快。等電影看完咱們再說，好嗎？」這番話算是追加的解釋。

字如此語焉不詳，如此低劣煽情，甚至語句不通，這很難不讓人進行合乎情理的推斷：內中有所隱瞞，隱瞞內容或許至關重要。

審查員注：日蝕也得到完全的利用，顯然一切盡在江教授他們的掌握。匱乏社會的能量不容小覷，提請協會關注，並做好相關預案。

這番話迴避了我所有的問題，不過總算是個回應。豐裕社會給予我的教養，不合時宜地想起《實習手冊》相關禁令，二者結合到一起——也許只是我性格中天生的多思游移起了作用，我同意了他的提議。而且，在匱乏社會看一場電影?!別說來實習之前打破腦袋都想不到，就是回到豐裕社會和人說起，也完全不會有人信。為什麼不嘗個鮮呢？

我也試著在第一排模仿江教授的樣子坐下，離得太近了，仰頭望銀幕也讓我眩暈。我決定往後幾排挪一挪，我站起來，誠實又白痴地對江教授說：「我坐後面去，你坐在這兒不要動啊！」

江教授只是揮了揮手，如同趕走一隻聒噪的蒼蠅。

我又換了一次，才在倒數第三排裡側一個位置上坐下來，也許倒數第二排更合適，不過實在不想離那兩個動作鬼祟地進行什麼活動的男人太近。電影裡已經是青天白日，那個普通青年坐在一輛車裡，透過車窗玻璃，一動不動地盯著不遠處一個露天咖啡館，咖啡館裡只有一位中年女人喝著咖啡。這個女人似乎沉迷於咖啡的味道，對周圍的一切都不關注，不過這段時間的實習經驗幫助我從她過快地舉杯動作中讀出，她完全清楚自己正被人注視。

女人很快喝光了杯中的咖啡，她招手叫來老闆，讓他再上一杯咖啡。他們還簡單聊了兩句，不過並沒有語音或字幕提示具體內容。女人的動作似乎更快，可是她只喝了兩口，就放下杯子。女人從兜裡掏出兩張紙幣放在桌上，轉身離開。普通青年等了一下，確定女人有意步行一會兒，才拉開車門走下來，快步跟上，在離女人四五步時，減緩步速，不即不離地跟著。

這也是一個跟蹤者、一個監視者！我大吃一驚，片子本身沒有什麼，但是這樣的情景下，這樣的一部電影像是光線反打，突然把我揪出來，推倒在眾人腳下。我的驚慌難以平定，我想知道江教授會不會一邊看電影，一邊把自己擱進電影裡面，其中還有一個狼狽的身影，那就是我。我也不安地對那個普通青年充滿同情，甚至不敢去看他那一張嚴肅工作的普通面孔，生怕一不小心認出那就是我的臉。

這時江教授伸出了一隻手，這隻右手刺進了放映機投射的光影裡，在銀幕上留下了一小截陰影，像是一截樹枝突兀地生長在那裡。難道他洞悉了我的心理變化？還是他只是在提醒我身後那兩個人，他們弄出的響動已經快和電影的配樂聲一樣大了？

那個普通青年顧不上自我懷疑，因為那個女人動作突然加快，她快跑兩步之後，一下子穿過車流，躥到了馬路對面。對面一輛車也適時停下來，女人以超過其年齡與身體的敏捷，拉開後車門鑽進去。汽車揚長而去。可是這麼常見的招數怎麼能夠甩開普通青年，他沒有穿過車流，而是走到路邊，側身進了剛才停在咖啡館前那輛車。駕駛座上坐著另一個普通青年，他的區別僅在於臉龐窄了一些，顴骨高了一些，下巴長了一些。——鑒於電影始終沒有人物姓名提示，我決定稱原來的普通青年為一號青年，現在坐在駕駛座上的為二號青年。

一號青年就座，二號青年左打方向盤，逼停了同向行駛的兩輛車後，汽車順利匯入對面的車流，再幾次穿插，跟上了那個女人上的那輛車。女人的車也很快察覺這一情況，這大概也在車內人意料之內，因此他們並沒有表現出進一步的激烈情緒，就算想要表達，繁忙的路況也不允許。就這樣，兩輛車在六車道上款款相隨，脈脈含情。鏡頭切換並不多，偶爾拉開，出現兩車一前一後的身影，更多的時候還是對著一號青年，他那張普通的面孔在逼仄的車廂內有些變形，襯得皺眉深思的表情頗為陰晴難測。

「估計又是兜兜圈子就回去了。」二號青年說。這是電影到現在出現的第二句人聲。

「連著三天了。不是兜圈子這麼簡單。」一號青年說，費解與深思仍舊緊扭他的眉頭，「前兩天開車載她的人都直接被我們請過去了，現在還在。三組的背景調查證實，那兩個傢伙與他們夫婦並無太多交情，只是接到一個無名電話，讓他們在確定的時間確定的地點接一下她。」

「他們不知道她丈夫的處境嗎？這麼隨隨便便地幫助她？就衝這個也應該給他們點教訓。」二號青年有些氣憤地說，不過這氣憤似乎也不能怎麼當真。

一號青年深看了二號青年一眼，嘴角牽了牽，勉強笑了笑。這個笑的含義含糊曖昧，也許是嘲笑，也許是同情的理解。「他們當然知道。說不定因此還對自己的舉動充滿道德滿足感呢。私下裡這還是足可以對朋友說起的談資。當然，他們不會這麼對我們說，他們被請進來之後，一個勁地嚷嚷不知情。你也知道，咱們怎麼可能向他們說這夫妻倆受到的嚴密監視，國內也沒有公開的宣判與報導，他們不知情從邏輯上也說得通。」

「今天這個司機估計又是這樣了。」二號青年嘆了口氣。

「肯定的。三組也知道是白忙活，又不能不忙活。我認為問題不在車上，具體在哪裡還沒有想清楚。」

「會不會就是沒目的，她只是出來活動一下。和我們惡作劇，甚至是噁心我們？丈夫不許出門，就用能出門的妻子帶著我們兜圈子，算是宣示某種自由？」二號青年說完，試探地看了一號青年一眼，正對上一號青年的目光，慌忙轉頭看路。

「有這個可能。」二號青年錯開頭，沒有看到一號青年眼裡的讚賞，「雖然可惡，這倒是最讓我們省心的動機。不過咱們不能放鬆。」

接下來兩個人都沒有再說話，各自陷入沉思。車裡氣氛微微透出點兒壓抑。

我不知道這樣乏味的內容是該稱為電影還是紀錄片，反正這段公路上的兩車相隨的戲碼讓我興味索然，我站起來看了一眼，江教授還在。難以置信的是，電影院裡居然又多了一個人，難道是我看電影太投入了？這個結論我不能容忍。這樣的內容如何投入？何況我自信這段時間的監視江教授與察訪匱乏社會的經歷已經培養出了我的基本職業素養，即使投入到電影中，也不會忽視電影院裡的變化。難道我進來的時候他就在電影院裡？我更無法接受。所幸，這個多出來的人坐在第四排右側，從哪方面看與江教授的距離都不近，兩人似乎沒有任何交流來往。就算這樣，我還是告訴自己，提高警惕。

電影上的畫面已經轉為黃昏，兩輛車駛到一個小區門口，先後停下來。還是後面這輛車裡駕駛室的視角，一號青年和二號青年沉默地看著女人走下車，只是和司機揮了揮手，轉身進入小區。一號青年和二號青年的疲憊盡顯臉上，兩人一句話都懶得說，眼看女人快要走出視野範圍，一號青年調整了一下耳畔的微型麥克風，說：「一組一號呼叫七組，B38回到小區，請留意，請留意。」

「七組收到。七組收到。辛苦。」傳來一個磁性十足的男音，效果很像畫外音。

一號青年倦怠地扯下耳麥，說了一聲「你回去吧，我下去走走」，不等二號青年回話，就拉開車門邁了出來。身後的車遲疑了幾秒鐘，發動離去。

鏡頭一直跟隨一號青年，讓我從這裡開始——再次恢復他普通青年的稱呼，大概用了手持，畫面有些晃動，色彩調得有些冷，讓普通青年步行路上見到的景象遙遠而有隔膜。不遠處，剛才載女人的那輛車被幾個身著制服的人攔下，他們的舉止讓人相信他們隨身攜帶著輕武器，車裡高舉雙手走出來的中年男人溫順地趴在車上，等待身著制服者上前搜身。幾個身著校服的孩子追趕著跑過普通青年身邊，他們顯得尤其遙遠。鏡頭停下來，普通青年出神地望著這些孩子，良久，掏出一支菸點上，深吸一口，再次動起來。

一些街景被掃進來，不外乎是忙碌的大聲吆喝招徠顧客的商家，擠在店面裡挑選商品的顧客，緊緊摟住閉上眼睛在大街上肆無忌憚深吻的男女，牽著孩子在街上散步的蒼蒼白髮老人……諸如此類在絕大數舊文明時期電影裡都能見到的場景，更多的則是迎面而來或者從後面趕上的上班族，每個人都步履匆忙，急著趕赴下一個站或者回家坐在沙發上舒舒服服喘口氣。這些場景與畫面進行了簡單的處理，延續剛才的冷色調外，還消了音，那些多肉的臉、閃爍的霓虹、曖昧的燈光、空洞的眼神，都像被浸入水中，沒有聲響，卻在想像中升起隨時破裂的透明泡泡，震蕩出孤獨的嗡嗡聲。

畫面就這樣冷暗無聲地裹著普通青年，走入地鐵口，下扶梯，過安檢，進閘口，擠上車。普通青年那張普通的臉混入地鐵車廂裡，鏡頭也像一下在人群中把他搞丟了，東搖西晃地挨過一張張特徵不明確的臉，畫面上讓人受不了地打出了西九十六區舊文明時期詩人埃茲拉·龐德的一句詩「濕漉漉的面孔」。

鏡頭不厭其煩地從一張張臉上過去，一節車廂一節車廂過去。列車一站一站停靠，窗外浮動的夜色與燈光提醒我，地鐵已經鑽出地面，在城市皮膚上飛馳。人群上上下下，鏡頭下的臉沒有變化地繁多重複，我好奇這些擠成一袋麵粉狀的人，剛才大街上閃現的人，他們是隨機拍攝而來還是群眾演員。如果是隨機，怎麼可能有這麼多人面對無禮的鏡頭表現得如此專業的麻木？如果是群眾演員，這麼一部莫名其妙的電影，怎麼會獲批如此龐大的花銷？難怪人類社會必須以豐裕社會與匱乏社會的兩分法來保存有限資源，以求在宇宙空間發現新的基礎資源之前延續文明火種，舊文明時期真是浪費成性無可救藥。[25]

地鐵暫停搖晃，又到一站，鏡頭毫無邏輯地再次回到普通青年身上，跟著他捨棄扶梯，一步步上台階，來到站廳，拐進車站廁所。廁所空間狹小，兩個站位、兩個隔間分列兩側，一扇窗戶推開窒悶的包裹。普通青年走到窗戶邊，向外張望，外面低伏一條高速路，打著燈的車輛在上面穿梭。普通青年站上窗台，像是一根人形柱子撐住窗戶上下，我以為他要跳下去，他卻解開褲子，任它堆積在腳踝處。

接下來的畫面使用吊車從外面向裡拍攝，因此能從正面看到普通青年還算肌肉結實皮膚緊繃的兩條腿，能從他身側與岔開的雙腿間看到他身後的廁所，當然，最醒目的是他毅然勃起的陰莖，以及沒有什麼情感地撫弄它的右手。普通青年開始自瀆的時候，壓抑不住的呻吟響起，這呻吟與畫面節奏並不吻合，而且自足地自相呼應，這削弱了我在大銀幕上見到男性生殖器與手淫動作的噁心感。過程中，有兩個男人從畫面背景，差不多普通青年胯間走進廁所，他們第一眼當然就是看見窗台上的普通青年，更準確地說，是他那醒目的兩瓣屁股吧？一個男人吃了一驚，後退兩步倉皇離開，另一個男人若無其事地繼續走到一個站位前，解開褲子準備小解，但是掏出生殖器的瞬間，他猶豫了，隨即狼狽地繫上褲子離開。

鏡頭拉近，開始特寫。普通青年那昂揚的陰莖已經意志十足，像是占據了鷹巢，吞食完鷹卵，支撐起身體怒向空中的一條蛇，隨時準備張開大口，吐出信子，發動攻擊。那隻右手，則像歸來發現子嗣成了他人腹中美味的雄鷹，悲慟化作滿腔憤恨，低空盤旋，瞅準機會就撲下去予以猛啄狠撕，誓要將對方的鬥志撩到極致才發動最後一擊。這樣力度與幅度的搏擊，沒有誰能受得了。這時切入了今天普通青年監視的那個女人赤身的畫面，她擁有與本人並不相稱的豐碩乳房，臉上笑容更是難以想像的嫵媚迎合。這提示普通青年孤獨性愛的源頭與終點的畫面一閃而過，視線仍舊落回他的器官。鏡頭快速向後退，捕捉到了他射向夜空的液體所劃過的微弱弧線，也讓這一射在拉開的空間裡顯得無力寂寥，無足輕重。

普通青年沒有任何善後就提起褲子，跳下窗台，鏡頭對準他的臉，依然普普通通，沒有什麼特別的表情。他走出廁所，觸電一樣突然頓住，然後若有所悟地拿出手機，接通之後，電影院的簡陋音響傳來他沒有情感的聲音，「一組一號呼叫六組，請嚴查今天B38女人去的『冷浪漫咖啡館』，B38這幾天的活動，最終目的可能正是咖啡店。」

普通青年走出地鐵站，背影消失在夜晚中，這時候還有滿足的高調的重奏的呻吟聲傳出，我恍然地回了下頭，那兩個男人果然緊緊挨在一起忙碌著。普通青年的自慰過程並沒有配音，聽到的只是他們的聲音。不知為什麼，我驀地對眼前這部電影有了一絲好感。

電影後續的內容像是這一天的重複，普通青年先後更換了不同的監視地點與對象，但都無礙於他的盡職盡責，也無礙於他在暮色四合、霓虹四起的夜晚，在那座城市的不同地方安慰自己的身體。不過，後面對這些過程的拍攝沒有投入那麼大精力，估計導演也認為這樣的過程有一次纖

25 指導員注：必須對這句判斷表示讚揚與肯定。到目前為止，報告者對豐裕社會的複雜感情盡現。

毫畢現就可以了。也有可能導演是想用這些過程的簡略來表現普通青年奔忙的無謂，以機械而持續時間不超過十分之一秒鐘的快感來展現他的某種情緒？那些不同的總是能從某個角度觀看這座城市的自瀆地點，那些必然射向不確定方向的液體，也許提問，問觀看者：普通青年是在和一座城市做愛？是在和他白天的工作做愛？還是僅僅在和他自己做愛？至少我產生了這樣的疑問。

但我要說，僅此而已。看到那個時候，僅此而已。江教授還在，還很沉浸地仰望銀幕，我就不能走。我也不能上前打斷他，問他這樣的時刻，為什麼會帶我來看這樣一部電影。——沒錯，我明白了帶我來看這部電影是他的目的，甚至可能是他對我所做一切安排的終極目的。為什麼？我不明白。

電影裡又是一次夜晚來臨，又一次孤獨性愛來臨的前奏，普通青年走在路上，天空突降大雨。我有關這是一部拙劣紀錄片的疑慮，總算因為雨的拍攝消除了一點。狂暴的雨在鏡頭裡極有層次與力量，那些如注而下的雨水拓寬了畫面的縱深，一道道清晰的雨線又賦予畫面古典電影的莊嚴感。普通青年走在這樣的雨水中，幾乎一瞬間全身盡濕，他的動作與步子沒有受到雨水的絲毫影響，雨水淋過他的身體，順著他的頭髮流過他的眉眼鼻嘴，都彷彿柔和的光線流過一樣，沒有改變什麼。他上了一座立交橋的人行道，走到橋中間，沒有徵兆地停下來。

我預感到電影要出現變化，變化它就出現了。普通青年站在橋中間，利索又不慌張地開始脫去身上的衣服，脫得一絲不掛。這是他第一次完全裸露，他的身體擁有對得起鏡頭的人體美——

我當時想，如果是一具鬆弛的身體，大概更能表達導演的主題，想完我就笑：誰知道導演是什麼主題？——普通青年在狂虐雨中再次操練起他的身體，與他的生殖器進行沉默的對話。經過他身邊的行人與車輛都急惶惶躲避大雨，因此沒有什麼人有時間表達訝異。大雨滂沱，要想成功自瀆不容易，雨水潑濺在他皮膚上的質感，皮膚的輕微顫慄都被鏡頭捕捉到，雨水沖刷下順從拜服的陰毛，雨水打擊下輕微發紫的龜頭也完全沒有被鏡頭放過。但這些都只是延遲，而不能阻斷，普通青年的手像是從仇恨時空伸過來，不管不顧地蹂躪，它們常常並肩而上的樣子，也不是要釋放快感，宣洩壓抑，而是要解放死亡。

果然，快感呼之欲出的時刻，普通青年張開雙臂，縱身向天橋下一躍。畫面一下變為慢鏡頭，他的四肢伸展，他的身體舒展，大大小小的雨水一滴滴打在他的皮膚上，敲出小小的坑，濺開四散的花。普通青年像是在雨中游泳，全身迎著必然的地面而上。接下來，是必然的砰的一聲。

我等待這砰的一聲，江教授猛地站起來，向放映廳左前方出口衝去。離得這麼遠，他出去後我極有可能再也找不到，懷著這種恐懼，我顧不得電影裡必然要發生的事情，一躍而起，在每一排座椅間跳躍，竄出左前方出口。跑了幾步我就鬆了一口氣，這個出口是個封閉通道，通道裡只有男女廁所。

江教授站在男廁的便池前小便，看見我有點驚訝，「唉，你怎麼出來了，接下來才是電影的精華。」然後他回過神來，理解地笑了，「你放心好了，我怎麼會不打招呼就走。」

我沒有興趣說話，便站到另一個小便池前，解開褲子小便。江教授已經繫好褲子往外走，還開了個玩笑，「你不會尿到一半追出來吧?!」我當然不會，我一上午的緊張，我這麼多天緊繃的神經都隨這泡尿鬆弛下來。尿完我站在那裡，看著黃漬斑斑的小便池，看著尿液殘餘的泡沫，再看看我手指間的生殖器，我強烈地渴望像普通青年那樣給它一次釋放，可是我不能，我必須回到放映廳。就算不是為了江教授，也是為了那個迎向必然的普通青年。

普通青年沒有死，他在一個大泡泡裡，也許是水泡，也許是氣泡，也許是其他材質的泡泡，在電影情境裡，那個泡泡的韌性很好。普通青年所在的地方也看不出來是哪裡，那裡的荒涼前所未見，沒有城市、沒有鄉村、沒有自然、沒有人工、沒有植物、沒有動物、沒有色彩、沒有聲音、沒有人跡、沒有神跡，就像是荒涼這個詞本身，就像是一個否定詞。有的，只是下面的灰，沒法定義顏色的灰，灰不淺卻完全沒有漂浮，似乎在說，那裡也絕對不會有風。

普通青年站在泡沫裡，他也有些茫然，不知身在何處，不知所為何來。他先是曲著身體團成一團，如母腹中的嬰兒，這泡沫貼著他包裹這一團。他站起來伸開雙手雙腳，這泡沫就貼著他的雙手雙腳，成一個完滿的圓。鏡頭跟著普通青年的目光打量這個地方，遠處蒼茫，土地緩慢起伏成一道道山坡，那沒法定義的灰是舉目僅見。更遠處的天際，月亮湛藍高懸，比平常大了不少，月亮周圍隱約似有一圈白色飄帶。看到這裡，我的大腦卡殼死機，重新啟動後，我意識到自己顛倒了，那湛藍的星球不是月亮，是我此刻所在的地球。而普通青年的所在，才是我以為的月亮。

他在月球上。

普通青年也意識到自己在月球上，他前後左右看了一圈，只有他。這局面完全超出了一個人能夠應付的限度，普通青年的第一反應不是驚慌與恐懼，是小心地觸摸手上的泡沫，那個泡沫像是智能的，它並不時刻黏在他手上，也不因為他騰出手來往裡收縮，而是一動不動等他觸摸，一副完全清楚他意圖的樣子。普通青年的觸摸極其小心，超現實情境也沒有讓他忘卻恐懼——假如泡沫破裂，後果真是難以預料。他或許沒有忘記不久前他還在尋死，可他也確實和所有人一樣，不想死在月球上。

一番觸摸後，普通青年對泡沫的擔憂減少很多，出於寂寞或者出於好玩，他翻滾起來。這時泡沫通靈地緊緊黏住他的四肢，讓他能夠像雜技演員翻動火圈一樣滾動起泡沫，月球的引力與泡沫的彈性交互作用下，普通青年帶動泡沫向前彈跳飛馳，風中的氣球那樣輕盈飄逸，又有充分的自主性。泡沫幾乎沒有什麼阻力地順著山坡跳過一道道山坡，沒多久就幾乎是離地面在空中自由飛翔。

泡沫連續翻過幾道山坡後，來到一個大坑邊緣，說是大坑，不如說是抽空水的大海，海岸在肉眼裡筆直看不出任何弧度，只有鏡頭一直往前才能看到地平線那樣的微微彎曲。大坑並沒有讓普通青年躊躇猶豫，確實，這樣的空間還能有什麼地方讓人畏懼?!他輕輕一用力，泡沫就彈起來悠然往下墜落。這一次墜落我無論如何都不想錯過。

我也的確沒有錯過，泡沫墜落的身影似乎和緩，速度卻好像一點都不低，大坑兩壁迅疾向上退去。不一會兒，泡沫就落在坑底。坑裡的景象更加超乎人的想像，只見不可勝數的泡沫無邊無際地堆積在裡面。

鏡頭這次沒有挨個掃過坑裡堆積的泡沫，一方面是重複同樣的事情讓人生厭，另一方面這樣的鏡頭可遠比在地鐵上讀取一張張呆滯的臉難度高，耗資巨大不說，一不小心還容易穿幫，讓人看出影棚搭景與電腦技術的紕漏。不過一個浩瀚的遠景足以調動觀者的想像力。普通青年掉進坑裡引起了泡沫堆的變化，經過一系列繁複又快捷的調整，他的泡沫被一堆相互黏連的泡沫接納，那些泡沫與普通青年的泡沫共同張開吸盤一樣，緊緊吸附在一起。每一個泡沫裡面都居住或者圍困了一個人，從普通青年與他們彼此透過泡沫顯露的表情來看，這個泡沫團裡的人互相認識，有所關聯。他們還傳達問候，那是一種地球上無法體會的聲音，因而意思不明，好在銀幕上及時給出了字幕。

「你還活著？」這是普通青年對泡沫裡面的每一位熟人的標準問候，他的表情也是我們見到了確定已經故去的熟人在人世出現的標準表情，少半喜悅、少半恐懼、多半困惑。

「你怎麼也來了？」這是熟人們對普通青年的標準問候，他們的表情則是例行公事的招呼，在此之前，他們一定迎接了太多的熟識者到來。

電影到此，有些震撼我，也有些困擾我，誰知道它會如何結束呢？導演好像也不知道，接下來他又花了不少的時間和篇幅介紹這些泡沫寄居者的生活——實際上不多，估計不超過二十分鐘，但在電影裡面像是幾天幾個月乃至幾年——他們其實沒有什麼生活，在所有時間裡擠在一起，迎接比地球上強大得多的陽光短暫的照射，遙望藍色的地球，簡單地進行交談。泡沫如子宮，完全提供他們所需的養分與庇護，也禁閉他們，讓他們對泡沫之外的世界沒有太多的好奇心與欲望。

終究會有反抗者出現，尤其是在一部時長必須加以限制的電影裡。普通青年理所當然地承擔起這一角色，電影似乎沒有給出足夠的說服力，說明他為什麼要這樣做。電影只給了兩個場景，一個是他在泡沫沒多久就厭倦與緊張起來，他再次選擇自瀆來釋放——當然，他完全可能只是出於慣性這麼做——在彼此透明的泡沫堆裡，在完全被熟人注視的條件下這麼做，需要的不是亟需發洩的欲望，是強大的瘋狂。他的手以人手能達到的極致快速動作，不惜左右齊上陣，那充血的器官仍然只是保持昂揚與憤怒，完全沒有什麼東西要吐露。他較勁地堅持，堅持到周圍的人都乏味地閉上眼睛假寐或者真正睡著，還是只有勃起，沒有射出。他終於頹然地放棄，任憑自己蜷縮成子宮內嬰兒模樣，被泡沫壁包起來。第二個場景是普通青年在不停地說，他面向周圍的熟人說，面向被他的喋喋不休吸引過來的其他泡沫團說，他說的話語照樣聽不明白，也沒有字幕——大概導演認為他的表情與動作已能說明，大概導演也知道，此情此景能說出的和之前那些電影裡鼓動性十足的戰前動員或面對危機的鼓勵性話語大同小異。

反正，他的話語起了作用，就像往每個人心中揉入了酵母粉，希望在他們心裡膨大，透過他們眼神表現出來。於是，不少泡沫行動起來，行動的泡沫又鼓舞了周邊的泡沫，不到一天時間，整個大坑裡的泡沫都動起來。他們的動作很簡單，如同拍皮球一樣，按照一個節奏統一往上跳統一往下落，於是整個泡沫軍團越跳越高，最終離開了大坑。

電影這時候採用了非常詩意的畫面語言，它拉出足夠的距離，呈現出了一大堆泡沫升騰而起的景象，你可以想像一整片海洋裡的每一滴水化作一個泡沫升騰而起。雄壯的音樂聲起（讓我想起《現代啟示錄》著名的《女武神》片段），升騰的畫面調轉方向，改為向下墜落，向著地球墜落。這群體的泡沫組成的天使軍團墜落的速度勝過一切人類航天器，在進入大氣層的時候，泡沫紛紛擠破，縮小成一顆顆分明的雨滴，往下飄落。

普通青年夾在雨滴中間，落在最前面，遼闊的地球足以接納這些來自月球的雨滴，每一滴雨水也都不再彼此擁抱，而是落向各自的地方。來自月球的雨滴和地球上空原本的雨滴混在一起，繼續向下落。我已經猜出結局。

果然，越落越近，普通青年的雨滴在傾盆而下的水中，到達他之前縱身躍出的立交橋，「砰」一聲，普通青年舒展的身體撞上橋下的瀝青車道，四濺而起的是水花，是血液，是月球的短暫寄居客。[26]

五

電影到此結束，銀幕一片漆黑，演職員表、片尾音樂統統沒有，彷彿覺得這些贅餘會減輕剛才那「砰」一下的聲效與視覺衝擊。我坐在椅子上，愣愣怔怔，心還在月球上飄，還在月球上往下跌落的過程中。這麼一部風格難以辨認的電影，很多細節顯得刻意因而可疑的電影，甚至最後結局都會提前被準確猜中的電影，還是擊中了我。豐裕社會當然提供足夠我們一生看之不盡的電影——只要我們努力讓自己有價值，能被某個女人看中，留在其中——可是我之前看到的電影都不可疑，它們的電影語言與美學價值統一融洽，一目了然，觀看的過程極為熨帖舒服。

正是這種之前沒有遇見的可疑與不舒服感擊中了我？我自問。似乎又不盡然。是它對我的情境戲擬把我帶了進去，讓我充分移情其中？也有可能，不然我怎麼會在那「砰」一聲響起的瞬間，那雨液與血液四濺開來的一霎，身體一顫，好像自己被摔離了身體?!還是要說，最後這一下突然的黑暗夠狠，完全不給我留緩衝餘地，以致我鬱積在胸無法排解，只能坐在椅子上不得動彈。

「怎麼，還在回味？」江教授溫和的聲音。我一下子站起來，意識在現實世界緩慢著陸。

26 指導員注：花費巨大篇幅描述的這部電影究竟寓意何在？和發生在報告者身上的事件到底有什麼關係？百思不得其解。
審查員注：這同樣是我的疑問。回過頭去看本報告的第一句話，困惑更甚。

江教授轉身向外面走去，我緊上兩步。到了過道，我回頭望了一下，那兩個黑色的人影仍舊坐在那裡，彷彿還有下一部電影。

江教授在外面狹窄的巷子裡等著我，「你肯定有很多問題要問，不著急，我先帶你去一個地方看看，然後我們再聊。」說完，他繼續走，我們走出巷子，來到「互助公社」，街邊停著一輛老舊的小汽車，小錢恭敬地站在車門邊，一見到我們走近，他就拉開車門，始終保持彎腰的恭敬姿態。

「小錢，我得說多少遍你才能去掉這個老派的動作？」江教授半是無奈半是戲謔地說。

小錢只是等我們都上了車後鞠了一躬，沒有說什麼就回到駕駛位上，發動了車。

「江教授，剛才那是部什麼電影？」有言在先，我不便問與匱乏社會以及我自己有關的問題，不過談談電影總還可以吧，我確實希望了解到更多信息。

「噢，牟森導演的《來自月球的黏稠雨液》，真是他一貫的風格。」江教授靠在座椅背上，輕聲答道。

「那個年輕人怎麼到月球上去的？」

我的問題讓江教授笑了一笑，笑完了他說：「我說你損失了最精華的部分吧。你認為呢？」

「我覺得月球上那一段都是臆想，那麼去月球上也就是一個想像了。可真要是這樣，我又覺得不滿意。」這是我的真實想法，我隱約覺得這個想法裡面有自己某種意識的流露，又想不清楚。想清楚又怎麼樣？我還是會照實說吧。此刻面對江教授，我不願意說謊。

「如果只是想像，那就太可惜了。我也不劇透，有機會你應該完整地再看一遍，多幾遍也無妨。」江教授賣了關子，隨後就閉上眼睛休息了。

我只好也不做聲。本來我還想問問他，電影最後的戛然而止與黑暗，是導演原本的手法呢，還是豐裕社會潔淨制度的某種處理。——江教授提到「牟森」這個我一無所知的名字時的尊敬神色讓我想到，豐裕社會既然會把他的名字過濾掉，也難保不會對他留下的影片進行處理。儘管這部片子也不像經過正規渠道進入匱乏社會的。[27]

小汽車駛過兩條街道後，進入更為荒涼的地區，道路兩旁不再有鱗次櫛比的房屋，而只是零星趴著一些乾枯仙人掌搭建的棚屋，也沒有精神爽朗的男人步履匆忙，而只有坐在棚屋前無聊地

27 指導員注：現有資料庫中，查不到導演牟森與《來自月球的黏稠雨液》一片的任何信息。協會既然決定將這些信息屏蔽，說明這位導演這部片子對豐裕社會的確沒有任何促進作用與價值。違禁品在匱乏社會如此大行其道，難以想像。提請協會早日採取行動，進行清理。

審查員注：後台數據庫裡有關牟森的內容也不多，他執導過《大神布朗》、《零檔案》、《上海奧德賽》等片子，導演風格「憤怒、晦澀、肌理分明」——這幾個詞擱在一起真是「晦澀」。就報告提及的《來自月球的黏稠雨液》一片而言，牟森作品顯然不適宜豐裕社會。這樣的片子在匱乏社會廣為流布顯然也有百害無一利，提請協會考慮相關清理行動。

望向道路的老年男人，他們都是匱乏社會不願整容的少數派。看的角度常常改變看的對象，我坐在小汽車裡，彷彿行駛在豐裕社會較為貧窮的地帶。

再差再匱乏的社會，都會在自己身上切割出一部分來，以其更差更匱乏來自我區隔與確證，沿途所見不過是匱乏社會的等而下之。這讓那個跟隨了我近五年時間的噩夢不可阻遏地在白日浮現——C階段的時候，我們參觀過一次舊文明時期遺跡，一幫同學坐在車裡，緩慢穿過舊文明時期的街道。大街上積滿厚厚的灰塵，街道兩旁林立的樓房與店鋪也牆面斑剝，屋內破敗，可近百年前人類生活的痕跡依舊明顯，日常行為遺留的暗影仍伸手可觸，如果不是特製的防毒車提醒我，外面的汙染與毒化早已完全不適宜人類生存，我真擔心空無一人的大街上隨時可能有孩子跑過，行動不便的老人也會從窗戶裡探出身子來，看上好一會兒後衝我們揮手。

那原本是一堂歷史課與教育課，結果卻成了我的噩夢土壤，裡面每一天晚上都會生長出不一樣的東西伸入我的睡眠。就像此刻，原本是一趟前往未知之地的路程，卻不期而遇地駛向了難以忘卻的過往。幸好還有小錢，他一定是看出了我的恍惚，因而沒多久便吹起了口哨，在不擅自與我交談的前提下，給我飄忽的思緒繫上一條實在的線，用現實若即若離牽扯住它。也因此，當小錢用一個詠嘆的調子提醒我到了時，我沒有費什麼勁就從噩夢裡掙脫出來。

這是一片區域較小的建築群，能從車上輕易看清它僅由可數的兩層小樓組成，這些樓房過於衰敗的面貌給人留下的印象不是滄桑，而是匱乏社會少見的頹廢，以及一絲詭異。樓群周圍一蓬蓬高大的茇茇草提醒我，這是一個特殊的所在。江教授下車之前，深深地呼吸了一口，給了我足夠的聯想空間。我沒有多嘴，只是亦步亦趨地走在他身後。小錢在留守車上還是跟隨我們上有所猶豫，我們都快走進離得最近的一棟樓裡時，他才下定決心，關上車門跑兩步跟上來。

「幾位，有什麼需要？」這聲音並不讓我吃驚，因為一走進大門我就看到坐在一把椅子上的禿頭男人，大概從汽車駛近，他就望住我們。這句話讓我有點兒驚訝，招徠顧客的標準話語，是我第一次在匱乏社會聽到。

「來到這裡，當然不會有其他需要。」江教授沒有停下腳步的意思，直向裡面掛著簾子的門內闖。禿頭男子也不攔我們，似乎目送我們就是他的職責。

走進裡面的房間，迎面而來的就是絕對揮之不散的消毒水味，我猛然想起「整容產業」幾個字。然後一架手術台，一些手術器械也初步證實了我的想法。不過裡面沒有人，沒有病人沒有醫生。江教授仍然沒有停留，帶著我們走向房間的另一側的一扇門。我跟在他身後，看他忽然停下來，我身邊的小錢明顯緊張起來。

然後江教授往回退了兩步，衣服也遮不住的肚腩先露出來，然後是壯碩的雙腳雙腿，然後才是一張原本狹長，但生生被顫動的肥肉撐滿了的臉。這是我在匱乏社會唯一見到的胖子，胖得像是要用一身的囊肉向我們證明什麼。

「您有什麼需要？」胖子皺皺眉頭，說著和禿子一模一樣的話。

「根本需要。」江教授不動聲色。

「誰需要？」胖子不緊不慢地問。

「男人。」江教授説完，和胖子對視起來。

對視十來秒鐘，胖子忽然放鬆地笑起來，江教授仍舊不動聲色地看著他。胖子大概自己也覺得沒趣，很快住口，他這才仔細地打量起我和小錢。他看我看得尤其仔細，那目光就像極細密的篩子，任何可疑都會被揀選出來。

「這麼好的寶貝，您在哪裡找來的？」胖子又問，我感到他説的是我。江教授沒有吱聲，他抬了抬手，小錢立即變戲法一樣從身上掏出一疊錢，走上前遞給胖子。

胖子接過錢，點了點，很是滿意，神色比剛才更為放鬆。「規矩我知道，不過這麼嫩，像是實習生，我當然得問一問。您也知道，這是底線。破壞底線損害的就不是你我了，整個社會瓦解了，大家都只有完蛋。」

「我剛到前站，我不想在那裡一待就是三年。」我覺得自己應該説點什麼，就説了出來。江教授和小錢像傾聽事實一樣平常地聽我説，可是我站在江教授後面，能感覺到他的背緊了緊。

「噢，自願的，那我就理解了。這點違規消化得了。」胖子放心了，轉身走出那道門。

「先看看樣本，然後再做決定。」江教授説。

「當然。不過我要先提醒諸位，做好心理準備，否則容易激動致死。尤其是您，估計幾十年都沒有見過女人了吧。」胖子的話有幾分淫猥，如果他知道江教授的身分，是否會如此肆無忌憚?!

門後是一條走廊，我們跟在胖子的身後，繞過一叢叢仙人掌、針茅、沙蒿，來到一個院子，院子裡居然有兩座假山，形狀奇巧，山頂淙淙向下流水，洗在山體上，透出全然的濕潤與清新。繞過假山，我們進入一道拱門，拱門邊垂手站著一個人，看見胖子，看見胖子身後的我們，那個人迎上來，溫柔地垂首致意。

胖子站住，臉上滾出爛熟的笑容，我順著他的目光看向迎候我們的那個人，心中駭異不已。那身條纖細、曲線畢露的，是個女人。她站在那裡，挺胸收腹，承受著我們四個人放肆、審視、疑慮、慌亂、緊促、乾燥的目光，一動不動，身姿形容都十足的優雅從容又嫵媚開放。

「向客人們問聲好吧。」留出足夠的時間讓我們情緒平復後，胖子才說道。在這個女人面前，他說起話來也都溫柔了幾分。

「諸位好。」那個女人抬起頭來，微微一笑，說道。她的一泓秋水傾注，我心頭一陣顫動，竟有些盛不下，翻捲的目光也只能勉強停在她鎖骨上。

「這就是樣本嗎?」江教授冷靜地問。這句話我理解不了。

「這只是經過一個月調教的初級樣本，待會兒你們見到三級樣本，就知道什麼是魅惑和女人味了。」胖子說著繼續往裡走。我辨析不了他語氣裡面得意與鄙夷以及其他成分的比例，因為那女人微微側身讓我們過去，那剽悍起伏的曲線讓我完全不知道自己是怎麼走過她身邊的。

「小兄弟，這麼快就進入狀態了?!」胖子這番話的語氣倒是完全的善意。

「你們也調教顧客嗎？」江教授問。

「只要有需要，顧客就是會長嘛！」——這話讓我大為震驚，他怎麼能說出如此褻瀆的話來？但是江教授和小錢都沒有反應，我也只好裝作沒有聽見——「我們先行一步，提前滿足顧客的需要。這項附加服務也是剛剛升級，價格不菲，但絕對物超所值。等到預想的六級樣本實現，那絕對是豐裕社會也找不到的完美。可惜，目前還沒有顧客訂購這項服務。也可以理解，先要滿足初期的功能性需求，之後才會有服務升級的願望。」

又過了一道拱門，我們來到另一座院子，這院子裡的假山比那座高大雄偉得多，厚重密實的水從山頂傾瀉而下，瀑布如鬧，落在山腳的水潭裡。神奇的是，也許借用了某種原理，也許使用了某種機械，如此氣勢非凡的水，居然沒有發出絲毫聲響，只有飛濺而起的水沫自證真實。兩個健碩機敏的男人坐在椅子上，各據一角，像是守著假山與水潭。看見胖子，他們同樣站起來，點點頭，目光銳利地掃過我們。

「三位預約顧客。」胖子說。

兩個男人再次點點頭，其中一個伏身從椅子旁的箱子裡拿出四件黑色的雨衣遞給胖子，胖子再將其中三件分發給我們。我們披上雨衣，跟在胖子身後來到假山瀑布前，只見他輕輕拍了拍手，水潭裡面緩緩升起一道鐵橋，直通瀑布深處。胖子先上了鐵橋，示意我們跟在他身後，不要有絲毫驚慌地走進瀑布裡面。

瀑布裡面是電梯，坐上去下降了許久，才在叮的一聲之後停下來。電梯門打開，門口又站了兩個男人，粉紅的燈光已經不容人看清他們的面目。胖子就送我們到此，我們跟在其中一個男人身後，走過一道過道來到一座鐵門前。那個男人往門上的密碼鎖輸入了一串數字，門無聲地上升。門剛剛露出一條縫，潮濕燠熱的喧騰就擠了出來。

是一座熱鬧的大廳。大廳正中是一座舞台，舞台上分成四個區域，每個區域各站了一位表演者，我從未聽過但是一聽就讓人血往上衝的音樂聲中，這些表演者正在脫去身上本就少得可憐的衣衫。面對我們的一位表演者，此刻正搖動曼妙的舞姿，雙手撫摸過文胸下豐碩的胸部，手指纖巧地抹在兩罩之間的掛鉤，一副沒有下定決心是否解開的嬌羞樣。靠近舞台的地方，擺了十來張桌子，每張桌子旁都坐了四五個人，這些人居然穿著得極其正式，像是前來參加典禮。桌子後面則站著不少人，這些人的穿著雖然沒有那麼正式，但都不像是看脫衣舞的穿著。共同的是，無論或坐或站，所有男人都沒有吱聲，彷彿眼前展現的是脆弱到極點的稀世珍寶，不要說一句話，就是粗重一點的呼吸，都會擊碎它，讓它消失於無形，屆時連可以後悔可以感嘆的對象都沒有。只有他們的眼神透露了真實，透露出他們快要強忍到燃點，出賣了有一些人已經不堪忍受、自行解決的事實。

「三位是散客還是包間？」一個伶俐的男人站在旁邊，讓我們看了一會兒才問道。

「有預訂。」小錢報出了預訂的房間號。

「請跟我來。」伶俐的男人帶我們繞過舞台後面站立的人群，來到另一座電梯旁，乘坐電梯到了二樓，他把我們交給了前台一個女人。那女人向小錢核對後，又讓另一個男人帶領我們走進一間幽暗的房間，他給我們一人倒了一杯飲料，就走了出去，並關上了門。

我喝了一口飲料，火辣辣的刺激感遍布整條喉嚨，江教授說那是酒，舊文明時期最為常見的刺激品。

然後。然後房間的頂部突然打開，嘩啦啦鏈子攪動聲中，一座龐大的方形物體降下來，落在房間正中。幽暗的燈光變了變，變得更加曖昧，變得更加朦朧。一聲鈴響，遮著物體的帷幔上升，露出下面的籠子。籠子裡像一頭獅子那樣蹲伏著一個女人，一個赤身的女人。音樂聲響起，女人開始起舞。

那是一種隱祕的，散發陽光與召喚的音樂，儀式感強烈。女人不像是女人，而像是眾獸之母，像是萬物的處女，在籠子裡進行一場儀式，一場純粹讚揚的儀式。她用手指，用舌頭，用嘴唇，用眼睛，用一切可以調動的器官與部位，對她的身體，尤其是那些象徵性別的地方，一一讚美，一一膜拜。她的乳房，她的腹部，她的腰肢，她的雙腿，她的私處，都沒有大廳裡那個女人那樣一目了然的性感，那種不留餘地的奔放，而是有著某種柔弱某種堅韌，又在柔弱與堅韌中吐露蓬勃的生長勁頭。

儀式之後，又是一陣鈴響，嘩啦啦鏈子攪動聲響起，籠子上升，女人留在原處。燈光和音樂再度變換，變得像剛剛入口的仙人掌酒一樣囂張，難以拒絕。女人似乎默默地打量了我們一會兒，然後不知道是否得到了江教授與小錢的暗示，她款步向我走來。她的身軀隨著每一個步子都在勻稱地顫動，那些關鍵地方都被這顫動鼓動，向我叫囂。我原本斜坐在房間裡的皮沙發上，緊張之下便正了正身體。女人就趁我這一動，獵豹一樣撲過來，以要撕碎我的氣勢騎在我身上，開始第二階段的表演。

那真是一場難以消受的表演，如果只是自己，最多接受引導，一次宣洩掉。可是江教授與小錢坐在一旁，觀賞一樣盯著我們，讓我沒有辦法放縱地投入，而纏在身上的女人張弛有度地掌控所有節奏，也不允許我的身體完全游離。既然做不到不管他人炯炯的目光而放縱地投入與享受，也不願意閉上眼睛表現坐懷不亂的懦弱，我就只好垂下目光，以一種低醉沉湎的姿態，把目光放在女人的胸部與腰肢上，看著如蜜一樣逐漸沁出的汗水，在高低不同的地方縱橫匯聚，看著它們塗抹在女人似乎有些粗糙的皮膚上，散發出濕潤的誘惑。

這才只是序幕和熱身，或許是注意到了我低垂的目光，而這種反應被視為挫折不獲允許，女人開始俯下身來纏繞我，她低伏在我身上，用牙齒一顆一顆地解我的鈕扣，她的鼻子和嘴巴都接貼著我，熱烈的氣息像一根根釘子一樣釘進我的身體，她還發出母獅的哼哼聲，以強烈的征服味道與被征服的渴望呻吟，把這些釘子固定的區域擴散，再連成一片。鈕扣全部解開後，女人張開雙手，沿著我的兩臂，擠進來，雙手穿上了我的襯衣兩袖。我們連體了。音樂與燈光的劑量加得更大，女人衝刺一樣波動身體，她的雙乳抵著我的胸膛，她的汗水滴落在身上，她的波動帶著我起伏。我已經情難自禁，我決定不顧一切，我抬起頭來，我要找到她的嘴唇，我要找她的雙眼，我要在她的目光中高密度燃燒。

我的目光攀登，我的目光滑翔，她彷彿迴避我她彷彿引誘我，向後仰身，亮出她的脖子，召喚我恩准我去咬開她的喉管吮吸她的血液，我讓自己的嘴巴靠近，我讓自己一口擒住她的喉嚨，可是我馬上觸電一般頭向後仰。我的嘴唇我的舌頭接觸接觸到一團光溜溜的東西，牙齒也隱約咬到一點堅硬之物，再藉燈光一看，儘管燈光朦朧，還是能看見喉嚨上一塊小小的疤痕，疤痕下似乎還有殘餘的喉結在滾動。這時她——請原諒，我不知道是否該用「他」，可我也不想自我折磨得如此嚴重——她的身體頭部又俯過來，不知道是否是心理作用，我居然看見她的上唇有一層隱約可見的絨毛。這絨毛放大了我的感受，加劇了我的不知所措，我唯一能做的只是在和她對視之前，閉上自己的眼睛，同時閉上自己的嘴巴。當她渾然未覺，而在我耳邊呼呼喘氣時，我終於忍不住全身起慄，雞皮疙瘩洶湧不止。

因為我的閉眼，因為我的雞皮疙瘩，接下來的表演完全草草收場。雖然女人還是離開我，在場地中央完成了第三階段的表演——把從我身上穿到她身上的襯衣脫下來，完成「脫衣舞」的本義。如果不是剛才的所見把我降到了冰點，我得說，那件剛好長及她臀部的襯衣讓她的性感無與倫比，而她脱下襯衣的過程也會讓所有人把持不住。但是沒有，我只是坐在那裡，動用一切能力讓自己不吐出來。[28]

六

「教授，你知道剛才跳舞的女人，她實際上是個男人嗎？」從那裡離開後，我們三個人坐在車裡都沒有說話。江教授顯然是在等待我問，可我眼前總是晃動那個脱衣舞者的身影，最終我決定用問題讓自己脱敏。

「當然，你今天見到的所有女人都是男人。不過也不能這麼説，準確地説，她們曾經是男

28 指導員注：這一部分的描述如此纖毫畢現、如此淫猥難堪，報告者是在享受嗎？這些都不考慮，僅憑那一句褻瀆的話，這個場所及其中所有人員，都應該遭受完全的毀滅。
審查員注：報告者此次跟隨江教授進入匱乏社會裡層後，種種細節都説明，報告者的見聞經歷真實性毋庸置疑。匱乏社會已經到了崩潰與失控邊緣，提請協會根據《豐裕社會維持原則》，啟動一級預案，對於匱乏社會的潰爛之處，予以外科手術式清除。整個匱乏社會似都有此必要。

人，現在都做了手術，擁有了女人的身體。她們唯一的男性印記，可能就是剛才嚇著你的喉結殘餘了。」江教授說，他拍了拍小錢駕駛座的靠椅，汽車駛離道路，向沙漠深處駛去。

「那你為什麼要這麼做？」我有些憤怒，我其實是想說「你為什麼要這麼對我」。

「帶你去看看。你不會以為我有閒心和時間安排你去享受吧。不過，那些人也不會以為你是去享受，他們以為咱們是顧客。什麼顧客？帶你去做手術的顧客。那裡不只是脫衣舞場，或者說主要不是脫衣舞場，那裡原來是匱乏社會進行整容的主要地方之一，現在成了變性手術重地。咱們看到的那些女人，迎接咱們的，跳舞的，都是手術的成果，是展示。脫衣舞是單獨的表演，更是證明，證明手術的能力。」江教授越說越冷酷。

難怪。離開之前，我們還去了一個房間，一個穿白衣服的男人足足打量了我有兩分鐘，還問江教授：「你們的定義是什麼？共有、私有？自用、運營？單向、雙向？」當時我還大腦空白，裝下了這些詞語卻做不出反應，這麼說，所謂「定義」是指手術的定義，是對一具可能變成女人的男人身體的規畫。可是，我不會真的要做手術吧?!

「可是為什麼？」我只問得出這句話。

江教授沒有說話，他又拍了拍小錢的座椅，小錢踩下剎車。汽車停下，江教授讓小錢留在車裡，然後示意我和他下去走走。車外是廣闊的沙漠，猛烈的正午陽光下，遠處的居住區域有些渺小得微不足道。我們往前走了一會兒，踩著鬆軟的沙子，我想坐下來。

「坐吧。」江教授彷彿看出了我的心思，先坐了下來。

「你知道為什麼會有豐裕社會與匱乏社會的區分嗎？」看我坐下，他問。

「為了人類的存續。」我說，這是我們從小接受的教育，我一直深信不疑，「人類已經幾乎將地球上的資源消耗殆盡，為了把有限資源的用處盡可能最大化，豐裕社會作為人類文明的火種，必須保留，或者到發現新的資源與居住地的那一天，或者最終薪盡火滅，完全毀掉。」

「沒錯。舊文明時期的人們過於樂觀，認為地球足夠他們消耗，他們更是自視過高，相信在消耗完現有資源以前，就能找到新的替代資源，就能帶領人類移居其他星球。他們的確找到了，核能一度被視為最佳替代，可是連番地震引起的核電站洩露，因為對人類生存範圍的大量侵蝕，反而加劇了資源的萎縮。他們的貪婪不可逆轉地損害了水源與土壤，於是真正適合人類居住的地方，微乎其微。這些地方就成了後來的豐裕社會。」

這些我都知道，大體也是常識，江教授重頭講起也許是需要建立一條完整的邏輯鏈條，可是我不能靜等這鏈條最終通向我想知道的事情。我需要加快進程。

「教授，為什麼你會在匱乏社會？並且受到協會的嚴密監視？」我問。

「我被流放了呀。三十五歲而娶不到妻子，對於人類的延續已經失去價值。」

「為什麼過了三十五歲娶不到妻就要流放，既然是整個人類造成的資源匱乏，就應該整體承擔。這樣做未免太不公平了。」我似乎有點兒明白江教授為什麼要建立邏輯鏈條了。

「資源可能窮盡的問題出現同時，人類還面臨了另一個大問題：男女比例失調。男人嚴重過剩，為了解決或者緩解兩大問題造成的焦慮，聯合國經過一整年的會議磋商，拿出了新的約章。你知道聯合國吧？」

「知道。舊文明時期的政治聯合體，它的最後一次磋商決定解散國家，成立人類文明延續協會，由東方文明延續協會與西方文明延續協會組成，管理人類文明延續的相關事宜。這才有了現在的新文明。」

「沒錯，面對人類的存續，政治已經不重要，至少政治的重心早已轉移，當時達成的一致是面對資源枯竭與比例失調，動員所有年過三十五歲的未婚男子，前往不斷擴大的沙漠定居，一方面阻遏沙漠化的速度，另一方面他們也許能集中精力進行更有突破性的研究，為人類文明做出重大貢獻。這原本是自願，後來在協會的有意引導下，成為約定俗成，再演變，就成了強制措施。沒多久，人們就稱這種強制為『流放』，協會原本認為這個稱呼會強化其壓制意義，激起反抗而禁止這一說法，但是很快發現，因為放大了懲罰意義，『流放』反而有效地建構了豐裕社會中人們的恐懼意識，逼得每個人，尤其是男人讓自己的行為與生活更符合協會要求，因而主動使用這一詞語，並通過宣傳豐富其內涵，使『流放』成了新文明最核心的概念之一。」

「這像是背叛。對最初自願來到沙漠的人的背叛，對男性意識的背叛。」我說完望了望頭頂正上方的太陽。[29]

「也不能這麼簡單化。在人類存續面前，尤其是作為人類整體的存續面前，過於道德化沒有意義。只不過，『流放』的建構的確有了一個最糟糕的結果：來到匱乏社會的男人背負失敗者與被拋棄的壓力，完全失去動力，不再認定自己能為新文明做出貢獻，因此渾渾噩噩度日，大多數男人根本熬不過前面三年就黯然死去。」

「您的工作就是要重新激起匱乏社會的榮譽感，讓這些男人發動起來嗎？」我問。「『您』這個字我生平第一次說得如此由衷，如此充滿敬佩。

「我的確想在這方面盡一分力。豐裕社會宣稱，每個男人都應該努力娶上妻子，讓自己的基因延續下去，等到資源問題解決，新的居住地發現，這些留存下來的基因將成為新人類的偉大始祖，這是最根本的榮耀。可是，匱乏社會的男人不是更應該讚揚嗎？為了整個人類而自動放棄，讓千萬年的血脈與基因在自己身上斷絕。」

「如果是這樣，協會為什麼要監視您，要控制您的行動？您的想法對豐裕社會沒有任何威脅，對人類整體只有好處。」

29 指導員注：請原諒。面對上述不適宜的內容，想到下面可能有大量不該接觸的內容，我必須申請就此停止我的工作。我對於本報告的閱讀與回應到此結束，如果協會因為我放棄完整閱讀與辯護，而加大加重我原本應得的懲罰，我接受。

審查員注：同意指導員97101020就此停止。

「由於人類的惰性。既然現世安穩，為什麼還要嘗試回到最初？惰性作用下，豐裕社會已經逐步違背最初的自願精神，它的目的已經調整成讓匱乏社會的男人，這些失敗者，成批地穩定地死亡，主動消滅會受到文明社會的譴責，消極地讓其自生自滅總是可以的。何況，匱乏社會的悲慘景象還對留在豐裕社會的人起到激勵。」這番話江教授說得很沉痛，接下來的一番話則說得很悲痛，「他們擔心我們喚醒這批失敗者，讓他們產生反抗意識。雖然雙方的力量完全不成比例，豐裕社會可以輕易地完全毀滅匱乏社會，但是那種情況誰都不願意承擔。因此，要消滅反抗意識的萌芽。也因此，協會才會花掉大量的人力與財力，來監控匱乏社會，監控每一種反抗意識的苗頭。」

「您不能和協會進行溝通嗎？協會應該明白壓制只會催化反抗。」我並不認為自己的提問天真，雖然事後我想到，近百年的歷史，可能的方法一定已經嘗試，我這麼短時間內想到的一定都已宣告無效。但是，我仍然認為，溝通是最佳方式，如果雙方都清楚對方的意圖，減少誤判後，就能讓事情有效運轉，問題才可能得到解決。人類已經沒有時間白白耗費在這些事情上面，當然，協會不這麼認為。

「沒有用。豐裕社會和匱乏社會從來都是單向流通，雖然協會對匱乏社會大體的情況尤其是思想動向掌握得很清楚，但協會只信任自己的渠道了解到的。他們不認為失敗者能夠提供有價值的信息，更不認為失敗者還能產生對人類存續有價值的思想。直到後來，第五任會長出於培養精英的意識，挑選少量年輕人進入匱乏社會實習，才算開闢了雙向流通的渠道，儘管這個渠道只存在試管中。」

聽了這話，我一下子躺倒在沙漠上，沙子已經被晒得發燙，頭頂的天空仍然湛藍，太陽依舊刺眼灼人，在豐裕社會的中午如此，在匱乏社會的中午同樣如此。

「您是要我做溝通的工具？把您的想法傳達給協會？」

「沒錯。根據我們了解到的情況，你們回去後都會寫一份報告，這是對匱乏社會的第一手觀察，也是協會對你們的考察。如果趕上，甚至參與了一些轟動性的事件，協會一定會讓你提交特別報告，這樣你就能帶話，把我們的想法傳遞給協會。」

「您要我怎麼説？」

「我不要求你，我只是讓你看，讓你聽，讓你想，讓你判斷，然後你自己決定説些什麼，怎麼説。不過，我要糾正你，不是我，是我們。」江教授索性盤腿坐著。

「你們？你們是誰？」

「我們當然就是潔淨小組，我們致力於恢復匱乏社會的尊嚴，重塑男人的榮譽感，我們旨在淨化『流放』給大家造成的傷害與陰影。小錢帶你看過不少地方，是不是讓你看到一些希望？」

「是。所以你們才花費這麼長時間，以這麼大的耐心，等待我自己產生疑問，產生追問的動力。」我佩服他們的耐心，但也感到沮喪，原來一切都是設計好的。

「是。但其實這一切都不是我們能夠安排的，是你自己心中先有了疑問，後續的一切才有可能。」江教授再一次看透我的心。

「可是教授，您可能失算了，現在我只怕已經被視為協助您逃跑的犯人，《實習手冊》嚴令禁止同情匱乏社會及其成員，更別說幫助了，違反者可以不經審判而直接處罰。只怕我回去之後就會被直接關終身禁閉，那樣我不但沒法成為你們期望的溝通工具，我的一生也全毀了，毫無價值地毀掉。」

「沒錯。事情的發展總是超過計畫，想到你可能毫無價值地毀掉一生，是最讓我痛苦的。可是時間緊迫，我只能冒險一試了，或者我們共同賭一下，賭匱乏社會是不是註定要毀於一旦。」

我坐了起來，看著江教授，他盤腿坐在那裡，垂目低眉，像是入定像是懺悔。我大腦迅速轉動，開始尋找線索。

「您是指今天的脫衣舞場?」我直覺自己抓住了核心，如此緊要關頭，他們還有別的理由安排我去看這樣一場演出嗎?!

「脫衣舞是表面，要害是變性手術。匱乏社會的本質是男人社會，沒有女人存在的空間，這也是豐裕社會與匱乏社會最初達成協議的原則之一。協會的本意是不允許真正的女人出現在匱乏社會，也就是不允許我們犯罪，不允許我們僭越。如果發現這邊有了女人，協會不會進行核查，不會花精力證明她們是由男人改造而來，他們會毫不留情地對匱乏社會進行清洗、淨化。很可笑是不是?我們用的詞都是一樣的。——這大概說明，豐裕社會也好，匱乏社會也罷，大家都是舊文明社會的後裔。」

「等一等，我不明白您的意思。如果這邊有女人，豐裕社會有了清洗的藉口，他們怎麼會接受您讓我傳遞的信息，他們裝作不相信，不知道就可以了。」江教授的邏輯讓我困惑。

「實習生的報告歸為一級檔案，只要你寫出實際情況，它就會作為證詞永遠存在，協會做決定時必然會有所忌憚，誰都會考慮歷史的審判，尤其是將來人類解決了存續問題，德行再次成為最高追求時。」說到這裡，江教授猶豫起來，我第一次感到他對我有所隱瞞，我等他開口，等著看他是否能夠做到真正的坦誠。他那入定的身影在陽光下微微顫抖起來，隨著一聲長嘆，我知道，他還是決定說了。我知道，他要說的未必適合我聽，可他決定說還是讓我高興。

「其實我也有自己的目的，我希望通過你，向協會求助。變性人群的出現，是匱乏社會最大的墮落，它對我們的潔淨運動會形成致命的衝擊。有了如此簡便易得的女性，輕易就能夠獲得與豐裕社會平等的幻覺，人們會完全拋棄自我提升的努力，永遠墮入滋生的無必要的性愛。這將動搖匱乏社會的根本，你相信匱乏社會消失之後，豐裕社會還會存在嗎？有了幻覺，就會有人希望幻覺成為真實，一旦普遍的敵意在匱乏社會植根、旺盛生長，豐裕社會不可能不受到影響，尋找新的存續機會的時間與精力有限，人類不能再耽擱在內耗上。」

「您希望協會幫您解決掉變性手術背後的力量？您希望協會怎麼做？」

「協會有很多辦法。」江教授的頭垂得更低，他的聲音很低，可是無比堅決。

「也許您想借助協會的力量，剷除潔淨小組的異己？」我沉默很久吐出的這句話，同樣很低，冰冷得讓我自己都受不了。

「如果你這樣想，我也沒有話可以辯解。我要說的都已經說出，我希望你根據自己的判斷做出選擇。」江教授抬起頭，直視著我，耀眼陽光下，我們不可能看清對方的眼睛，更不可能讀出對方眼神中的含義。可是我們就這樣對視了很長時間。

最終，我先站起來，轉身向小錢停車的地方走去。這一次，沙子異常柔軟，我每邁出一步，雙腳都陷入沙子裡，被鞋底擠開的沙粒浪花一樣迅速掩回來，沒過我的腳背，以致每一步都走得很艱難。

小錢站在車旁，仍舊恭敬地等著我們，他的右手拿著一個什麼東西，黑乎乎一團，看不清楚。走到車門邊，我也站住，轉身看江教授一步步跟上來，我還有一個問題要問，我必須問完這個問題才能做出決定。其實想到這個問題的時候，我就知道了答案，但是我必須問出來，必須從另外一個人嘴裡聽到這個答案。

「江教授，你告訴我，是不是協會控制了男女嬰的出生比例，讓女人越來越少？」

江教授停住腳步，站在那裡，許久許久，都沒有說出那個字。[30]

報告人：實習生　趙一

NC九八年六月二十一日

「江教授失蹤事件」調查報告

本人受委派調查「江教授失蹤事件」，經查閱相關文件、視頻、資料，通過問詢相關人員，現將該事件的調查結果報告如下：

新文明曆九八年六月一日，匱乏社會東區精神領袖江教授於上午七時三十一分二十九秒從監控視野裡消失，至午後三時十七分三十秒再次出現，總計失蹤七小時四十六分一秒。

由於江教授使用了自己日常在房間內的視頻製造假象，第二監視小組直到上午九時十五分十八秒才察覺有異。因江教授有上午七時三十分開始散步的習慣，雖然通常散步時間為二十分鐘，但鑒於第一監視小組的實習生趙一也同時消失，而在此之前，第一監視小組的工作人員（無級別會員，工號13593023）始終在監視工作間內睡覺，因此他們推測江教授散步途中出現了突發事件，比如身體不適等，而有趙一的陪伴不至於出現大的差錯，故而沒有及時報告。直到上午十時十三分三十七秒，趙一與江教授仍舊沒有歸來，尋找也毫無結果之後，他們才將此事報告給實習指導組。

實習指導組得到報告後，立即將此消息報告給匱乏社會管理委員會。這是新文明時期以來，

30 審查員注：本部分內容的判斷與處理同樣不是區區一個審查員能夠、應該應對的。提請協會著重對本部分的分析。

匱乏社會第一次發生此等變故，匱乏社會管理委員會缺乏應對預案，只能盲目地動用所有九個前站的工作人員尋找江教授行蹤，並啟用了所有匱乏社會本站的特殊工作人員，讓他們不惜一切代價確定江教授是否前往本站。與此同時，管理委員向協會理事會議報告了此次變故。但是直到午後三時十七分三十秒，江教授主動回到三號前站為止，無論是江教授監視小組、實習指導組還是管理委員會，都沒有獲得任何相關信息。他們更是錯誤估計形勢，沒有認真考慮趙一可能已被蠱惑或者招降而協助江教授的可能性。

關於江教授失蹤期間前往何處、所為何事，目前只有趙一提交的事件報告（亦為其實習報告），根據本報告，趙一是在江教授有意識安排下，激起了豐裕社會禁止的好奇心，從而為其提供了協助。而江教授做此安排，是因為匱乏社會發生了巨大變故，這一變故不僅威脅匱乏社會的根基，還能影響豐裕社會的發展乃至存在。因此，他安排這一事件旨在借助趙一的報告向協會傳遞信息，詳情見趙一報告《來自月球的黏稠雨液》。根據《豐裕社會維持原則》，趙一的報告沒有絲毫刪減，指導員（八級會員，工號97101020）與本審查員的評估意見，僅以批注方式體現。

對於此次「江教授失蹤事件」中，各相關人員與機構的具體責任認定及處罰建議如下：

1、趙一。作為豐裕社會未來精英，派遣入匱乏社會的實習生，趙一沒有遵照〈實習守則〉要求，在過於強烈的好奇心引導下，被江教授及其領導的潔淨小組成功洗腦，在對方的巧妙安排下，趙一混淆了豐裕社會與匱乏社會的關係，對豐裕社會的運轉，對協會的領導方式產生懷疑。

其對江教授失蹤一事的協助，客觀上完成了匱乏社會對豐裕社會的逆向交流，如報告中所提及匱乏社會變故為實，也算是為豐裕社會的維持做出了重大貢獻。但從他在報告中提及與江教授的最後對話來看，趙一的思想已經被完全汙染，不符合豐裕社會的要求，也不滿足匱乏社會的條件。建議對趙一予以終身禁閉，以免其錯誤認識與思想流布，汙染其他社會成員。

2、江教授監視組其他工作人員。工號13593023、13593024、13593025、13593026，此四人都為無級別會員，原本就屬流放至匱乏社會，以服役換取父母養老待遇上調一級。根據調查，在監視江教授期間，此四人按部就班、安守職分，但也僅限於此，缺乏必要的警覺，更缺乏應有之積極與主動，甚至偶有懈怠，走神、睡覺也難以免除。因工號13593023與趙一同組，於「江教授失蹤事件」連帶責任難免，建議其父母養老待遇降低一級，以示警戒，其餘三人提出口頭警告。

3、王二、張三、李四。三個實習生與趙一同為一組，卻並未給予足夠關注與關心，致使其為江教授蠱惑。張三、李四二人甚至隨同趙一在三號前站閒逛，進一步刺激其好奇心的增長，對於閒逛過程中的趙一異常的精神現象(如第一次公交車上的壁畫幻覺)，亦未報告給實習指導小組，實為瀆職。因實習生的培養耗費豐裕社會大量資源，且三人同樣條件下並未受江教授蠱惑，而三人的報告也足證其品性純良，因此建議對三人不予處罰。

4、指導員97101020(八級會員)。該人員負責此次實習生中第一分隊的指導工作，包括趙一、王二、張三、李四在內的二十人。根據調查，尤其是趙一報告中的評估意見，可知其沒有對實習生趙一進行任何反豐裕社會的教導與指引，在「江教授失蹤事件」中也不承擔任何責任，建議不予處罰，亦不對其此段經歷做任何紀錄。

5、實習指導組與匱乏社會管理委員會。如前所述，此次事件實為新文明時期第一次突發事件，兩個機構相關人員獲悉變故後，啟動了規定應對措施，履行了上報職責。因而可以明確，兩機構及相關人員在「江教授失蹤事件」中，並不承當任何責任。但此次事件仍然顯示協會對匱乏社會內部可能出現的騷動與變化估計不足，建議對相關環節重新檢討，制訂新的預案。

6、趙一報告中涉及的匱乏社會危機。相關內容僅見於趙一報告，江教授失蹤前後，匱乏社會九個前站的工作人員與本站的特殊工作人員對此都沒有報告，但其詳實的細節很難憑空想像，江教授製造此次失蹤事件唯一合理的解釋，確乎只有如趙一報告所言方能解釋，因此判斷為真，核實及後續措施，還提請理事會議裁決。

專此報告。

報告人　審查員：梅哲士

五級會員（工號85556）

NC九八年八月十四日

「江教授失蹤事件」相關責任裁決

新文明曆九八年六月一日，匱乏社會發生東區精神領袖江教授失蹤事件，歷時七小時四十六分一秒。此事件雖未對豐裕社會的維持造成任何顯見威脅，但暴露時至今日，匱乏社會現有管理機制部分失效的事實。事件發生後，根據《豐裕社會維持原則》，本理事會議於九八年六月五日，委派審查組五級會員梅哲士（工號85556）進行詳盡調查，並做出報告。該會員歷時七十一天，提交了《「江教授失蹤事件」調查報告》（編號RN98-341），並分類整理提交了相關資料。

理事會議以該報告為基礎，並經核對相關資料，現對「江教授失蹤事件」相關責任做出如下裁決：

1、趙一。裁定趙一終身禁閉於豐裕社會，不得與外界人員有實質性接觸，如其有興趣對舊文明時期進行研究，應予支持。同時，鑒於其實習生身分，以及在題為《來自月球的黏稠雨液》的實習兼事件報告中傳遞的匱乏社會內部潰爛信息，提升其父母養老待遇一級。

2、江教授監視組其他工作人員。同意調查員建議：工號13593023（無級別會員）父母養老待遇降低一級，以示警戒。工號分別為13593024、13593025、13593026的三位無級別會員，提出口頭警告。

3、實習生王二、張三、李四。不予處罰。鑒於三人經歷此次事件，且在報告中透露的對匱乏社會的認知，裁定三人在實習期滿後，終止A階段實習，進入匱乏社會管理委員會工作。

4、指導員97101020（八級會員）。該會員不承擔實質性責任，不對其此段經歷做任何紀錄，但鑒於其在趙一報告批注中體現出的輕浮與矛盾，將其調整出教育體系，並延緩其升為七級會員的時間一年。

5、實習指導組及相關人員。趙一報告的措辭、表達方式，均與《豐裕社會維持原則》嚴重相悖，現行教育體系嚴格訓導下的學生，居然出現此等情況，剝奪其十二年教育過程中主要負責人的居住權，以離異的方式，將他們全部流放匱乏社會。同時，建議教育部門檢視現行教育方案，並予進一步淨化。

6、匱乏社會管理委員會。相關人員不承擔此次事件責任，但必須檢視匱乏社會管理的所有環節，更新管理方案，尤須細化突發事件應對預案。

7、匱乏社會內部危機，尤其是變性手術，理事會議同時啟動了特別調查，已經證實（具體見《匱乏社會變性產業調查報告》，編號RN98-345）。根據兩份報告，議定兩套方案。A方案：根據《豐裕社會維持原則》第十三條第一款，對匱乏社會進行根治性淨化；B方案：根據《豐裕社會維持原則》第十四條第六款，清除報告提及的變性手術地，杜絕此類現象再度發生（兩份方案請見《匱乏社會危機清理方案》，編號BP98-27）。

上述裁決意見，呈交會長辦公處，請會長批覆。匱乏社會內部危機處理方案，請會長定奪。

裁決人　理事會議輪值主持人：游索本
二級會員（工號11）
NC九八年八月二十五日

「江教授失蹤事件」相關責任裁決　批覆

「江教授失蹤事件」相關資料歸為絕密級。趙一報告《來自月球的黏稠雨液》只有二級會員及以上可以資格查閱，其他資料只有三級會員及以上可以查閱。

為趙一設定新身分，讓其留在豐裕社會，過正常生活。在不同階段，為趙一安排不同層次與角度的愛情經歷，必須刻骨銘心。俟趙一年滿三十五歲，流放至匱乏社會。

匱乏社會內部危機，執行B方案予以清理。

其餘各項裁決批准實行。

東方文明延續協會會長：江振華　教授
一級會員（工號8）
NC九八年八月二十八日

後記——我是作家，不是郵遞員

納博科夫在被問到，為什麼他的小說離現實那麼遠又晦澀難懂時，給了一個標準的納博科夫式的回答。他說：「我是作家，不是郵遞員。」

「作家」與「郵遞員」，這樣一對並不輕易構成關係的詞組與身分，因為否定詞「不是」而可以在比喻的意義上予以比較，進而由「不是」背後的「是」來確立定義前者的範圍。顯然，納博科夫不認為作家是傳遞者，他不是承接部分現實——郵遞員必然只能承接局部現實——然後盡職盡責地送給讀者。在「接」、「送」兩端，郵遞員都不參與創造，對他提出的最高要求，也不過是「及時」、「無損」。

這當然是比喻，畢竟也沒有哪個作家能做到完整地切割一小塊真正的現實，再毫無損耗地交到讀者手中。我們倒是能清楚地發現，很多現代派作家，尤其是喬伊斯、普魯斯特等意識流作家，阿蘭·羅伯–格里耶、克洛德·西蒙等新小說派作家，他們孜孜以求的，正是切割現實的完美方法。而事實上，這些作家的作品也無一例外地證明了，連綿不絕的現實只能作為參照，你可以以它為基準、為原型，翻製出各式各樣的模型，創造出自有的專屬世界，但切割是不可能的。

因此，可以認為，納博科夫的「不是郵遞員」的斷語，並沒有太多對「郵遞員」的輕視，而是一系列清醒的認識與洞察：比如，作家不可能也沒必要還原現實；比如，用簡單反映論來要求作家，意味著對現實最大損耗地切割，意味著傳遞到讀者手中的，只是乾癟的流盡血液與營養的細胞組織。但還是要多說一句，到了今天，我們對小說的要求，正在迅速窄化。一個小說寫作者，面對著日益強硬的要求，不僅要求他成為郵遞員，更要求他成為快遞員。那些報紙、雜誌、網絡、社交媒體上面不斷更新的奇聞、異事、驚悚、狗血，所有那些已經在戲劇性的名義下，被電視、電影複寫了千百遍的情節，在「故事」的名義下，要求小說家再來一遍，然後趁著新鮮保溫，快遞到讀者眼前。

正是在這種要求下，小說和電視、電影日益同構，小說也日益縮小成一個中間環節，不斷為電視和電影，可能將來還有無窮放大、疊印的虛擬產品，提供著腳本。進而，在這種簡單反映論的要求下，我們的生活和電視、電影，開始了互相模仿；大量的電視、電影、小說，喪失了感受力和想像力，這些產品餵養的觀眾與讀者，感受力和想像力逐漸萎縮，其結果，就是他們的生活開始成為廉價影視劇的倒影，不再是個人向時間的進取，向死亡的開拓，也不再是個人往群體生命裡添加新的元素，而僅僅成為一種引用。這一點，我們又可以從新聞上看到：自殺者套用某個眾所周知的情節的死法；謀殺者根據影視劇的教唆安排作案環節；需要表達感情時，人們難以捕捉到大腦和心靈裡的圖景，而只湧出了相似的畫面與台詞，等等。這似乎是一個不斷循環，越循環越逼仄的死結。

那該怎樣從肯定的角度，來理解納博科夫的這句話，找出作家應該是什麼？或者說，「不是郵遞員」究竟意味著？答案似乎確鑿無疑。不是傳遞者，自然就是創造者。在被指責作品存在驚人的相似之處，甚至「重複得無以復加」時，納博科夫的回擊也彷彿是印證。他說：「非原創的作家看起來八面玲瓏，因為他們大量模仿別人，過去的，現在的。而原創藝術只能拷貝它自身。」

作家是創造者——無須懷疑這一近乎同義反覆的語法運作。需要提問：創造什麼？創造如何可能？如果現實可以局部進入，無法和盤托出，創造與現實如何關聯？如果現實滾燙勝鐵，語言柔軟過絲，又該如何對創造進行稱量？作為個與類，人皆短暫如燭，死亡與寂滅高懸，隨時可以落下砸碎脆弱的文字城堡，又有什麼必要將破碎前的脆弱交付於小說？這一交付究竟能夠確證什麼？

也許，答案正由此等疑問生發，循著提問的方向，更有可能窺見路徑。作家不正是應該提供一種語境，有心者經由其作品入與出，在其中共感共振，獲得專屬頻率的幅度或大或小的顫慄？這一顫慄如此持久，可以作為構件之一，提供他、啟發他在時間之外，建造安神之所。抑或，作家創造的是浩瀚的、渦狀旋轉的詞典，面對死亡拷問的人踏足其中，就能如被感染一樣抓取需要的詞語，甚至經由詞典的提示，組成自己的句子。詞語與句子，將成為他最終呈交證詞的部分，以確證其存在。

無論何種角度、層次的創造，現實必然是源頭活水，是資料庫，是創造的參照，作家總是在取用現實的一部分，但拒絕提供平面的沒有縱深的現實鏡像。他知道，在那鏡子背面，並無鮮活之物。

美國詩人羅伯特．布萊說，詩人是商品時代苦苦堅持贈送禮品的人。小說家也在贈送，然而贈送並不是盲目的，只有那些懂得識別禮物，會在那個時刻停下來的人才會獲贈。為此，小說家必須也願意等候，儘管等候很苦，堅持仍是必要的。

在這個意義上，作家是創造者，也是傳遞者，他遞出的是全部。這當然仍舊是比喻，那就讓由納博科夫的比喻開始的疑問，以這一個比喻結束吧。

二〇一五年九月

李宏偉創作年表

作品名稱	刊物(或出版社)
〈哈瓦那超級市場〉(中篇)	《西部》第四期(二〇一三年七月)
〈並蒂愛情〉(中篇)	《人民文學》第二期(二〇一四年二月)
〈旁白〉(短篇)	《天南》第十七期(二〇一四年六月)
〈浪遊人在地鐵篝火旁喝止酩酊大醉〉(實驗作品)	《天南》第十八期(二〇一四年九月)
《平行蝕》(長篇小說,《21世紀文學之星叢書》)	作家出版社(二〇一四年九月出版)
《有關可能生活的十種想像》(詩集)	灕江出版社(二〇一四年十月出版)
〈來自月球的黏稠雨液〉(中篇)收入《來自月球的黏稠雨液》(小說合集)	作家出版社(二〇一五年五月出版)
〈僧侶集市〉(中篇)	《大家》第四期(二〇一五年七月)
〈假時間聚會〉(中篇)	《人民文學》第九期(二〇一五年九月)
《假時間聚會》(中篇集)	作家出版社(二〇一五年十月出版)
〈瓶裝女人〉(短篇)	《青年文學》第五期(二〇一六年五月)
〈暗經驗〉(中篇)	《創作與評論》第六期上半月號(二〇一六年六月)
〈長久空缺的吻和她的兩次發作〉(短篇)	《青年作家》第八期(二〇一六年八月)
〈而閱讀者不知所終〉(中篇)	《人民文學》第九期(二〇一六年九月)
〈國王與抒情詩〉(長篇)	《收穫》長篇小說專號·秋冬卷(二〇一六年九月)

人間 書訊

當代大陸新銳作家系列——

01 在雲落　張楚著　二〇一四年十二月出版

二〇一四年魯迅文學獎得主張楚第一本台灣版小說集

河北作家張楚的《在雲落》以現代主義筆緻，書寫北方小縣城裡面貌模糊、生存堪慮的人們面對生活中種種困阨與苦難時的現實選擇與精神狀態。無論是〈曲別針〉裡既是殘暴凶手也是慈愛父親的宗國，或是〈七根孔雀羽毛〉裡吃軟飯的宗建明，甚者是〈細嗓門〉裡因不堪長期家暴殺了丈夫後，被捕前到了閨蜜所在的城市，想幫閨蜜挽救婚姻的女屠夫林紅；張楚既逼近他們的生命創傷又滿含悲憫，寫出他們絕望的黑暗與卑微的精神追求，介乎黑暗與明亮間蒼茫的生存景觀。

02 愛情到處流傳　付秀瑩著　二〇一四年十二月出版

被譽為具有沈從文之風的七〇後女作家

在《愛情到處流傳》中，北京作家付秀瑩以沉靜的目光靜看「芳村」，遙念「舊院」，不管是「芳村」系列中農村大家庭裡夫妻、母女、贅婿們之間的愛情與競爭，或者是〈小米開花〉裡，小米的性啟蒙與看待身體的方式，無一不精準的抓到鄉村人們特有的、微妙的人際關係、獨特的處世方式與世界觀。另一部分作品則是書寫都市人們精神與情感的隱密曖昧：〈出走〉裡男性小職員亟欲逃離瑣碎平庸日常生活的衝動；〈醉太平〉中學術圈裡浮沉男女的利益交換、欲望追逐；〈那雪〉則寫出了都市女性的情感缺憾。付秀瑩以傳統溫柔敦厚的溫暖剔透筆法，書寫了這人世間的岑寂荒涼。

03 一個人張燈結彩　田耳著　二〇一四年十二月出版

當魯蛇（loser）同在一起！

《一個人張燈結彩》具有鮮明的通俗色彩，來自湘西鳳凰的田耳筆下的人物都是現實世界中的失敗者、邊緣人、被損害者，他們在陰鬱、沒有出口的情境中，群聚在一起，以欲望反抗現實困阨的生存法則，以動物感官吹響魯蛇之歌。他們欲以魯蛇之姿，奮力開出一朵花。

04 **愛情詩**　金仁順著　二〇一四年十二月出版

與衛慧、棉棉、陳染齊名的七〇後女作家

二〇〇二年的〈水邊的阿狄麗雅〉造就了二〇〇三年張元、姜文和趙薇的電影《綠茶》。二〇〇九年的〈春香〉又開啟了朝鮮民間傳說的故事新編。不管是朝鮮族的金仁順、女作家的金仁順，或是編劇的金仁順，她總面對著愛情，描繪著孔雀開屏時的美好與幸福，以及華麗開屏背後的殘酷與幽微。

05 **在樓群中歌唱**　東紫著　二〇一四年十二月出版

山東作家東紫擅長日常生活化敘事，在《在樓群中歌唱》一書中，她敏銳細膩地觀察人情百態，寫出各階層人物在近乎無事日常生活中的情感空虛與心靈創傷。〈白貓〉藉由一隻白貓介入初老失婚男性與闊別十年的十八歲兒子重聚的生活，帶出父親對兒子期待又戒慎恐懼的情感、初老失婚男性枯寂冷漠的生活與對生命的回顧與甦醒。〈在樓群中歌唱〉中，透過喜歡唱著「我在馬路邊撿到一分錢，把它交到警察叔叔手裡邊」的清潔工李守志無意間撿到十萬元所引發的波瀾，寫出消失中的德性與安於本分的快樂。東紫的作品看似庸常，卻宛若「顯微鏡」般總能於瑣碎中見深刻。

06 **狐狸序曲**　甫躍輝著　二〇一四年十二月出版

剛滿三十歲的甫躍輝來自中國南方邊陲保山，大學考上了上海復旦大學，從此開始了一個鄉村青年的都市震撼教育，也開啟了他的創作之路。身為作家王安憶的學生，也為現在大陸最受注目的八〇後青年作家之一，他的小說主人公多數和他自身一樣，是外地移居上海的異鄉人，他們孤寂，他們飄零，他們邊緣，他們是大城市中的一點浮塵微粒，他們存在，但並不擁有這個世界。然而，這群浮塵微粒也有過去，因此，他也喜寫老家保山，這個孕育他想像力的故鄉。在這些鄉村書寫中，可以察覺出他對幼年時代農村生活的懷念。然而，懷念亦表示這群浮塵微粒再也回不去了，他們註定在這個世界中繼續飄零。

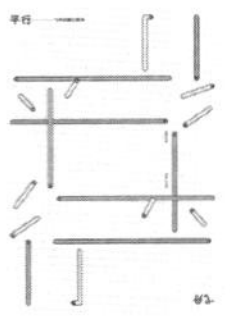

07 **平行**　弋舟著　二〇一五年十一月出版

蘭州作家弋舟寫作題材多元，他描寫愛情、親情、友情，他勇於直面社會的不公、時代的不義、人身肉體的老朽、愛情的逝去、親情的消融、友情的善變。弋舟用他充滿愛情的眼光，深情的注視著這些生活中的起承轉合、陰晴圓缺，然後執筆，將這一切化作一句句重情又深刻的文字。

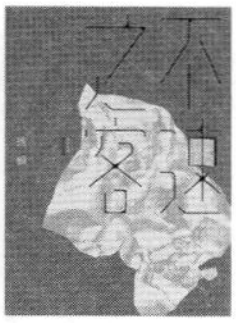
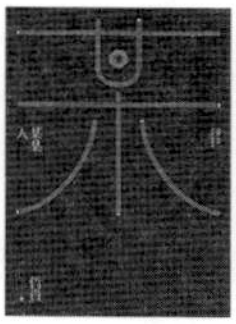

08 走甜　黃咏梅著　二〇一五年十二月出版

杭州七〇後女作家黃咏梅擅長從日常出發，透過一點一滴、細水長流般的生活細節，描繪出單身大齡女性的複雜心理和細緻的情感流動。她筆下的女人們，多數生活在狹小的南方騎樓。她們煲湯，她們喝粥；她們有情有義，有哀有怨；她們不死去活來，不驚天動地；她們放下浪漫，立地成佛；她們在平凡的日常中，過得有苦有甜，有滋有味。

09 北京一夜　王威廉著　二〇一五年十二月出版

定居廣州的八〇後作家王威廉喜從哲學思辨出發，透過他筆下的一個一個人物、一篇一篇故事，討論人的存在意義，並對虛無和絕望進行巨大的反抗。如此，王威廉的作品成為在思想與藝術張力之中，又隱含著深奧迷思的詭祕綜合。

10 春夕　馬小淘著　二〇一五年十二月出版

北京女作家馬小淘小說中的角色幾乎都是伶牙俐齒的新世代少女，她們多數從事廣播工作，透過作者幽默犀利的對話和明快聰慧的筆調，表現出這批新世代年輕人的機靈、俏皮與刁鑽，字裡行間充盈著八〇後的生猛活力。然而，她們並非不解世事。在一些世故卻又淡然的細節和收束中，我們又可以看出這些新世代少女直面低工資、無情愛、蟻族困境等日常生活壓力時的韌性和勁道。

11 不速之客　孫頻著　二〇一五年十二月出版

太原八〇後女作家孫頻迥異於一般女作家溫柔婉約的陰柔寫作特質，以極具力道和痛覺的陽剛式寫作方式，創作出一篇篇討論底層人們生存與死亡、尊嚴與卑微、幸福與苦難的作品。透過這些懷有強烈敘述美學和文字魅力的作品，孫頻展現出在人間煉獄中，人們用殘破的肉身於黑暗與光明中穿梭、抗爭的力度、堅韌與尊嚴。

12 某某人　哲貴著　二〇一五年十二月出版

溫州作家哲貴運用他曾經擔任過經濟記者的經驗，創造出「住酒店的人」、「責任人」、「空心人」、「賣酒人」、「討債人」這五種類型的人物，並透過這些人物描繪出中國改革開放之後的巨大社會困境，以及由此帶來的人心的徬徨與荒涼。這群人在被他命名為「信河街」的經濟特區中，在各大高檔會所、高爾夫球場、高級餐廳中進行巨大的資金、商業交易和利益交換，然而經濟危機讓他們無法從中脫身，他們躁動不安、騷動無助，他們漸漸的迷失於商業數字中。最後，在大環境一步一步的侵逼之下，人心只能深陷於迷惘、浮動、空心和荒無中，無法自拔。

國家圖書館出版品預行編目(CIP)資料

哈瓦那超級市場 / 李宏偉作. --初版. --臺北
市：人間, 2018. 03
376面；14.8 x 21 公分
ISBN 978-986-94046-7-9（平裝）

857.63　　　　106009278

哈瓦那超級市場

作者　李宏偉
執行編輯　曾葯筑
校對　陳奕辰、黃淑芬、曾葯筑
封面設計　蔡佳豪
內文版型設計　黃瑪琍
排版　仲雅筠

發行人　呂正惠
社長　陳麗娜
總編輯　林一明
出版　人間出版社
台北市長泰街五十九巷七號
電話　（02）23370566
傳真　（02）23377447
郵政劃撥　11746473・人間出版社
電郵　renjianpublic@gmail.com

定價　三八〇元
初版一刷　二〇一八年三月
ISBN　978-986-94046-7-9

印刷　崎威彩藝有限公司
總經銷　聯合發行股份有限公司
新北市新店區寶橋路二三五巷六弄六號二樓
電話　（02）29178022
傳真　（02）29156275